国家社会科学基金项目结题成果

刘中黎 著

中国日记文学理论研究

中国社会科学出版社

图书在版编目(CIP)数据

中国日记文学理论研究/刘中黎著. —北京：中国社会科学出版社，2021.10

ISBN 978-7-5203-8919-8

Ⅰ.①中⋯ Ⅱ.①刘⋯ Ⅲ.①日记—文学理论—研究—中国 Ⅳ.①I207.6

中国版本图书馆 CIP 数据核字（2021）第 163197 号

出 版 人	赵剑英
责任编辑	郭晓鸿
特约编辑	杜若佳
责任校对	师敏革
责任印制	戴 宽

出　　版	中国社会科学出版社
社　　址	北京鼓楼西大街甲 158 号
邮　　编	100720
网　　址	http://www.csspw.cn
发 行 部	010-84083685
门 市 部	010-84029450
经　　销	新华书店及其他书店
印　　刷	北京明恒达印务有限公司
装　　订	廊坊市广阳区广增装订厂
版　　次	2021 年 10 月第 1 版
印　　次	2021 年 10 月第 1 次印刷
开　　本	710×1000　1/16
印　　张	23.5
插　　页	2
字　　数	351 千字
定　　价	128.00 元

凡购买中国社会科学出版社图书，如有质量问题请与本社营销中心联系调换
电话：010-84083683
版权所有　侵权必究

目　录

别具特色的中国文论研究
　　——《中国日记文学理论研究》序·················· 张全之（1）

前言···（1）

第一章　绪论···（1）

第二章　唐宋时期的日记文学观···（4）
　概述···（4）
　　第一节　苏轼的日记文学观
　　　　　——从单则日记《记承天寺夜游》谈起··················（8）
　　第二节　黄庭坚的日记文学观
　　　　　——从日常生活日记《宜州家乘》谈起················（19）
　　第三节　陆游的日记文学观
　　　　　——从行记类日记《入蜀记》谈起·······················（43）
　　第四节　两宋朝臣的日记文学观
　　　　　——从李纲、王安石、周必大的军政时事日记谈起 ·····（74）
　　第五节　唐宋时的日记类别及其文学叙写观················（89）

第三章　金元明清时期的日记文学观·································（104）
　概述···（104）
　　第一节　徐霞客的日记文学观
　　　　　——从记游专题日记汇编《徐霞客游记》谈起 ········（110）

· 1 ·

第二节　清代文论与清代学人日记
　　——以读书札记类日记《越缦堂日记》为中心 ……… (137)
第三节　国家需求与日记新变
　　——从晚清使西日记谈起 ……………………… (159)
第四节　金元明清时的日记嬗变及其文学叙写观 ……… (195)

第四章　民国时期的日记文学观 …………………… (211)
概述 ……………………………………………………… (211)
第一节　民国作家关于"日记文学"的争议探析 ……… (215)
第二节　一位新文学倡导者的日记撰述观探析
　　——以《胡适留学日记》为考察对象 ………… (230)
第三节　朱光潜对日记写作与想象力发展的论断探析 … (246)
第四节　民国日记文论的主要成就 …………………… (260)

第五章　新中国的日记文学观 ……………………… (266)
概述 ……………………………………………………… (266)
第一节　日记里的"延安保卫战"
　　——解放初作家杜鹏程的日记叙写观 ………… (273)
第二节　陈诗观风：极左年代的日记文学观
　　——以《吴宓日记续编》(1966—1974)为考察对象 …… (293)
第三节　日记与母语写作教育体系的重构
　　——从世纪初的"作文说谎"论调谈起 ……… (316)
第四节　中华人民共和国成立以来的日记叙写观及写作
　　教育观 ……………………………………… (324)

第六章　结语：中国日记文学发展简史及其基本观念 …… (327)

参考文献 ……………………………………………… (337)

后记　感怀学术路上的偶然和必然 ………………… (355)

别具特色的中国文论研究
——《中国日记文学理论研究》序

张全之

八年前，我读到刘中黎教授的《日记文献辑校与中国日记文学理论建构研究》国家社科基金项目申报书，得知他有志辑录我国历代日记文论资料，并以此为基础建构具有我国传统文论特色的中国日记文学理论。我对这个选题很感兴趣，当时为中黎教授提供了一些力所能及的帮助。今天，我终于读到中黎教授的新作《中国日记文学理论研究》，心里颇为惊喜。

日记是我国最传统、实际效用很大，但又最受轻视、相关理论研究也最为薄弱的写作样式和治学方法之一。自西汉初年王世奉日记牍以来的两千多年间，我国历代文人、学者、作家、教育家等各行各业的有心人士都撰写了大量日记，以及为日记撰写序言，或发表对日记只言片语的看法与感触，或总结日记写作的经验，或评述他人的日记作品。总之，我国历代以各种形态存在的日记文论资料非常丰富，但大多是以只言片语、单篇杂感的形式沉积在历史的故纸堆里，显得零散、杂乱，缺乏系统全面的辑校、整理和提炼。

我与中黎教授共事多年，对他的为人、治学颇有了解。中黎教授为人耿直，待人热情，在学术上，他长期致力于中学语文教学研究，其中对母语写作教育研究极有心得，也颇有成就，是当时重庆师范大学语文课程与教学论专业的骨干教师之一，颇受学院器重，也深得学生喜爱。在 2014 年申报国家社科基金项目时，他没有申报与其专业相近的教育科学类课题，而是拿出了一个关于中国日记文学研究的课题，当时我有些诧异，但他说他思考这个问题已经很久，也有了丰富的积累。我看了他的初步论证之后，认为这个选题很有意义，而且之前很少有人涉足，如果论证过硬，是很容易立项的，所以当时就给了他一些建议，供他参考。他经过认真思考和论证，对课题申报书做了反复修改和润色，当年这项课题就获得了国家社科基金项目的立项，这给了他很大鼓舞。经过几年的努力，最终产出这样一份沉甸甸的成果，弥补了我国传统文论研究的一个空白，完全配得上"国家项目成果"的名号。

在中国古代，日记文学作为中国文学的特别门类一直存在着，但有关它的理论阐述却十分匮乏。到了现代文学时期，日记作为一种独立的文学形式，才得到充分重视，郁达夫、周作人、朱光潜、施蛰存等，都对日记文学提出过精辟的见解，鲁迅在《马上日记》等文中对日记的特点也进行了论述，这都为日记文学的理论建构奠定了重要基础。但在文学研究界，日记文学理论研究一直没有引起足够的重视，相关成果十分有限，中黎教授这本书，算是在这一领域的重要成果，也应该是建设中国特色文学理论所取得的可贵成就之一，必定会为今后的日记文学研究提供重要参照。

我仔细读完全书，发现有这样几个特点。

第一，文本细读与理论建构并重。

书的名字是《中国日记文学理论研究》，但作者没有被题目困住，而是将研究的视野扩大：在论述日记文学理论的同时，也对每个时代的日记文学代表作进行了分析评述，指出了这些日记文学作品的独特价值。这样一种写法，可能也是出于无奈，因为日记文学理论在古代不被重视，相关理论没有形成体系，甚至专论都难得见到。俗话说"巧妇难为无米之炊"，在没有日记理论的时代或者日记理论隐没于日记作者的叙写实践时，却去研究日记理论，自然无从下手。所以在古代部分，作者论述更多的是日记文学作品及其所体现的日记文学观。这样一种权宜之计，倒是使这本书增色不少。因为作者在从事中学语文教学研究时，曾经致力于文本细读研究，所以在这方面，作者有着颇为深厚的理论基础和文本细读能力，本书充分体现了这一优势。如苏轼的单则日记《记承天寺夜游》全文仅八十余字，被后人称为"妙品"，但到底"妙"在哪里，则是见仁见智。作者采用"言语生命动力学"母语写作理论，对这则"夜记"进行了分析，认为从中可以看出苏轼追求的"另一境界"："审美意境的宁静与热烈、生命状态的闲适与忙碌、文本体制的通俗与精雅等多重对立的因素，是多么和谐地交融于一体！"随后作者从文本入手，对这一看法进行了精细的剖析，可谓洞幽烛微、开合自如，把读者引向文本深处。在现代文学部分，胡适的《胡适留学日记》一直被现代文学研究者作为资料库，很少有人将这些日记作为独立文本进行研究。在本书中，作者将胡适的这些日记作为一个整体性文本，阐发其意义，认为"胡适将'起居注'式的传统日记改造为对重要学术问题的思想'杂记'，用日记实录和还原一位新文学倡导者内心世界的多重对话、并承担起'思想'锻炼者的角色和担纲新文学经典文献撰写前的'草稿'"。这样的认识，不仅有助于日记文学研究，就是对胡适研究也有启发意义。在当代文学部分，作者将杜鹏程的日记与小说《保卫延安》进行对比阅读，从背景与理念、矛盾与情节、多彩的战地人物画廊等维度比较战争日记与小说《保卫延安》对"延安保卫战"的叙写，这一新的视角不仅有利于人们加深对杜氏日记的认识，而且对重评《保卫延安》也有借鉴作用。

　　就日记理论的研究而言，作者从两个层面入手：一是从时代入手，从宏观层面概述某一时代主流的日记文学观；二是选择代表性的日记文学作家分析他们对日记文学的看法，这两个方面的结合，使文章的论述达到点、面结合，有广度也有深度。如唐代是中国日记文学写作的第一个高峰，在论及唐人的日记文学观时，作者指出，唐人赵元一在《奉天录·序》中指出：日记乃"萤烛之光，将助太阳之照"，这一说法形象阐述了唐宋时期人们对日记性质的认识。但针对具体的日记作品，也出现了激烈争论，如围绕《舒王日录》，王安石自辩此部日记是他"上言开陈事,退辄录以备自省"的自省之作。但是,因为日记真实地记录了北宋王朝最高统治者、年轻的神宗皇帝在政治上不自信的一些表现,没有刻意为尊者讳,故引起了守旧派文人陈瓘之流的严词批评,其以经学家、道学家的心态臆想王安石撰《舒王日录》的目的是因为后悔变法中的所作所为、为掩盖过错而写,美归自己,错归神宗,武断指责王安石的日记是"诋讪君父"的"矫诬之书";陈瓘的看法一度成为南宋舆论的主流。这些争论反映了人们在日记作品评价上的分歧。这些论述使我们看到日记文学在历史上错综复杂的命运。民国时期,是日记理论发展的高峰期,所以本书的这一部分得到充分展开,从七个方面对民国时期的日记理论进行了综述,内容全面丰富,对深化日记理论研究具有重要意义。

第二,本书有时间的长度也有视域的宽度,颇为系统地对中国日记文学的发展和理论建构进行了系统梳理,到目前为止这还是第一次重要尝试。本书从出土的西汉王世奉的"木牍日记"谈起,直到论述《吴宓日记续编》结束,时间横跨了两千多年。在这两千多年中,中国的日记文学理论和日记文学作品自然是琳琅满目、汗牛充栋,作者通过概述,对某一时代的日记文学理论和重要的日记文学作品进行总体评述之后,选择有代表性的作品进行条分缕析的剖析,为我们呈现了两千多年来中国日记文学发展和理论建构的全貌,这种奠基性的工作,对未来的日记文学研究具有重要的推动作用。

第三,日记虽然是一种极为私人化的文类,但作者在选择和论述日记文学作品和理论建构时,多选择具有重大历史价值、与历史和社会发展具有密切关系的日记作品进行考掘、评析,使日记这一文体的价值得到充分彰显。如在论述宋代日记文学时特别关注到朝臣的日记,这些日记是朝政决策者、参与者和目击人对当时军政大事处理情形的个人记忆,这在起居注、实录、时政记、正史等官方史著之外为后世认识一个鲜活真实的已逝年代打开了一扇窗户。事实上其意义不止于此。这些朝臣日记,为我们研究历史提供了重要的佐证,其中为正史所遗弃的大量内容,成为认识那段历史的重要资料。在论及晚清日记时,强调了当时盛行的"使西日记",事实上,这些日记成为西风东渐的重要路径,对晚清社会变革和文化转型起到了无可替代的作用。在具体论述时,作者也站在时代政治或民族国家的高度,评述这些日记的价值,不仅立意高远,对发掘日记文学的价值也是十分有益的。

第四,本书解决了一个语言文学界无心去研究、教育界或无力来解决的跨学科交叉领域的重难点问题。

中黎教授的本行是中学语文教学研究,在这部看似与中学语文教学无关的著作中,他也夹带了"私货"——从日记文学理论研究,顺手过渡到对中学语文教学的反思,强调日记写作在中学语文教学中的重要性。看上去偏离了主题,却也留下了他自己的独立思考,而在我看来,这部分内容也不乏精彩之处。

中学语文教学在本质上是母语教育,应该属于语言文学和教育科学这两者间的交叉学科,在这个交叉地带存在许多语言文学界无心去研究、教育界或无力来解决的问题;在这些问题中,以我国母语写作教育的有效性、体系性、科学性不足和学生作文的真实感往往不尽如人意等最为社会所诟病。近半个世纪前的一九七八年,语言学家吕叔湘先生就在《人民日报》刊文指出:从小学到高中阶段的基础教育,十年时间里有2700多个课时在学本国语文,可是教学效果很差,许多中学毕业生语文水平低,其学习内容少、进度慢、效果差、费时多,可谓"少、慢、差、费",这"岂非咄咄怪事!"吕叔湘先生批评的这种现象在中学写作教学中尤为突出、且有愈演愈烈的趋势。近年来,《中国青年报》、《南方周末》、《中国新闻周刊》、新加坡《联合早报》等国内外有影响的媒体纷纷载文(如《83.3%的人承认上学时写过撒谎作文》《会说谎的作文》《不说"假话"写不了作文,语文教育哪里出了问题?》等)批评这种现象。中学语文教学存在的这些问题,本质上都是语言文学和教育科学二者之间交叉地带的问题,许多是语言文学界无心去研究、教育界或无力来解决的跨学科交叉问题。

对于学生"作文说谎"现象突出的问题,中黎教授指出其主要根源有二:其一,近百年来,语文教育界在设计母语写作教学体系的核心范畴时存有失误，主要是将"文章""作文""日记写作""写作"等四大概念混为一谈，这导致了母语写作教学的范畴模糊、目标不分、笼而统之，并因而成效低下、"作文说谎"突出。其二，从我国的语文教学现状看，许多教师在设计母语写作教学过程时犯了分环节指导与训练不到位的失误，从而造成他们没有教会学生敏锐捕捉生活中的细节、掌握细节表现的技巧、真实还原生活中的典型细节，并把"真的"写得"像真的"；也没有教会学生掌握诸如"既出人意料之外，却又在情理之中"的虚构艺术原则，并训练学生掌握一些虚构、想象或编造的技巧，让他们把"假的"也写得"像真的"，使编造的文字符合生活逻辑的真实，这是"作文说谎"现象突出的另一根源。为此，中黎教授借鉴我国历代有成就的文人、学者、作家、教育家等都重视日记写作的经验，主张彻底颠覆传统的以"作文"为核心范畴的母语写作教学体系，重构一个以"日记写作"为核心范畴，由"文章""作文"等范畴来辅助补充，以"写作"范畴来统领全盘，四大概念范畴彼此分工、相对独立，又能相互渗透、通力合作的母语写作教学体系。以典范的文章（作品）样式为指引，引导学生写出既富有个体生命体验、言语生命意识和精湛学识、深厚学养，又具规范、纯正、巧而守法之言语表达技巧的文章，有条不紊全面有效地提升学生的母语写作修养。如此，我国基础教育阶段学生作文的创造性、个性化、意趣性不足和"作文说谎"现象突出等问题都可迎刃而解。日记写作可以帮助人们将日常的读书学习、生活体验、感悟思考、自我发展和言语文字训练、各体文章习作等项目联为一体，对促进我国历代有成就的文人、学者、作家、教育家等人的成长都发挥了重要作用，将传统的日记写作树立为母语写作教学体系的核心范畴，构建一个以其为核心，其他三个范畴相对独立又彼此发展并与日记写作这个核心范畴构成互补关系的全新体系，这需要语言文学界提供我国历代文人、学者、作家、教育家等在日记写作方面的诸多经验、教训和理论思考，为该母语写作教学体系的实践范式奠定坚实的学术基础，但这项工作此前没有学人来做，语言文学界无心去研究这个在他们看来与其关系不大的问题，教育界或许无力来解决这个表面看来是文学理论范畴，实质却是母语写作教育范畴的问题。中黎教授担任过多年中学语文教师，后获中国古典文学硕士学位，攻读博士学位期间又师从母语写作教育专家、"言语生命动力学"母语写作理论的奠基人潘新和教授，自感有责任来辑录我国历代日记文献，从中总结经验、寻绎规律，并建构中国日记文学理论，这不但可以完善中国特色的文学理论体系，而且对奠定新型的母语写作教学体系也构成强大的学术支撑。于此而言，中黎教授的研究解决了一个语言文学界无心去研究、教育界或无力来解决的跨学科交叉领域的重难点问题。

自然，该书的特点绝非上述四个方面，这仅是个人的一点阅读感受而已，不足以指导方家们的阅读。该书也有值得进一步推敲或斟酌的地方。如在古代部分，虽然标题均冠以"日记观"，事实上更多的是论析日记作品，这与相关材料的匮乏有关，但读起来感觉有些偏离标题；对一些日记文本进行细读的时候，有时没有从日记文学的文体特征入手，将日记文学作品当成了普通作品来分析，这自然就无法充分地呈现日记文学的特殊性；中华人民共和国成立以后，有关日记文学的理论十分丰富，出版的日记也数量众多，但该书这一部分内容明显薄弱。尽管如此，作为一部系统的日记文学理论研究著作，自有其成就和价值，将来从事日记文学研究的学者，可能很难绕过这部著作。

作为朋友和曾经的同事，借此机会向中黎教授表示祝贺！中黎教授还年轻，未来的学术道路还很长，愿他在未来的学术研究中取得更大的成就！

2020年中秋
于上海闵行

（序文作者张全之教授系鲁迅研究专家，中国近现代文学研究知名学者，上海交通大学人文学院博士生导师、长聘教授，曾担任重庆师范大学文学院院长。）

前　言

　　西汉初年王世奉日记牍（我国现存完好的最早日记）出土以来的两千多年间，我国累积的日记文论资料极为丰富，且成就非凡，但是零散、杂乱，未能引起学术界的足够注意，也一直缺乏系统的辑录、校勘和整理。当代学者关注日记文本的文学元素、文体特征和文学史意义，但未能建构相对成熟的中国日记文学理论；国外也有学者对中国日记文学理论颇感兴趣，但研究大多零散杂乱。本书运用当代人本主义哲学、文艺学对话理论、"言语生命动力学"母语写作理论等前沿学术思想，对中国历代文人、学者、作家、教育家等有心人士的日记写作和日记写作教育实践进行全面系统的审视，对他们的经验、看法、观念及针对经典日记文本的读后感等资料予以辑录、校勘、整理和钩沉。以史为鉴、缘史立论，在总结经验、反思教训和寻绎规律的基础上试图建构起中国日记文学理论，努力让我国传统的日记文学在新时代焕发出新的价值和魅力。在笔者看来，这项工作的意义在如下三个方面。

　　第一，它有助于丰富和完善中国特色的文论体系。日记文学是中国文学体系的有机构成部分，日记文学理论是中国文论体系中不可或缺的一个板块。即是说，缺少日记文学理论的中国文论体系是不完整的。本书致力于辑录、校勘、整理那些散落或佚失的中国日记文献资料——尤其是新文学发轫以来的日记文献资料，并以当代前沿学术思想为指导来总结经验、反思教训和寻绎规律，最终建构中国日记文学理论。这有助于丰富和完善中国特色的文论体系。

第二，它有填补研究空白（或薄弱地带）的学术初创价值。本书探讨的不是学科前沿研究问题，也不是热点问题，但它是一项初创性研究。有学者认为，文学教育缺什么，也不该缺日记写作教育。日记写作的衰亡，意味着文学教育的衰亡；日记写作的复兴，意味着文学教育的复兴。日记写作对于文学教育、人的言语生命成长的意义与价值，怎么说都不过分。为此，朱光潜反对"普通记日记只如记流水账"的做法，提倡"把日记当作一种文学的训练"，主张人们从日记写作入手树立看待日常生活的美感态度和艺术家看事物的眼光。但长期以来人们对日记文体的学术轻视导致了学术界对有关日记文论的文献辑校整理、对中国日记文学理论构建等工作至今处于空白。就是说，本书内容有填补研究空白（或薄弱地带）的学术初创价值。

第三，辑录、校对、整理我国自西汉王世奉日记牍以来两千多年间的日记文论资料，具有"拯亡救失"的现实价值。日记的文体地位在现实中处于极尴尬的境地：一方面，它作为中国历代文人基本的治学方式、生活方式，以及当代西方最重要的学习方法之一，时时被人们加以运用；另一方面，它作为一种"边缘"文体，或者如郁达夫所言是"正统文学"之外的一个文学宝藏，长期以来受到了不该受到的学术轻视乃至鄙夷。日记文体在当代文学理论研究中长期处于边缘地位，导致许多宝贵的日记文献资料散佚或丢失。在研究过程中，笔者及同人辑录、校对、整理了我国自西汉王世奉日记牍以来两千多年间的日记文论资料，汇编了近十八万字的《中国历代日记文论资料辑校》，第一次对中国日记文论资料做了全面、系统的文献整理，凸显了"拯亡救失"的现实价值。

此外，本书的研究还有着良好的应用价值。笔者阐明的新观点，总结和提炼的历代学人、作家（文学家）、教育家开展日记写作的好经验、好做法，可以用于我国母语写作教育体系的重构，即：彻底颠覆我国千百年来以"作文"为核心范畴的母语写作教育体系；重构一个以"日记写作"为核心范畴，以典范的文章样式为引领，以专注于方法、规范、技巧等能力提升的作文训练为重要辅助，引导人们生成和积累极具个性、生命感、意趣性和创造力的独特认识，并锤炼其纯正、规范、巧而守法等言语表达技能的母语写作教育新体系。这可以培养人们以艺术的、审美的、学术的眼光看待自己的日常工作、学习和生活，做到融人生的艺术化、生活的情趣化、思考的学术化、表达的纯正化于一体，不断触发新知，有效提升人们的母语写作修养。

第一章 绪论

　　日记是我国文学宝库的有机组成部分之一。日记或以巨帙独立存在于文坛，如徐霞客的旅游探险科考日记《徐霞客游记》，或以短章散见于作者全集中，成为这些文集的重要组成部分，如欧阳修日记《于役志》载于《欧阳文忠公文集》，黄庭坚日记《宜州乙酉家乘》载于《豫章先生遗文》卷十二。日记的序跋、撰者有关日记写作的只言片语、人们对一些日记的评读等，构成了日记文论的重要载体。

　　日记在我国起源很早。殷墟甲骨卜辞已非常重视对日常事态的记述，虽很少涉及日常生活，但卜辞问卦就是当时最重要的军政时事，甲骨卜辞中对日常事态的记述可以说是日记形式的最早胚胎。

　　有清代学者认为：日记或起于西汉陆贾、苏武、张骞等人的出使日记（但佚之不存），或源自东汉马第伯的《封禅仪记》，或肇始于唐代韦执谊的《西征记》。

　　但据近世出土文献，西汉王世奉的"日记牍"是迄今保存完好的有具体作者的最早日记。1980年4月，江苏邗江胡场五号汉墓出土了西汉时期的13件木牍遗文，其中能识读的有5件，分别是"神灵名位牍""日记牍""文告牍""丧祭物品牍"四类。经史树青、李学勤等文史专家辨认和释文，最后确定：墓的男主人叫王世奉，死于汉宣帝本始三年（公元前71年）十二月十六日。据上海博物馆人类组对王世奉夫妇遗骸所做鉴定，王世奉的头盖骨异常，怀疑是生前受刑或长期受重压所致，死的时候年龄在 30 岁左右，他的妻子更年轻，20 岁左右。日记牍片的正面有文字 12 行，依次为：

> 十一月二日道堂邑入
> 十日辛酉□□□道□来
> 十六日丁卯……高密来
> 十七日戊辰陈忠取敦于□狗□□来
> 廿八日己卯……剧马行
> 卅日辛巳……行
> 十二月十三日甲午徐延年行陈忠取狗来
> 十五日丙申……行
> 十六日丁酉青□随史行
> 廿日辛丑徐延年来
> 廿三日□□来
> 廿五日丙午行□实道堂邑来 ①

木牍片的反面有文字 7 行，依次为：

> 戊
> 己未
> 庚申
> 辛酉
> 壬戌
> 癸□ ②

根据木牍遗文的内容，学术界认为：出土的"日记牍"是王世奉生前的狱事日记，这也是我国迄今为止发现的最早的具有真正意义的日记文本。

唐宋时期开始大量出现日记。唐代日记有李翱的《来南录》、赵元一的《奉天录》；宋代日记极为丰富，主要有 16 人所撰的 27 种日记，另有一些单篇日记。

---

① 《江苏邗江胡场 5 号汉墓木牍、木楬、封检》，参见李均明、何双全编《秦汉魏晋出土文献：散见简牍合辑》，文物出版社 1990 年版，第 101—102 页。
② 同上书，第 102 页。

金代日记有王寂的《鸭江行部志》，元代有刘郁的《西使记》、徐明善的《安南行记》、刘敏中的《平宋录》、方凤的《金华游录》、郭畀的《云山日记》（含《寓杭日记》）等。

明清是我国日记撰写的高峰。明代有宋濂等 38 人所撰的几十部日记，清代共有 300 多人所撰的 700 多部日记。

民国时期和中华人民共和国成立后，日记更是百花齐放，获得了长足发展。

自西汉王世奉日记牍出土以来的两千多年间，我国的日记写作由萌芽、发展而至繁荣，历代日记写作经验也日渐丰富，关于日记和日记文学的观念和看法也繁荣发达起来，逐渐形成了自成体系的日记文学理论，但这一体系长期湮没，因而亟须学术界爬梳整理、勾勒提炼，以建构这一具有我国传统特色的日记文学理论，这也是建设当代中国特色文学理论的有机组成部分之一。

第二章 唐宋时期的日记文学观

概 述

在汉墓出土西汉初王世奉日记牍以前，唐代李翱的《来南录》被人们认为是我国保存完好的最早日记。

据日记史专家陈左高先生考证，唐代有三部重要日记，分别是李翱的《来南录》、刘轲的《牛羊日历》、赵元一的《奉天录》。李翱，字习之，生卒年不详，唐代陇西成纪人（一说赵郡人）。曾任国子监博士、史馆编修、考功郎、庐州刺史，山南、山东道节度使，韩愈门人，唐代古文运动的继承人，文风淳厚，有《李文公集》传世。元和四年（809年），李翱应岭南道节度使杨於陵邀请，从洛阳出发，经泗州、扬州、苏州、衢州、信州、虔州、大庾岭等地，前往广州任幕僚，本日记即是纪行之作。附日记文如下：

　　来南录①

　　（唐）李翱

　　元和三年十月，翱既受岭南尚书公之命，四年正月己丑，自旌善第以妻子止船于漕。乙未，去京都。韩退之、石浚川假舟送予。

---

① 周绍良主编：《全唐文新编》（第3部第3册），吉林文史出版社2000年版，第7200页。

明日，及故洛东孟东野第，遂以东野行。浚川以妻疾，自漕口先归。黄昏，到景云山居，诘朝登上方，南望嵩山，题姓名，记别。既食，韩、孟别予西归。戊戌，予病寒，饮葱酒以解表。暮，宿于巩。庚子，出洛下河，止汴梁口，遂泛汴流，通河于淮。辛丑，及河阴。乙巳，次汴州，疾又加。召医察脉，使人入卢。又二月丁未朔，宿陈留。戊申，庄人自卢又来，宿雍丘。乙酉，次宋州，疾渐瘳。壬子，至永城。甲寅，至埇口。丙辰，次泗州，见刺史假舟转淮，上河如扬州。庚申，下汴渠入淮。风帆及盱眙，风逆，天黑色，波水激，顺潮入新浦。壬戌，至楚州。丁卯，至扬州。戊辰上栖灵浮图。辛未，济大江，至润州。戊辰，至常州。壬午，至苏州。癸未，如虎丘之山，息足千人石，窥剑池，宿望梅楼，观走砌石，将游报恩，水涸舟不通，无马，道不果游。乙酉，济松江。丁亥，官艘隙，水溺舟败。戊子，至杭州。己丑如武林之山。临曲波，观轮桩，登石桥，宿高亭。晨望平湖孤山，江涛穷竹，道上新堂，周眺群峰，听松风召灵山永吟叫猿，山童学反舌声。癸巳，驾涛江，逆波至富春。丙申，七里滩至睦州。庚子，上杨盈川亭。辛丑，至衢州，以妻疾，止行居开元佛寺临江亭。后三月丁未朔，翱在衢州。甲子，女某生。四月丙子朔，翱在衢州，与侯高宿石桥。丙戌，去衢州。戊子，自常山上岭至玉山。庚寅，至信州。甲午，望君阳山怪峰直耸，似华山。丙申，上千越亭。己亥，直渡檐石湖。辛丑，至洪州，遇岭南使，游徐孺亭，看荷叶。五月壬子，至吉州。壬戌，至处州。己丑，与韩泰、安平渡江游灵应山居。辛未，上大庾岭。明日至浈昌。癸酉，上灵屯岭，见韶石。甲戌，宿灵鹫山居。六月乙亥朔，至韶州。丙子，至始兴公室。戊寅，入东荫山，看大竹笋如婴儿，过浈阳峡。己卯，宿清远峡山。癸未，至广州。自东京至广州，水道出衢、信七千六百里。出上元西江七千一百有三十里。自洛川下黄河、汴梁，过淮至淮阴一千八百有三十里。顺流自淮阴至邵伯三百有五十里。逆流自邵伯至江九十里。自润州至杭州八百里。渠有高下，水皆不流。自杭州至常山六百九十有五里。逆流多惊滩，以竹索引船乃可上。自常山至玉山八十里，陆道谓之玉山岭。自玉山至湖七百有一十里。顺流谓之高溪。自湖至洪州一百有一十八里。逆流自洪州至大庾岭一千有八百里。逆流谓之漳江。自大庾岭至浈昌一百有一十里。陆道谓之大庾岭。自浈昌至广州九百有四十里，顺流谓之浈江。出韶州谓之韶江。

《来南录》收在《李文公集》卷十八杂著，阮元的《广东通志·艺文略》五有录。《来南录》符合人们对日记的一般看法，是传统意义的日记文本。

当代日记史家陈左高先生认为，蒋偕的《蒋氏日历》、刘轲的《牛羊日历》、赵元一的《奉天录》是与李翱《来南录》并列的唐代日记。

中华书局点校的《旧唐书》《新唐书》，对蒋氏日历一词的理解和标点出现了分歧：《旧唐书》点校本视蒋氏日历为私家著述，故标点为《蒋氏日历》；晚唐宜兴蒋氏三代为皇帝修撰实录和日历，以其谙于典故的学风、颇具特色的史评、通识而深于议政的经世精神，被时人誉为"蒋氏日历"，《旧唐书》点校本认为蒋氏日历一词是时人对蒋氏"三世踵修国史"、颇有建树的赞誉，故标点为"蒋氏日历"。就是说，陈左高先生所谓蒋偕《蒋氏日历》并不存在。

刘轲的《牛羊日历》是一部日记体小说，记录了有关"牛李党争"的民间传闻，载《新唐书·艺文志三》小说家类。所以，刘轲的《牛羊日历》不是真正的日记。

赵元一的《奉天录》是一部军政时事日记。《奉天录》是现存的唯一一部详尽记载了唐德宗在经历四镇之乱和泾原兵变后被迫逃往奉天（今陕西乾县）的私家著述。有史家认为：唐代的私史有许多是时任军政高官的幕僚（记室）所撰，赵元一应该是奉天守军主帅浑瑊的幕僚或记室，当时同在围城中，排日记录了他被困围城的亲身经历和所见所闻。据此，笔者认为赵元一所撰的《奉天录》是一部军政时事日记。

综上，李翱的《来南录》、赵元一的《奉天录》是现存的两部唐代日记。

宋代日记很丰富，主要有16人27种日记，另有一些单篇日记。因为划分标准不同，日记分类极为复杂。为叙述方便，笔者按题材范畴、审美特质和写作目的将宋代日记分为三大类。

第一，行记类日记。以作者出行的行程和沿途见闻风景为重要内容，又可以分为出使日记、赴任日记、出游日记三小类。行记类日记主要有：路振的《乘轺录》、欧阳修的《于役志》、徐兢的《使高丽录》、周必大日记三种（《归庐陵日记》《泛舟游山录》《壬辰南归录》）、楼钥的《北行日录》、范成大日记三种（《揽辔录》《骖鸾录》《吴船录》）、陆游的《入蜀记》、吕祖谦的《入越记》、周煇的《北辕录》、严光大的《祈请使行程记》等。

第二，军政时事日记。以记录作者亲历的军政时事为重要内容，此类日记主要有：王安石的《舒王日录》、赵抃《御试备官日记》、曾布的《曾公遗录》、李纲的《靖康传信录》、辛弃疾的《南烬纪闻》钞本、赵鼎的《建炎笔录》、周必大日记六种（《奉诏录》《承明集》《辛巳亲征录》《龙飞录》《乾道庚寅奏事录》《思陵录》）。

第三，日常生活类日记。以作者的日常生活琐事为重要内容，此类日记主要有：黄庭坚的《宜州乙酉家乘》、周必大的《闲居录》。

此外，按篇幅长短，日记又可分为单则日记和日记巨帙。

因为唐宋日记过于繁杂丰富，人们研究此时的日记文学观时不可能对其中的每部作品都进行全面深入的探析。鉴于此，笔者拟选择这些日记中的代表作，以其为样本，用样本研究和宏观概览相结合的方法，借以窥探唐宋时期人们对于日记文学的主要观念；又因为唐代日记极少、有重要价值的文献几乎没有，且与宋代日记有一脉相承的联系，故不对唐代日记作单独的样本研究，只将其和宋代日记置于同一范畴内研究。所选的日记样本主要是：单则日记有苏轼的《记承天寺夜游》，行记类日记有陆游的《入蜀记》，军政时事日记有两宋朝臣李纲、王安石、周必大等人的政事日记，日常生活日记有黄庭坚的《宜州乙酉家乘》。

第一节　苏轼的日记文学观
——从单则日记《记承天寺夜游》谈起[①]

《记承天寺夜游》是古代文体跨界写作的范本，体现了日记向小品文的迁移转化。以该文为研究个案，探讨从日记向小品文迁移转化的路径和规律，分析俗与雅、实用与审美等写作形态的界限，以及对当代文体跨界写作的启发与借鉴。

袁行霈主编的《中国文学史》认为：《记承天寺夜游》当为宋代笔记小品的"妙品"。[②] 然而对于该小品究竟"妙"在何处，袁先生主编的《中国文学史》因限于"史略"体制没有深入阐述。这可能会引发读者的如下不解。

其一，难道"全文仅八十余字，但意境超然，韵味隽永"[③] 的简评，或"闲人独赏月夜美"的赏析式解读[④]就能承载"妙品"的定评吗？

其二，《记承天寺夜游》与晚明散文又有着怎样的渊源？有学者指出："尤其是（苏轼的）小品文，是明代标举独抒性灵的公安派散文的艺术渊源。"[⑤]——能被小品文鼎盛期的晚明时代奉为艺术渊源，这可不简单！那么，被誉为"妙品"的《记承天寺夜游》，对晚明小品乃至后代散文，究竟产生了什么影响？

因为有这些疑问，我们必须对苏轼的"妙品"之作——《记承天寺夜游》，进行写作语境的还原分析，洞悉其中奥秘。又因该文篇制短小且浑然一体，为理解的方便，现以"喜月、寻人同赏、迷幻醉月、

[①] 原题名《迁移与转化：从日记到小品文——试析苏轼日记〈记承天寺夜游〉的文体跨界写作》，载《重庆师范大学学报》（哲学社会科学版）2012年第3期。
[②] 莫立峰、黄天骥：《中国文学史》（第三卷），高等教育出版社2000年版，第70页。
[③] 同上。
[④] 王麦巧：《闲人独赏的月夜美——苏轼〈记承天寺夜游〉赏读》，《名作欣赏》2008年第6期。
[⑤] 莫立峰、黄天骥：《中国文学史》（第三卷），高等教育出版社2000年版，第83页。

第二章　唐宋时期的日记文学观

叹月"为情感线索，将其析为有着"起、承、转、合"之内脉贯通的四层：

记承天寺夜游

　　元丰六年十月十二日，夜，解衣欲睡，月色入户，欣然起行。/念无与为乐者，遂至承天寺，寻张怀民。怀民亦未寝，相与步于中庭。/庭下如积水空明，水中藻、荇交横，盖竹柏影也。/何夜无月？何处无竹柏？但少闲人如吾两人者耳。

沿着以上疑问，抛弃通行的文本赏析式思路，从"言语生命动力学"母语写作理论①来重新审视《记承天寺夜游》，则可以看到苏轼追求的另外一重境界，即：审美意境的宁静与热烈、生命状态的闲适与忙碌、文本体制的通俗与精雅等多重对立的因素，是多么和谐地交融于一体！

一　审美意境的宁静与热烈

"言语生命动力学"母语写作理论认为，受到激赏的文本都有作者内在的生命性动机。笔者认为，这往往构成经典文本的最大价值点、审美点和个性点，是该文本的生命内核之所在；《记承天寺夜游》的文本生命内核在该文第三层，即："庭下如积水空明，水中藻、荇交横，盖竹柏影也。"

通行的观点认为，这是一幅意境宁静素雅的水墨画，显出了清幽脱俗的气韵。——那如水的月光使庭院笼罩在一层淡淡的银灰下，月光下，竹柏挺立，倒影斑驳，隔着隐隐约约的轻纱，那竹柏影就如同水中的藻、荇，一切是那样娴静、安谧，无声无息。月、柏、竹的中国文化象征意义，承天寺作为佛门清幽之地的背景，都赋予了该文以宁静素

---

① 潘新和：《语文：表现和存在》（上卷），福建人民出版社2004年版，第249—251页。

雅、清幽脱俗的意境。①

但笔者认为，这只看到了文本的一面，没有看到另一面。另一面是个什么世界呢？那是一个充满窃喜、迷幻和感动的热烈世界。它显现了作者内在的生命律动、让文本充满奇幻的魅力，更是千百年来让人们对文本爱不释手、将其命名为"妙品"的缘由。试还原如下。

首先，"庭下如积水空明"一句，透露了作者苏轼乍一见到"积水空明"时那一刹的窃喜。

苏轼喜爱"空明"之景。此文之外，他还有许多诗句是对"空明"一词的咏叹。如《前赤壁赋》云："桂棹兮兰桨，击空明兮溯流光。"《海市诗》曰："东方云海空复空，群仙出没空明中。"据统计，在中国的文人作品中，"空明"或指月色下的水波、或指天空的清澈澄净（如苏轼的诗句）、或指心性洞彻而灵明（如苏辙《读旧诗》："老人不用多言语，一点空明万法师。"）、或指视界的空旷而澄清（如韩愈《祭郴州李使君文》："航北湖之空明，觑鳞介之惊透。"）……苏轼当时窃喜于承天寺庭下的"积水空明"之景，自有深刻缘由。简言之，除了表征他偏爱清澈澄净的自然美之外，应该还有佛教徒"水观修习"法的影响。"水观修习"是佛教的一种修炼方式，其要领是：首先专心致志地观想"水"的清澄，进而观想己心、己身乃至周围的一切皆如水一样的澄澈空明，这样，其心便达到了清净虚寂的境界。佛典《楞严经》描述了"月光童子（月光菩萨）修习水观"而得圆满之事。苏轼是一位"书生学佛者"，他以文学的态度出入佛教经典。有学者考证，"其文雅丽"的《楞严经》是苏轼一生随时阅览的佛典，他晚年谪居儋州时有诗云："《楞严》在床头，妙偈时仰读。"可见，《楞严经》中的"月光童子（月光菩萨）修习水观"之事应该对其颇有影响。② 因而，苏轼在承天寺的庭下乍一见到"积水空明"时，心里的窃喜也就难免

---

① 王麦巧：《闲人独赏的月夜美——苏轼〈记承天寺夜游〉赏读》，《名作欣赏》2008 年第 6 期。

② 梁银林：《佛教"水观"与苏轼诗》，《西南民族大学学报》（人文社会科学版）2005 年第 3 期。

了！他此时颇有一种"于我心有戚戚焉"的快感——那如水的"空明"让他洗去了身心的"尘垢",感到了灵明洞彻、洁净澄澈、了无尘埃,而归于寂静无澜。苏轼作于元丰三年的《安国寺浴》云:"老来百事懒,身垢犹念浴……尘垢能几何,翛然脱羁梏。……心困万缘空,身安一床足。岂惟忘净秽,兼以洗荣辱。"这当为他忘情投入此类追求的文字注解。

其次,"水中藻、荇交横"一句,透露了苏轼窃喜之后而忘情投入、迷幻"醉月"的独特姿态。

此句前,苏轼在"庭下如积水空明"一句中,还不忘用"如"字修辞格;但在这里,他却忘记使用了。他观水而忘神、灵魂出窍了——忘记了是在承天寺的庭下、是在月华铺地的竹柏下,他浸润在这一泓可爱的水体,忘情于水中那精灵般的"藻、荇",竟一时有"不知藻荇为竹柏影,竹柏影为藻荇"的迷狂。显然,这是一种"醉月"的独特姿态!

再次,"盖竹柏影也"一句,表达了作者苏轼在忘情投入、迷幻"醉月"之后的知觉回归。

一个"盖"字,在此含义丰富。一方面,它是一个连词,用来连接上句,表示原因,有"原来"的意思。(如《狼》:"盖以诱敌。")这保证了该句在语义连贯上的逻辑性。另一方面,它演绎了苏轼从迷幻"醉月"状态中猛然惊醒的细微心理轨迹——"哦,我搞错了!原来是竹柏影。"这就交代了苏轼一刹间的知觉回归。于此,苏轼终于明白了他是在承天寺的庭下、是在月华铺地的竹柏下,不是浸润在那一泓可爱却虚幻的水体里。

最后,文字之外的隽永余味——感动。

这一层作为文本的生命内核虽只有三句话,但三句之外却还有余味袅袅,那就是苏轼所获得的生命感动,显然文本将其省略了。我们设想,当苏轼的目光由"调皮"的竹柏枝条延伸到当空的明月时,他难道不会彻悟:自己所看到的这副宁静素雅、清幽脱俗的水墨画,自己所经历的生命高潮体验——由乍见"积水空明"而窃喜、由窃喜而迷幻"醉月"、由迷幻"醉月"而猛然惊醒,不都是明月所赐吗?原来被当作审美客体的"月",却是这么一位有审美创造力的主体,是它"导演"了刚才的一切!用如水的光华与竹柏的枝条来造影,让自己有了如真如幻、如痴如醉的美妙经历!它那么体贴温馨知心,给失意的人儿造了个特所喜爱的"积水空明"之景。总之,在苏轼眼里和心中,明月不是无情物。

总之,《记承天寺夜游》的审美意境是宁静的,更是热烈的——它在宁静的背后隐藏着作者火一样的生命激情!

二 生命状态的闲适与忙碌

《记承天寺夜游》写于苏轼因"乌台诗案"被贬谪于黄州时,黄州远离京都汴梁和故乡眉山。其时,他虽名为黄州团练副使,但限定"本州安置,不得签书公事"。也就是说,他被弃掷在正常的政治圈子之外,成了"闲人"。从此,生活困顿、仕途挫折、羁旅乡愁一齐袭向他。这是苏轼遭遇的一次沉重打击。

面对人生挫折,苏轼选择了怎样的生命姿态呢?——他没有如屈原一样抒写"众女嫉余之蛾眉兮,谣诼谓余以善淫"的愤激之言,没有如白居易一样低吟"同是天涯沦落人,相逢何必曾相识"的愁哀之词,也没有如陶渊明一样高唱"羁鸟恋旧林,池鱼思故渊"的隐逸之调,而是选择了另一种态度——取白居易的"闲适"[①]却又超越之,怀童心之趣、赤子之情,与天地自然对话,不时为自己独特的审美发现而自鸣得意。这在苏轼的笔记小品集《东坡志林》中表现得很突出,而《记承天寺夜游》则是其中的突出代表。

如将文本中的"迷幻醉月"经历看作一幅水墨画,那之前则有"欣然喜月"图、"寂寥者强作欢颜"图,之后还有"叹月开怀"图。

第一,"欣然喜月":"元丰六年十月十二日,夜,解衣欲睡,月色入户,欣然起行。"

[①] 袁行霈、罗宗强:《中国文学史》(第二卷),高等教育出版社2000年版,第356页。

一个"欣然"之词,即把本已解衣上床的苏轼,一见月色便兴冲冲地穿衣,复从床上爬起,那童稚之态、赤子之情,活灵活现地勾绘了出来。其时苏轼46岁,正值"乌台诗案"后被贬黄州。可见,苏轼虽迟暮困顿,却仍有童心之趣。

第二,"叹月开怀":"何夜无月?何处无竹柏?但少闲人如吾两人者耳。"

这是苏轼在经历"迷幻醉月"后,不由自主发出的喟叹。把这文绉绉的反问换成大白话,别有一番风味:"哈哈!哪个夜晚没有月亮?哪个地方没有竹柏?但除了我和张怀民,别人却看不到这番美景、体验不到这般美妙。哦,还是少了两个像我们这样的闲人!"总之,那孩童般自鸣得意的"嘴脸"跃然纸上。

这一份孩子般调皮的天发机趣让人艳羡!同时,也尽显了苏轼面对人生挫折而能释然开怀的豁达。

他的这番喟叹、自鸣得意、释然开怀,对于那一刹所曾享受的审美高潮体验,产生了极具张力的烘托与渲染。美的体验是难忘的!但细心体察,这番充溢童趣的豁达之"闲"还透露了一丝难以掩抑的孤独与压抑,这是苏轼在面对明月要"寻人同赏"的原因。——也描绘了一幅"寂寞者强作欢颜"图。

苏轼就这样地"闲"着——做一个与天地自然对话、不时为自己独特的审美发现而自鸣得意的"闲人"。当然,"闲人"的对立面是"忙人"。那么,芸芸众生中的"忙人"都在忙些什么呢?如果读一读《平屋杂文》记载的俗谣《闻歌有感》,就让人别生感慨了:

闻歌有感[①]
一来忙,开出窗门亮汪汪;
二来忙,梳头洗面落厨房;
三来忙,年老公婆送茶汤;

[①] 夏丏尊:《平屋杂文》,中国文联出版公司1998年版,第42页。

四来忙，打扮孩儿进书房；
五来忙，丈夫出门要衣裳；
六来忙，女儿出嫁要嫁妆；
七来忙，讨个媳妇成成双；
八来忙，外孙剃头要衣装；
九来忙，捻了数珠进庵堂；
十来忙，一双空手见阎王。

这首俗谣是描述旧时女子的命运，却能让人想起那句"万事分已定，浮生空自忙"的古语。一生忙忙碌碌的，又岂止是旧时女子？更岂止是女子？明代朱载堉的小曲《山坡羊》咏叹了世人的"十不足"，也是妙趣横生：

山坡羊①

逐日奔忙只为饥，才得有食思为衣。
置下绫罗身上穿，抬头又嫌房屋低。
盖下高楼并大厦，床前缺少美貌妻。
娇妻美妾都娶下，又虑出门没马骑。
将钱买下高头马，马前马后少跟随。
家人招下十数个，有钱没势被人欺。
一铨铨到知县位，又说官小势位卑。
一攀攀到阁老位，每日思想要登基。
一日南面坐天下，又想神仙下象棋。
洞宾与他把棋下，又问哪是上天梯？
上天梯子未做下，阎王发牌鬼来催。
若非此人大限到，上到天上还嫌低。

---

① 徐海荣：《中国娱乐大典》，华夏出版社 2000 年版，第 371 页。

此外,《红楼梦》中的《好了歌》《好了歌注》等许多文学作品都对忙人们的"忙"进行了深切悲悯或辛辣的嘲讽。

苏轼不要这种"忙"——为生计而忙,为权位而忙,为名誉而忙,为财货而忙,为算计攻讦而忙,为子女而忙,为不知为何忙而忙……奔波在人生的旅途,忙得常常失去了自我、真我,忙得几乎没有了自己的想法,这不是苏轼所希望的。

苏轼宁愿做一个"闲人",他在一首词中唱道:"几时归去,作个闲人。对一张琴,一壶酒,一溪云。"(《行香子》)显然,这种"闲"打上了他自觉投身于艺术的印记。苏轼追求的是"能闲世人之所忙者,方能忙世人之所闲"的人生境界,他要做一位忙着与天地自然对话的"闲人"。他这样想,也这样做。为此,他寄情于文艺,晚年曾总结道:"问汝平生功业,黄州、惠州、儋州。"(《自题金山画像》)即是说,他最高的文学功业恰成就于被贬黄州、惠州、儋州这三个人生低谷期。可见,《记承天寺夜游》的"闲人"一词饱含了苏轼对人生之"忙"与"闲"关系的哲性思辨,也隐含了他对高居庙堂却忙于争权夺利、算计攻讦的高官政客以嘲弄、讽刺的心理。

可见,苏轼的"闲适",蕴含着令人怦然心动的审美经验、孩子般调皮的天发机趣、面对挫折而释然开怀的豁达、冷峻而深刻的哲思,以及失意与落拓、孤独与压抑、嘲弄与讽刺的多样情怀。它超越了白居易"知足保和"的闲适姿态,又给晚明崇尚"童心"、标举性灵的公安派散文以启发。

三 文本体制的通俗与精雅

从内容上看,《记承天寺夜游》是极为精美的,堪称"妙品";同时,在文本形式上也不辱"妙品"的定评,它体现了日记向小品文的过渡,是日记与小品文的文体跨界写作。

首先,从文本体制看,《记承天寺夜游》可说是一则日记。它记录了苏轼在元丰六年十月十二日那晚的一场经历和一番感受。日常生活的琐碎性和日常情境中随遇而生的感受，使文本有很强的生活原生态和内容的世俗性。

从中国历代的日记写作实践看，日记是记载个人日常的言行、思想、情感等平日行迹的文字，是作者以系年、系月、系日的形式，对日常所见、所闻、所历、所思、所感等内容有所选择的记录。它不仅包括一般的日常记事，还包括札写平日的杂感、随感及读书心得体会等。其本质不是创作，而是记录性写作；其根本目的亦不是审美，而是实用。

有学者猜想，日记起源于上古的"结绳记事"，①他们认为：二者之"记"是相通的，日记不过是文字发明后的记忆方式，即文字符号取代了"绳结"记号。现代学者朱光潜却认为：日记应是脱胎于编年纪事体史书，只不过，以官方身份写成的编年纪事可以名之为"国家日记"，而以私人资格写成的编年纪事则几乎可以说就是所谓的"日记"了。"国家日记"（编年纪事史）是以国家为中心，一般不记私人琐事，纵或偶然破例，亦因私人琐事有关国家大事；而日记以作者个人为中心，一般不记国家大事，倘若记到国家大事，也是以个人的眼光去看，或者事件直接间接地与自己有关。据此，朱光潜给"日记"下了个定义："日记是作者站在他的资禀、经验、修养所形成的观点上，以自己为中心，记载每日所见所闻。"②

在很多时候，日记是简略的、粗疏的，它不太讲究体式规范、行文技巧和文字斟酌，是一种最为自由的写作。宋代以前，中国的日记还主要是呈现出这些特点，基本功能是简单的记事备忘，如现存最早的日记文献——西汉王世奉的日牍，及唐代李翱的《来南录》日记——篇幅短小，短则寥寥几字，长则数百字，按照时间叙述一天的活动情况，只如记流水账，或是作枯燥无味的起居注。总之，记事备忘的实用性、体式技巧的简略与粗疏、写作内容的日常与琐碎，都构成了日记文的

---

① 张鸿苓：《一般书信笔记日记》，北京师范大学出版社1994年版，第144—145页。
② 朱光潜：《日记——小品文略谈之一》，参见朱光潜《谈读书》，天津人民出版社1998年版，第130页。

"俗"，与高雅的文学有着一定的界限。这是日记文的通行记法，被学者称为"普通日记"。①

虽如此，人们仍认定日记是最具个体生命体验与个性生命意识的文字写作行为，也最能表现一个人的人格。如作家周作人说："日记与尺牍是文学中特别有趣味的东西，因为比别的文章更鲜明地表出作者的个性。……是更真实更天然的了。"② 笔者认为，正是日记不讲究体式规范、行文技巧和文字斟酌，也不避简略与粗疏，因此它没有拘束，遇有感触遭际，就能随时记录，片言零语如群星罗布，各自放异彩。即便如记"流水账"或是作枯燥无味的起居注，它应该也不乏隐性的个体经验与生命意识；因为作者之所以记，自有记的理由，内中必有作者的某种思虑、考量。只不过，这些思虑和考量没有形之于文本；如形之于文本，难保不是极精妙的文学性内容。这一点，当代作家张贤亮的长篇小说《我的菩提树》已经予以了证实。《我的菩提树》最初是作家在"文化大革命"时写的一部日记，因为当时特殊的社会背景，他只在日记中做了极简略、粗疏乃至"流水账"式的记录，但这些简略记录的背后都有着一个个令人震撼或心动的故事，等到时代许可，张贤亮采取"日记"+"注释"的方式，曲尽其妙地叙写了那简略得如"流水账"一般的每则日记背后所隐藏的故事，构成了一部有文体跨界意味的文学作品，并在国内外颇有影响。这部小说如果逐篇分开看，许多篇都称得上优美的叙事小品，但连起来看，又可以构成一部优秀的抒情写实小说。

所以，笔者认为：日记之美，不在其体式、技巧或文字，而在于它是否从个人眼光对日常琐碎中那令人心动的"一刹"予以精确捕捉，以及对当时"事、态、情、境"的敏锐感觉。这就够了！因为这是一切作品之具生命内核的根本。这一点上，《记承天寺夜游》是成功的！

其次，《记承天寺夜游》是与"普通日记"不一样的日记，具有如

---

① 朱光潜：《写作练习》，参见朱光潜《谈美·谈文学》，人民文学出版社1988年版，第167页。

② 周作人：《日记与尺牍》，《语丝》1925年第17期。

"小品文"等文学性文本的重要特征。

前文提到，被学者称为"普通日记"的日记，一般篇幅短小，按时间叙写一天的活动情况，如只记"流水账"，或是作枯燥无味的起居注。常常毫无拘束，不讲体式规范、行文技巧和文字斟酌，显得较简略与粗疏。《记承天寺夜游》作为一则日记，与之却有很大不同，这表现在以下两点。

其一，作者善于紧紧抓住自己当下在承天寺庭下因迷幻醉月而感动的"那一刹"，将其衍生、延伸为可以审视与想象的四个片段——见"积水空明"而窃喜、由窃喜而迷幻"醉月"、由迷幻"醉月"而猛然惊醒的知觉回归、由知觉回归而生无限的感动。这样，"一刹"的感觉不再缺乏审视的层次，它由于被"审"而延长了，"视"的感觉也强化了，向审美作某种程度的转化也就有了可能。关键是，它把作者所经历的审美高潮的整个过程在读者的想象中展示了出来。

其二，作者有意地以自己在承天寺庭下因迷幻醉月而感动的"那一刹"作为文本的生命内核，使文本的整个行文都紧紧围绕这一内核，前有铺垫陪衬、后有渲染烘托。总之，是为了突出自己因迷幻醉月而感动"那一刹"的审美高潮体验。从而，形成了一个以"喜月、寻人同赏、醉月、叹月"为线索的、有着"起、承、转、合"之内脉贯通的文本叙事框架。加之作者的文字功底与极美的意境，最终使文本呈现了叙写之婉、情境之美、议论之妙、文笔之精的审美形态。

尽管《记承天寺夜游》与"普通日记"有很大不同，但它仍属于日记，是作者对当下日常生活中某时、某地、某境中某一段自我生命历程的真实记录。然而，因为作者注意了以上两点做法，文本就精致了、雅化了，"小小篇什，婉曲有致"的小品文特性也就形成了。

无论是宋人小品还是晚明小品，其中有许多是作者在日常生活中耳所听闻、心所研习的史事杂录、考据辩证、诗文评论、小说故事，大多属于学术论著的性质，即笔记的性质有余而日记的性质不足；或者虽是作者的日常生活记录，也富有生活化、个人化的东西，但却是作者对往昔生活的追忆，缺乏日记记录的当下性，如张岱的《陶庵梦忆》等；或者虽是日常记事、记感，却又是听闻和记录别家之事，不是对作者个人的自我记录。但是，在这些小品文作品之外，另有一类是记录作者当下的日常生活的——对日常生活中所见、所闻、所历、所思、所感等有所选择的记录。这类小品文则是日记了，它已经脱去了"普通日记"的简略与粗疏，而呈现出精致化、审美化的特征，其本质仍是日记，但它体现了日记向小品文的过渡，是日记与小品文的跨界写作。《记承天寺夜游》就属于这类日记，笔者认为可以称之为"小品化日记"。我国20世纪前期的许多新文学名家，是主张写这种日记的，如郁达夫、朱光潜、黎锦熙、叶圣陶、周作人等，并认为这种日记是学习文学的最便当体裁。①

就是说，从"普通日记"到"小品化日记"，说明了"俗"与"雅"、实用与审美等写作形态之间并没有绝对界限，将"日记"文本中最具个体生命体验与个性生命意识的显性或隐性成分迁移转化为各体文章写作乃至文学创作中的个性化与创造性的表达内容，使新的文本获得令人着迷的魅力，是可行的，也是必要的！一般而言，这种迁移转化可以分为两个时段来错开完成，也可在一个时段内同步完成。《记承天寺夜游》当属后者！

第二节　黄庭坚的日记文学观
——从日常生活日记《宜州家乘》谈起

《宜州家乘》是我国古代传世的第一部日常生活日记，有着不容忽视的文学意义和多方面价值。它以日记的形式提供了一个中国士人应对人生挫折的生活范本。它在叙事、抒情、形象表达等方面展现了日常生活日记所具有的文学性。细读《宜州家乘》，并结合其序跋、评论和相关读后感的研究，可以管窥宋人日记文学观的奥妙。

---

① 郁达夫：《日记文学》，参见郁达夫《郁达夫文集》（第五卷　文论），花城出版社1982年版，第261—267页。

黄庭坚晚年谪迁宜州（今广西）的岁月是凄惶的。崇宁元年五月乙亥（1102年五月二十一日），北宋朝廷同意了御史邹余的奏报，准拟追夺元祐党人的官秩，黄庭坚作为苏门四学士之首自难幸免。在这样的政治氛围下，黄庭坚仍然应约为荆州承天寺写下碑记《荆南承天院塔记》，并依例在碑记文完成后将荆州地方官员题名其上，但因疏忽而落下了刚派来做湖北转运判官的监察御史陈举。陈举怀恨，故曲解文字，诬陷碑记文"讪谤朝廷"，向黄庭坚的宿敌、时任执政赵挺之告了一状，赵挺之趁机构陷。于是，黄庭坚在崇宁二年（1103年）十一月被贬谪宜州。经过长达半年多的跋涉，黄庭坚于崇宁三年（1104年）五六月间孤身一人抵达宜州。此前，因为路途上天气炎热、家人身体不适，随行家属被留在了赴宜途中的永州，是年他59岁，离辞世不过一年多光景。垂暮老人以一介谪臣的身份来到瘴疠可畏、人生地疏的南疆小城，其处境可想而知。黄庭坚刚到宜州，水土不服，身体极为不适，他在给友人的信中写道："不肖昨到宜州，以道中冒热饮冷，病滞二三下行，既又作暴下，亦半日余，方少安，今幸复完矣。……"① 此外，初到宜州的黄庭坚还屡受欺凌，不遑起居，他在《题自书卷后》写道："崇宁三年十一月，余谪处宜州半岁矣。官司谓余不当居关城中，乃以是月甲戌抱被入宿于城南，予所僦舍喧寂斋，虽上雨傍风，无有盖障，市声喧愦，人以为不堪其忧……"② 陆游的《老学庵笔记》对此记载道："鲁直至宜州，州无亭驿，又无民居可僦，止一僧舍可寓，而适为崇宁万寿寺，法所不许，乃居一城楼上，亦极湫隘，秋暑方炽，几不可过。一日忽小雨，鲁直饮薄醉，坐胡床，自栏楯间伸足以受雨，顾谓廖曰：'信中，吾平生无此快也。'未几而卒。"③ 读着《老学庵笔记》中的文字，遥想黄庭坚当年的垂暮之"快"，几乎让人酸楚欲泪。在凄惶

---

① 黄庭坚：《答长沙崇宁平老》，参见黄庭坚著，郑永晓整理《黄庭坚全集辑校编年》（中册），江西人民出版社2008年版，第1302—1303页。

② 黄庭坚：《题自书卷后》，参见黄庭坚著，屠友祥校注《山谷题跋》，上海远东出版社1999年版，第10页。

③ 陆游：《老学庵笔记》，青岛出版社2002年版，第57页。

的岁月里，名满天下的一代诗人、大书法家黄庭坚，对生命最后岁月中（乙酉年正月初一至八月二十九日）每天的居宜（宜州）生活"皆亲笔记其事"，加之"字画特妙"，最后竟写成一部备受后人珍爱的著名日记《宜州乙酉家乘》（简称《宜州家乘》）。细读这部日记，结合其序跋、评论和相关读后感的研读，人们对这部宋人日常生活日记的文本价值、文学性元素和叙写观念会有如下认识。

一 《宜州家乘》以日记的形式提供了一个中国士人应对人生挫折的范本

《宜州家乘》以排日记录的日记形式，记录了黄庭坚自兄长黄大临赴宜探望后至其去世前共九个月（乙酉年正月初一至八月二十九日，含闰二月）的日常生活，去掉其中缺佚的部分，现存黄庭坚居宜（宜州）期间230天的日记。这230天的生活记录得非常琐细，但没有一语及于政事和个人恩怨。日记主要记录了如下内容。

第一，记天气变化。

关注和记录宜州每天的晴雨天气变化是黄庭坚晚年日记的主要内容之一。在230天的日记中，只记晴雨而无其他记事者共计86天。乙酉年的八月共29天，有记事的仅有7天，另有21天只记一个"晴"字——从八月十三日到二十五日一连12天的记事中只记有一个"晴"字（其中十八日记录空白，疑漏刻）。可见，专心关注和认真记录每天的晴雨天气变化是黄庭坚晚年贬谪生涯中的必修课。

第二，记亲友往来。

黄庭坚晚年日记《宜州家乘》中出现的人物约有六十人。这些人中除亲人外还有五十人，大多是黄庭坚编管宜州后的新识者。黄庭坚与亲友间的交往形式，一是书信往来，一是走访晤谈。

亲人间的交往，最让人感动的是黄庭坚与兄长黄大临（字元明）的往来。《宜州家乘》的第一则日记记录的就是黄大临不远千里从江西萍乡县令的任所出发，跋山涉水，在永州会合黄庭坚的好友唐次公，两

人于乙酉年正月初一前几日抵达宜州探望黄庭坚的这件事,《宜州家乘》乙酉年正月初一的日记记载道:

> 四年春正月庚午朔。元明自永州与唐次公俱来,居四日矣。是日,州司理管及时当来谒元明。饮屠苏。①

此后,黄大临在宜州盘桓四十余日,陪伴贬谪异地孤身一人的黄庭坚下棋、散步、访友、游览、沐浴、偶尔也喝一喝酒……这是《宜州家乘》在这段时间的记录内容,这样的生活持续到乙酉年二月六日黄大临离去。

友人间的交往,最让人感动的是蜀中义士范寥(字信中)与黄庭坚的往来。《宜州家乘》乙酉年三月十五日记载:

> 十五日壬子,晴。成都范寥来相访,好学之士也。得相、桄书。②

黄庭坚这天的日记记了两件事:一,有一位素昧平生、名叫范寥的仰慕者历山川江湖之险、不远万里之遥专程从建康(今南京)赴宜州来拜访、陪伴处于困境中的黄庭坚,黄庭坚在这天见到了范寥;二,黄庭坚在这天收到了儿子黄相、侄儿黄桄的书信。这天是范寥在《宜州家乘》中第一次出现的日子,从这天起范寥就开始了他陪伴黄庭坚"围棋诵书,对榻夜语,举酒浩歌,跬步不相舍"③的生活。在黄庭坚以疾离世的时候,他身边没有一个亲人,是范寥照顾黄庭坚、陪伴着这位孤寂的老人度过生命的最后时刻,其后也是范寥协助办理黄庭坚的后

---

① 黄庭坚:《宜州乙酉家乘》,参见黄庭坚《黄庭坚全集》(第四册),四川大学出版社 2001 年版,第 2331 页。
② 同上书,第 2339 页。
③ 范寥:《宜州乙酉家乘·序》,参见黄庭坚《黄庭坚全集》(第四册),四川大学出版社 2001 年版,第 2439 页。

事。《宜州家乘》中自范寥到来后的日记现存127天,有21天记有范寥。日记细致地记录了范寥与黄庭坚相伴的日常生活,他俩的生活有如下几类。

一是邀集朋友聚会喝酒。比如:

(三月)二十一日戊午,雨。何潽、范寥同饮。①
(四月)二十九日丙申,四鼓欲竟,大雷雨,……。郭全甫置酒于南楼,与者四人,予及刘君赐、管时当、范信中。……②
(五月)十六日壬子,雨。李元朴置酒郭全甫之东轩,与者向日华、邵革、管及、王彦臣、贾琪、刘焕、高权、范寥、欧阳襄,其一客则余也。……③
(七月)初三日戊戌,晴。郭全甫携酒来,与李元朴、范信中、欧阳佃夫同饮。④

何潽、郭全甫、向日华、邵革、管及、王彦臣、贾琪、刘焕、高权、欧阳襄(字佃夫)等都是宜州本地人,他们是黄庭坚来宜州后结交的新知。《宜州家乘》自范寥到来后的日记里记录黄庭坚与宜州朋友聚会喝酒的次数较多。

二是结伴去宜州民家小巷、崇宁寺等地的公共浴池沐浴。

(五月)十八日甲寅,晴。同范信中、欧阳佃夫浴于崇宁。……⑤
(七月)初六日辛丑。同信中、佃夫浴于崇宁。⑥

---

① 范寥:《宜州乙酉家乘·序》,参见黄庭坚《黄庭坚全集》(第四册),四川大学出版社2001年版,第2439页。
② 黄庭坚:《宜州乙酉家乘》,参见黄庭坚《黄庭坚全集》(第四册),四川大学出版社2001年版,第2342页。
③ 同上书,第2343页。
④ 同上书,第2344页。
⑤ 同上书,第2343页。
⑥ 同上书,第2344页。

（七月）十一日丙午，晴。与同信中、佃夫浴于崇宁。……①

（七月）二十九日甲子，晴。同积微、信中浴于崇宁。②

北宋时期，京都汴梁城（今河南开封）的士大夫有旬休沐浴的风习，定期到公共浴池沐浴是黄庭坚在京生活多年养成的习惯。宜州地处南疆，但因为是边防重镇，多有军人驻守和官员来任，这些军人和官员有很多是中原人，于是中原人的很多生活习俗被带入了宜州。所以，宜州民家小巷、寺庙也就有了公共浴池。据《宜州家乘》记载，崇宁四年正月十七日，黄庭坚为了款待远道来探望自己的兄长黄大临，请兄长去宜州城里的澡堂沐浴。这天的日记记载道："十七日丙戌，晴。从元明浴于小南门石桥上民家浴室。"③

三是与朋友赴饭局、出游，或与朋友一道分享美食。

（四月）初六日癸酉，晴。崇宁僧法旻置饭，与范信中同之。④

（四月）初七日甲戌，晴。与时当、信中剥粽子。⑤

……

四是范寥给黄庭坚做伴、陪其宿于南楼。

（五月）初七日癸卯，雨。自此宿于南楼，范信中同之。⑥

范寥撰的《宜州家乘·序》对此亦有记载："至五月七日同徙居于

---

① 黄庭坚：《宜州乙酉家乘》，参见黄庭坚《黄庭坚全集》（第四册），四川大学出版社2001年版，第2344页。
② 同上书，第2346页。
③ 黄庭坚：《黄庭坚全集辑校编年》，江西人民出版社2011年版，第1276页。
④ 黄庭坚：《宜州乙酉家乘》，参见黄庭坚《黄庭坚全集》（第四册），四川大学出版社2001年版，第2340页。
⑤ 同上。
⑥ 同上书，第2342页。

南楼。"自此至黄庭坚以疾去世，范寥就这样陪着黄庭坚"围棋诵书，对榻夜语，举酒浩歌，跬步不相舍"。①

范寥为人豪放，性喜交游，他与黄庭坚素昧平生，仅仅因为仰慕黄庭坚的才学人格而历山川江湖之险奔赴宜州来陪伴黄庭坚。他邀集当地的新知朋友，聚会娱乐，宽解黄庭坚的心灵。他的到来扩大了黄庭坚的生活圈子，改变了黄庭坚的处境，也改变了黄庭坚的心境。比较范寥到来前后的《宜州家乘》日记，可以发现黄庭坚似乎像是变了一个人：之前活得持重拘谨，之后活得率性自由。

除了与范寥的交往，《宜州家乘》还记录了黄庭坚与其他友人的交往，这些朋友或是来宜州探访，或是书信问候，如唐次公、崇宁道人文庆、区叔时、张载兄弟、冯当时、周惟深、朱激、紫堂山人王渐、僧崇广、何潗、郭全甫、向日华、邵革、管及、王彦臣、贾琪、刘焕、高权、欧阳襄等人。

第三，记宜州人民的馈赠。

黄庭坚孤身一人被羁管宜州，没有其他经济来源，生活困顿。即使这样，为人老实、宽厚善良、不善拒绝别人的他，一旦有人开口告贷，他也往往不顾自己的生活实际要倾囊相助。宜州儒生王溉逋向黄庭坚告贷了九十千钱，黄庭坚把钱借给他，但很久不见王溉逋归还，后来是宜州人曹醇老出面帮助黄庭坚收回了这九十千钱。《宜州家乘》正月二十四日的日记对此做了记载：

> （正月）二十四日癸巳，雨不已。得曹醇老书。以元明至宜，予暂开肉，故寄一羊及子鱼、虾朐、蛤蜊酱、蟹螯、腊蟹酱、金橘三百，并为督到王溉逋钱九十千。②

---

① 范寥：《宜州乙酉家乘·序》，参见黄庭坚《黄庭坚全集》（第四册），四川大学出版社2001年版，第2439页。

② 黄庭坚：《宜州乙酉家乘》，参见黄庭坚《黄庭坚全集》（第四册），四川大学出版社2001年版，第2333页。

宜州人曹醇老在乙酉年正月二十四日这天不但给黄庭坚馈赠了大量的美味食品，而且还见义勇为、帮助黄庭坚收回了王溉逋久借不还的一笔钱。《宜州家乘》记录的馈赠中，宜州人曹醇老馈赠的次数多、数量大。

宜州郡守党明远之子党焕舟一连四天给黄庭坚送含笑花。

(三月) 初七日甲辰，晴。党君送含笑花两枝。①
(三月) 初八日乙巳，晴。党君送含笑花三枝。②
(三月) 初九日丙午，晴。党君送含笑花两枝。③
(三月) 初十日丁未，晴。党君送含笑花两枝。作顺气丸成。④

党焕舟一连四天给黄庭坚送含笑花，黄庭坚都郑重其事地予以记录，并刻意记上了每次送花的枝数（如"两枝""三枝"不等）。党焕舟的馈赠行为与其父党明远故意兴师动众探望黄庭坚的举动有异曲同工之效：黄庭坚受朝廷当政者的迫害而被编管宜州，党明远作为地方最高军政长官并不方便优待黄庭坚，因而黄庭坚初到宜州时备受见风使舵的宜州下层官吏的欺凌；乙酉年（即崇宁四年）正月初一，黄庭坚的兄长黄大临以朝廷在任官员的身份从江西萍乡任所不远千里来广西宜州探望弟弟黄庭坚，这显示了朝廷有放松追查"元祐党人"的迹象；江西萍乡县令黄大临的到来，给了宜州知州党明远一个机会，即党明远以拜访黄大临为名，故意兴师动众率领宜州自郡守而下大大小小的所有官员来到黄庭坚住地，这是党明远第一次当面见到了黄庭坚，《宜州家乘》对这天的事情是这样记载的：

(正月) 五日甲戌，晴。郡守而下，来谒元明。得柘姑。⑤

---

① 黄庭坚：《宜州乙酉家乘》，参见黄庭坚《黄庭坚全集》（第四册），四川大学出版社2001年版，第2338页。
② 同上。
③ 同上。
④ 同上书，第2339页。
⑤ 同上书，第2331页。

党明远这次兴师动众的举动明显含有约束手下官吏不得为难黄庭坚的用意，其子党焕舟一连四天给黄庭坚送含笑花，这固然表现了党焕舟对黄庭坚的仰慕与尊敬，但自然也含有与其父相类似的用意。

给黄庭坚馈赠物品的宜州人有很多，除曹醇老、党焕舟之外还有朱激（医生）、王紫堂，宜州乐思寨的黄远、李仲牖、小许、王沙监，宜州德谨寨的秦靖，宜州思立寨的孙彦升、郭戎，宜州普义寨的邵革，宜州武阳寨的莫彦照、陶君、袁安国、黄保全（医生）、冯才叔、吴彦成、郭全甫、昌天河、区君、秦禹锡、刘君、文仪甫、黄微仲、宋子正等。他们馈赠物品的名目、数量，黄庭坚在日记中都不避琐细地做了详细记录。这些物品的名目繁多，涉及了黄庭坚日常生活所需要的方方面面，如：

主食类：面、粟米、石栗。
菜类：香橼子、笋、大苦笋、鞭笋、干笋、菌生、羊、鹅、雪菌、鲊、鲎、溪鱼、荷包鲊、牛脯、雀鲊、蛤蜊、酱蟹螯、醋蟹、糟姜、赤鱼鳔。
花果类及其他副食：金橘、芭蕉、石栗、焦子、安石榴、蜜梅、枇杷、椰子、橄榄、茶叶、北果、黄甘、熟栗、含笑花等。
酒品类：牂牁酒、葛蒲酒、八桂酒、酒。
卧具：竹簟、大簟、簟、竹床、凉床。
日用品：碳、火箸、猿皮、朱砂、花梨木、滑石压纸、蜀笺、纸、书、坐荐、婆娄香、崖香、香等。

德谨寨的秦靖甚至知道黄庭坚爱吃蜀中苦笋的嗜好（至宜州前，黄庭坚长期被贬谪于蜀中黔州、戎州一带），所以还特地为黄庭坚馈赠了宜州产的苦笋，《宜州家乘》记载道：

（三月）初二日乙亥，丁酉、戊戌中夜皆澍雨。德谨寨寄大簟一床，又寄大苦笋数十头，甚珍，与蜀中苦笋相似，江南所无也。①

宜州天气炎热，故而有人给黄庭坚馈赠竹簟、大簟、簟、竹床、凉床等凉性卧具。总之，从物品的名目、数量、种类看，宜州人民给黄庭坚的馈赠物品很实用、很齐全、质量好、档次高、数量多，从中可以看出宜州人民对黄庭坚的日常生活所需做了极细致、周到的考虑。

第四，记黄庭坚对宜州城、宜州事、宜州人的关心和挂念。

宜州人民关心、爱护黄庭坚，黄庭坚很受感动，他也惦记着这座城、这里的人和事。

黄庭坚在《宜州家乘》中记载了他对宜州小城的细细品读。宜州城虽然简陋、窄小，但黄庭坚却认真、享受地品读这座小城的每个细节。

每天饭后，他常从住地出发，或单独一人、或与朋友一道，沿着宜州小城的街道漫行散步：有时"步出小南门"；有时"独步至安化门"；有时"绕城观（宜州城）四面皆山，而无林木"。之后，"复由旧路而还"。

在天气晴好的日子，他和亲友一道寻访宜州城大大小小的名胜古迹。他们有时上高寺，入天庆观，至崇宁寺；有时步行出小南门，西入慈恩寺，又西入香社寺，然后折而东，入植福寺，经龙水乡而归；有时游南山及沙子岭，入集真洞；有时游北山，从下洞升上洞，洞中嵌空，有泉水，清澈之状胜于南山。

黄庭坚在《宜州家乘》中还记录了他对宜州城大小事项的关心和挂念。乙酉年三月二十七日，宜州郡守党明远杀鹅求雨，惜墨如金的《宜州家乘》对这几日的官府求雨活动和雨来的情形做了认真记载：

　　二十七日甲子，大雷雨。郡守杀鹅于城南之龙泓，于是三日矣。②

---

① 黄庭坚：《宜州乙酉家乘》，参见黄庭坚《黄庭坚全集》（第四册），四川大学出版社2001年版，第2338页。
② 同上书，第2340页。

二十八日乙丑，又雨。农夫以为庆。①
二十九日丙寅，晴又雨。②

此外，黄庭坚对宜州马军营、宜州城西南角的几次失火也都极为关心和挂念：

（二月）二十五日甲子，晴，不可挟纩。蒋侃送蛮布坐荐四，絮以苇花、金铃子、雪菌，皆一箪。三鼓，马军营外火，焚十家。③
四月初一日戊辰，晴。城西南再火。④

黄庭坚在《宜州家乘》中还记录了他对多名宜州友人的担心和挂念。

（七月）初十日乙巳，晴。佃夫闻其母夫人疾作，不俟晨饭而行。⑤

佃夫是黄庭坚友人欧阳襄的字，他来探望黄庭坚，但听闻母亲生病，不吃早饭就急急赶回家去了。

（八月）初三日丁卯，晴。宜守党明远下世。⑥

宜州郡守党明远对黄庭坚多有关照，黄庭坚对党明远的去世很难过。后来，黄庭坚还给党明远代写了上给朝廷的奏表，并撰写了墓志铭。

---

① 黄庭坚：《宜州乙酉家乘》，参见黄庭坚《黄庭坚全集》（第四册），四川大学出版社2001年版，第2340页。
② 同上。
③ 同上书，第2336页。
④ 同上书，第2340页。
⑤ 同上书，第2344页。
⑥ 同上书，第2346页。

黄庭坚就这样关心和挂念着宜州城一点一滴的大小事，他守护着这座小城、守护这座小城里的人民。

第五，记黄庭坚读书评文、欣赏乐曲、操办美食、弈棋聊天的闲适生活。

表面看去，黄庭坚在宜州的贬谪生活过得闲适快乐。面对仕途挫折和人生不幸，黄庭坚似乎不以为怀，他积极调整心态，从平凡琐细的日常生活中寻找世俗之乐，获得了精神和心灵的超越及解脱，《宜州家乘》对此也做了详细记录。

在天气晴好的日子，黄庭坚或看书，或者评读亲友寄来的诗文，或者欣赏友人演奏的乐曲：

（闰二月）二十三日辛卯，晴。观书于南楼。[1]

（四月）初三日庚午，晴。……邹德久及梲各寄诗来，皆可观。[2]（梲即黄梲，黄庭坚的侄儿）

（六月）十九日乙卯，晴。佃夫弄琴，作《清江引》、《贺岩》、《风入松》。[3]

（七月）十三日戊申，晴。将官许子温见过，弹《履霜操》数章，又作《霜钟晓角》而去。[4]

在阴雨的日子里，黄庭坚干脆就躲在宜州的家中做各式美味，或与朋友分享美食：

（二月）九日戊申，阴寒不雨。步至崇宁，采荠作羹。[5]

（二月）十三日壬子，雨。作素包子。[6]

---

[1] 黄庭坚：《宜州乙酉家乘》，参见黄庭坚《黄庭坚全集》（第四册），四川大学出版社2001年版，第2337页。
[2] 同上书，第2340页。
[3] 同上书，第2343页。
[4] 同上书，第2345页。
[5] 同上书，第2334页。
[6] 同上书，第2335页。

（二月）十五日甲寅，雨。发元明甲子书。下重酝酒。①

（二月）二十二日辛酉，雨不已。崇宁庆公来，遂率至寺中食包子。②

（四月）初四日辛未，阴欲雨。是日为煨笋，作藕菹、姜菹、茄菹。③

黄庭坚喜欢弈棋，似乎对输赢也比较在意，每次弈棋他都要详细记录弈方的姓名和彼此输赢的局数。如：

（正月）十七日丙戌，晴。……与叔时棋，叔时三北。④

（正月）二十五日甲午，晴。袁安国对棋，且胜且败，而安国负七局。⑤

据统计，《宜州家乘》记录黄庭坚与区叔时弈棋七次，共计二十三局，黄庭坚负四局；与袁安国弈棋有胜有败，黄庭坚胜七局。此外，自闰二月二十四日以后《宜州家乘》很少有弈棋的记录，但大量出现了黄庭坚与朋友聚会喝酒的记载。

细读《宜州家乘》的文字，人们似乎走进了黄庭坚的日常生活。在这里，人们读到的是一位絮叨的老人对自己日常生活里"凡宾客来，亲旧书信，晦月寒暑，出入起居"之事的亲笔记录——他记录了自己谪居宜州期间的每个日子，以及每个日子里"饮食游戏、收信回书、朋友往来、物品馈赠、弈棋闲话、玩黄雀、养含笑花"等世俗琐细之事。与黄庭坚的其他诗文和书简文字相比，《宜州家乘》中的黄庭坚生活简直是"俗"气透顶：人们看到的似乎不是江西诗派的领袖，不是

---

① 黄庭坚：《宜州乙酉家乘》，参见黄庭坚《黄庭坚全集》（第四册），四川大学出版社2001年版，第2335页。
② 同上。
③ 同上书，第2340页。
④ 同上书，第2332页。
⑤ 同上书，第2333页。

说禅论道的山谷道人,不是一代知名书法家,而是活脱脱一位和蔼亲切、知足常乐的邻家老人;他享受着每一个平凡而世俗的日子,乐和平静地应对人生的苦难与挫折。黄庭坚应对人生挫折与苦难的方式大有"驭风骑气,与造物游"的风度,因而与此前许多文人士大夫颇有不同,故《宜州家乘·序》的作者范寥曾感叹地说:"先生虽迁谪,处忧患,而未尝戚戚也,视韩子退、柳子厚有间矣。"① 笔者认为,《宜州家乘》以日记的形式提供了一个中国士人应对人生挫折的范本,这应该是它作为一部日常生活日记的文学史价值所在。

二 有意于作、化俗为雅的日记叙写方式

在《宜州家乘》文本中,黄庭坚刻意记录了自己每天的日常生活里发生的世俗之事、所交往的世俗之人。黄庭坚对这些"俗"事、"俗"人的叙写记录,体现了他有意于作、化俗为雅的日记叙写方式。这从以下三方面可以看出。

一是客观叙事。

黄庭坚在《宜州家乘》中所采用的叙写方式主要是"客观叙事"。所谓客观叙事,是指黄庭坚对自己谪居宜州期间每天的日常生活大多只做客观、具体的叙写和记录,而少有主观的议论、抒情和判断,特别是口不臧否人物。据统计,在《宜州家乘》现存的 230 天日记中,除乙酉年正月二十八日、二月十六日和二十四日,闰二月初六日、闰二月二十五日,三月初五和初六日,四月初三日,五月初四日,七月初二日,八月二十八日等十一天的日记有一些文字透露了黄庭坚的心情、有主观评价之外,其余日记竟无半字可以透露黄庭坚的心境和看法。黄庭坚在写实的文字里,没有哀苦的悲吟,没有怀才不遇的委屈,没有激愤形于颜色的挞伐,也不作冷嘲热讽,他只是客观地把自己的生活状况,看似

---

① 范寥:《宜州乙酉家乘·序》,参见黄庭坚《黄庭坚全集》(第四册),四川大学出版社 2001 年版,第 2439—2440 页。

琐碎却相对完整地用简单的文字记录下来。因为这个原因,《宜州家乘》读起来就比较困难,人们很难从《宜州家乘》中读出黄庭坚内心世界的悲、喜、哀、乐、怨、怒、欣、悦等情态,但难以读出并不等于读不出。也就是说,《宜州家乘》作为江西诗派的领袖、谈禅论道的山谷道人、一代知名书法家黄庭坚的晚年日记,其"客观叙事"特点反而给后人留下了无限咀嚼的空间。

值得注意的是,《宜州家乘》的"客观叙事"是以日常生活中的一个个日子作为最小叙事单位,常常是有事则长,无事则短:长者一天记录两三事,这些事互不关联、彼此独立却又萧散自然;短者一天可能不记一事,或仅有一个"晴"字、"雨"字而已。这些日子的信息密度也不相同,有些日子的日记里一个字即饱含了丰富复杂的信息,有些日子的日记中信息容量很单薄;日记的不同长度、密度又使每个日子的日记有了不同的厚度;这些不同长度、密度、厚度的日子作为一个个最小叙事单位被有机地连缀为一体,自然形成了一种舒缓有度、张弛相接的叙事节奏。

二是内敛抒情。

《宜州家乘》作为黄庭坚人生重要时段的生活实录,它表现了黄庭坚丰富的内心世界,只不过这种表现极为内敛、含蓄、深沉。

其一,这种内敛、含蓄、深沉的情感抒发体现在日记对材料的取舍和结构的安排上。关注和记录宜州每天的晴雨天气变化是黄庭坚日记的重要内容之一,有时他的日记里一连十二天都只记有一个"晴"字。从这里人们可以想象到:黄庭坚在谪居宜州的日子里,有时似乎一整天无所事事、百无聊赖,只能出神地盯着窗外的太阳呆呆地看;阳光热烘烘的甚为毒辣,时不时让人觉得有一丝焦灼和不安。黄庭坚在写给友人的书信中说:"数日极热,殆不可堪,幸老朽不病耳。适在南楼避暑……"[①]他在写给冯才叔的书信中言:"盛暑居新城中,亦烦喝耶?某涉夏来幸

[①] 黄庭坚:《山谷简尺》卷下,参见黄庭坚《黄庭坚全集》(第四册),四川大学出版社2001年版,第2255页。

顽健……。"① 在这些书信中，人们可以看出黄庭坚居宜（宜州）期间对宜州的晴热天气极不适应。在日记中，像这样一连十二天只记一个"晴"字的材料取舍方式和结构安排方法却内敛、含蓄地透露了黄庭坚的心境和情绪——这是一股因谪处异地而难以排解的孤独、寂寞、惆怅、无聊乃至焦灼的情绪。

其二，这种内敛、含蓄、深沉的情感抒发体现在日记对某些特殊符号的使用上。在《宜州家乘》中，"元明"（黄庭坚兄长黄大临的字）一词是个有着特殊意义的符号，如果只读日记而不了解黄庭坚的过去，是不可能读出"元明"一词的符号意义的，也难以读出黄庭坚在《宜州家乘》中表露的内心情感。黄庭坚与兄长黄大临（字元明）感情极深，在黄庭坚几次面临人生挫折的危急关头都有黄大临奋不顾身、千里迢迢赶来相救相伴的身影。宋哲宗绍圣元年（1094年），黄庭坚参与编写的《神宗实录》被人斥为"多诬"，要到离京郊不远的陈留接受审查，此时兄长黄大临已接到了越州司理的任命，但他没有急着赶去赴任，而是匆匆从家乡赶来执意陪伴黄庭坚一道北上陈留。宋哲宗绍圣二年（1095年），黄庭坚因编写《神宗实录》获罪，被贬谪为"涪州别驾"——被异地安置到黔州反省思过。黄大临又陪伴黄庭坚从陈留出发，经江陵、夷陵、三峡，一路千辛万苦，于当年四月二十三日抵达黄庭坚的蜀中贬所黔州。《宜州家乘》记录的乙酉年正月初一的日记（前文所引日记），记载了黄大临从江西萍乡赶来宜州探望、陪伴黄庭坚一事。黄大临的宜州之行和此前一样，都是想陪伴弟弟黄庭坚一起面对人生的苦难和挫折，这给了处于逆境的黄庭坚以莫大的心理慰藉。在黄庭坚写给友人冯才叔的信中，人们可以看出黄庭坚对兄长黄大临的这次宜州之行早有期待，在黄大临抵宜（宜州）前的数月里他就写信把这个喜讯告知了好友冯才叔，信中写道："伯氏元明恐过冬至当来，道出桂林，计当获

---

① 黄庭坚：《与冯才叔机宜书二》，参见曾枣庄、刘琳主编《全宋文》，巴蜀书社1991年版，第140页。

第二章 唐宋时期的日记文学观

参承也。"① 于此可见，一旦黄大临真的抵达了宜州，黄庭坚的心情该是多么欢欣！可我们阅读《宜州家乘》乙酉年正月初一的日记（前文所引日记）时，却只看到黄庭坚对黄大临抵宜之事的客观记录，似乎从中读不出什么欢欣。笔者认为，"元明"一词对于黄庭坚的生活及其日记叙写而言应该是有着特殊意义的符号：一个生死相依、患难与共、不离不弃的亲情符号。这个符号在《宜州家乘》中反复出现，其实已经含蓄、内敛地记录了黄庭坚对黄大临抵宜之事的极大欢欣。与"元明"一词的符号学意义一样，《宜州家乘》中还记录了曹醇老、欧阳佃夫、秦靖、何潨、郭全甫、向日华、邵革、管及、王彦臣、贾琪、刘焕、高权等友人的姓名，这些姓名同"元明"一样是一个个友情符号。"含笑花"是一种花草，在《宜州家乘》中也多次出现，对黄庭坚而言它是一种人生态度的符号，是黄庭坚在告诫自己要含笑面对人生的苦难与挫折。黄庭坚在修撰《宜州家乘》的过程中写到以上具有符号象征意义的语词时，其心境是明朗的，心情是欢欣的。

其三，这种内敛、含蓄、深沉的情感抒发体现在日记对个别字词的刻意使用上。黄庭坚在《宜州家乘》中记载了宜州人民在他生活极为困难时所馈赠的许多物品，他对这些物品的记录极为细心，在数量词的运用上甚至细致得近乎严苛。如："宋子正送八桂十二壶""带溪文仪甫，送二簟……""邵彦明寄木瓜二十""彦明送粟五斗""党君送含笑花两枝""党君送含笑花三枝""蒋侃、莫泂寄买崇宁倚卓钱四千，莫并寄橄榄百枚，笋数十头""寄……金橘三百"等。于此可见，黄庭坚对宜州人民馈赠物品的数量记得极细致认真。笔者认为，处于生活困顿之境的黄庭坚，在日记中记录友人馈赠物品时对数量词的使用极为刻意，这是在内敛、含蓄地表现他对宜州人民给予的帮助怀有深深的感恩之情。

此外，《宜州家乘》乙酉年正月初五的日记记载了宜州郡守党明远

---

① 黄庭坚：《与冯才叔机宜》，参见黄庭坚著，郑永晓整理《黄庭坚全集辑校编年》（中册），江西人民出版社2008年版，第1289页。

借着拜访萍乡县令黄大临的机会来探望黄庭坚，日记记载道：

（正月）五日甲戌，晴。郡守而下，来谒元明。得柘姑。①

在以上日记中，黄庭坚刻意使用了"而下"一词，此词突出了党明远故意兴师动众、率领郡守衙门大大小小的官员来黄庭坚的宜州寓所拜访黄大临的盛大场面。也就是说，黄庭坚知道党明远的用意——这是在严酷的朝廷党争气氛下想借此机会暗中约束宜州大小官吏不要刁难和欺凌黄庭坚。从黄庭坚对"而下"一词的刻意使用看，人们可以读出他对党明远心怀感激之情。

其四，这种内敛、含蓄、深沉的情感抒发体现在日记对某些客观景物、景色的主观化描绘上，或是对客观事物的主观评价上——这些主观化的描绘和评价常常显得克制，往往是三言两语、点到即止。比如：《宜州家乘》正月二十八日的日记记载了黄庭坚与兄长黄大临（字元明）游览宜州城郊的北山，其记曰："又有泉水，清澈胜南山也。"在这里，"清澈"一词是对北山泉水之情状的客观描绘，"胜"一词是黄庭坚对北山泉水的主观评价，它们都间接地传达出黄庭坚在兄长黄大临抵宜相伴后的轻松愉快心情。《宜州家乘》二月十六日的日记记载道："夜中月明。"二十四日的日记记载："得鞭笋二十余，甚美。"闰二月初六日的日记记载："是夕星月粲然。"三月初五的日记记载："入夜星月粲然。"初六的日记记载："郭戌送枇杷，甘甚。"四月初三的日记记载："邹德久及梲各寄诗来，皆可观。"五月初四的日记记载："夜见星月。"七月初二的日记记载："袁安国送梨，亦可啖。"七月十三的日记记载："小酌月明中。"八月二十八的日记记载："小雨颇清润，晚大雨。"这些日记里都有个别词语或是对客观景物、景色的主观化描绘，或是对客观事物的主观评价，但都能间接传达出作者黄庭坚的闲适心境

---

① 黄庭坚：《宜州乙酉家乘》，参见黄庭坚《黄庭坚全集》（第四册），四川大学出版社2001年版，第2331页。

和欢快心情。此外,《宜州家乘》二月初七的日记记载:"七日丙午,晴,似都下四月气候也。"闰二月二十五的日记记载:"二十五日癸巳,晴,天气似京师五月。"这两则日记记录了黄庭坚将宜州气候与京师气候予以对比的潜意识心理,这一方面说明了黄庭坚对宜州气候的不适;另一方面也反映了他内心最深层有着难以释怀的惆怅和寂寞——他在日记中表现出来的乐和、欢快或闲适之情,只不过是个表象,他的内心深处还是隐隐地有一股因为贬谪岭南而难以排解的失落、痛苦、寂寞和惆怅。无论是通过对客观景物景色的主观描绘,还是通过对客观事物的主观评价,黄庭坚都从中传达出一种内敛、含蓄、深沉的情绪情感,这种传达是克制的,往往是三言两语、点到即止。

三是世俗化的形象传达。

与黄庭坚在日常生活中、在诗文书简里给人留下的"高雅"形象相比,《宜州家乘》这个日记文本传达出的黄庭坚的形象明显是"世俗"的。

黄庭坚一生追求高洁雅致,他说:"士生于世,唯不可俗,俗便不可医。"[①] 为此,他一生砥砺学问、治心养气、着意作文,且成就卓然,他在许多拥趸眼里就如谪仙一般,蜀中义士范寥在《宜州家乘序》中说:"翌日,谒先生于僦舍,望之真谪仙人也。"黄庭坚的学问、道德和文章同样得到了同代文人的高度赞赏。苏轼称赞黄庭坚道:"孝友之行,追配古人;瑰玮之文,妙绝当世。"[②] 晁补之也称赞说:"鲁直于治心养气,能为人所不为,故用于读书、为文字,致思高远,亦似其为人。"[③] 与这样一个高洁雅致的黄庭坚形象相比,《宜州家乘》传达出来的黄庭坚形象明显要世俗得多,这种"世俗"色彩主要源自黄庭坚居宜(宜州)期间所过的一个个平凡而琐细的日子,这与普通人的生活

[①] 黄庭坚:《书嵇叔夜诗与侄榎》,参见黄庭坚著,屠友祥校注《山谷题跋》,上海远东出版社1999年版,第279页。

[②] 苏轼:《举黄庭坚自代状》,参见张春林编《苏轼全集》,中国文史出版社1999年版,第751页。

[③] 晁补之:《书鲁直题高求父扬清亭诗后》,《鸡肋集》卷三二,四部丛刊本。

没有什么两样。但有后世读者认为，黄庭坚这种甘于"世俗"的背后隐含着他的高雅和坚韧。正如他们所言：

  读《宜州家乘》，仿佛你所接近的不是什么江西诗派的领袖，也不是与东坡居士并称的山谷道人，而是一位亲切和蔼的长者。恍然间，你便进入了诗人的日常生活，领略到他那种平易而坚韧的世俗风度。

  《宜州家乘》是黄庭坚生命中最后一段时光的真实记录。其中没有铿锵慷慨的壮语，没有"心在魏阙"的萦怀，有的只是一颗朴素的心对生活的观照。字里行间流溢着宁定和超逸，笔调明丽、轻快，看不到丝毫感伤的色彩；内容琐碎，多是片言只语，记录出入起居、风雨晦明、书信往来、亲朋聚会等。

  谪居岭南的黄庭坚，远离官场，过着恬淡闲适的生活。没有了名缰利锁的束缚，他俨然成了个悦巾独步的逸士。有时一个人，"独步至安化门"，"自南门步向东城"。有时则和兄长元明一起，"自小南门绕城观，四面皆山，而无林"。在身心俱酣之后，他通常"复由旧路而还"。日子就这样暖暖地过着，一天又一天。

  在仓惶岁月中，黄庭坚壮年的宏愿早已随宦海沉浮而消磨殆尽。犹存的一点锐气恐怕也只能在他围棋对弈时方可窥得一斑。兵卒已尽，将帅相逢，诗人捻须鏖战，仍有下一步棋。不过他在棋场上倒是个常胜将军，还不至于会如此局促。岭南一带阴湿潮寒，经常夜雨达旦。晦明变化最添人愁绪，而黄庭坚却并没有象大多数诗人那样一味地可惜流年，忧愁风雨，只是静静地饮一杯薄酒来暖身，喜也放下，悲也放下。逢上不雨的天气，他多是和道人文庆、山人王渐、僧人惠实在一起谈佛论道。随缘任运的他早在重重磨难之后看透了人生。世间的沧浪，犹能一苇杭之。

  "安禅不必须山水"，黄庭坚在平淡的生活中找到了自己灵魂的安顿。诗人的心就像是恒常的菩提树，心灯点燃，一念之转，就可以蓬荜生辉，苦难海也成了天堂国。①

综上，笔者认为，《宜州家乘》传达出来的黄庭坚形象是世俗的，但这种世俗化的形象却别有深意，因为它在平凡琐细的日常叙写中传达出一个世俗形象的倔强、豁达、顽强和雅量。对读者而言，这样的形象是如此熟悉，却又如此陌生。

三 宋人在《宜州家乘》中体现的日记叙写观

宋代是日记盛行的时代，产生了一批有影响的日记文本，其中知名者有欧阳修的《于役志》、徐兢的《使高丽录》、黄庭坚的《宜州家乘》、范成大的《吴船录》、周必大的《亲征录》、楼钥的《北行日录》、陆游的《入蜀记》等。在这些文本中，以《宜州家乘》为日常生活日记的代表作，本文试以《宜州家乘》为例，从中考察宋人在日常生活日记中体现出的日记叙写观念。

首先，日常生活日记是以"私"和"真"为基本特征。《宜州家乘》是一部日常生活日记，它叙写了黄庭坚居宜（宜州）期间个人日常生活中的杂事琐事，记录了他在日常生活中交往的平凡世俗之人，它不关涉时局和政治，也不牵扯君臣、同僚之间的是非恩怨。在《宜州家乘》的叙写中，黄庭坚恪守了一个观念，即：日常生活日记是"私人叙事"，基本特征是一个"真"字（即非虚构）；或者说，日常生活日记在黄庭坚看来是一种"私而不密""真而不实"的文体。所谓"私而不密"，是指日常生活日记应归属于"私人叙事"，"私人叙事"却不一定是私密的。所以，黄庭坚曾经许诺要将《宜州家乘》这部"字画特妙"的日记送给友人范寥，他对范寥说："他日北归，当以此奉遗。"②

---

① 李梦然：《读〈宜州家乘〉》，"榕树下"华语文学门户，http://www.rongshuxia.com/book/66143.html，2009年9月17日。

② 黄庭坚：《宜州乙酉家乘》，参见黄庭坚《黄庭坚全集》（第四册），四川大学出版社2001年版，第2339页。

所谓"真而不实",是指日常生活日记是契合作者生活实际的非虚构写作,却不一定是完整充实的。在这里,"真"是指日记叙写要契合作者日常生活的实际,"实"是指叙写要完整而充实。《宜州家乘》叙写记录的内容没有偏离黄庭坚居宜期间的日常生活实际,但它不是凡事必录,完整充实地记录黄庭坚居宜(宜州)期间每天日常生活的全部,而是有选择地加以叙写记录。比如:黄庭坚在乙酉年作的重要诗词有《南乡子》《和范信中寓居崇宁遇雨二首》等,这些作品在《宜州家乘》中没有丝毫的记录痕迹。也就是说,相对于黄庭坚居宜(宜州)期间每天的日常生活而言,《宜州家乘》是契合其实际的,却不一定是完整充实的。总结而言,笔者认为:日常生活日记在宋人看来应该是一种"私而不密""真而不实"的文体。

其次,日常生活日记是对个人"小历史"的客观记录。

黄庭坚在哲宗元祐元年后,先是到京出任秘书省校书郎,后相继出任《神宗实录》检讨官、著作佐郎加集贤校理、起居舍人,人称"黄太史"。投身国史修撰,是黄庭坚一生中的重要经历,也是影响他一生沉浮的经历。国史修撰对于黄庭坚而言是个梦魇:他因修史而受到朝廷的重用;也因修撰《神宗实录》于不经意间卷入了新旧党争、被人抓了小辫子,从此屡遭贬谪。黄庭坚是倔强的,朝廷不让他修撰国史,他就修撰个人的"小历史";自己在国史修撰上被人抓了小辫子,他就努力在个人"小历史"的修撰中予以校正。正是这个原因,黄庭坚即使是处在"靖康之变"这一时代大变局的爆发前夕,也没有对时政、权臣大加挞伐,而是执意在远离汴京的偏僻小城广西宜州写下了一部《宜州家乘》。宋人罗大经在《鹤林玉露卷之四·地集·家乘》条指出:"山谷晚年作日录,题曰《家乘》。取《孟子》晋之乘之意也。"[①] 可见,"家乘"者,一家之史、一人之史也。黄庭坚将他的日常生活日记取名为"家乘",是表明他要以"修史"的观念来叙写自己的日常生活,修撰一部时代大变局下的个人"小历史"。受这一思想的影响,黄

---

① 罗大经:《鹤林玉露》,上海书店出版社1990年版,第217页。

庭坚在《宜州家乘》的写作过程中，一改他修撰《神宗实录》时的某些不当写法。比如，《神宗实录》中有这样的话："用铁龙爪治河，有同儿戏。"① 这句话是记录北宋神宗时期的水利改革以及对这种改革的评价。黄庭坚因为这句话被政敌指斥为"多诬"，并最终导致被贬谪到蜀中黔州。这句话反映了黄庭坚在修撰国史时还没有完全严格遵循"客观叙事"的原则。吃一堑、长一智，他在修撰《神宗实录》时得到的教训告诉他在修撰个人的"小历史"时一定要做到客观，学会内敛抒情和寓褒贬于一字之中的春秋笔法。

最后，日常生活日记的价值基础是宋人的平等观和雅俗观。

杜甫、白居易等唐代诗人开始将目光转向日常的世俗生活，从中开掘诗歌题材，着力表现"闲适"之趣，这种转向对宋人影响巨大。宋人长于理性思维，其结果往往是各种哲学观念得以形成。黄庭坚所持的平等观、雅俗观等哲学观念，使他对日常生活的价值有了极独到的发现。"平等观"一语来自苏轼对黄庭坚书法艺术的评价，苏轼在《题山谷草书尔雅后》中说："鲁直以真实心出游戏法，以平等观作欹侧字，以磊落人录细碎书，亦三反也。"有学者据此解释说："平等观"是指黄庭坚为人处事不激不励、平和同等的观点。② 具体说，这种"平等观"的内涵即：无论是高居朝堂的黄庭坚、还是身为农夫的黄庭坚，无论是举进士前的黄庭坚、还是举进士后的黄庭坚，在本质上是同等的，没有任何质的差别。正如黄庭坚初到宜州，面对"上雨傍风，无有盖障，市声喧愦"的居住条件，他说："人以为不堪其忧，余以为家本农耕，使不从进士，则田中庐舍如是，又何不堪其忧邪？"③ ——这是黄庭坚的"平等观"在日常生活中的生动写照。在这种"平等观"的视域下，个人生活中发生的日常琐事、所交往的平凡世俗之人，就与

---

① 许嘉璐、安平秋、倪其心：《二十四史全译·宋史》，汉语大词典出版社 2004 年版，第 9627—9628 页。
② 张金梁：《书异其人——论黄庭坚其人其书》，《书法丛刊》2009 年第 3 期。
③ 黄庭坚：《题自书卷后》，黄庭坚著，屠友祥校注《山谷题跋》，上海远东出版社 1999 年版，第 10 页。

国家军政大事或高居朝堂的士大夫们有了同等的价值意义。"平等观"是宋人盛行日记叙写的观念基础之一。雅俗观是黄庭坚的另一个重要观念,他在《书自作草后》讲述了一个故事:

> 予往在江南,绝不为人作草。今来宜州,求者无不可。或问其故,告之曰:"往在黔安,园野人以病来告,皆与万金良药。有刘荐者谏曰:'良药可惜,以啖庸人。'笑而应曰:'有不庸者,引一个来。'闻者莫不绝倒。"①

这是一则寓言故事,它形象阐述了黄庭坚对"庸"与"不庸"(即"俗"与"雅")关系的哲性辨析。在黄庭坚看来:别人以为是"俗",他可能认为是"雅";别人以为是"雅",他倒认为是"俗"。就是说,有时候俗者可以为雅,雅者也可能为俗;"俗""雅"不是绝对的,而是辩证统一的关系,可以相互转化。在这种"雅俗观"视域下,个人生活中发生的日常琐事、所交往的平凡世俗之人不一定是俗气的,国家军政大事,或者高居朝堂的士大夫们也不一定是高雅的。黄庭坚一生追求高洁雅致,他曾说:"士生于世,唯不可俗,俗便不可医。"② 总结而言,黄庭坚追求一种建立在日常世俗生活基础上的高雅情致。黄庭坚的"雅俗观"在宋代颇有代表性,它奠定了宋人喜爱日记叙写的另一个观念基础。

此外,用日记来抒发或寄托个人的某些感情——正如黄庭坚在日常生活日记《宜州家乘》中抒发或寄托了多种情感(尤其是对宜州人民的感恩心情)一样,这也是宋人表现出来的日记叙写观念之一。

总之,黄庭坚是北宋文学家、诗人、江西诗派领袖、一代伟大的书法家,他的《宜州家乘》是一部有着传奇经历的日记。这部日记曾被

---

① 黄庭坚:《书自作草后》,参见黄庭坚著,郑永晓整理《黄庭坚全集辑校编年》(中册),江西人民出版社2008年版,第1289页。
② 黄庭坚:《书嵇叔夜诗与侄榎》,参见黄庭坚著,屠友祥校注《山谷题跋》,上海远东出版社1999年版,第279页。

人窃去，几十年后重现世上被南宋高宗皇帝所得，据说高宗皇帝"大爱之，日置御案"。① 有学者认为，《宜州家乘》是我国古代传世的第一部日常生活日记，有着不容忽视的文学意义和多方面价值。② 通过细读这部日记，并结合其序跋、评论和相关读后感的研究，人们可以管窥宋人日记文学观的奥妙。

第三节　陆游的日记文学观
——从行记类日记《入蜀记》谈起

《入蜀记》是我国古代日记文学走向成熟的标志。它从一个广阔、多元的视角叙写了南宋时的长江及其沿岸的神秘、美丽、富饶，绘写了一幅南中国的美丽图卷，再现了一个南宋时的美丽中国。品读《入蜀记》，并结合相关文献、评论和读后感的研究，可以管窥宋人日记文学观的一鳞半爪。

隆兴元年（1163年），宋孝宗启用主战派将领张浚为江淮宣抚使，都督兵马，开府建康，积极筹备北伐。这年五月，陆游出为镇江通判。因为与张浚交好，他积极参与了张浚幕府，起草了许多重要文件。不久，张浚北伐失利。隆兴二年（1164年），宋金再次签订和议。之后，主战派偃旗息鼓，投降派卷土重来，秋后算账，陆游就因"结交台谏，鼓唱是非，力说张浚用兵"③的罪名在乾道二年（1166年）被罢官去职，回故乡山阴（今浙江绍兴）赋闲。三年后的乾道五年，孝宗拜虞允文为宰相，任命王炎为四川宣抚使，为挥师北伐做各方面的准备工作。这年十二月六日，陆游接朝廷报差通判夔州（今重庆奉节）。次年

---

① 陆游：《老学庵笔记》卷三，参见陆游撰，李剑雄、刘德权点校《唐宋史料笔记丛刊　老学庵笔记》，中华书局1979年版，第33页。
② 杨庆存：《中国古代传世的第一部私人日记——论黄庭坚〈宜州乙酉家乘〉》，载《理论学刊》1991年第6期。
③ （元）脱脱等：《宋史》（第三册），中华书局1977年版，第365页。

闰五月十八日，陆游从家乡山阴出发赴夔州任所。

从吴中到西蜀，陆游携家眷沿京杭大运河的南段北上、于镇江北岸的瓜洲溯江而上，历十六州、数十县、无数市镇村落，行程五千多里，期间耳闻目睹许多瑰玮诡异非常之观、可惊可畏之物、可戒可笑之事、可叹可哀之人……陆游对此皆排日记录，纤细无遗、形神毕备，写成宋代行记类日记的代表作《入蜀记》六卷。品读这部日记，并结合相关文献、后人评论和读后感的研读，可以对这部日记的文本价值、文学元素和叙写观念有如下认识。

一 《入蜀记》以日记的形式呈现了一幅数千里长江山川风物图，再现了南宋时的美丽中国

以陆游携家眷在镇江迁入嘉州（今乐山市）人王知义的二千斛大舟、在沙市迁入嘉州人赵青的一千六百斛入峡船为节点，他的五千里入蜀之行分为三个阶段。

第一阶段：乾道六年闰五月十八日从家乡山阴出发，坐船沿京杭大运河南段经临安、秀州、苏州、常州，抵达长江沿岸的重要城市镇江。

第二阶段：七月一日离开镇江北岸的瓜洲，晚上抵达真州（今江苏仪征），此后沿江溯流而上，先后经建康、和州、池州、江州、蕲州、黄州、鄂州、沙市，于九月十七日在沙市迁入嘉州人赵青的入峡船。

第三阶段：九月十九日离开沙市，经归州，于乾道六年十月二十七日抵达夔州。

这三个阶段穿越了夏、秋、冬三季。陆游借助此次入蜀之行见识了五千里长江三个季节的风貌，其行程日记《入蜀记》对此进行了记录和叙写。概括而言，陆游的行程日记《入蜀记》叙写了长江的如下风貌。

其一，神秘长江。

陆游知识广博，又天生好奇。他一路走过，耳闻目睹了许多发生在长江流域的或长江沿岸人们口耳相传的颇具神秘色彩的人和事，这些人

和事被记录保存在《入蜀记》中。故《入蜀记》呈现了长江及其沿岸极为神秘的一面。

首先,陆游目睹和记录了长江中一些极为罕见的怪物。

七月二十日,在太平县境三山矶附近的江中,陆游见到了一种让人可畏的怪物,他在《入蜀记》中写道:

> 江中有江豚十数,……俄又有物长数尺,色正赤,类大蜈蚣,奋首逆水而上,激水高三两尺,殊可畏也。①

八月十二日,在赤沙湖口至橹脐洑的江中,陆游先后两次见到了不同的怪物,《入蜀记》中记载道:

> 十二日,江中见物,有双角,远望正如小犊,出没水中有声。晚泊橹脐洑,隔江大山中,有火两点若灯,开阖久之,问舟人,皆不能知。或云蛟龙之目,或云灵芝丹药光气,不得而详也。②

其次,陆游第一次在长江的江面上目睹了建在竹筏上的村落。

八月十四日,经过蕲州地界刘官矶下游某处的小石山下时,陆游在长江的江面上见到了一个极为奇异的村落。他在《入蜀记》中写道:

> 抛大江,遇一木筏,广十余丈,长五十余丈。上有三四十家,妻子鸡犬臼碓皆具,中为阡陌相往来,亦有神祠,素所未睹也。③

《入蜀记》中又记载道:据舟子言,江上偶尔还可以见到比这个村落更大规模的竹筏村落。④

---

① 陆游:《入蜀记》,参见《陆游集》(第五册),中华书局1976年版,第2427页。
② 同上书,第2437页。
③ 同上。
④ 同上。

再次，陆游目睹和记录了长江沿岸一些极为罕见的自然景观或现象。

十月二十三日，在巫山凝真观妙用真人祠（即巫山神女祠），陆游远望巫山神女峰，见到了一种奇异的景象，他在《入蜀记》中写道：

>坛上观十二峰，宛如屏障。是日，天宇晴霁，四顾无纤翳，惟神女峰上有白云数片，如鸾鹤翔舞徘徊，久之不散，亦可异也。①

这些奇异景象，加上陆游在妙用真人祠听闻的一些奇异之事，如祝史云："每年八月十五夜月明时，有丝竹之音，往来峰顶，山猿皆鸣，达旦方渐止。"又有传云："夏禹见神女，授符书于此。"② 这些景象和奇异之事给此处的自然景观增添了无穷的神秘色彩。

十月二十六日，入瞿塘峡后不久，陆游见到了一口奇异的泉水——圣姥泉。他在《入蜀记》中记录道：

>过圣姥泉，盖石上一罅，人大呼于旁，则泉出，屡呼则屡出，可怪也。③

十月二十七日，陆游抵达夔州，在州东南见到了一片奇异的碎石。他在《入蜀记》中写道：

>州东南有八卦碛，孔明之遗迹，碎石行列如引绳。每岁江涨，碛上水数十丈，比退，阵石如故。④

复次，陆游目睹了长江的浩渺与凶险、江岸上的众多神祠、江中发生的灵异之事和一路上舟子行客举行的各种祭祀仪式。

---

① 陆游：《入蜀记》，参见《陆游集》（第五册），中华书局1976年版，第2459页。
② 同上。
③ 同上。
④ 同上。

长江的神秘有很大部分是来自它的凶险和浩渺。七月二十七日,陆游坐船行经池州上游的一个小市聚(赵屯)时遇大风,所见场面惊心动魄。他在《入蜀记》中记道:

> 是日大风,至暮不止,登岸,行至夹口,观江中惊涛骇浪,虽钱塘八月之潮不过也。有一舟掀簸浪中,欲入夹者再三,不可得,几覆溺矣,号呼求救,久方能入。①

二十八日,一直有大风,船行甚速。"然江面浩渺,白浪如山,所乘两千斛舟,摇兀掀舞,才如一叶。"②

二十八日行至马当,陆游所乘船只遇险,并发生了一件灵异之事。《入蜀记》中记曰:

> 舟行至石壁下,忽昼晦,风势横甚,舟人惊恐失色,急下帆,趋小港,竭力牵挽,仅能入港。系缆同泊者四五舟,皆来助牵。③
>
> 忽有大鱼正绿,腹下赤如丹,跃起舵旁,高三尺许,人皆异之。是晚,果折樯破帆,几不能全,亦可怪也。入夜,风愈厉,增十余缆。迨晓,方少定。④

九月十一日,船只行经江陵县建宁镇上游某处江面时,陆游第一次具体真切地见识了长江的浩渺与神秘。他在《入蜀记》中写道:

> 十一日,舟行。望西南一角,水与天接。舟人云,是为潜军港,古尝潜军伺敌于此。遥见港中有两点正黑,疑其远树,则下不

---

① 陆游:《入蜀记》,参见《陆游集》(第五册),中华书局1976年版,第2429页。
② 同上书,第2430页。
③ 同上。
④ 同上。

属地,久之,渐近可辨,盖两千五百斛大舟也。①

长江的凶险和浩渺给航行江上的舟子行客带来了无尽的恐惧和敬畏,他们在长江沿岸建神祠庙宇,虔诚地举行各种祭祀仪式,祈求神灵保佑。具体如下。

七月二十八日,陆游在两次遇险的马当附近,看到了秀拔的山脚下有"庙依峭崖架空为阁,登降者,皆自阁西崖腹小石径,扪萝侧足而上,宛若登梯。飞甍曲槛,丹碧飘渺"。陆游评论道:"江上神祠,惟此为佳。"②

九月二十六日,在沙市之东三四里处的江渎庙,舟子和行客们举行了隆重的入峡祭神仪式,"祭江渎庙,用壶酒特豕"。祭祀四渎之一的神灵昭灵孚应威惠广源王,这一仪式"最为祭祀之正者"。③

航行在长江上,陆游一行不时见到诸如此类的神祠和祭祀仪式。它们与大江的凶险浩渺气象一道,给长江增添了无尽的神秘。

最后,陆游听闻和记录了一批流传于长江沿岸的、几乎濒于失传的神秘传说及故事。这些传说故事大多以生于斯、长于斯的两岸居民为主人公,充满神异奇丽的色彩。具体如下。

七月二十日,宁国太平县主簿陈炳(字德先)来舟中见陆游,给陆游讲述了他的从姑(堂姑)妙静练师得道的传说,也一并讲述了他在少年时代因生病得遇异人的故事。《入蜀记》中记载道:

> 炳,字德先,……自言其从姑得道徽宗朝,赐号妙静练师,结庐葛仙峰下,平生不火食,惟饮酒,啖生果,为人言祸福死生,无毫厘差。每风日清和时,辄掩关独处,或于户外窃听之,但闻若二婴儿声,或歌或笑,往往至中夜方止,莫有能测者。每为德先言汝

---

① 陆游:《入蜀记》,参见《陆游集》(第五册),中华书局1976年版,第2446页。
② 同上书,第2430页。
③ 同上书,第2449页。

有仙骨，当遇异人。后因得疾委顿，有皖山徐先生来饵以药，即日疾平。徐因留，教以绝粒诀，德先父母方望其成名，固不许。然自是绝滋味，日食汤饼及饭而已。如此者六年，益觉身轻，能日行二百里。会中第娶妻，复近荤血，徐遂告别。临行，语德先曰："汝二纪后复从我究此事。"德先送至溪上，方呼舟欲渡，徐褰裳疾行水上而去，呼之不复应。①

七月二十一日，陆游一行过繁昌县，晚泊舟荻港。在这里，陆游登岸游览了凤凰山延禧观。这个道观的前名是"青华观"，曾有一法号叫"自然"的道士，宋朝国史有传。延禧观旁有座坟墓，据现任观主陈廷瑞说是自然的"剑冢"。陆游记录了从陈廷瑞口中听闻的这座"剑冢"的传说：

至凤凰山延禧观，观废于兵烬者四十余年，近方兴葺。……有赵先生，荻港市中人，父卖茗，先生幼名王九，年十三，疾亟，父抱诣青华，愿使入道。是夕，先生梦老人引之登高山，谓曰"我阴翁也"，出柏枝啖之，及觉遂不火食。后又梦前老人，教以天篆数百字，比觉，悉记不遗。太宗皇帝召见，度为道士，赐冠简，易名自然，给装钱遣还，遂为观主。祥符间，再召至京师，赐紫衣，改青华额曰延禧。先生恳求还山养母，得归，一日，无疾而逝。门人葬之山中，行半途，棺忽大重不可举。其母曰："吾儿必有异。"命发棺，果空无尸，惟剑履在耳。遂即其处葬之。今冢犹在，谓之剑冢，自然，国史有传，大概与廷瑞言颇合，惟剑冢一事无之。②

七月二十五日，陆游乘船抵池州，游光孝寺，听僧人讲述了寺中所藏圣者铁笛的传说故事。这个故事充满了奇丽的神秘色彩，《入蜀记》

---

① 陆游：《入蜀记》，参见《陆游集》（第五册），中华书局1976年版，第2425—2426页。
② 同上书，第2426—2427页。

中记载道：

> 寺有西峰圣者所留铁笛，圣者生当吴武王杨行密时，阳狂不羁，好吹笛，能役鬼神蛟龙。尝寓池州乾明寺，乾明即光孝也，及去，留笛付主事僧，笛似铜铁而非，色绿，而莹润如绿玉，不知何物。僧惧为好事者所夺，郡官求观之，辄出一凡笛充数。①

九月十四日，陆游一行抵达公安，这是长江岸边的一个重镇，古代叫油口。在这里，陆游参观了城内的二圣报恩光孝禅寺，寺内供奉的二圣谓青叶髻如来、娄至德如来。陆游在寺内见到了一块石碑，上面刻有一个故事，这个故事讲述了禅寺的来历。陆游对这样的故事很感兴趣，故特别在《入蜀记》中记录道：

> 有碑言邑人一夕同梦二神人，言我青叶髻、娄至德如来也，有二巨木，在江干，我所运者，俟鄯善者来，令刻为我像。已而果有人自称鄯善者，又善肖像，邑人欣然请之。像成，人皆谓酷类所梦。然碑无年月，不知何代也。②

以上故事颇类六朝志怪小说，给长江岸边的二圣报恩光孝禅寺增添了无尽的神秘。此外，七月九日陆游在建康感褚诚叔仕途不达事，并听闻某邑尉愧心杀人而升官、终患疯症的故事。八月九日参观庐山慧远法师祠堂，听闻了避蛇童子的传说及庐山天池砖塔缺一角的神秘传说。八月十三日在富池昭勇庙听闻了甘兴霸显灵镇大盗的故事。八月二十八日在鄂州黄鹤楼故址听闻了费祎在此飞升、后乘鹤来归的传说，以及参观汉阳门游仙洞时听闻了有仙人隐于其中的传说。九月十五日，听县令周谦孙讲公安县治故址发生沧海桑田之变的故事，所谓"（县治故址）沙

---

① 陆游：《入蜀记》，参见《陆游集》（第五册），中华书局1976年版，第2428页。
② 同上书，第2447页。

虚岸摧，渐徙而南，今江流乃昔市邑也"①，等等。陆游在《入蜀记》中对流传于长江沿岸的许多传说故事做了简约传神的叙写记录。

除记录和叙写以上发生在长江流域的或长江沿岸人们口耳相传的颇具神秘色彩的人和事，《入蜀记》还记录了陆游从家乡山阴出发，经临安、秀州、苏州、常州，抵镇江途中所耳闻目睹的一些人和事，如秀州崇德人吴隐的传说，秀州本觉寺"池中龟无数，闻人声，皆集，骈首仰视，儿曹惊之不去"②的奇异现象，无锡县近邑的锡山人不敢取锡的故事，这些发生或流传于吴中的传说、故事及现象，同样是《入蜀记》记录和叙写的内容。这些内容共同给后世描绘了一个南宋时的神秘长江。

其二，美丽长江。

长江及其沿岸是神秘的，也是美丽的。这种美体现于山川风光的壮丽、秀美，以及山川风光与沿岸的亭台楼观、诗文书画遗迹、历史风云、人物百相等交相辉映上。陆游在他的入蜀行程中，不仅从舟上观望风景，还不时登岸，遍览沿岸众多的渔村、市邑、城镇和风景名胜古迹，或远观、俯视、回望、仰视、近察，从多个视角审视和品味了长江及其沿岸的美。

首先，山川风光与沿岸的亭台楼观、诗文书画遗迹、历史风云、人物百相等交相辉映，构成了长江之美的主体元素。

六月二十二日，陆游舍舟至（镇江）寿丘普照寺赴宴。他站在普照寺上，"东望京山，连亘抱合，势如缭墙，官寺楼观如画，西阚大江，气象极雄伟也"。③《入蜀记》的这段描写，一方面绘写了长江及沿岸山川风光的壮丽；另一方面展现了长江沿岸山川风光与亭台楼榭交相辉映的美。

六月二十三日，陆游登上长江岸边的北固山甘露寺多景楼。他在《入蜀记》中写道："下临大江，淮南草木可数，登览之胜，实过于

---

① 陆游：《入蜀记》，参见《陆游集》（第五册），中华书局1976年版，第2447页。
② 同上书，第2408页。
③ 同上书，第2412页。

旧。""此山多峭崖如削,然皆土也,国史以为石崖峭绝,误矣。"① 在这里,陆游将壮丽的山川风光和精湛的史学考辨相结合,使他的日记呈现出自然之美和学识之精交相辉映的风采。

六月二十五日到二十八日,陆游参观了长江中的金山寺,先后谒英灵助顺王祠(庙)、登玉鉴堂和妙高台、览胜于山顶的吞海亭。在金山寺的英灵助顺王祠(庙),陆游目睹了庙中僧人的可笑之事,听闻了庙中所遇武人王秀的故事。《入蜀记》对此做了细致传神的记录和叙写:"二十五日,以一豨、壶酒,谒英灵助顺王祠,所谓下元水府也,祠属金山寺,寺常以二僧守之,无他祝史。然榜云'赛祭猪头,例归本庙',观者无不笑。……庙中遇武人王秀,自言博州人,年五十一,元颜亮寇边时,自河朔从义军,攻下大名,以待王师,既归朝,不见录。且自言孤远无路自通,唏嘘不已。……"② 在金山寺的玉鉴堂、妙高台、吞海亭等名胜古迹处,陆游见识了这里的壮丽风光,但他在《入蜀记》中却一笔概之,曰:"登玉鉴堂和妙高台,皆穷极壮丽,非昔比。""山顶有吞海亭,取气吞巨海之意,登望尤胜。每北使来聘,例延至此亭烹茶。"③ 相反,陆游对这里的诗文书法遗迹、僧人们的尘俗段子等似乎更感兴趣,他在《入蜀记》中细致传神地叙写道:

玉鉴盖取苏仪甫诗云:"僧于玉鉴光中坐,客踏金鳌背上行。"仪甫果终于翰苑,当时以为诗谶。④

新作寺门亦甚雄,翟耆年伯寿篆额,然门乃不可泊舟。凡至寺中者,皆由雄跨阁。长老宝印言:"旧额仁宗皇帝御飞白,张之,则风波汹涌,蛟鼍出没,遂藏之寺阁,今不复存矣。"⑤

金山与焦山相望,皆名蓝,每争雄长。焦山旧有吸江亭,最为

---

① 陆游:《入蜀记》,参见《陆游集》(第五册),中华书局1976年版,第2412页。
② 同上书,第2412—2413页。
③ 同上书,第2413页。
④ 同上。
⑤ 同上。

佳处,故此名吞海亭以胜之,可笑也。"①

在金山寺观日出,是陆游所见的另一道壮丽景观。他在《入蜀记》中简练传神地描写道:"二十八日,夙兴,观日出,江中天水皆赤,真伟观也。"② 从航行江中的舟上观望金山,同样是一道壮丽风景,陆游在《入蜀记》中描写道:"午间,过瓜洲,江平如镜。舟中望金山,楼观重复,尤为巨丽。"③ 此外,陆游在《入蜀记》这几天的日记里还穿插介绍了金山寺中一些重要建筑的规制和来历,记录了他在金山寺偶遇奉使金国的起居郎范成大并受邀赴宴的事。总之,把《入蜀记》中六月二十五日到二十八日的日记连起来看,它无疑是一篇以金山寺为游观对象的游记文,该文重点描写和记录了陆游游玩金山寺各景点所见的壮丽风光,同时穿插记叙了与金山寺有关的诗文遗迹、书法遗迹(仁宗皇帝的御书)、僧人们的尘俗段子、抗金战士的可叹命运和当日时事等,这让后世读者如身临其境般地观赏了长江及沿岸的壮丽风光,使读者深切体察了长江及沿岸的文化底蕴、人物百相,表现出浓烈的文化和生活气息。

七月五日到七日,陆游经过和参观了长江岸边的重镇建康。五日,他从舟中远望,看到了建康城的一个要塞——石头山。他在《入蜀记》中写道:"过龙湾,浪涌如山,望石头山不甚高,然峭立江中,缭绕如垣墙。"④ 对于这个险峻壮丽的要塞,陆游深有感触地评论道:"凡舟皆由此下至建康,故江左有变,必先固守石头,真控扼要地也。"⑤ 七日,陆游与人登上石头山,他在《入蜀记》中写道:"同登石头,西望宣化渡及历阳诸山,真形胜之地。"⑥ 在这些简略的景观描写中,陆游穿插表达了他主张加强石头山要塞防守的政论观点。陆游认为,守江必先守

---

① 陆游:《入蜀记》,参见《陆游集》(第五册),中华书局1976年版,第2413页。
② 同上。
③ 同上书,第2414页。
④ 同上书,第2416页。
⑤ 同上。
⑥ 同上书,第2418页。

建康，守建康必先守石头山要塞，陆游反对南宋王朝定都临安，他主张定都建康，并从军事防御的角度提出了强化石头山要塞防守的观点。他在《入蜀记》中议论道："若异时定都建康，则石头当仍为关要。或以为今都城徙而南，石头虽守无益，盖未之思也。惟城既南徙，秦淮乃横贯城中，六朝立栅断航之类，缓急不可复施。然大江天险，都城临之，金汤之势，比六朝为胜，岂必依淮为固邪？"① 这些议论，不仅显示了陆游的军事眼光、志士情怀，还显示了他极犀利的政论锋芒。六月八日，陆游到建康城郊的钟山，游览了道林真觉大师塔以及塔后的定林庵。在《入蜀记》中，他简略记叙了道林真觉大师塔的规制和来历，重点是记叙和评说了一幅画，其曰："塔后有定林庵。旧闻先君言，李伯时画文公像于庵之昭文斋壁，着帽束带，神彩如生。文公殁，斋常扃闭，遇重客至，寺僧开户，客忽见像，皆惊耸，觉生气逼人，写照之妙如此。"② 很明显，《入蜀记》这则文字，是一篇极为简练传神的画记。此外，陆游在《入蜀记》六月五日到七日的日记里，还穿插叙了秦淮河之所以通达金陵（建康）的传说故事、城郊天庆观西忠烈庙祭祀嵇绍及卞壶二子的史迹考辨、清凉广慧寺德庆堂所见的祭悟空禅师文一则等。总之，这样的日记是游记文和政论文、画记文、学术考辨文的结合，它将山川之壮丽与政论之犀利、画记之神妙、学术考辨之精湛等多种审美元素糅为一体，呈现出绚丽多姿的美。

此外，陆游一行经过的诸多地方，如：和州境内游观青山李太白祠堂、过天门山、大信口观月、过大孤山、参观江州庾楼、登上庐山太平兴国宫、百花洲观月、在黄州栖霞楼观看江景、在鄂州观看大军教习水战、登鄂州南楼、寻黄鹤楼故址、观赏荆渚一带的江景、望荆门十二碚、欣赏下牢关夹江两岸各为奇状的千峰万嶂、登三游洞、观天柱峰和黄牛峡、游玉虚洞……这些地方的景观皆极为壮丽且各为奇状。

---

① 陆游：《入蜀记》，参见《陆游集》（第五册），中华书局1976年版，第2418页。
② 同上。

长江及其沿岸的风光不仅是壮丽的,同时也是秀美的。

七月四日,陆游一行从真州(今江苏仪征)出发、过瓜步山、晚上泊舟竹筱港。刚出发时,陆游站在真州城外的码头观望岸下,只见"岸下舟相先后发者甚众。烟帆映山,缥缈如画"。① 在秀美的山川风光描绘中,陆游穿插叙写了他观察的瓜步山形貌,介绍了瓜步山上发生的历史风云、瓜步山的物产等。这让读者在感怀长江及其沿岸秀美风光的同时,也被沿岸诸地的险峻地形、历史陈迹、富饶物产触动。

七月十一日,陆游一行航行大江中,先后过三山矶、烈洲、慈姥矶、采石矶,晚上泊舟太平洲江口。三山矶距金陵(建康)不过五十里,陆游在《入蜀记》中叙写道:"水湍急,篙工并力撑之,乃能上。……三山自石头及凤凰台望之,杳杳无中耳。"② 于景观描写之外,陆游在《入蜀记》中穿插介绍了何谓"矶"的知识,他写道:"凡山临江,皆曰矶。"③ 此外,陆游还穿插记叙了三山矶曾发生的一则历史故事和他在三山矶看到的一个场景画面:

> 晋伐吴,王濬舟师过三山,王浑要濬议事,濬举帆曰:"风厉不得泊。"即此地也。④

> 是日便风,击鼓挂帆而行。有两大舟东下者,阻风泊浦溆,见之大怒,顿足诟骂不已。舟人不答,但抚掌大笑,鸣鼓愈厉,作得意之状。⑤

对于下行船和上行船中舟子们的失意与得意之状,陆游颇有感触,他在《入蜀记》中评论道:"江行淹速常也,得风者矜,而阻风者怒,可谓两失之矣。世事盖多类此者,记之以寓一笑。"⑥ 烈洲的景致很秀

---

① 陆游:《入蜀记》,参见《陆游集》(第五册),中华书局1976年版,第2416页。
② 同上书,第2420页。
③ 同上。
④ 同上。
⑤ 同上。
⑥ 同上。

丽，但陆游在《入蜀记》中的描写却极简略，他写道："烈洲在江中，上有小山曰烈山，草木极茂盛，有神祠在山巅。"① 慈姥矶远远看去也很秀丽险峻，陆游在《入蜀记》中是这样表述的：一，他直接绘写道："慈姥矶，矶之尤巉绝峭立者。"② 二，他引用徐师川的《慈姥矶诗》和梅圣俞的《护母丧归宛陵发长芦江口》《过慈姥矶下》《慈姥山石崖上竹鞭》等诗的名句来间接绘写慈姥矶的高峻奇丽。在采石矶，陆游着力描写了此处的秀丽风光。第一，他在《入蜀记》中写道："微风辄浪作不可行。"③ 第二，他引用刘禹锡和王安石的诗歌名句来绘写此处风光，如："刘宾客云'芦苇晚风起，秋江鳞甲生'，王文公云'一风微吹万舟阻'，皆谓此矶也。"④ 采石矶不仅风光秀美，还极富历史沧桑感。陆游在《入蜀记》中记叙了南唐樊若冰携采石矶秘密投敌的往事，并对南唐君臣不敢诛杀樊若冰母妻的史事予以讥评，借古讽今，含蓄地指斥了南宋王朝与南唐小朝廷在"暗且怠"这点上有相通之处。《入蜀记》是这样记叙和评论的：

> 矶即南唐樊若冰献策，作浮梁渡王师处。初若冰不得志于李氏，诈祝发为僧，庐于采石山，凿石为窍，及建石浮图，又月夜系绳于浮图，棹小舟急渡，引绳至江北，以渡江面，既习知不谬，即亡走京师上书。其后王师南渡，浮梁果不差尺寸。予按隋炀帝征辽，盖尝用此策渡辽水，造三浮桥于西岸。既成，引趋东岸，桥短丈余不合。隋兵赴水接战，高丽乘岸上击之，麦铁杖战死，始敛兵。引桥复就西岸，而更命何稠接桥，二日而成，遂乘以济。然隋终不能平高丽，国朝遂下南唐者，实天意也，若冰何力之有？方若冰之北走也，江南皆知其献南征之策，或请诛其母妻。李煜不敢，但羁置池州而已。其后若冰所凿石窍及石浮图，皆不毁，王师卒用

---

① 陆游：《入蜀记》，参见《陆游集》（第五册），中华书局1976年版，第2420页。
② 同上。
③ 同上。
④ 同上。

以系浮梁，则李氏君臣之暗且急，亦可知矣。虽微若冰，有不亡者乎！张文潜作《平江南议》，谓当缚若冰送李煜，使甘心焉，不然，正其叛主之罪而诛之，以示天下，岂不伟哉。文潜此说，实天下正论也。①

《入蜀记》的记叙和评论，一方面指出了采石矶对于南宋王朝布设长江防线的重要性；另一方面表达了陆游等爱国志士对投降派的痛恨，此外，也反映了陆游卓著的史识和犀利的历史批判力。可以说，《入蜀记》这段文字是一篇不可多得的史论文。也就是说，《入蜀记》中七月十一日的几个日记片段如果连贯起来看，是一篇以三山矶、烈洲、慈姥矶、采石矶一带为游观对象的游记文，不过该文在绘写此处山川风光的同时，还穿插介绍了矶之为"矶"的知识、穿插介绍了一些诗文遗迹、穿插记叙了采石矶的历史往事和陆游对这段往事的评说，将山川之美和百科知识的雅驯、诗人的遗风余韵、往事之沧桑、史识之精湛、时事抨击之深锐等审美元素糅为一体。

七月二十二日，陆游一行航行在丁家洲附近的江面上，这时风平浪静，从舟中望去景致极秀美，陆游在《入蜀记》中描写道："二十二日，过大江，入丁家洲，复行大江。自离当涂，风日清美，波平如席，白云青嶂，相远映带，终日如行图画，殊忘道途之劳也。"② 次日，陆游一行过阳山矶，见九华山，他在《入蜀记》中评说道：九华山之奇尤在于壮丽中见"修纤"，他认为王安石描写九华山的诗句"盘根虽巨壮，其末乃修纤"最能形容九华山的姿态之妙。③ 此外，陆游一行经过的诸多地方，如：狮子矶、烽火矶、彭浪矶、小孤山、西塞山，观赏公安境内的江面秋景，登蛤蟆碚，观赏马肝峡的狮子岩及溪上孤峰，登巴东县的秋风亭和白云亭，远望巫山十二峰……这些地方的景致也都极为

---

① 陆游：《入蜀记》，参见《陆游集》（第五册），中华书局1976年版，第2420—2421页。
② 同上书，第2427页。
③ 同上。

秀美且各具形状。一路走过，陆游不由得感叹杜甫的诗句"幸有舟楫迟，得尽所历妙"写得贴切，最能表达他的感受和他对长江风光流连喜爱的心情。

山川风光与亭台楼观、诗文书画遗迹、历史风云、人物百相等交相辉映，在壮丽、秀美的山川风光中糅合了楼观之胜、文化之醇、人物之百相、画记之神妙、诗文之遗风余韵、往事之沧桑，以及诗人的学识之精深、政论之犀利、学术考辨之精细、史论之剀切、百科知识之雅驯、史识之精湛、时事抨击之深锐、主观感受之真切等审美元素，这使长江及其沿岸呈现出一种绚丽多姿的美。

其次，长江及其沿岸的山川风光呈现了一种极为单纯的美，美得那样壮丽、秀美，却又那么纯任自然。

长江及其沿岸的山川风光既壮丽又秀美，最为秀美之处当属小孤山、蛤蟆碚、神女峰、白云亭等，最为壮丽之处当属大孤山、下牢关夹江的千峰万嶂、黄牛峡等。与长江下游地区沿岸的风光相比，长江中上游地区沿岸的山川风光在人文景观的配置与陪衬上要显得少一些，但是美得更自然和纯粹一些。

八月一日，陆游一行过彭浪矶、小孤山。小孤山属舒州宿松县，彭浪矶属江州彭泽县，东西相望。陆游在《入蜀记》中写道：

> （小孤山）有戍兵，凡江中独山，如金山、焦山、落星之类，皆名天下，然峭拔秀丽，皆不可与小孤比。自数十里外望之，碧峰巉然孤起，上干云霄，已非它山可拟，愈近愈秀，冬夏晴雨，姿态万变，信造化之尤物也。但祠宇极于荒残，若稍饰以楼观亭榭，与江山相发挥，自当高出金山之类。[①]

小孤山极秀美，陆游从三个层面表现了这种秀美：一是将小孤山与长江中的天下名山相比，指出这些名山皆不可与秀美的小孤山相比；二

[①] 陆游：《入蜀记》，参见《陆游集》（第五册），中华书局1976年版，第2430—2431页。

是从远、近、高、下、冬、夏、晴、雨等不同空间时间的视角来直接描绘小孤山，呈现了它峭拔秀丽和姿态万变的美；三是写出自己因为对小孤山缺少楼观亭榭等人文景观的陪衬而产生了遗憾，这种遗憾又反而表现了小孤山之美无须借助人文景观来锦上添花，因为它美得更自然、更纯粹。小孤山常被人们附会为小姑山，有别祠在彭浪矶，彭浪矶景色壮丽，陆游在《入蜀记》中描写道："（彭浪矶）三面临江，倒影水中，亦占一山之胜。舟过矶，虽无风，亦浪涌，盖以此得名也。昔人诗有'舟中估客莫轻狂，小姑前年嫁彭郎'之句，传者谓小孤庙有彭郎像。"① 彭浪矶的壮丽，以及它与小孤山的传说，更进一步反衬了小孤山的秀美。

与小孤山的秀美相对称，大孤山的壮丽是无与伦比的。大孤山在彭蠡口，距小孤山不足二十里，八月二日，陆游一行抵达这里。他在《入蜀记》中描写道："泛彭蠡口，四望无际，乃知太白'开帆入天镜'之句为妙。始见庐山及大孤。大孤状类西梁，虽不可拟小姑之秀丽，然小孤之旁，颇有沙洲葭苇，大孤则四际渺弥皆大江，望之如浮水面，亦一奇也。"② 在这里，陆游先描绘了大孤山的背景画面，极力写出这种背景画面的壮阔无比，然后将视角聚焦于大孤山，用一个"浮"字写其秀美，这是一种壮阔无比的秀美，是与小孤山截然不同的壮丽之美。

与小孤山、彭浪矶、大孤山等长江中游地区沿岸的壮丽秀美风光不同，陆游一行进入峡江航道后见到的是山地岩溶风光，长江上游沿岸的这种山川风光特点更能让人叹服大自然的鬼斧神工。

十月八日，陆游一行乘船沿峡江航道过下牢关，这里的山川风光极壮丽神奇。陆游在《入蜀记》中用细腻的笔触一一描绘道："过下牢关。夹江千峰万嶂，有竞起者、有独拔者，有崩欲压者、有危欲坠者，有横裂者、有直坼者，有凸者、有洼者，有罅者，奇怪不可尽状。初冬

---

① 陆游：《入蜀记》，参见《陆游集》（第五册），中华书局1976年版，第2431页。
② 同上。

草木皆青苍不凋，西望重山如阙，江出其间，则所谓下牢溪也。"① 在这里，陆游抓住了夹江千峰万嶂的各自特征，随物赋形地予以客观描绘，形象再现了此处山川风光的壮丽与神奇。

十月九日，陆游一行过扇子峡、登蛤蟆碚。蛤蟆碚极秀丽神奇，陆游在《入蜀记》中描写道："登蛤蟆碚，《水品》所载第四泉是也。蛤蟆在山麓，临江，头鼻吻颔绝类，而背脊疱处尤逼真。造物之巧，有如此者！自背上深入，得一洞穴，石色绿润，泉泠泠有声，自洞出，乘蛤蟆口鼻间，成水帘入江。是日极寒，岩岭有积雪，而洞中温然如春。"② 蛤蟆碚的山泉之美、形状之奇、石色之润、洞穴之温无不透露出大自然的鬼斧神工，也无不体现出此处风光的秀丽与神奇。

黄牛峡是峡江航道上一道极为壮丽神奇的风景，历代文人对此多有吟诵。陆游在《入蜀记》中就尝试站在不同地点、从不同视角、分不同时段对黄牛峡风光做了描绘，第一次在文学史上以全景式笔触再现了它那神奇般的美丽。

十月九日，陆游一行过天柱峰、晚上泊舟黄牛庙。他在《入蜀记》中叙写道："晚次黄牛庙，山复高峻。……庙曰灵感，……其下即无义滩，乱石塞中流，望之可畏。……又有张文忠一赞，其词曰：'壮哉黄牛，有大神力。犇聚巨石，百千万亿。剑戟齿牙，碟硊江侧。壅激波涛，险不可测。威胁舟人，骇怖失色。刲羊酾酒，千载庙食。'……"③ ——这是陆游站在近处的黄牛庙观看黄牛峡。

十月十日早，陆游一行祭灵感庙后起行，过鹿角、虎头、史君等滩，而后泊舟于归州秭归县城下，他与子辈们步行沙滩上，回头望去，又见黄牛峡。他在《入蜀记》中叙写道："回望，正见黄牛峡。庙后山如屏风叠，嵯峨插天，第四叠上，有若牛状，其色赤黄。前有一人，如着帽立者。昨日及今早，云冒山顶，至是始见之。"④ ——这是陆游远

---

① 陆游：《入蜀记》，参见《陆游集》（第五册），中华书局1976年版，第2453页。
② 同上书，第2453—2454页。
③ 同上书，第2454页。
④ 同上。

远地站在秭归县城下的沙滩上回望黄牛峡。

十月十一日,陆游一行过达洞滩,因滩过于险恶,陆游和家人不敢乘船,下船乘轿陆行过此滩。下船上轿之际,陆游又远远望见了黄牛峡。他在《入蜀记》中叙写道:"犹见黄牛峡庙后山。太白诗云:'三朝上黄牛,三暮行太迟。三朝又三暮,不觉鬓成丝。'欧阳公云:'朝朝暮暮见黄牛,徒使行人过此愁。山高更远望犹见,不是黄牛滞客舟。'盖谚谓:'朝见黄牛,暮见黄牛。一朝一暮,黄牛如故。'……"①——这是陆游远远地站在达洞滩上再次回望黄牛峡。

以上三段文字中,第一段文字突出表现了黄牛峡的"险",第二段文字突出表现了黄牛峡的"奇"和"美",第三段文字突出表现了黄牛峡的"长"。总之,这是一道极壮丽神奇的风景。

从上可见,长江中上游地区沿岸的山川风光在人文景观的配置和陪衬上要比下游地区显得更少一些,但美得更纯粹、更自然一些。它们和长江下游沿岸地区那种绚丽多姿的美一道,共同展现了一幅宋代南中国的美丽画卷。

其三,富饶长江。

长江是神秘美丽的,也是富饶的。陆游一路走过,目睹了长江沿岸的众多城镇、市邑、村落,见识了它们的繁荣和沿岸物产的富饶。对此,《入蜀记》做了细致记录和简约叙写。故《入蜀记》又呈现了长江及沿岸极为富饶的一面。

首先,陆游目睹和记录了长江中下游沿岸水乡渔村的富饶繁荣。

七月十日,陆游所乘船只早出建康,晚宿大城冈。金陵以西的长江岸边冈陇重复,著名者有梅岭冈、石子冈、佘婆冈等,大城冈是这些冈陇中的一个。大城冈有村落,陆游在《入蜀记》中描写道:"居民数十家,亦有店肆。"②

姑熟溪五里的溪南是和州城外的一个渔村,七月十二日陆游乘船抵

---

① 陆游:《入蜀记》,参见《陆游集》(第五册),中华书局1976年版,第2455页。
② 同上书,第2420页。

达这里。在《入蜀记》中，他用细腻的笔触描绘了这个长江岸边富饶美丽的渔村：

>　　土人但谓之姑溪，水色正绿，而澄澈如镜，纤鳞往来可数。溪南皆渔家，景物幽奇。①
>　　十四日，晚晴，开南窗观溪山。溪中绝多鱼，时裂水面跃出，斜日映之，有如银刀。垂钓挽罟者弥望，以故价甚贱，僮使辈日皆餍饫。土人云"此溪水肥宜鱼"，及饮之，水味果甘，岂信以肥故多鱼耶？②

七月十八日，陆游所乘船只离开姑熟溪，晚上泊舟大信口。《入蜀记》中记曰："（大信口）水浒小儿卖菱芡莲藕者甚众。"③

八月十四日，陆游所乘船只泊舟蕲州地界的刘官矶。陆游和儿辈们登岸，缘小径，到山后，见到有陂湖和村落。他在《入蜀记》中描写道：

>　　有陂湖渺然，莲芰甚富，沿湖多木芙蕖。数家夕阳中，芦藩茅舍，宛有幽致，而寂然无人声。有大梨，欲买之，不可得。湖中小艇采菱，呼之亦不应。④

八月二十一日，陆游所乘船只过双柳夹，晚泊杨罗洑。这一路上，两岸地势旷远，地形渐高，故"多种菽粟荞麦之属"。⑤杨罗洑是个水乡村落，陆游在《入蜀记》中这样描写：

---

① 陆游：《入蜀记》，参见《陆游集》（第五册），中华书局1976年版，第2421—2422页。
② 同上书，第2422页。
③ 同上书，第2426页。
④ 同上书，第2437页。
⑤ 同上书，第2440页。

> 晚泊杨罗洑，大堤高柳，居民稠众，鱼贱如土，百钱可饱二十口，又皆巨鱼。欲觅小鱼饲猫，不可得。①

次日，陆游所乘船只过青山矶，晚泊舟白杨夹口。白杨夹口是离鄂州城约三十里远的水乡村落，《入蜀记》是这样描写的："居民及渔舟甚多，然大抵皆军人也。"②

八月三十日，陆游所乘船只离开鄂州，经过谢家矶、金鸡洑，晚上泊舟通济口。在金鸡洑，陆游看到了洑中有村落，规模如小县，此地物产极富饶。《入蜀记》中这样记载道："得缩项鳊鱼，重十斤。洑中有聚落，如小县。出鲟鱼，居民率以卖鲊为业。"③

从九月一日开始，陆游所乘船只离开了长江主航道，绕避巴陵，由通济口入沌，抄近道经过一个叫作"百里荒"的河道抵达荆沙。这个叫"百里荒"的地方被怀疑是今天已经消失了的古云梦泽残迹。这一路上所遇到的村落分别有下郡、白臼、纲步、毕家池、东场等，陆游在《入蜀记》中一一描写道：

> （下郡）始有二十余家，皆业渔钓，芦藩茅屋，宛有幽致。鱼尤无论钱。④
> （白臼）有庄居数家，门外皆高柳侵云。⑤
> （纲步）有二十余家，在夕阳高柳中，短篱晒罾，小艇往来，正如画图所见，沌中最佳处。⑥
> （毕家池）地势爽垲，居民颇众。有一二家，虽茅荻结庐，而窗户整洁，藩篱坚壮，舍傍有果园甚盛，盖亦一聚之雄也。与诸子及二僧登岸，游广福永固寺，阒然无一人。东偏白云轩前，橙方结

---

① 陆游：《入蜀记》，参见《陆游集》（第五册），中华书局1976年版，第2440页。
② 同上。
③ 同上书，第2444页。
④ 同上书，第2445页。
⑤ 同上。
⑥ 同上。

实，虽小而极香，相与烹茶破橙。①

（东场）并水皆茂竹高林，堤净如扫，鸡犬闲暇，凫鸭浮没。人往来林樾间，亦有临渡唤船者。②

面对一路上的渔村风光，陆游不由得感慨道："使人恍然如造异境。"③

塔子矶是陆游所乘船只从"百里荒"河道出来后重新行在长江江面上时经过的一座江滨大山，山下有村落。这个村庄物产丰富，陆游和家眷在这里过了重阳节。《入蜀记》中写道：

（九月）九日早，泊塔子矶，江滨大山也。自离鄂州，至是始见山。买羊置酒，盖村步以重九故，屠一羊，诸舟买之，俄顷而尽。求菊花于江上人家，得数枝，芬馥可爱。……十日，阻风雨。遣小舟横绝江面，至对岸买肉食，得大鱼之半，又得一乌牡鸡，不忍杀，蓄于舟中。俄有村翁持荚萌一束来饷，不肯受值。④

与长江中下游沿岸渔村的富饶、繁荣和淳朴相比，峡江航道两岸的乡村要贫瘠些、民风也要强悍些。《入蜀记》是这样记录叙写的：

（十月）九日，……晚次黄牛庙，山复高峻。村人来卖茶菜者甚众。其中有妇人，皆以青斑布帕首，然颇白皙，语音亦颇正。茶则皆如柴枝草叶，苦不可入口。⑤

（十月）十三日，……游江渎北庙，庙正临龙门。其下石鏬中，有温泉，浅而不涸，一村赖之。妇人汲水，皆背负一全木盎，

---

① 陆游：《入蜀记》，参见《陆游集》（第五册），中华书局1976年版，第2445页。
② 同上书，第2446页。
③ 同上。
④ 同上。
⑤ 同上书，第2454页。

长二尺，下有三足，至泉旁，以杓挹水，及八分，即倒坐石旁，束盎背上而去。大抵峡中负物率着背，又多妇人，不独水也。有妇人负酒卖，亦如负水状，呼买之，长跪以献。"①

十月十四日晚，陆游乘小舟到江渎南庙游玩。南庙附近，因山崩石壅成一滩，害舟不可计。虽经石工疏凿，然滩害至今不可悉除。陆游在《入蜀记》中指出："若乘十二月、正月，水落石尽出时，亦可并力尽镌去锐石。然滩上居民皆利于败舟，贱卖板木，及滞留买卖，必摇沮此役，不则赂石工，以为石不可去。须断以必行，乃可成。又舟之所以败，皆失于重载。当以大字刻石置驿前，则过者必自惩创。二者皆不可不讲，当以告过路者。"② 可见，长江峡江航道两岸的乡村要贫瘠一些、民风也要强悍一些。

其次，陆游目睹和记录了长江沿岸众多城镇市邑的富庶繁荣。

七月一日，陆游所乘船只抵达真州（今江苏仪征），第二天故地重游，携人参观了真州城里的东园。一路走去，只见"市邑官寺，比数年前颇盛"。东园以前极宏壮巨丽，但经建炎兵火后完全荒废了，官府把这块地租给百姓，"岁入钱数千"。③

七月六日晚，陆游在建康拜见了秦伯和。秦伯和居第"栋宇闳丽，前临大池，池外即御书阁，盖赐第也"。④ 此前六月六日，陆游抵秀州，到陈大光县丞家赴宴，见大光"居第洁雅，有末利花盛开"。⑤ 六月十九日，镇江知府蔡洸（字子平）在城内丹阳楼设宴款待陆游，因天气炎热，席间"堆冰满座……"。⑥ 从这些民居建筑和宴席排场中，陆游看到了长江中下游沿岸的富庶与繁荣。

七月二十七日，陆游所乘船只经过雁翅夹，雁翅夹是池州地界的一

---

① 陆游：《入蜀记》，参见《陆游集》（第五册），中华书局1976年版，第2455—2456页。
② 同上书，第2456页。
③ 同上书，第2425页。
④ 同上书，第2417页。
⑤ 同上书，第2409页。
⑥ 同上书，第2412页。

个集镇，它和陆游此后在八月十五日经过的蕲口镇一样，都是南宋王朝在长江沿岸的重要税场。《入蜀记》中描写道："次蕲口镇，居民繁错，蜀舟泊岸下甚众。"① 据陆游老友、蕲口镇监税高世栋介绍，蕲口镇每年税收有十五万缗，雁翅夹每年的税收则有二十六万缗。蕲口镇上的商家服务极细心周到，陆游在《入蜀记》中记道："是日，买熟药于蕲口市。药贴中皆有煎煮所需，如薄荷、乌梅之类，此等皆客中不可仓卒求者。药肆用心如此，亦可嘉也。"②

八月二十三日，陆游所乘船只抵达鄂州，鄂州是长江沿岸的大城市，是南宋时比肩钱塘、建康的三大都会之一。陆游在《入蜀记》中描写道：

> 食时至鄂州，泊税务亭，贾船客舫，不可胜计，衔尾不绝者数里。自京口以西。皆不及。李太白《赠江夏韦太守》诗云："万舸此中来，连帆到扬州。"盖此郡自唐为冲要之地。……市邑雄富，列肆繁错，城外南市亦数里，虽钱塘、建康不能过，隐然一大都会也。③

八月二十八日，陆游与朋友同游黄鹤楼故址，在回舟的路上，更是近距离目睹了鄂州的繁华。他在《入蜀记》中记载道：

> 由江滨堤上还船，民居市肆，数里不绝。其间复有巷陌，往来憧憧如织。盖四方商贾所集，而蜀人为多。④

此后，陆游所乘船只经过江陵县建宁镇、公安县城、沙市等城镇。《入蜀记》描写道：

---

① 陆游：《入蜀记》，参见《陆游集》（第五册），中华书局1976年版，第2437—2438页。
② 同上书，第2438页。
③ 同上书，第2441页。
④ 同上书，第2444页。

(九月)九日,谒后土祠。道旁民屋,苫茅皆厚尺余,整洁无一枝乱。①(后土祠在建宁镇内——笔者注)

(九月)十四日,次公安,古所谓油口也。……规模气象颇壮。兵火之后,民居多毛竹。然茅屋尤精致可爱。井邑亦颇繁富,米斗六七十钱。②

沙市是入峡船进入峡江前最后一个繁华城市,《入蜀记》对沙市的市井情况没有做记录描写。离开沙市后,陆游所乘船只主要是在峡江航道穿行,沿岸城镇有峡州、夷陵县城、归州、巴东县城、巫山、夔州等。峡江沿岸城镇不如长江中下游的城镇繁荣富饶,甚至显得有点贫瘠。《入蜀记》中记载说:

归之为州,才三四百家,负卧牛山,临江。州前即人鲊瓮。城中无尺寸平土,滩声常如暴风雨至。太守云:"州仓岁收秋夏二料,麦粟粳米,共五千余担,仅比吴中一下户耳。"③

晚泊巴东县。江山雄丽,大胜秭归。但井邑极于萧条,邑中才百余户,自令廨而下,皆茅茨。……阙令,动辄二三年无肯补者。④

巴东县因地方贫瘠,竟然没有官员肯来此地任职。巫山县城是峡江沿岸城镇中相对比较富裕的,《入蜀记》中记载道:"(十月)二十四日,早,抵巫山,县在峡中。亦壮县也,市井胜归、峡二郡。"⑤

最后,陆游目睹和记录了长江及沿岸极为富饶的物产。

第一,长江及沿岸的物产很丰富,陆游一路上见得最多的物产就是鱼鳖,鱼鳖的量多且体形巨大是长江中下游地区物产丰富的主要特征。

---

① 陆游:《入蜀记》,参见《陆游集》(第五册),中华书局1976年版,第2444页。
② 同上书,第2447页。
③ 同上书,第2456—2457页。
④ 同上书,第2457—2458页。
⑤ 陆游:《入蜀记》,参见陆游撰、黄立新、刘蕴之编注《〈入蜀记〉约注》,中国文联出版社2004年版,第210页。

七月二十日，在太平县宁渊观附近的江面上，陆游见到了绿毛龟和江豚，他在《入蜀记》中描写说："邑出绿毛龟，就船卖者，不可胜数。"①"过三山矶，……江中江豚十数，出没，色或黑或黄。"②

七月二十三日，在九华山下梅根港附近的江面上，陆游见到了如黄牛一样大的巨鱼，他在《入蜀记》中叙写道："巨鱼十数，色苍白，大如黄犊，出没水中，每处，水辄激起，沸白成浪，真壮观也。"③

八月十四日晚，陆游在蕲州地界刘官矶附近的江面上看到了大鼍，他在《入蜀记》中写道："晚，观大鼍浮沉水中。"④

九月八日，陆游所乘船只被风阻在江陵县建宁镇附近，他在这里的江面上见到了"大鱼浮水中无数"⑤的壮观景象。……

第二，在长江及其沿岸经常有很多天鹅、鸥鹭、俊鹘等水鸟猛禽出没。

八月一日，过彭浪矶、小孤山，晚泊舟沙夹，此处距小孤山仅一里。陆游在这里的江面上看到了很多鸥鹭、俊鹘，他在《入蜀记》中写道："南望彭泽都昌诸山，烟雨空蒙，鸥鹭灭没……方立庙门，有俊鹘抟水禽，掠江东南去，甚可壮也。庙祝云，山上栖鹘甚多。"⑥

九月十一日，在江陵县建宁镇附近一个叫"潜军港"的地方，陆游在江面上观看到了美丽的天鹅群，他在《入蜀记》中叙写道："有水禽双浮江中，色白类鹅而大，楚人谓之天鹅，飞骞绝高。有戈得者，味甚美，或曰即鹄也。"⑦十六日，陆游在沙市下游处的升子铺江面上又看到了数量更大的天鹅群，他在《入蜀记》中描写道："十六日，过白湖，渺然无津，抛江升子铺。有天鹅数百，翔泳水际。"⑧

---

① 陆游：《入蜀记》，参见《陆游集》（第五册），中华书局1976年版，第2426页。
② 同上。
③ 同上书，第2427页。
④ 同上书，第2437页。
⑤ 同上书，第2446页。
⑥ 同上书，第2431页。
⑦ 同上书，第2446页。
⑧ 同上书，第2448页。

第二章　唐宋时期的日记文学观

第三，长江沿岸地区多有水牛。八月十六日，在富池以西的新野夹，陆游见到了江边沙际上的水牛群，他在《入蜀记》中记载道："沙际水牛至多，往往数十为群，吴中所无也。"①

第四，九华山下的长江岸边盛产一种荻花，花絮暖和，可用做冬天御寒的棉衣。陆游在《入蜀记》中记载道："岸傍荻花如雪，旧见天井长老彦威云，庐山老僧用此絮制衣。威少时在惠日，亦为之，佛灯珣禅师见而大嗔云，汝少年，辄求温暖如此，岂有心学道邪？退而问兄弟，则堂中百人，有荻花衣者才三四，皆年七十余矣。威愧恐，亟除去。"②

此外，陆游在《入蜀记》中还叙写记录了长江沿岸的其他物产，如：瓜步山出玛瑙石（宝林、戒坛二寺法堂后的片石，莹润如黑玉）；沿岸多有三、两百年树龄的古乔木；峡江航道沿岸"出美梨，大如升"；③长江沿岸山上多虎、狼、鹿等动物……

细读陆游的《入蜀记》，可以发现南宋业已形成了一条长江经济带：这条经济带以长江航道为纽带，沟通了南宋时的临安、镇江、建康、鄂州、嘉州等重要城市，把吴中地区和长江下游、中游、上游等重要经济区连为一体；长江沿岸寺庙的僧人有很多是蜀人，如金山寺宝印长老是嘉州人，公安县的二圣报恩光孝禅寺多有蜀僧往来打住；鄂州、沙市等城镇多有蜀人群居；长江航道边的大小集镇（大者如沙市、小者如蕲口镇）上经常有蜀舟的身影；长江航道的航运大多由蜀人掌控，如陆游入蜀所乘坐的二千斛大船、一千六百斛入峡船都属于嘉州人（即王知义、赵青）所有。笔者认为，陆游在《入蜀记》中所叙写的以上内容，真切细腻地给后世绘写了一个南宋时的富饶长江。

综上，《入蜀记》以日记的形式呈现了一幅数千里长江山川风物图，再现了南宋时的神秘长江、美丽长江和富饶长江，让后世有机会从中看到一个南宋时的美丽中国。

---

① 陆游：《入蜀记》，参见《陆游集》（第五册），中华书局1976年版，第2438页。
② 同上书，第2427页。
③ 同上书，第2459页。

二 "立言"的日记叙写观和"尊体""破体"并重的叙写方式

《入蜀记》是中国古代一部杰出的日记，同时也是一部成熟的日记文学作品。笔者认为，基于"立言"理想的日记叙写观，以及立足于"尊体""破体"并重等文学观念之上的日记叙写方式，对这部作品的成熟起到了重要作用。

首先，《入蜀记》体现了陆游基于"立言"理想的日记叙写观。

陆游是一位传统意识浓厚的中国古代文人，他对传统文化倡导的"三不朽"人生观有强烈的认同。所谓"三不朽"，即立德、立功、立言，该语出自《左传·襄公二十四年》："太上有立德，其次有立功，其次有立言，虽久不废，此之谓不朽。"这是中国传统文化所提倡的三种人生境界。所谓"立德"，就是指人们要加强自我的道德修养，达到一个极崇高的境界，为时人及后世树立一个道德修养的典范，譬如孔子；所谓"立功"，就是指人们致力于文治武功，为国家民族建立万世不朽的功业，譬如秦皇汉武；所谓"立言"，就是指人们致力于著书立说，为后世传一代之文学，譬如司马迁、韩愈、欧阳修等。在我国先贤们看来，这三种人生境界以"立德"为上、"立言"为下，而"立功"居于其间。陆游在人生中最美好的时光长期沉沦下僚，故不敢存"立德""立功"的奢望，而把人生追求的主要目标放在"立言"上。

自乾道五年十二月六日得知朝廷任命自己为夔州通判，陆游就敏锐地意识到他将经历一次非常之旅，所以他在临行前上给朝廷的奏文《通判夔州谢政府启》中就预见他一路上将"穷江湖万里之险，历吴楚旧都之雄。山巅水涯，极诡异之观；废宫故墟，吊兴废之迹"。[①] 也预见自己会对这一路上的瑰伟诡异非常之观生发无限的感触和豪情。陆

---

① 陆游：《通判夔州谢政府启》，参见《陆游集》（第五册），中华书局1976年版，第2309页。

游认为，在入蜀赴任的行程中遇到的瑰玮诡异非常之观，以及自己对于这一路上的瑰玮诡异非常之观所生发的感触和豪情，他应该用语言文字记录和叙写下来，这可以传之后世，垂名不朽。故他在《通判夔州谢政府启》中说："动心忍性，庶几或进于豪分；娱忧抒悲，亦当勉见于言语。倘粗传于后世，犹少答于深知。过此已还，未知所措。"①陆游在入蜀地前一直生活或游宦在吴中、闽浙赣等长江下游地区，没有足够多的机会饱览祖国大江南北的美好河山，故常恨自己见闻不广，文辞不奇。这种思想在《通判夔州谢政府启》中有所流露，他说："念昔并游于英俊，颇尝抒思于文辞，既嗟气力之甚卑，复恨见闻之不广。"②

综上，陆游对未来入蜀之行的预见、对往昔所写文辞的怅恨、对"三不朽"观念的接受，这一切都刺激着陆游"立言"的欲望，激活了他潜藏心底的"立言"理想，他渴望借入蜀之行的机会、以日记的形式撰写一部行程日记，再现长江及其沿岸的神秘、美丽、富饶，为后世绘写和保存一幅宋代南中国的美丽画卷。这应该是陆游撰写《入蜀记》的初衷吧！

其次，《入蜀记》体现了陆游"尊体""破体"并重的日记叙写方式。

所谓"尊体"，是指写作中要尽量尊重所写文体的体裁特征，把这种文体写得像这一种文体，从而实现该文体的基本功能。从文体史来看，任何一种文体都不是从来就有的，它往往是为了满足或实现人们在生活中、工作中的某种目的和需要而产生的，这种目的和需要即该文体的基本功能所在，正是这种基本功能奠定了该文体的体裁特征。陆游的《入蜀记》从本质上说是一部行程记，简称行记。行记这一文体起源较早，它伴随社会经济文化对外交流的发展、人员交通往来的频繁以及迁

---

① 陆游：《通判夔州谢政府启》，参见《陆游集》（第五册），中华书局1976年版，第2309页。
② 同上书，第2308页。

谪离任赴任等官制的设立与实施而诞生，基本功能是如实记录和叙写人们在旅行途中的见闻感受、道里行程及旅次安排等。早期行记如《大唐西域记》，这是由唐代高僧玄奘口述、门人辩机笔录，奉唐太宗敕令而编写的一部行记，它是玄奘赴印度、西域途中十九年间的见闻记录。陆游的《入蜀记》也是一部行记，主要内容是记录陆游离开家乡山阴，沿着运河的南段北上，然后在瓜洲溯长江而上，到夔州赴任途中的见闻感受、道里行程和旅次安排等，其中记录和叙写了沿途所见的许多瑰玮诡异非常之观、可惊可畏之物、可戒可笑之事、可叹可哀之人等，极具认识和审美价值。这一切都有助于实现《入蜀记》作为行记的基本功能。

所谓"破体"，是指写作中要着力突破旧有文体（体裁）的樊篱，追求一定程度的文体创新。《入蜀记》作为一部行记，其记录和叙写的方式没有局限在传统行记作品的形式规范上，而是表现出强烈的新变色彩。这种新变体现在如下方面。

其一，充分吸收了中国古代日记"即日叙写，排日记录"的书写习惯和形式特点，将行记发展成了行记类日记。这种新变具有重要的意义，那就是日记和行记的结合使我国古代文学获得了一种新的、适合于表现宏大题材的文体。在《入蜀记》之前，我国除史传文学外还没有一部文学作品能够以如此宏大的格局、如此细腻具体的笔触来表现如此波澜壮阔的社会生活场景。《入蜀记》糅合日记和行记的特点，以旅途中的一个个日子为经线，以每个日子所经行的地点为纬线，经纬交织，将陆游行经长江及其沿岸地区的每个地点所见到的瑰玮诡异非常之观、可惊可畏之物、可戒可笑之事、可叹可哀之人，以及在每个地点听闻的传说故事、感受到的遗风余韵、发掘的诗文书画遗迹、考证的历史风云陈迹、生发出来的真知灼见或感慨感受等丰富庞杂的内容，细大不捐、有条不紊地编进了一个清晰而简洁的叙事框架中，第一次让时人及后世读者能够有机会领略南宋时包括吴中地区在内的长江沿岸五千多里的山川风光、人文景观、人物世俗百相、风情物产、历史地理、诗文书画遗迹、遗风余韵等，领略南宋时的神秘长江、美丽长江、富饶长江，欣赏那个时代的美丽中国。① 也就是说，日记和行记的结合，使这二者都摆脱了实用文的文体束缚，并将其由简陋粗鄙的实用文体发展成了蔚为壮观的一代文学——日记文学。以《入蜀记》为代表的日记文学，在史传文学之外为中国的古代文学提供了一个适合宏大叙事的文学体裁。笔者认为，属于这类体裁的作品还有唐代李翱的《来南录》，宋代欧阳修的《于役志》、张舜民的《郴行录》、范成大的《吴船录》等，但《入蜀记》是其中的佼佼者。

其二，吸收了我国历代文学创作尤其是宋代散文创作所取得的新成就。《入蜀记》作为一部标志着我国日记文学走向成熟的重要作品，它有着宏大的结构，并借而展现了长江及其沿岸地区波澜壮阔的美；同时它也内含一则则叙事雅洁、文笔精炼的小品文章，这一则则小品文章从文体而言，是一篇篇以长江及其沿岸的人、事、物、景为观照对象的山水游记、政论、史论、志人志怪小说、传奇小说、亭台楼阁记、书画记、学术随笔、史地考辨（文）、知识小品文……这又从小处展现了陆游的才情和志趣之美。秦汉以来诸多著名的政论文、史论文，皆议论剀切、文笔犀利、见解深锐；魏晋六朝以来的志怪或传奇小说致力于搜怪猎奇而文笔简练、叙事雅洁，志人小说则类似于人物速写、三言两语而神形毕肖、神韵独具；宋代散文创作中的亭台楼阁记、山水游记、书画记、学术随笔、史地考辨（文）、知识小品文等继承了前人在此类文体写作中注重随物赋形、客观描绘的经验，又在此基础上融入了作者更多的个人情感和理性思辨。②

对于我国历代文学创作尤其是宋代散文创作取得的这些新成就，陆游在《入蜀记》中都有吸收。这使他的《入蜀记》呈现出多样的文学意味，正如前文所言这是在山川风光的壮丽、秀美之中糅合了楼观之胜、文化之醇、人物之百相、画记之神妙、诗文之遗风余韵、往事之沧桑，以及诗人的学识之精深、政论之犀利、学术考辨之精细、史论之剀

---

① 《南宋时候的美丽中国》，boiling 读书主页，http：book. douban. com/review/6182433/。
② 杨庆存：《宋代散文体裁样式的开拓与创新》，载《中国社会科学》1995 年第 6 期。

切、百科知识之雅驯、史识之精湛、时事抨击之深锐、主观感受之真切等多种审美元素的一种大美作品。

总结而言，《入蜀记》是一部独特的作品，独特之处在于它从一个广阔、多元的视角叙写了南宋时的长江及其沿岸的神秘、美丽、富饶，绘写了一幅南中国的美丽画卷，再现了一个南宋时的美丽中国，此外作者在"诗人陆游""志士陆游"的传统形象之外给后世呈现了一个理性、深思、好学、好交游的"学人陆游"和"才子陆游"形象。

第四节 两宋朝臣的日记文学观
——从李纲、王安石、周必大的军政时事日记谈起

两宋朝臣的军政时事日记是朝政决策者、参与者和目击人对当时军政大事处理情形的个人记忆，这在起居注、实录、时政记、正史等官方史著之外为后世认识一个鲜活真实的已逝年代打开了一扇窗口。这些日记具有丰富的审美元素和独特的文学价值，体现了宋人"自省""传信""遣怀"的日记叙写观，作者在叙事上基本秉持实事求是的态度、平等犀利的眼光、相对独立的立场、唯物辩证的认识方法，堪称严肃权威的私记。

在两宋时代，有一批被视为"私记"的朝臣军政时事日记，如王安石的《舒王日录》、曾布的《曾公遗录》、李纲的《靖康传信录》、周必大的军政时事日记三种（《亲征录》《龙飞录》《思陵录》）等，都备受后世关注和喜爱。这些颇具"私记"特征的军政时事日记，有很多是由嗜好日记写作的朝廷重臣，作为当时军政大事的决策者、参与者或目击人所亲笔叙写。这些日记，与有宋一代的起居注、时政记、实录，以及元人脱脱编撰的《宋史》并行传世，一道影响了后世对两宋时代的认知。品读这些日记，结合对相关文献、后人评论和读后感的研读，可以发现两宋朝臣军政时事日记体现出如下的文体特征、审美元素、独特价值及叙写观念。

一 军政时事日记是两宋朝臣对重要军政时事节点的个人记忆

两宋朝臣的军政时事日记受到关注和重视,与后人深刻洞悉有宋一代的起居注、时政记、实录及元人脱脱编撰的《宋史》存在难以克服的局限脱不开干系。

在古代,皇帝是王朝政治活动的中心,为记录朝廷大事,我国历代王朝均设史官来专职记录皇帝日常的言行举止,这样的历史书写即为起居注,起居注是修撰各朝皇帝实录的初级史料。然而由于史官的品级较低不能进入朝政核心,因而难以见证重要军政时事的商议和决策经过,史官的起居注撰写难免存在对深层次史实记录缺失的现象,并导致对政事真相的记忆遮蔽。对此,唐人姚璹洞察极微,他向皇帝进言:"左、右史虽对仗承旨,仗下后谋议,皆不预闻。"然而"帝王谟训,不可暂无纪述"。[①] 为此,姚璹提出了由执政宰臣来修撰时政记的建议。于此可见,我国古代的起居注作为实录修撰的初级史料,不可避免在深层次史实的记录上存有缺失,呈现出表象性史实有余但深层次记录不足的缺陷。

时政记本为裨补起居注的不足而设,但因为修撰体制的瑕疵,它依然存有避讳有余、直书不足,对妥协折中之论记录有余、于尖锐个性之议叙写不足的缺陷。针对起居注的不足,姚璹建议:"仗下所言军国政要,宰相一人专知撰录,号为《时政记》,每月封送史馆。"[②] 姚璹的建议得到了批准。时政记主要是记录廷议之后皇帝与重臣围绕军政大事的问策和对答内容。修撰时政记的做法在宋代得到延续,但增加了皇帝先行阅览的环节,其程序是:在皇帝与重臣的每天问策对答之后,由执政

[①] (后晋)刘昫:《旧唐书》卷八十九,参见《旧唐书》(第3册),岳麓书社1997年版,第1798页。

[②] 同上。

重臣记录君臣间的对答情形，经皇帝审阅后，于月末汇合统稿送史馆封存。时政记本为裨补起居注的不足而撰，但皇帝先行阅览的做法却对其造成了伤害。为此，欧阳修在《论史馆日历状》一文指出："自古人君皆不自阅史，今撰述既成，必录本进呈，则事有讳避，史官虽欲书而又不可得也。"① 同时，因为修撰时政记是体现了一定荣誉的重要工作，故有执政重臣争夺修撰权的现象，妥协的结果是原本由宰相专知撰录，在宋代发展为由执政重臣共同修撰。在此情形下，时政记所记内容大多为执政重臣们共同认可的公议内容，这使时政记出现了对妥协折中之论记录有余、对尖锐个性之议叙写不足的弊病，其真实程度因而让人生疑。为此，宋人林希指出："臣窃观《实录》所载事迹，于去取之际，诚有所偏。如时政记皆当时执政所共编修，往往不以为信。"② 分析宋代时政记，其局限性主要有如下方面。

第一，叙写的客观、公正和真实性要大打折扣。唐太宗之前，实录是皇帝自己不能看的，目的是杜绝他们对记录真实性的干扰，但宋代皇帝先行阅览的做法，无形中掣肘了重臣们在撰写时政记时对真实、客观和公正性的追求。

第二，时政记大多只记录君臣对朝政大事决策后所形成的公议内容，对公议形成过程中的经历、争议等鲜有记录。故妥协折中的内容多、尖锐个性的内容少。可以说，时政记是经过精心过滤的史录，缺少执政者对政事进行观察、评价和叙写的个性视角。

第三，史事叙写的专业性要受质疑。作为时政记的作者，重臣们是政事大臣而非史臣身份，其史学意识、史职操守、史学才能与专门史官相比还存有一定的差距，这影响了时政记在史事叙写上的专业性。

与起居注、时政记相比，各朝正史处于史实叙写的正统地位。《宋史》是有宋一代的正史。在我国历史上，后起王朝对于被推翻的

---

① 欧阳修：《论史馆日历状》，参见《唐宋八大家文钞校注集评　庐陵文钞　上》，三秦出版社 1998 年版，第 1693 页。
② 参见刘兆祐《宋史艺文志史部佚籍考》，"国立"编译馆《中华丛书》编审委员会 1984 年版，第 117 页。

前代王朝负有修撰其国史的责任。我国的正史修撰有很多弊病，比如正史修撰并不完全秉持"实录"传统，而是充斥着修史功用化、政治化，及史学的经学化和伦理化倾向，这导致了"实录"精神与修史实践的矛盾，"经世"、"通变"与"鉴戒"、"垂训"的差异，以及"史德"与"史才"的关系、考据之学的成就与局限等，① 这一切都导致了真实的历史经常沦为任人打扮的小姑娘。元人脱脱主持编撰的《宋史》同样存在这样的缺陷，比如考据不严、史实记录与真相背离等。相对于宋王朝而言，《宋史》作者脱脱等人作为元代官僚所具有的胜利者身份，以及由此身份带来的书写偏见，《宋史》作者的非在场书写，《宋史》修撰所必需的统概资料，细大不捐、裒为一编的史著才能，这都是元人脱脱等人无法摆脱的先天不足。可见，《宋史》作为有宋一代的正史，其独立性、公正性、真实性、权威性还是颇让后人怀疑的。

总之，人们在对起居注、时政记、实录及《宋史》的反思和批判中，逐渐发现与认可了宋代朝臣军政时事日记的价值。就史事叙写而言，宋代朝臣军政时事日记可能有一些缺点，比如作者的个人局限或偏激等，但抛开这些，此类日记也有不容忽视的优势。

首先，它是私记，充满了多面性、客观化的对重要军政时事节点的个人记忆。这表现在两方面：其一，个体化、个性化的客观内容很丰富，如日记作者在重要历史时刻的个人经历、阅历和见闻等；其二，个体化、个性化的主观内容也很丰富，如日记作者在当时情境现场的个体感觉、感受、感悟，以及情绪、情感和认识等。我国史书修撰讲究客观叙事，故史书中极少有作者的主观元素。但两宋朝臣政事日记不同，它的作者作为历史进程的当事人、参与人和目击者，他对当下事件的主观感觉、感受和看法，本身就是珍贵的客观史料——将这些主观内容放到历史的现场看，则是客观的，这是一种客观化的"主观"。这些客观化

---

① 谢保成：《史学与文献》，参见王戎笙主编《马克思主义历史观与中华文明》，重庆出版社1991年版，第212—222页。

的"主观"是正史所欠缺的,有着弥足珍贵的叙事价值。

其次,它是当事人、参与人和目击者对于重要军政事件的在场记忆。这种记忆,能够直抵史事的内核和本质,在记录上完全贴近史事现场,也更可称为第一手资料。

最后,它更具叙写的独立性。两宋朝臣军政时事日记在叙写上比较独立自由,没有承载过多的经学、伦理和教化任务,日记作者在主观上较少顾忌、客观上较少束缚。

综上,抛开日记作者在个体情绪、个人利益上可能存在的局限,两宋朝臣军政时事日记应该是真正个性、多元、客观、独立的史事叙写。对后世读者而言,这些日记有更多的可读性;对两宋时代的昏君奸臣言,这些日记让他们又恨又怕,必欲除之而后快。奸臣秦桧和宋高宗赵构曾合谋禁绝野史私记,赵构指责说:"此尤为害事,如靖康以来私记极不足信",① 矛头即指向了李纲等人的私人日记。但笔者认为,这些日记是两宋朝臣对重要军政时事节点的个人记忆,在官方史著之外为后世认识一个鲜活真实的已逝年代打开了一扇窗口。

二 军政时事日记具有丰富的审美元素和独特的文学价值

两宋朝臣军政时事日记的叙写内容丰富独特,它们描写了一个个不同于人们平常所见所闻的生活场景、人物的另面形象,叙写了很多让人闻所未闻却逼近两宋政坛真相的内幕细节。这些场景、人物的另面形象、政坛内幕细节等都颇有审美意味。

在这些日记中,王安石的《舒王日录》和曾布的《曾公遗录》着重记载了作者与皇帝之间的奏对之语,其中以《舒王日录》的经历最坎坷、引起纷争最多。"舒王"是王安石死后追赠的封号,王安石在神宗朝两度为相,为挽救宋王朝面临的严重危机,他以"天变不足畏、祖宗不足法、人言不足恤"的大无畏精神,发起和推动了历史上著名

---

① 《建炎以来系年要录》卷一五一。

的"熙宁变法"。王安石与神宗皇帝倾心遇合,是君臣际遇的典范。《舒王日录》即是王安石在熙宁年间记录自己与神宗皇帝之间春殿温语、君臣奏对、商谈改革变法的一部私记。

《舒王日录》十二卷,见于《宋史·艺文志》,今已佚失。辑录相关文献,发现它主要记录叙写了如下内容。

第一,记录了君臣两人对用兵策略、变法政策、评价变法历史及改革人物、怎么做皇帝等问题的谈话及各自看法,两人对某些问题的观点有时相左,不时可见王安石直言不讳的另面形象,比如:

神宗与王安石讨论用兵须有名的问题,《日录》记王安石之言曰:"苟可以用兵,不患无名。"①

神宗和王安石讨论商鞅变法的成败得失。《日录》记载道:"上曰:'商鞅何尝变诈?'余曰:'鞅为国不失于变诈,失于不能以礼义廉耻成民而已'。"② 神宗与王安石还谈到了宋太祖起兵征伐南唐,王安石直言不讳地说:"江南李氏何尝理曲。"③

神宗与王安石谈到了"市易法",《日录》记载神宗对王安石说:"市易卖果子烦细,且令罢却,如何?"④ 对这件事,王安石的意见与神宗皇帝相左,他认为这对小商人有利,且符合《周官·泉府》之法。王安石还批评神宗以帝王之尊,朝夕检查市场交易事,《日录》对此记载道:"非帝王大体,此乃《书》所谓'元首丛脞也'。"⑤

神宗与王安石谈到了帝王的责任和德性。神宗皇帝崇尚"躬俭",说:"本朝祖宗皆爱惜天物,不忍横费。如此糜费,图作甚?汉文帝曰:'朕为天子(下)守财耳。'"⑥ 王安石不同意神宗的看法,他直言不讳地批评说:"人主若能以尧舜之政泽天下之民,虽竭天下之力以充奉乘

---

① 王安石著,孔学辑校:《王安石日录辑校》,四川大学出版社2015年版,第445页。
② 同上书,第484页。
③ 同上书,第435页。
④ 同上书,第486页。
⑤ 同上书,第487页。
⑥ 同上书,第486页。

舆，不为过当，守财之言，非天下正理。"①

此外，王安石还不满神宗的一些做法，他经常直指神宗"好察细务""畏慎过当""陛下含糊""含容奸慝""不惩小人"，或直陈"好罔之徒，陛下能诛杀否？"②

第二，记录了王安石向神宗皇帝表白自己不顾流言蜚语和个人毁誉，坚定推行变法改革的决心，比如：

王安石在《日录》中记载道："余曰：'如今要做事，何能免人纷纭？三代以前盛王，未有无征诛而治也。文王侵阮徂共，以致伐崇，乃能成王业。用凶器，行危事，尚不得已，何况流俗议论？'"③

第三，记录了神宗皇帝在君臣言谈中流露出来的不自信，比如：

《日录》记载神宗皇帝对王安石说："朕自觉材极凡庸，恐不足与有为，恐古之贤君，皆须天资英迈。"又说："卿初任讲筵，劝朕以讲学为先，朕意未知以此为急。"再说："卿莫只是在位久，度朕终不足与有为，故欲去。"④

第四，记录了神宗皇帝对王安石自己的某些赞誉之语，比如："卿，朕师臣也。"⑤或云："王安石造理深，能见得众人所不能见。"⑥又云："卿无利欲，无适莫，非特朕知卿，人亦具知。若余人，即岂可保？"⑦"卿才德过于人望，朕知卿了天下事有余。"⑧以及"如王安石不是智识高远精密，不易抵挡流俗，天生明俊之才，可以庇覆生民"。⑨

品味王安石日记的内容，其审美元素是丰富的，文学价值是独特的。

---

① 王安石著，孔学辑校：《王安石日录辑校》，四川大学出版社2015年版，第486页。
② 同上书，第416页。
③ 同上书，第488页。
④ 同上书，第415页。
⑤ 同上书，第455页。
⑥ 同上书，第448页。
⑦ 同上书，第451页。
⑧ 同上书，第416页。
⑨ 同上书，第448页。

首先，它以细致的笔触深入宋代朝堂最深层、最机密的内核处，再现了当朝皇帝与股肱大臣间的一幕幕对话场景，内涵丰富、惟妙惟肖地展现了王朝最高决策层的政治生活细节。笔者认为，这些场景和细节在文学史上是稀缺的，两宋朝臣军政时事日记弥补了这个缺失。

其次，它精细刻画了王安石和宋神宗等历史人物的另一面形象。历史上的王安石是有为的政治家、温文尔雅的知名诗人，但在日记中却呈现了他以天下为己任、直言不讳、勇于担当，乃至咄咄逼人的另一面。宋神宗是两宋颇有作为的皇帝之一，在王安石日记中却表现了另一面——一个庸碌、不自信、缺乏主见，却又谦虚并尊重、依赖老臣的帝王形象。笔者认为，王安石日记中刻画的这些形象，是对王安石作为政治家、诗人和宋神宗作为两宋时代颇有作为的帝王等形象的补充和丰富，栩栩如生地再现了王安石及神宗皇帝之传统形象的另一面。

最后，记录了历史人物极具个性的对话。王安石在《舒王日录》中记载了他与皇帝之间的君臣奏对之语，这些特定情境下的君臣对话生动体现了对话双方的不同身份、心理、修养、兴趣和性格特征，是极具个性的语言描写，对表现历史人物的形象和性格具有重要意义。

总结而言，王安石的日记为丰富我国史传文学的人物画廊做出了杰出贡献。

除《舒王日录》外，两宋时代的李纲日记《靖康传信录》也很有特点。靖康初年，李纲先后担任太常寺少卿、兵部侍郎等职，金人来侵，他力主迎战而被贬谪。在这部日记中，李纲以"靖康之耻"前后政事的亲历者身份和视角，以细腻的笔触真切记录了北宋徽宗、钦宗及宗室在靖康年间被金人攻破都城掳至北方的缘由和经过，曲尽其致叙写了很多正史之外的、充满了生活气息的政事故实和内幕细节。主要内容如下。

第一，曲尽其致叙写了李纲对朝廷内外各种危机的洞悉和应对，比如：

记录了李纲对徽宗皇帝及执政重臣"建牧之议"内中玄机的洞悉。宣和七年十二月，金人来侵，朝廷震惧，徽宗皇帝及执政重臣茫然无策，只想屈膝求和或出逃避敌。为布置出逃事宜，他任命皇太子为开封牧（汴京的最高长官）。时任太常寺少卿李纲从朝廷的"建牧之议"中洞悉了徽宗皇帝及执政重臣的逃跑心思，加之他认为皇太子的军政才干远胜乃父。于是，他与给事中吴敏密谋，借机利用了徽宗皇帝的怯敌和迷信心理，诱使其主动让位于皇太子。① 这是李纲和吴敏策划的"换马计"，李纲在日记中做了详细叙写。

记录了李纲对诛"六贼"之议所含隐患的洞悉。钦宗亲政后在汴京做了留守皇帝，徽宗及其重臣则南逃避敌。此时，朝廷内掀起了一股追究徽宗朝六位权臣误国责任的强烈声音，此为诛"六贼"之议。当时，"六贼"正随徽宗皇帝在南奔逃跑的路上。李纲洞悉了诛"六贼"之议的孟浪，他担心此举会刺激手握重兵的"六贼"孤注一掷，铤而走险挟持太上皇徽宗帝投敌叛国，反为金人所用。李纲洞悉了这些隐患和危机，平息了诛"六贼"之议的声音，并自请出朝迎归徽宗帝。②

记录了李纲对金寇虚实和弱点的洞悉。李纲观察发现，金寇气势汹汹，其实并非无懈可击。尤其是金寇孤军深入、长途奔袭，没有稳固的后方，不利于持久作战，并容易受到沿途北宋军民的邀击和截杀。一旦金寇在汴京城下久攻不拔，逗留不去，就要冒着被源源不断赶来的勤王之师所分割包围的风险。在李纲看来，金寇无足惧！③

记录了李纲对朝廷胜机所在的洞悉。在强敌环伺的情势下，李纲洞悉了朝廷的胜机所在，即用周亚夫困七国之计：他向朝廷献整修武备之策，加强京城防御，深沟高垒、凭险御敌，并伺机派兵不时偷袭城外安营扎寨无险可据的金兵；等待从各地源源不断赶来的勤王兵马，择机里应外合对汴京城下的金兵予以围击痛殴。李纲洞悉朝廷的胜机所在，长

---

① 李纲：《靖康传信录·卷一》，参见《中华野史》编委会编《中华野史 卷5 宋朝卷 下》，三秦出版社2000年版，第3779页。
② 李纲：《靖康传信录·卷二》，参见《中华野史》编委会编《中华野史 卷5 宋朝卷 下》，三秦出版社2000年版，第3786—3787页。
③ 李纲：《靖康传信录·卷一》，参见《中华野史》编委会编《中华野史 卷5 宋朝卷 下》，三秦出版社2000年版，第3782—3783页。

短计议，对付金寇，只可惜这些建议未被采纳。①

记录了李纲对钦宗帝工于权谋心思的洞悉。在宋金对抗的险恶情势下，宋钦宗不是考虑如何整合己方力量，有效打击敌人；而是处处琢磨如何掣肘、防范李纲这样的军政重臣，以保证皇权对兵权的绝对掌控。这些对李纲既防且用的举动，表现了钦宗皇帝"工于防内，拙于对外"的本色，揭示了宋廷上下难以同心的根源。②

第二，曲尽其致叙写了李纲眼中北宋朝廷在金宋对垒形势下的大有可为因素，比如：

士气可用。日记记载：靖康元年正月初五日，禁军将士不肯离开家园随钦宗帝逃出汴京，足见士气可用。③

民心可用。日记记载：因姚平仲偷袭金营失败，李纲和种师道受牵连遭诬陷被罢职。此时，太学生陈东和东京市民千余人聚众抗议，要求朝廷起复李纲，并痛揍了求和派奸臣，足见民心可用。④

地利可用。日记记载：靖康元年正月五日至六日，李纲筹划备战、守城；东京城防坚固，东京军民继续巩固城防；十五日到十八日，李纲数次率军民沉重打击了攻城金兵的嚣张气焰，足见地利可用。⑤

第三，曲尽其致叙写了李纲眼中北宋朝廷在金宋对垒形势下的不可为因素，比如：

皇帝惑于"避"。日记记载：靖康元年正月三日，道君皇帝（宋徽宗）逃离京城。第二天，钦宗皇帝亦准备逃离。李纲指责他们糊涂：留在京城，尚有当时天下最坚固的城池可据凭借；如果逃离京城，金兵马队一旦追击将无险可据。⑥ 可见，一心想逃跑的两代皇帝是

---

① 李纲：《靖康传信录·卷一》，参见《中华野史》编委会编《中华野史 卷5 宋朝卷 下》，三秦出版社2000年版，第3780页。

② 同上书，第3783页。

③ 同上书，第3781页。

④ 李纲：《靖康传信录·卷二》，参见《中华野史》编委会编《中华野史 卷5 宋朝卷 下》，三秦出版社2000年版，第3784页。

⑤ 李纲：《靖康传信录·卷一》，参见《中华野史》编委会编《中华野史 卷5 宋朝卷 下》，三秦出版社2000年版，第3781—3783页。

⑥ 同上书，第3780页。

多么糊涂!

皇帝惑于"和"。日记记载:抗金形势有了好转,钦宗皇帝反而慑于金人威吓要屈膝求和。为满足金人的贪欲,想尽办法将京城的民间财富和国库财货搜括一空拱手奉送给金人,这在客观上刺激了金人无休止的贪欲,反不利于宋金和议的达成。①

皇帝惑于"战"。日记记载:钦宗皇帝在敌情不明的情况下,受承宣使姚平仲蛊惑,支持其率兵到金营劫寨,结果为金人察觉导致战败,得不偿失。② 这种轻启战端的冒险盲动行为,是钦宗皇帝惑于"战"的表现。

皇帝惑于"用人"。日记记载:为统一调度前线兵力,李纲提出由行营司统一节制从各地源源不断赶来的勤王之师、统筹前线事宜。李纲当时掌管行营司。这个统一调度前线兵力的方略却因钦宗皇帝的自私多疑而未施行。待形势稍缓,李纲即被变相排挤。③ 于此可见钦宗皇帝惑于"用人"。

总之,李纲认为"靖康之耻"并非不可避免,他在日记中将批判的锋芒和王朝覆灭的根源直接指向了最高统治者——皇帝。面对外敌入侵,最高统治者不能辩证处理好"避""和""战"三策,而是固执一端:或偏执于"避",或偏执于"和",或偏执于"战",不懂得"和""战""避"之要旨及三者灵活运用的道理,加之执政风格怯弱、自私、多疑、昏庸等。李纲作为靖康年间的朝政参与者之一,他的认识是敏锐的,他在日记中对此做了真切的记录和曲尽其致的叙写。针对李纲等人的日记,奸相秦桧指责靖康以来的私记作者不知正史"尽记时事"的体式特征,往往"自立议论",是"轻率"的野史之作,奏请高宗帝予以禁绝,得到了高宗

---

① 李纲:《靖康传信录·卷一》,参见《中华野史》编委会编《中华野史 卷5 宋朝卷 下》,三秦出版社2000年版,第3783页。

② 李纲:《靖康传信录·卷二》,参见《中华野史》编委会编《中华野史 卷5 宋朝卷 下》,三秦出版社2000年版,第3784页。

③ 李纲:《靖康传信录·卷三》,参见《中华野史》编委会编《中华野史 卷5 宋朝卷 下》,三秦出版社2000年版,第3794页。

第二章　唐宋时期的日记文学观

许可。① 因此，李纲日记所记的靖康年间的政事故实和内幕细节不见于正史和实录。

南宋著名的军政时事日记有周必大的《亲征录》《龙飞录》《思陵录》。与李纲擅长细致婉曲的叙写、王安石注重描写极富个性的人物对话不同，周必大的日记长于以简约的笔触对历史事件和人物进行勾勒，三言两语得其神韵。以下以《亲征录》为例予以分析。

第一，简笔勾勒了历史人物极为传神的一瞬。

周必大日记对主和派大臣魏良臣痛斥秦桧的一瞬做了简笔勾勒。魏良臣虽主张和议，却反对秦桧卖国求和的做法。秦桧当权时，对赵鼎、李光等主战人士无情打压，先后以破坏"和议"的罪名将其贬斥流放。魏良臣不畏秦桧淫威，要求秦桧将蒙冤的主战人士召回。秦桧不但不理睬，还指使爪牙参奏魏良臣，将魏贬出朝廷。魏良臣极倔强，写信给秦桧，忍无可忍地痛斥说："天有雷霆，尚随之以雨露，欲胜天乎？愿为子孙计，毋贻后悔也。"② 秦桧读信后竟被此言震慑得几天吃不下饭，大臣闻者为之缩颈。周必大在《亲征录》中对魏良臣的痛斥之言做了简约传神的记录。魏良臣是南宋政坛的早期人物，元人所修《宋史》没有为其立传，其一生事迹散见于地方志、私记及其他作品。其中对魏良臣的褒贬不一，有的说他是刚正不阿的士大夫，有人说他是秦桧的党羽。周必大日记《亲征录》对魏良臣一生的重要事迹历历道出，尤其是栩栩如生地传写了他痛斥秦桧的精彩一瞬，用文字定格了一个耿介、率直、务实的主和派官员形象。

对瓜洲渔民的爱国举动做了勾勒式记录。南宋的书生统帅虞允文排兵布阵，取得采石之战的胜利，其中瓜洲渔民功不可灭。周必大日记《亲征录》记道：

---

① 参见何忠礼《南宋全史　1　政治、军事和民族关系卷　上》，上海古籍出版社2016年版，第237页。

② 周必大：《亲征录》，参见顾宏义、李文标校《宋代日记丛编　3》，上海书店出版社2013年版，第881页。

庚辰，采石捷书闻。初，金兵虽胜，视瓜洲江阔难渡，而采石浅狭，且朝廷方以李显忠代王权统金陵之师，亮意其号令未定也，以此月八日、九日亲执旗鼓，督细军临江，而聚所掠之舟，密载甲士南渡。会渔人牒知其期，走白显忠及虞允文，亟命舟师逆之。虏舟杂以木筏，又其人不习水。我以战舰乘风冲击，贼兵皆溺死，亦有数百人已登南岸者，允文激励士卒殊死斗，尽数杀之，不然几殆。①

对瓜洲渔民为打败金敌、冒死传送情报的史事，元人修撰的《宋史》是缺失的，周必大日记《亲征录》则寥寥数语载录此事，并将瓜洲大捷的原因之一归于此，定格了南宋下层劳动人民在重要历史时刻的伟大一瞬。此外，《亲征录》还简笔叙写了文弱书生虞允文在战场上机智果敢、当机立断的举动。

第二，简笔勾画了南宋社会大动荡时期的官场丑态图。

勾画了南宋官场上风声鹤唳般的逃亡图。《亲征录》记载道："甲子，阴。闻虏陷扬州，百官宅迁徙一空。"②

勾画了南宋将领们骄奢昏聩、落荒而逃却无耻邀功的官场世态图。《亲征录》记载道："辛酉，午后，出北关送叶枢，矜气大言，识者忧之。行府犒军金帛络绎于道。邵宏渊黄旗走报，与金人战于六合。先是，诸将每遇敌，辄以捷告，都人望旗呼舞。尚书省揭黄榜于通衢，不移刻摹印遍都下。验其地则皆自北而南，实未尝有所获也。"③

第三，捕捉和刻画了历史人物极丑陋褊狭的一瞬。

《亲征录》记载：叶义问胡乱指挥；刘汜不战而退；成闵贪生怕死，败退后广行苞苴（送礼行贿）为自己找门路开脱；高宗皇帝为小

---

① 周必大：《亲征录》，参见顾宏义、李文标校《宋代日记丛编 3》，上海书店出版社2013年版，第875页。

② 同上书，第874页。

③ 同上。

女儿的病死而郁闷，大敌当前连续多天不理朝政。① 叶义问、刘汜、成闵是南宋重要将领，高宗赵构是国运系于一身的皇帝，周必大在《亲征录》中简笔勾画了这些人物丑陋与褊狭的一瞬。

综上，陌生化的场景描写、重要历史人物的另面形象、个性化的人物对话、曲尽其致的史事叙写、精致传神的简笔勾勒，这构成了两宋朝臣军政时事日记丰富的审美元素和独特的文学价值。

三　两宋朝臣的日记叙写观及其叙写方式

辑录、品读两宋朝臣军政时事日记的只言片语及其序言，可见两宋朝臣的日记叙写观念和叙写方式。

一是王安石的"自省"观。

王安石在日记中表明了他撰写日记的意图和做法。他在《舒王日录》中记道："余曰：'上言开陈事，退辄录以备自省，他时去位，当缮录以进。'""余为上言：'与陛下开陈事，退辄录以备自省，及他时去位，当缮录以进。'"② 分析王安石日记的自白，它含有三个意思：其一，写日记的目的是"自省"，即客观记录自己和神宗皇帝平日商谈朝政、筹划变法改革的具体情形和详细过程，为退朝回家后进行反思、检讨和推敲创造条件；其二，写日记的做法是即时叙写，当天事当天记，即时性和现场感强；其三，反对日记叙写的私密观，他的日记除供自省阅览外，还打算在修缮后进呈给皇帝和开放给外人看，即所谓"他时去位，当缮录以进"。王安石的日记叙写观不为同时代的人们所认可，宋人陈瓘站在守旧派的立场，以经学家、道学家的立场严厉指责王安石，认为王安石修撰《日录》是因为他后悔在变法中的所作所为，为掩盖自己的过错而写，美归自己，过归神宗，因而王安石的日记是一部"诋讪

---

① 周必大：《亲征录》，参见顾宏义、李文标校《宋代日记丛编　3》，上海书店出版社2013年版，第875、880页。

② 王安石著，孔学辑校：《王安石日录辑校》，四川大学出版社2015年版，第457页。

君父"的"矫诬之书"。① 陈瓘的看法一度成为南宋舆论的主流。

二是李纲的"传信"论。

李纲在日记《靖康传信录》中写有"自序"。他指出：写日记的意图是想将靖康之耻的真相"传信于后世"。靖康二年是北宋王朝的覆灭之年，徽宗、钦宗二帝及宗室被金兵掳至北庭，史称"靖康之耻"或"靖康之难"。李纲是靖康年间朝政大事的重要参与者和目击人之一，经历了靖康年间的大小军政要事。他所传之"信"，一是"事"之真相，二是"病"之根源。"事"之真相，即实事求是地对靖康之耻的前后经过"叙其施设、去就本末"，得其"大概"，"庶几传信于后世"；"病"之根源，即他在日记中将王朝覆灭的根源直接指向了皇帝，北宋二帝昏聩怯弱，不懂"战""和"之道，不知捕捉"战""和"的有利时机，当和不知"和"、当战不知"战"，既"失其所以和"，也"失其所以战"，断言"其病原于去春失其所以和，又失其所以战"。及"其病原于崇观以来军政不修"。李纲说："传信"的目的是要用历史真相来警诫和启示后人，使"后之览者有感于斯文"，寄望于"朝廷非大有惩创，士风非大有变革，内外大小同心协力，以扶持宗社、保全家室为事，扫去偷惰苟且之习"。② 在日记叙写上，李纲没有采取即时叙写的方式，他对自龙飞遭遇以来收受的政事公文细致地做了整理编次后，循迹追记自己在一年间参与、经历和目睹的靖康年间的大小军政要事。很明显，李纲的日记叙写颇受我国古代"实录"和"以史为鉴"等进步史学观的影响。

三是周必大的"遣怀"说。

南宋重臣周必大爱写日记，他有军政时事日记三种，也有大量的行记类、游记类日记。周必大写日记的主要意图是念旧遣怀，他有《右答胡仲成》一诗："朱颜青绶忆秦淮，白鹭洲疑鳌驾来。侧畔交游欣作

---

① 王安石著，孔学辑校：《王安石日录辑校》，四川大学出版社2015年版，第426页。
② 李纲：《靖康传信录·自序》，参见《中华野史》编委会编《中华野史 卷5 宋朝卷 下》，三秦出版社2000年版，第3778页。

者，中间赓和负康哉。新春渐觉风光好，陈迹时将日记开。惟有诗情不如昔，旁观抚掌倒绷孩。"其中"新春渐觉风光好，陈迹时将日记开"一句，就描绘了他平时借日记"遣怀"的生活场景。从中可见，在周必大看来，新春时节和已逝流年、眼前的美好风光和日记中的尘封往事，都是人生应该享受的必需物，如此才堪称完整和美好。

此外，无论是提倡"自省"观、"传信"论，还是"遣怀"说，两宋朝臣军政时事日记大多在叙事上能秉持实事求是的态度、平等犀利的眼光、相对独立的立场、唯物辩证的认识方法，堪称严肃权威的私记。

第五节 唐宋时的日记类别及其文学叙写观

唐宋时出现了我国文学史上第一个日记书写高潮，以题材范畴、审美特质为标准，其庞杂的日记可分为三大类：军政时事日记、行记类日记、日常生活日记。这三大类日记的渊源、发展历程及文学叙写观迥然有别、各有特点，但皆成就不俗、极有建树，最终殊途同归，以"排日纂事"的书写形式改变了人们长久的写作习惯和行文方式，使撰者从坐守书斋走向了广阔的人生实践，许多优秀日记因而文学趣味盎然，在文体上形成了用美兼具、真切灵动、斑斓多姿、博约深微、卓尔特立、蔚为大观的统一风貌。这标志着日记文学作为重要的文学形态之一早在民国作家正式提出"日记文学"概念的一千多年前就已趋成熟。

唐宋时的日记深受史录和文学传统影响。纵观唐代日记《来南录》《奉天录》，和宋代十六人二十七种日记及一些单篇日记，撰者中有很多人是史官，或曾经具有史官身份，或即使未曾担任过史官却也受到史录传统的影响。此外，这些日记的撰者一般有比较深厚的文化修养、敏锐的审美感觉、娴熟的文学表达才能；他们撰述日记，从目的、观念、方法和技能等方面都潜移默化地受到一定程度的文学传统影响。

深受史录和文学传统影响的唐宋日记，主要目的是记事备忘，表达上刻意追求叙事客观，尽量避免主观抒情和议论。就篇幅而言，唐宋日记可分为日记巨帙和单篇日记；从题材范畴和审美特质看，它们又可分为军政时事日记、行记类日记和日常生活日记。

一是军政时事日记。唐代日记中赵元一的《奉天录》，宋代王安石的《舒王日录》、赵抃《御试备官日记》、曾布的《曾公遗录》、李纲的《靖康传信录》、辛弃疾的《南烬纪闻》、赵鼎的《建炎笔录》、周必大日记六种（《奉诏录》《承明集》《辛巳亲征录》《龙飞录》《乾道庚寅奏事录》《思陵录》），都是当时朝臣（幕僚）对自己参与决策或亲身经历的军政大事所做的排日记录，有揭示高层军政生活和还原政事真相的独特价值。

二是行记类日记。唐宋时有一批日记，包括出使日记、赴任（离任）日记、出游日记，专门记录撰者外出的行程道里、沿途见闻等；其中刻意描绘沿途山川形胜、风景名秀的佳作则发展为游记文学，一些日记穿插了对沿途山川地理、军事关隘、历史掌故的叙写和评述，又往往兼有政论、史论、志人志怪小说、传奇小说、亭台楼阁记、书画记、学术随笔、史地考辨文、知识小品文的意趣和情调。这些日记的文学色彩斑斓多姿，但总体上脱不了行记的底子。

三是日常生活日记。此类日记以记录撰者的日常生活琐事为主，知名者有黄庭坚的《宜州乙酉家乘》、周必大的《闲居录》等，即人们平日所谓"普通日记"。

在汉朝诞生之时，日记只是一种极简陋、粗疏的实用文体；唐宋时，它开始沿着以上三条路径分别发展，最后殊途同归，不经意间出人意料地建构了"日记"这一文体极为丰富、独特的文学形式，催生了我国文学史上一种新的文学体裁——日记文学。纵观唐宋日记的发展，以书写的题材范畴和审美特质为标准来区分的这三大类日记，竟展现了截然不同、异彩纷呈的叙写观念。

一 唐宋的军政时事日记及其文学叙写观

唐宋时期，朝臣和幕僚是一个文化水平相对较高的群体，他们撰写了一批当时的军政时事日记。这主要有：唐代赵元一的《奉天录》，以及宋代王安石的《舒王日录》、赵抃的《御试备官日记》、曾布的《曾公遗录》、李纲的《靖康传信录》、辛弃疾的《南烬纪闻》、赵鼎的《建炎笔录》、周必大日记六种（《奉诏录》《承明集》《辛巳亲征录》《龙飞录》《乾道庚寅奏事录》《思陵录》）等。

这些军政时事日记大多以某一专题为主，比如：赵元一的《奉天录》专题记录了撰者作为奉天城守军主帅浑瑊的幕僚（或记室），[1] 在朱泚作乱中与唐德宗一道被围困在奉天危城的始末经过；李纲的《靖康传信录》专题记录了北宋末年"靖康之耻"前后的经历和见闻；王安石的《舒王日录》专题记录了撰者在参政议政时的奏对和举措；周必大的日记如《亲征录》《思陵录》等，专题记录了撰者随同高宗皇帝亲征和为高宗皇帝营造思陵的经过。这些日记的内容相对集中，少有普通日记的"杂"和"乱"。

唐人赵元一在《奉天录序》中指出：日记乃"萤烛之光，将助太阳之照"。[2]

赵元一"萤烛之光"的说法，形象地阐述了唐宋时期人们对日记性质的认识。对于日记的性质，唐宋时的人们多有针锋相对的争论。围绕《舒王日录》，王安石自辩此部日记是他"上言开陈事，退辄录以备自省"[3] 的自省之作；但因为日记坚持了"实录"精神，比较真实地再现了北宋王朝最高统治者、年轻的神宗皇帝在政治上不自信的一些表

---

[1] 缪荃孙：《云自在龛丛书（第一集）·奉天录·后跋》，江阴缪氏刊本，清光绪二十五年（1899）。
[2] 赵元一：《奉天录序》，参见周绍良主编《全唐文新编》（第3部 第1册），吉林文史出版社2000年版，第6128页。
[3] 王安石著，孔学辑校：《王安石日录辑校》，四川大学出版社2015年版，第457页。

现，没有刻意"为尊者讳"，故引起了守旧派如宋人陈瓘之流的严词批评，其以经学家、道学家的心态来臆想王安石撰《舒王日录》的目的是因为后悔在变法中的所作所为，为掩盖过错而写，美归自己，过归神宗，武断指责王安石的日记是"诋讪君父"的"矫诬之书"；①陈瓘的看法一度成为南宋舆论的主流。《靖康传信录》也是一部有影响的军政时事日记，撰者李纲在《自序》中指出：日记记录了靖康前后朝廷重要军政决策的内幕和"靖康之耻"的始末经过，是一部"记其实而无隐"，总结军政决策的教训、探寻国家糜烂的深层根源，并期望"传信于后世"的日记力作；②但因为这部日记再现了靖康前后徽宗、钦宗父子的无能和丑态，呈现了较为真实的高层政治生态，这让二帝后人宋高宗赵构及其宠臣秦桧极为恼怒，高宗赵构和秦桧合谋禁绝野史私记，赵构指责说："此尤为害事，如靖康以来私记极不足信……"③矛头直指李纲的私家日记。分析高宗赵构的言论，其主要内涵是：将日记定性为"私记"，指出私记和野史一样皆不可信，提出予以取缔或禁绝。笔者认为，对于高宗赵构的观点应该一分为二看待：其一，这种看法有一定合理性，日记确实归属于"私记"一类，它只是撰者对当下军政时事的一己之所见、一己之所录，有强烈的"私人性"，即私家著述，也就是说，日记的局限性比较明显，但即便如此也不能简单地将日记纳入"杂史笔记"的范畴；其二，这种看法将那些基于朝臣和幕僚"个人实录"的私人日记完全等同于野史，并一概抹杀，又显得过于极端，日记不是野史，作为"私记"的日记，要面对军政时事真相不时被话语强权有意或无意遮蔽的现实，以其书写的亲历性、私人性、自由性和非虚构性，为人们发掘和认识许多重要时期的军政时事真相提供了另类机会。此外，今天的军政时事真相就是将来的历史真相，日记的此种功能为人们了解真实的历史提供了可能。可见，赵元一所谓日记乃"萤烛

---

① 王安石著，孔学辑校：《王安石日录辑校》，四川大学出版社2015年版，第426页。
② 李纲：《靖康传信录·自序》，参见《中华野史》编委会编《中华野史 卷5 宋朝卷 下》，三秦出版社2000年版，第3778页。
③《建炎以来系年要录》卷一五一。

之光"的说法,指出了军政时事日记的两大属性:第一,它是"私记",乃"萤烛"之类的小篇什;第二,它在一定程度上反映了撰者对重要军政时事的本质、真相和社会发展规律的深刻洞察,确有真知灼见的东西,即如"光"一样的认识价值。综上,军政时事日记因为牵扯到了太多现实利益的纠葛,唐宋时的人们对其性质的认识是充满矛盾和对立的。笔者认为,对日记的过分抬高或极力贬斥都是不恰当的。

赵元一关于日记"将助太阳之照"的说法,也形象阐述了唐宋时期人们对日记功能的认识。赵元一撰《奉天录》时,曾指出:"是用书之简素,使好我者慕,恶我者惧。"① 他期望自己的日记能如孔子撰《春秋》一样,秉笔直言、如实记录朱泚作乱及其祸害家乡的事实,使乱臣贼子惧,最终实现"冀革前非,用警来祀"的目的。李纲撰《靖康传信录》,根本目的也是重振国家,欲重振国家就要探寻国家糜烂的真正根源,要找到根源就必须对自己曾经参与、经历或决策的军政时事"记其实而无隐",并对朝政的决策进行反思,李纲经过反思后认为:"靖康之耻"不是不可避免,靖康年间的军政失败主要根源还是朝廷决策不当、士风萎靡,以及内外大小不肯同心协力,偷惰苟且之习和娼嫉潜诉之风盛行。如果要重振国家,就必须为解决这些问题狠下功夫,所以他在《靖康传信录·自序》中明言:"然自是之后,朝廷非大有惩创,士风非大有变革,内外大小同心协力,以扶持宗社、保全家室为事,扫去偷惰苟且之习,娼嫉潜诉之风,虽使寇退,亦岂易支吾哉。"② 王安石、周必大等朝臣幕僚群体同赵元一、李纲一样,他们撰军政时事日记的目的也是着眼于治国理政,就是说,对治国理政而言,日记虽是"萤烛之光",却"将助太阳之照"。

对官方史笔(含实录、时政记、起居注、国史)的担忧和不信任,是唐宋朝臣幕僚群体私家日记兴起的主要原因。宋人对官方修史体制抱

---

① 赵元一:《奉天录序》,参见周绍良主编《全唐文新编》(第3部 第1册),吉林文史出版社2000年版,第6128页。
② 李纲:《靖康传信录·自序》,参见《中华野史》编委会编《中华野史 卷5 宋朝卷 下》,三秦出版社2000年版,第3778页。

有极大怀疑，欧阳修在《论史馆日历状》指出："自古人君皆不自阅史，今撰述既成，必录本进呈，则事有讳避，史官虽欲书而又不可得也。"① 宋人林希更直言指出："臣窃观《实录》所载事迹，于去取之际，诚有所偏。如时政记，皆当时执政所共编修，往往不以为信。"② 唐人赵元一在《奉天录序》中也明言对官方史笔的担忧，他说："恐史笔遗漏，故备阙也。"③

作为身处重要军政时事第一线的参与者、决策者、亲历者和目睹者，唐宋朝臣幕僚群体的这一特殊身份决定了他们的私家日记具有独特价值，也是其热心撰述私家日记的前提基础。针对自己在德宗朝亲历的泾原兵变，赵元一在《奉天录序》中说："亲睹櫜枪，媸妍必记。"④ 可见，在唐人看来，日记撰者对重要军政时事的参与、决策、亲历、目睹，而非道听途说和传闻剪辑，才是军政时事日记的价值基础。此时的日记撰者虽强调日记的实录性，但笔者认为：要做到真正的"实录"是困难的，他们所谓的"实录"，论实质是其个人视野和见识范围内的"实录"，带有一定的局限性；但这些日记确实是"非虚构"写作，有着难以替代的独特价值。

反对后世所谓日记叙写的私密观，是唐宋时人们对待日记撰写的一个重要理念。王安石说，他的日记除供自省阅览外，还打算在修缮后进呈给皇帝和开放给外人看，即所谓"及他时去位，当缮录以进"。⑤ 李纲希望日记能"传信于后世"，有"后之览者"，所以他说："故余于此录记其实而无隐，庶几后之览者有感于斯文。"⑥ "叙其施设、去就本末，

---

① 欧阳修：《论史馆日历状》，参见《唐宋八大家文钞校注集评 庐陵文钞 上》，三秦出版社1998年版，第1693页。
② 参见刘兆祐《宋史艺文志史部佚籍考》，"国立"编译馆《中华丛书》编审委员会1984年版，第117页。
③ 赵元一：《奉天录序》，参见周绍良主编《全唐文新编》（第3部 第1册），吉林文史出版社2000年版，第6127页。
④ 同上书，第6128页。
⑤ 王安石著，孔学辑校：《王安石日录辑校》，四川大学出版社2015年版，第396页。
⑥ 李纲：《靖康传信录·自序》，参见《中华野史》编委会编《中华野史 卷5 宋朝卷 下》，三秦出版社2000年版，第3778页。

大概若此，庶几传信于后世。"① 赵元一希望日记能如孔子作《春秋》，使乱臣贼子惧；并可劝诫世人，"冀革前非，用警来祀"。② 可见，唐宋时的日记撰者反对后世所谓日记叙写的私密观，他们主张日记应该给别人看。南宋周纶编刻其父周必大的文集，其中包含了周必大的多部日记，但因为这些日记涉及军政时事，周纶顾忌当时政治上"庆元党禁"的高压氛围，害怕因此惹来麻烦，故托言没有刊刻，他在文集的跋中写道："惟日记自绍兴戊寅讫嘉泰甲子纪录颇详，而书稿尤多，皆未容尽刻，宝藏惟谨，当俟他日。"③ 对此，陈振孙在《直斋书录解题》卷一八指出："《周益公集》二百卷、年谱一卷、附录一卷。……其家既刊《六一集》，故此集编次，一切视其凡目。其间有《奉诏录》、《亲征录》、《龙飞录》、《思陵录》，凡十一卷，以其多及时事，托言未刊，人莫之见。"④ 于此可见，周纶在编刻其父文集时，已经将日记包括在内全部刊印，只是他心存顾忌，才托言没有尽刻。周纶的做法也表明了那个时代许多人的共识：日记并不是私密写作，但因日记涉及军政时事，容易招惹某些利益攸关者的忌恨和报复，因此人们在将日记给别人看时会心存顾虑。

军政时事日记具有极丰富、独特的文学元素，是史传文学的重要一脉。两宋朝臣如李纲、王安石等人的政事日记，内容丰富、独特，它们描绘了许多不为常人所见所闻的高层政治生活场景与政治生态、高层政治人物的另面形象，叙写了许多让人闻所未闻却逼近两宋政坛真相的内幕细节。这些独特的场景与生态、人物的另面形象、政坛内幕细节等，以强烈的真实感和极细腻的笔触，给人带来了新鲜的阅读感受，这使军政时事日记成了我国史传文学的重要一脉。南宋重臣周必大有《右答胡仲成》一诗："朱颜青绶忆秦淮，白鹭洲疑鳌驾来。侧畔交游欣作者，中间赓和负康哉。新春渐觉风光好，陈迹时将日记开。惟有诗情不

---

① 李刚：《靖康传信录 下》，参见《李纲全集 下》，岳麓书社2004年版，第1606页。
② 赵元一：《奉天录序》，参见周绍良主编《全唐文新编》（第3部 第1册），吉林文史出版社2000年版，第6128页。
③ 周纶：《周益国文忠公集·跋》，参见曾枣庄主编《宋代序跋全编 7》，齐鲁书社2015年版，第4743页。
④ 陈振孙：《直斋书录解题》，上海古籍出版社1987年版，第541页。

如昔，旁观抚掌倒绷孩。"其中"新春渐觉风光好，陈迹时将日记开"，就描绘了他平时阅读往昔日记"遣怀"的情景。在周必大看来，新春时节和已逝流年、眼前的美好风光和日记中的尘封往事，都是人生应该享受的美好事物。笔者认为，周必大从古代接受美学的视角发现了日记的文学价值。

具备史官的才、识、学，是唐宋朝臣幕僚群体撰写好军政时事日记的根本保证。唐宋时的几部重要军政时事日记，都堪称有胆、有识、有才、有学的日记文学力作。这样的日记对撰者的修养要求很高。赵元一在《奉天录序》中说："夫史官之笔，才识学也；苟无三端，难以措其手足。"① 可见，赵元一是以史官必备的才、识、学来要求日记撰者的。李纲的《靖康传信录》是一部有胆识的日记力作，这种胆识来自李纲对当年"靖康之耻"发生根源的深刻洞察、敢于如实记录的勇气和对家国人民的深沉热爱。在《靖康传信录》的"自序"中，李纲明言撰写日记的意图是"传信"，即：将靖康之耻的真相"传信于后世"。靖康二年是北宋王朝的覆灭之年，徽宗、钦宗二帝及宗室和大量民众被金兵强掳至北庭，其中经历和场面惨痛酷烈，史称"靖康之耻"或"靖康之难"。李纲是靖康年间朝政大事的重要参与者和目击人之一，经历了靖康年间的大小军政要事。他所传之"信"，一是"事"之真相，二是"病"之根源。"事"之真相，即实事求是对靖康之耻的前后经过"叙其施设、去就本末"，得其"大概"，"庶几传信于后世"；"病"之根源，即他的日记将王朝覆灭的深层根源直接归咎于最高统治者——北宋二帝的昏聩怯弱，不懂"战""和"之道，不知捕捉"战""和"的有利时机，当和不知"和"、当战不知"战"，既"失其所以和"，也"失其所以战"，断言"其病原于去春失其所以和，又失其所以战"，及"其病原于崇观以来军政不修"。② 李纲的这些认识无疑是深刻辩证的。

---

① 赵元一：《奉天录序》，参见周绍良主编《全唐文新编》（第 3 部 第 1 册），吉林文史出版社 2000 年版，第 6128 页。
② 李纲：《靖康传信录·自序》，参见《中华野史》编委会编《中华野史 卷 5 宋朝卷 下》，三秦出版社 2000 年版，第 3778 页。

王安石撰写《舒王日录》，明确提出了他的日记撰写目的之一是"自省"。他说："余曰：'上言开陈事，退辄录以备自省，他时去位，当缮录以进。'""余为上言：'与陛下开陈事，退辄录以备自省，及他时去位，当缮录以进。'"① 这里的"自省"，即撰者客观记录了自己和年轻的神宗皇帝平日商谈朝政、筹划变法改革的具体情形和详细过程，为退朝回家后进行反思、检讨和推敲创造条件，以获得对军政时事的正确认知和对朝政决策的拿捏到位。可见，无论李纲、王安石、赵元一、周必大等，这些军政时事日记的撰者大多是秉性刚直、有胆有识，亦有办事的才具；当然，他们学问淹博、有很强的修史意识和较高的文学才华，这使他们的日记往往成为才、识、学兼备的上好文学作品。

由上可见，唐宋朝臣幕僚群体的军政时事日记既受我国传统史传文学的影响，又在官方史著之外自成一脉，极大丰富了我国史传文学的形态。这种植根于史录传统的日记文学，是对官方修史的救弊、备阙和补充，也是与官方修史并行互补的独立系统，不可以"野史"视之。这种日记文学取得的卓越成就，为此后我国日记文学高峰的到来和独立发展奠定了理论和实践基础。

二 唐宋的行记类日记及其文学叙写观

唐宋时期，一批文化修养较高的官员或学者因公私事务出门远行，出于不同目的常自觉撰写日记，将沿途行程、交游、见闻、风景等绘写记录下来，即行记类日记。

唐宋行记类日记有三种：第一，是在记行的基础上，日记向游记文学和文化散文的方向发展。如宋代陆游的《入蜀记》、范成大日记二种（《吴船录》《骖鸾录》）、吕祖谦的《入越记》、周必大日记三种（《归庐陵日记》《泛舟游山录》《壬辰南归录》）等。第二，是赴任（离任）日记。这是传统的行记类日记，如唐代李翱的《来南录》、宋代欧阳修

---

① 王安石著，孔学辑校：《王安石日录辑校》，四川大学出版社2015年版，第457页。

的《于役志》等。这种日记载录撰者赴任（离任）时沿途的行程道里、见闻交游，但只粗陈梗概、记录备忘而已。这是行记类日记的正宗。第三，是出使日记，即出使外国和异域的日记。如宋代范成大的《揽辔录》、路振的《乘轺录》、徐兢的《使高丽录》、周煇的《北辕录》、严光大的《祈请使行程记》等。

以上行记类日记中，第一种取得的文学成就最大，其中《入蜀记》《吴船录》标志着我国古代日记文学的成熟。整理后世对唐宋行记类日记的研究和认识，可梳理出如下重要叙写观念。

其一，玄心远韵、大小萧散的审美追求。

《于役志》《入蜀记》是宋代知名日记，明人萧士玮（字伯玉）在《南归日录》中说："余读欧公《于役志》，陆放翁《入蜀记》，随笔所到，如空中之雨，大小萧散，出于自然。"[1]萧士玮深受欧阳修、陆游影响，一生撰有日记，其风格与欧阳修、陆游也自有渊源。对此，明人贺复征在《文章辨体汇选》中说："日记者，逐日所书，随意命笔，正以琐屑毕备为妙。始于欧公《于役志》、陆放翁《入蜀记》，至萧伯玉诸录而玄心远韵，大似晋人……"[2] 于此可见，明人敏锐地发觉了宋代日记撰者对玄心远韵、大小萧散美学风范的追求，并自觉接受其影响。

"萧散"作为中国艺术追求的审美境界之一，和历代文人要挣脱现实的束缚相关。

"散"，即去除内心的羁绊，源自《庄子·人间世》里的"散木""散人"。"散木""散人"之形象颇为高大，立于天地之间；生命尽享自然、自由、自在，有天放（野放）之美；有自己的存身技巧，为对付小人（翦者）而托"社"自存，很善于保全真我；无用却有大用，这里的"大用"已不同于传统价值观，它不再强调人生一定要奉献于家国，而看重个人的天性和潜能是否得到最大程度的发挥。在庄子看来，人最大的

---

[1] （明）贺复征编：《文章辨体汇选》卷六三九，载《景印文渊阁四库全书》第1409册，第645页。

[2] 同上。

不自由是来自内心的不自由，人为太多的外物所羁绊。庄子提倡"散"，不是对外部世界的排斥，而是要存一颗"散淡"的心，去掉羁绊人们心智的外物之累（如功名利禄等），使人从心灵拘束中解脱，获得心智的最大自由；①"散淡"的心，可以保全人最可宝贵的天真、疏放、活泼之机趣，让人释放出无限创造力，这是中国人参透"物我之辨"后的生存智慧。

"萧"，即萧条、萧瑟、稀疏的意思，指外在形式过于简单、简陋。在艺术追求上表现为尚简易、去繁杂，不拘法度、规矩和人工技巧，有遗世独立的潇洒之气。这是人们在艺术上参透了"形神关系"后提倡的艺术观，强调画意不画形、意在形外、萧散简远、遗形得神。对中国文人而言，这可以从严谨拘束的艺术形式中获得解放。

"萧散"作为文艺观念，体现了中国人要挣脱心智和艺术形式的束缚以获得自由解放的内心追求。在艺术上，这种文艺观不以形式为要，尚简易、去繁杂；在内容上，以山林野逸、诗酒情怀为意，有反庙堂、反官方、反正统的色彩；在效果上，正如黄庭坚评价杨凝式的书法"乍看如散漫无纪，细玩则自有条理可寻"。②"萧散"的艺术观念源自庄子，发展于唐宋，是对唐代艺术家重法度、形式、技巧的矫正——唐人在艺术领域深入耕耘和探索，其艺术手段变得多样，艺术法度也日益谨严，这让文学艺术丧失了一些天真、疏放、活泼的原初味道，对此有人批评说：唐人尚法，多露痕迹，"遂使晋魏萧散温润之风一切委地"。③

何宇度在《益部谈资》说，宋人陆游是"作记妙手"，其《入蜀记》载三峡风物，如丹青图画、读之跃然。至于王慎中评《于役志》说："此公酒肉账簿也。"④但据陆龟蒙、欧阳修、苏轼等唐宋诸家所倡导的"萧散"观念，⑤其并不尽然：《入蜀记》不拘对象大小和篇幅长

---

① 朱良志：《萧散之谓美》，载《晋阳学刊》2010 年第 4 期。
② 吴德旋：《初月楼论书随笔》，参见陈廷佑《书法美学新探》，商务印书馆 1997 年版，第 165 页。
③ 汤临初：《书指》（卷下），杨成寅主编，边平恕评注《中国历代书法理论评注　明代卷》，杭州出版社 2016 年版，第 198 页。
④ 四库全书本《说郛》卷六五下。
⑤ 朱良志：《萧散之谓美》，载《晋阳学刊》2010 年第 4 期。

短,随物赋形,笔墨简淡,以疏朗之笔传写了撰者旅途见闻和长江两岸风光的内在神韵;欧阳修的日记《于役志》录写了撰者赴任夷陵途中与亲朋旧友交游宴乐等琐碎之事(如欧公盘桓楚州,与同年进士田况形影不离),实以简淡之笔,传神绘写了欧阳修仕途失意后放浪形骸、纵情诗酒的"真我"形象;长短不拘,皆随意行文,有卷舒有致之趣。这些日记的撰者超越了外在名物的羁绊,超越了艺术形式的规范,从羁绊和规矩中解放出来,表现了"萧散"的精神气质,即:以发抒撰者一己情性为核心;强调庙堂之外的创造,所谓山林气象;超越技术技巧的追求,不以行家里手为特点,从既定的规矩中逃遁;"萧散"为文,有江湖野逸之态,却无庙堂富丽之姿,呈现了天和之美、散淡之韵、卷舒之妙、自怜之情。①

其二,向游记文学、文化散文延伸发展的方向选择。

薛福成指出,日记是一个"排日纂事"的形式。② 这个形式是机械的、固定的,没有创造性,但它改变了人们的写作习惯和行文方式,使撰者从坐守书斋走向了广阔的人生实践,因而带来了文体风格的大变。究其根源,是在"排日纂事"的形式之外,有撰者对日常琐碎广博见闻的随笔散记:随笔散记的内容往往是撰者极感兴趣的题材,如《入蜀记》《吴船录》等行记类日记中引人入胜的沿江风光、天真的人物、长江两岸人们无忧无虑的生活,以及大量流存于斯的地理掌故、碑刻佚文、绘画茶道、民俗风情等,及其对相关文献和学问的搜奇、辩证;这都使优秀的行记类日记在如画的风光描绘、如诗的风俗叙写中,于笔端流露出浓厚的文化和学术风韵,显示出早期简陋粗疏的日记开始向游记文学、文化散文延伸发展的征象,从而造就了唐宋日记文学中独特的"这一个",其主要特征是:一是"纤悉无遗","事核词雅,实具史法";二是随笔散记,自由灵活,内容广博,从不同视角反映了文人士子的审美情趣和社会心理;三是让人喜而读之,如登积书岩。总之,

---

① 朱良志:《萧散之谓美》,载《晋阳学刊》2010 年第 4 期。
② 薛福成:《凡例》,参见薛福成《出使英法义比四国日记》,岳麓书社 1984 年版,第 63 页。

"排日纂事"的行文方式使此类日记言之有序，撰者对日常琐碎的随笔散记又给了此类日记玄心远韵、大小萧散的审美风韵。

其三，多元、圆融的撰者身份赋予此类日记斑斓多姿的叙写内容。

行记类日记的撰者往往有多元的身份：既是沿途风光的发现者和欣赏者、旅途中所见人情世故的品鉴者，以及见识渊博、视野开阔的饱学士子，也是负有朝廷使命的羁旅行役之人，更是有较高文化修养的儒雅文人与诗人，还是慷慨多气的志士。撰者身份的多元，决定了行记类日记具有斑斓多姿的内容。

一是摹山范水、流连风景。比如《入蜀记》《吴船录》等载述三峡风物如丹青图画，读之让人跃然。

二是积累阅历、验证知识、增长见识。比如《入蜀记》《吴船录》的撰者揭示了所经地域自然与人文的关系，表达了好山、好水、好风俗尚待好诗文的道理，并搜集、考证、辨析和叙写沿途的地理掌故、碑刻佚文、绘画茶道、民俗风情、乡邦文献等，使行记类日记具有了浓厚的文化和学术内涵。

三是记载琐屑，以资密用。比如，路振的《乘轺录》归来后按惯例要呈交"国信所"以资密用，[①] 或者"以备辽人归我幽、蓟舆地之考"；[②] 陆游的《入蜀记》多描绘长江沿岸的山川险隘，述录其间的地理掌故，以备抗金大计之需。

四是对山川风光、人文景观之神韵的感发兴叹，及针砭时弊、意在恢复的言论。《入蜀记》《吴船录》等日记写得自然，无做作，有议论，有见解，安详流露了撰者的感情；《入蜀记》的撰者则一行役而留心世道，蕴含了撰者"家祭无忘告乃翁"的志士情怀。

总之，唐宋的优秀行记类日记文笔简洁、体式灵活、幽默诙谐、切合时用，撰者以旅行家、诗人、学者、志士等多元身份参与叙写记录，

[①] 《宋会要》职官三六之五四，参见吴晓萍《宋代外交制度研究》，安徽人民出版社2006年版，第39页。

[②] ［法］冯宣化等：《乘轺录笺证》，参见《东蒙古辽代旧城探考记 （外二种）》，冯承钧译，中华书局2004年版，第92页。

其间又圆融和洽，可谓"大小萧散，出于自然"。

《入蜀记》《吴船录》是唐宋行记类日记的杰作，标志着我国古代日记文学的成熟，也奠定了后世日记文学的审美风范和发展方向。溯流推源，关键有三：第一，与撰述主体有关，此时一批有较高文化和文学素养的文人积极参与日记撰述，以及有经验的作家、诗人（如陆游等）欲借日记撰述突破创作瓶颈，这有力提升了日记的撰述质量和文体地位；第二，与行役频繁有关，唐宋时各地在政治、经济、军事、外交等方面的交往日益增多，人员流动也愈加频繁，这为行记类日记的出现和繁荣创造了条件，宋代周煇说"凡有行役，虽数日程，道路倥偬之际，亦有日记"[1] 即指这种情况；第三，与宋代的文学风尚、习文路径有关，两宋承唐代文学之绪又努力寻找突破和创新，出现了"以文字为诗、以议论为诗、以才学为诗"的风尚和"不行万里路，不读万卷书，不可读杜诗"的习文路径，此种风尚和习文路径奠定了唐宋日记文学的叙写特征。

在上述军政时事日记、行记类日记之外，宋人对于日常生活日记的叙写亦有值得重视的一些观念，即：首先，日常生活日记以"私"和"真"（即非虚构）为基本特征；其次，日常生活日记是对个人"小历史"的客观记录；再次，日常生活日记的价值基础是宋人的平等观和雅俗观，[2][3] 在此种"平等观"视域下，个人生活中发生的日常琐事、所交往的平凡世俗之人，与国家军政大事、或高居朝堂的士大夫皆有同等重要的价值，在此种"雅俗观"视域下，个人生活中发生的日常琐事、交往的平凡世俗之人不一定是俗滥的，国家军政大事、或高居朝堂的士大夫也不一定是高雅的；最后，用日记来抒发或寄托撰者个人的某些情感，如黄庭坚在日常生活日记《宜州乙酉家乘》中抒发和寄托了

---

[1] 周煇：《清波杂志·卷九》，参见金沛霖主编《四库全书子部精要 下》，天津古籍出版社、中国世界语出版社1998年版，第810页。
[2] 张金梁：《书异其人——论黄庭坚其人其书》，载《书法丛刊》2009年第3期。
[3] 雅俗观是黄庭坚的一个重要观念，他在《书自作草后》讲述了一个寓言故事，形象阐述了他对"庸"与"不庸"（即"俗"与"雅"）关系的哲性思辨。

多种情感——尤其是他对贬谪地宜州人民的感恩心情。

  综上，唐宋时的庞杂日记主要经历了三条不同发展路径，并以"排日纂事"的书写形式逐渐改变了人们长久的写作习惯和行文方式，使撰者从坐守书斋走向了广阔的人生实践，由此带来了日记风格的大变，许多优秀日记因而文学趣味盎然，初步形成了用美兼具、真切灵动、斑斓多姿、博约深微、卓尔特立、蔚为大观的文体风貌，这标志着我国古代日记文学第一个高峰的到来，也预示了日记作为一种新的文学形态早在民国作家郁达夫等人正式提出"日记文学"概念的一千多年前就已经趋于成熟。

第三章 金元明清时期的日记文学观

概 述

金、元是日记文学由唐宋向明清过渡的时期。

金代有行记类日记《鸭江行部志》,是撰者王寂在金章宗时"提点辽东刑狱,巡按各部,记其所事,故曰《行部志》"。该日记除记录撰者巡按辽东时的行踪之外,还穿插叙写了沿途见闻的东北史地、金代人物和辽南古迹,可补文献记载之缺,很多片段题材独特、表达生动并富有东北乡土文学的色彩。

元代有五部比较重要的日记,即:军政时事日记有刘敏中的《平宋录》,逐日秉笔记载元世祖忽必烈侵宋的经过;行记类日记有刘郁的《西使记》、徐明善的《安南行记》,记载了撰者出使异域的经过及相关情况,另有方凤的《金华游录》,它们皆体现了行记类日记向游记和文化散文发展的特征;日常生活日记有郭畀的《云山日记》,郭畀是汉族文人,日记主要记载了元代贵族统治下的汉族平民生活和撰者的日常起居行止,比如他与一些文人僧侣的日常交往以及平日醉心于书画鉴赏创作的情况。撰者将精神完全寄托于欣赏自然风光、寺庙田园,以及对书画艺术的鉴赏创作中,表现了汉族知识分子在特定时代的避世和隐逸情怀。宋之山跋《云山日记》曰:"称谓之间,褒讥寓焉,感叹之际,义理昭焉。"[①]

[①] 宋之山:《云山日记·跋》,参见陈左高《中国日记史略》,上海翻译出版公司1990年版,第18页。

极为准确地揭示了郭畀《云山日记》的这一特点。

明代主要有三十六人的日记作品存世,即:《陆深日记》,宋濂《游钟山记》,阙名《东征纪行录》,杨一清《西征日录》,王穉登《客越志》,潘允端《玉华堂日记》,文震孟《文肃公日记》,徐弘祖《徐霞客游记》,袁中道《游居柿录》,岳和声《后骖鸾录》,龚立本《北征日记》抄本,浦枋《游明圣湖日记》,燕客《天人合徵录》,朱祖文《北行日谱》,肖士玮日记,高攀龙《螺江日记》抄本,许浩《复斋日记》,姚廷遴《历年记》和《续历年记》,祁彪佳《祁忠敏公日记》,马元调《横山游记》,许德士《戎车日记》,陆世仪《志学录》,李光壂《守汴日志》,黄淳耀《甲申日记》,冯梦龙《燕都日记》,季承禹《江南围城日记》,叶绍袁《甲行日注》,佚名《吴城日记》,黄宗羲《匡庐游录》,瞿昌文《粤行纪事》,彭孙贻《岭上纪行》,黄向坚《寻亲纪程》和《滇还日记》,谈迁《北游录》,窦克勤《寻乐堂日记》,陆嘉淑《北游日记》,张煌言《北征录》。

清代主要有三百多人的七百多种日记存世,即:多尔衮《摄政日记》,屈大均日记,颜元日记,归庄《观梅日记》,王士禛日记(含《蜀道驿程记》《南来志》《北归志》《北征日记》《迎驾纪恩录》《秦蜀驿程记》《赐沐纪程》),陆陇其《三鱼堂日记》,方象瑛日记二种(《封长白山记》《使蜀日记》),高士奇日记五种(《松亭行纪》《扈从东巡日录》《扈从西巡日录》《塞北小钞》《蓬山密记》),陈奕禧《益州于役志》,杜臻《粤闽巡视纪略》,高宅揆《香岩小乘》未刊稿,徐炯《使滇日记》,张鹏翮《奉使俄罗斯日记》,张英《南巡扈从纪略》,李澄中《滇行日记》,查慎行日记(含《庐山纪游》《陪猎笔记》),戴名世日记四种,杨甲仁《北游日录》抄本,宋大业《北征日记》,郁永河《采硫日记》,顾彩《容美纪游》,汪灏《随銮纪恩》,高懋功《云中纪程》,吴振臣《闽游偶记》,程庭日记二种(含《停骖随笔》《春帆纪程》),李绂日记两种(含《云南驿程记》《漕行日记》),丁士一《此游计日》,允礼《西藏日记》,杨名时《自滇入都程记》,牛运震《空山堂日记》八种(《九日记》《乙卯春游记》《筮仕秦安纪程》《游五泉

· 105 ·

记》《兰省东归记》《太原纪程》《晋阳东归记》《蒲州东归记》），程穆衡《燕程日记》，陈法《塞外纪程》，周天度《九华日录》，韩梦周《理堂日记》（含《衔恤庐日记》《客渠日记》《客燕日记》《来安日记》《程符精舍日记》《客鄜日记》），张仁美《西湖纪游》，孟超然《使粤日记》，王昶日记七种（《滇行日记》《征缅纪闻》《蜀徼纪闻》《商洛行程记》《雪鸿再录》《使楚丛谈》《台怀随笔》），王际华《壬辰日记》未刊稿，吴钟侨《川滇行程记》，姚鼐《惜抱轩使鲁湘日记》未刊稿，王初桐《北游日记》，胡季堂《扈从木兰行程记》，查礼《莎题上方二山纪游》，朱维鱼《河汾旅话》，李荣陛《太阳山游记略》，钱大昕日记两种（《竹汀日记》《竹汀日记钞》），周广业《冬集纪程》，赵钧彤《西行日记》，黄钺日记二种（《泛桨录》《游黄山记》），吴骞《兔床日谱》抄本，蒋攸铦《黔轺纪程集》，吴锡麒《有正味斋还京记》，安吉《古琴公日志》抄本，李锐《观妙居日记》未刊稿，焦循《理堂日记》抄本，陈佐尧《揽洲日记》抄本，洪亮吉《遣戍伊犁日记》，李鼎元《使琉球记》，乾嘉学者顾廷伦日记，张鉴《夕庵先生日记》，张廷济《清仪阁笔记》未刊稿，郭麐《江行日记》，陶澍《蜀輶日记》，林则徐日记，朱凤森《守浈日记》，恽敬日记（含《游庐山记》《游庐山后记》），倪稻孙《海沤日记》，谢兰生《常惺子游罗浮山记》，倭仁日记两种，许宗衡《玉井山馆日记》三种（《旧游日记》《西行日记》《游盘山日记》），沈铭彝《沈竹岑日记手稿》，刘佳《寓杭日记》和《瞻云录》，徐瀛《西征日记》和《晋藏小录》，潘道根《隐求堂日记》，帅方蔚《词垣日记》，蒋湘南《西征述》和《后西征述》，吴杰《澹静斋巡韶百日记》，李钧《使粤日记》，何汝霖日记二种（《沈阳纪程》、稿本日记二册），陈阶平《奉使纪胜》，包世臣日记二种（《闸河日记》《浊泉编》），陆以湉《北行日记》抄本，桂超万《宦游纪略》和《续宦游纪略》，朱为弼《日记稿》，李棠阶《李文清公日记》，王培荀《雪峤日记》（含《都门日记》《蜀道行程记》《锦城日记》），杨桂廷日记四种（《北行日记》《南还日记》《癸卯北行日记》《乙巳南还日记》），张文虎日记三种（《湖楼校书记》《西泠续记》《莲龛寻梦记》），

第三章 金元明清时期的日记文学观

何绍基日记残稿四种（《归湘日记》《钓鱼台寓园日记》《嘤鸣日记》《疑垒日记》），李钧《转漕日记》，张维屏《桂游日记》，李汝峤《山左星轺随笔》稿，王相《乡程日记》，李星沅日记未刊稿（抄本），戴熙《习苦斋画絮》，张喜《抚夷日记》，曾国藩《曾文正公手书日记》，祁寯藻《廷枢载笔》，曹晟《十三日备尝记》，法芝瑞《京口偾城录》，朱士云《草间日记》，乔重禧《夷难日记》，邵懿辰《半岩庐日记》，龙启瑞《粤东纪程录》，姚莹《康輶纪行》，潘曾莹《丙午使滇日记》，曹士桂《宦海日记》，无名氏（道光时画家）《日记稿》，梁章钜《游雁荡日记》，董醇《度陇记》，郭沛林《日知堂日记》，赵彦称《三愿堂日记》，朱昌硕《昌硕日记》，钮树玉《钮匪石日记钞》，沈炳垣《星轺日记》，赵烈文《落花春雨巢日记》和《能静居士日记》，钱国祥《日记稿》（含《闲居日记》《闽游日记》《适秦日记》《东游日记》《自省录》），王萃元《星周纪事》，罗森《日本日记》，卞乃醖《从军纪事》，陆嵩《意苕山馆日记》，李慈铭日记（含《萝庵游赏小志》、《越缦堂日记》及日记补、《癸巳琐院旬日记》未刊稿、《荀学斋日记》），周星誉《鸥堂日记》，潘曾绶《绂庭日记》稿，沈宝禾《忍默恕退之斋日记稿》（含《乙卯日记》《丙辰日记》《乙丑日记》），郭嵩焘日记，王鑫《王壮武公日记》，张汝南《浙游日记》，瞿元霖《苏常日记》，冯芳辑《申之先生日记》未刊稿，翁同龢的《翁文恭公日记》和《翁文恭公军机处日记》，王韬的《蘅华馆日记》未刊稿和《扶桑游记》，侯炳麟《北闱日记》抄本，郭培声《西游笔略》，柳兆薰日记，李光霁《劫余杂识》，徐日襄《庚申江阴东南常熟西北乡日记》，刘毓楠《清咸丰十年洋兵入京之日记》，（清）蓼村遁客《虎窟记略》，沈桂芬《沈文定粤轺日记》，景廉《冰岭纪程》，鲁叔容《虎口日记》，姚觐元的《咫瞻日识》未刊稿和《弓斋日记》，吴大澂日记（含《愙斋日记》《北征日记》《皇华纪程》），谭嘘云《守虞日记》，无名氏《壬戌日记》钞本，谭献《复堂日记》，杨恩寿《坦园日记》，黎培敬《黔轺纪程》，何兆瀛日记稿，张集馨日记，张景焘《袍川寓庐课孙日记》，潘霨《韡园岁计录》，张德彝日记（含《航海述奇》《再述奇》《三述奇》），许元恺日

· 107 ·

记稿，杜凤治《望凫行馆宦粤日记》，吴汝纶《桐城吴先生日记》，斌椿《乘槎笔记》，王文韶日记，黄明亮《出塞日记》，袁昶《渐西村人日记》未刊稿，徐敦仁《日损斋日记稿》，方浚颐日记（含《北征日记》《征途随笔》《朝天录》《蜀程小记》），黄清宪《半弓居省墓日记》，洪良品日记三种（《巴船纪程》《东归录》《北征日记》），无名氏《己庚日记》钞本，王闿运《湘绮楼日记》，叶昌炽《缘督庐日记》，费德靡《杏花春雨馆日记》，王芝《海客日谭》，王诒寿《缦雅堂日记》稿，无名氏《绛云馆日记》，俞樾《闽行日记》及其他，陶浚宣日记（含《稷山日记》未刊稿、《省庵养疴日记》），吴焘《游蜀日记》和《游蜀后记》稿，张謇日记，包家吉《滇游日记》，瞿鸿禨《使豫使闽日记》，周家楣《期不负斋日记稿》，李圭《东行日记》，刘锡鸿《英轺日记》，何如璋《使东述略》，汪振声《西征日记》，冯焌光《西行日记》，黎庶昌《西洋游记》和《丁亥入都纪程》，王廷鼎《紫薇花馆北征日记》，陈兰彬《使美纪略》，李凤苞《使德日记》，曾纪泽《出使英法俄国日记》，黄懋材《西辎日记》，王锡麒《北行日记》和《南游日记》，徐建寅《欧游杂录》，王之春《东游日记》，顾文彬《过云楼日记》，张佩纶《涧于日记》，李筱浦《日本纪游》，薛宝田《北行日记》，方宗诚《南归记》，李鸿裔《靠苍阁日记》，陈倬《隐蛛庵日记》稿，程颂藩日记，马建忠《适可斋纪行》，吴广霈《南行日记》，任道熔日记稿，祁世长《祁子和先生日记》，唐景崧《请缨日记》，梁济《感劬山房日记节钞》和《侍疾日记》，刘光第《南旋记》，郑观应《南游日记》和《西行日记》，周星诒《窳横日记钞》，汪士铎《乙丙日记》，邹代钧《西征纪程》，李嘉绩《榆塞纪行录》，王仁堪日记三种（《黔轺纪程》《江南使轺纪程》《粤轺纪程》），张阴桓《三洲日记》和《戊戌日记》，文廷式日记五种（《南旋日记》《湘行日记》《旅江日记》《南轺日记》《东游日记》），赖清键《庸叟日记菁华》，潘飞声日记（含《西海纪行卷》《天外归槎录》《游罗浮山日记》），傅云龙《游历日本图经余记》，孙鼎烈《永宁山扈从纪程》，王詠霓《归国日记》，缪祐孙《俄游日记》，潘祖荫日记（含《文勤公日记》手稿、《乙丑恩科

第三章 金元明清时期的日记文学观

乡试监临纪事》),何荫楠《锄月馆日记稿》,崔国因《出使美日秘国日记》,薛福成《出使英法义比日记》及续刻,沈嘉澍《鲁归纪程》,何嗣焜《入蜀纪程》,于昌颂《怀鹤堂读书日记》抄本,王乃誉日记未刊稿,许叶芬《郇斋日记稿》,凌泗《浮梅日记》,陶保廉《辛卯侍行记》,蒋师辙《台游日记》,皮锡瑞《师伏堂日记》未刊稿,胡传《台湾日记与禀启》,聂士成《东游纪程》,王同愈《栩缘日记》未刊稿,谢希傅《蜗寄庐日记》,孙宝瑄《忘山庐日记》,吴宗濂《随轺纪程》(含纪程、纪事、纪闻、纪游四种),黄庆澄《东游日记》,王之春《使俄日记》,陈春瀛《回帆日记》,涂庆澜《荔隐居浙游日记》,严修《蟫香馆使黔日记》,曹福元《桂轺纪程集》和《秦晋封轺集》,刘文凤《东陲纪行》,陈涛《入蜀日记》,赵宽《今日何成》未刊稿,桃溪渔隐《傅相游历各国日记》,佚名《忏庵日记》未刊稿,彭世襄日记稿,英敛之日记遗稿,廖寿恒日记稿二种,沈翊清《东游日记》,刘学询《游历日本考察商务日记》,徐琪《南斋日记》,吴庆坻《庚子赴行在日记》,《词诠》作者杨树达日记,鹿学尊《艾声日谱》,岳超《庚子辛丑随銮纪实》,华学澜《辛丑日记》,徐鋆《辛丑日记》,康有为《康南海先生游记汇编》,《老残游记》作者刘鹗日记,载振《英轺日记》,俞陛云《蜀輶诗记》,李宗棠日记《东游纪念》,梁启超日记两种(《新大陆游记》《双涛阁日记》),蒋煦《西游日记》,蒋黼《东游日记》,钱单士厘《癸卯旅行记》,李翰芬《鄂轺载笔》,缪荃孙《日本考察学务游记》,吕佩芬《湘轺日记》和《特科纪事》,王景禧《日游笔记》,宋教仁《我之历史》,李宝洤《日游琐识》,戴鸿慈《出使九国日记》,杨芾《扶桑十旬记》,贺纶夔《纯斋东游日记》,邹嘉来《怡若日记》,盛宣怀《愚斋东游日记》,樊增祥日记(含《苏门游记》《樊园五日战诗纪》《樊园战诗续纪》),《天演论》译者严复的日记,邓邦述《群碧楼庚戌巡行日记》,管凤龢《四十日万八千里之游记》,金绍城《十八国游历日记》,温世霖《昆仑旅行日记》,徐乃昌《积学斋日记稿》,刘雨沛《西戍途中日记》,等等。

总之,明、清是我国日记文学的重要发展阶段,不但作者数量多、文化修养高，而且作品也丰富多样，涉及题材领域极为广阔深入；但总体而言，明清时的庞杂日记脱不了军政时事日记、行记类日记、日常生活日记三大基本范畴，只不过在实践中，行记类日记演绎出许多不同品类，如赴任（离任）日记、出使日记、出游日记等，日常生活日记演绎出学人（日常）读书札记类日记，军政时事日记演绎出中下层官员的日常公务（行政）日志等。这些日记内容或形成了独立专题，或是三种内容混合杂糅。随着日记文学的繁荣，明清时期的日记文论也获得了长足发展，乃至出现了很多新变。在这些日记文论观念中，以明代徐霞客的日记文学观、清代文论与清代学人的日记书写观、晚清使西日记所体现的国家需求与日记新变等最为独特，尤当认真探析。

第一节　徐霞客的日记文学观
——从记游专题日记汇编《徐霞客游记》谈起

《徐霞客游记》是记游专题日记的汇编，它以徐霞客毕生的旅游探险科考活动为叙写中心。这部记游专题日记细致传神地描述了古代旅行家徐霞客的旅行生活，给我国古代旅游史贡献了一种独特、真切、奇丽且富含科考探险等新质元素的旅游体验书写，极为浪漫美丽。在晚明风尚的洗礼下，《徐霞客游记》对中国古代日记既有继承也有创新，开创了中国日记文学的新貌。品读《徐霞客游记》，结合其序跋、评论和相关读后感的研究，可以管窥明人日记文学观的一鳞半爪。

17世纪上半叶，是中国社会由内到外都面临着剧烈动荡的时期。在此时期，东南沿海地区的一些城市出现了生产规模较大、技术装备水平较高的手工工场，工场雇用工人进行扩大再生产，获取了丰厚的剩余价值，也带来了城镇工商业的繁荣。可以说，资本主义作为新的生产关系开始在中国封建社会的肌体内萌芽。与此同时，一度强盛的明王朝却陷入风雨飘摇，步入了它的晚期，这极大弱化了明王朝在政治、经济、思想、文化等方面对整个社会的凝聚力和控制力。此时的晚明社会，从内部看，一面是先进的资本主义生产关系已经萌芽，一面是残酷腐朽的封建专制统治（如特务统治、宦官专权等）余威方炽；从外部看，此时有一批精通近代西洋科学的传教士从欧洲来到中国，他们带来了欧洲近代的西洋文明，还传播了西洋人的求知精神和科学意识。[①] 在这样的时代背景下，出现资本主义萌芽的我国东南沿海一带，长期在农耕文明下形成的封建小农经济，必然面临由这种新型生产关系和近代西洋文明所带来的暴风骤雨式冲击，也必然由此产生一系列社会观念的重大变化。其中，最重要的变化是此时人们在价值取向、人生追求、思想观念等方面发生了根本转型，开始进入一个崇尚自由、个性的新时代。可以说，晚明时期的资本主义萌芽、明王朝的衰落、西洋文明的输入，随之而来的是人们对个人享乐、性灵解放、探险精神、眼界开阔的追求和对"经世致用"、注重实践等学风的提倡，以及对实学的崇尚……这一切构成了所谓"晚明风气"的主要元素。

在晚明新风的洗礼下，青年徐霞客舍弃了传统读书人孜孜追求的科举功名之路，舍章句就实学，毕其一生做了一件大事——在生命最美好的30多年间，主要是依靠步行完成了实地踏勘、游览、探险和考察域内诸名山大川、秘府奥境、奇异景观的宏愿，这样有目的、有计划的活动共十六次。在每一次（或每一阶段）旅游探险考察中，徐霞客都围绕一个主题，重点考察一个对象或地区。对于这些由自己精心筹划、悉心组织的活动，他都翔实撰写了专题日记，排日记载，予以分门别类的整理和保存，分别形成了《游天台山日记》《游雁荡山日记》等名山游日记，以及《浙游日记》《楚游日记》《粤西游日记》《黔游日记》《滇游日记》等西南考察日记。这些卷帙浩繁的专题日记被汇成一编，就是人们所见的《徐霞客游记》，该著现存60多万字。徐霞客的日记以

[①] 竺可桢：《徐霞客之时代》，参见朱钧侃、潘凤英、顾永芝《徐霞客评传》，南京大学出版社2006年版，第351页。

细腻的笔触、真实的感受、精微的观察、理性的分析，在中国文学史、科技史上第一次系统而全景地记录和绘写了中华大地上诸多山河景观的奇特风貌，揭示了众多自然美的内在成因，同时也叙写了一位中国古代科学家的人生追求、形象风采和勇于探险的曲折经过，是文学和科学完美结合的日记文学作品。品读这部日记，结合相关文献、后人评论和读后感予以分析，可以对这部明人日记的文本价值、文学元素和叙写观念形成如下认识。

一 《徐霞客游记》是以徐霞客毕生的旅游探险科考活动为叙写中心的专题日记汇编

将日记书写和徐霞客毕生进行的一次次专题性旅游探险科考活动紧密结合，是《徐霞客游记》的一个重要特点。

徐霞客一生以域内诸多名山大川、秘府奥境和奇异景观为搜寻和叙写对象的旅游探险科考活动共十六次。除了未有日记传世的第一次（1607年）、第二次（1609年）、第四次（1614年）、第六次（1617年）、第十次（1624年）、第十二次（1629年），徐霞客另有十次重要的旅游探险科考活动详见于日记，分别如下。

第三次：1613年春，徐霞客和莲福寺莲舟上人一道，游览考察了浙江境内的天台山、雁荡山。此行分两段进行，每段各有游览考察的重心，徐霞客分别写了专题日记《游天台山日记》《游雁荡山日记》。

第五次：1616年，徐霞客与友人一道，经休宁抵安徽境内的白岳山、黄山，之后绕道游览和考察了福建境内的武彝山（即武夷山），此行分三段进行，每段各有游览考察的重心，徐霞客分别写了专题日记《游白岳山日记》《游黄山日记》《游武彝山日记》。

第七次：1618年，徐霞客与亲友从家乡江阴出发，溯长江而上，经九江抵江西境内的庐山游览考察，这一阶段写有专题日记《游庐山日记》。之后，他横渡鄱阳湖，经祁门，重游黄山，写了专题日记《游黄山日记后》。

第八次：1620 年，徐霞客与族叔一道，走水路由江阴经杭州，第二次入闽，在仙游县境内游览考察了"福建三绝"之一的九鲤湖，此行他重点考察了九鲤湖的水系——"九漈"，写了专题日记《游九鲤湖日记》。

第九次：1623 年春，徐霞客北上中原、西进关中，先后游览考察了河南境内的嵩山、陕西境内的太华山，南返时取道襄阳游览考察了湖广境内的太和山。此行分三段进行，徐霞客为此分别写了专题日记《游嵩山日记》《游太华山日记》《游太和山日记》。

第十一次：1628 年春，徐霞客第三次入闽。到漳州境内访问了族叔徐日升（字华祝）和友人黄道周；之后南下广东考察了罗浮山。此行他写了专题日记《闽游日记前》。

第十三次：1630 年徐霞客第四次入闽，路线与第三次基本相同。这次新增的游览考察地点有位于浙江与福建之间的浮盖山，徐霞客游览考察了浮盖山的白花岩、龙洞，攀登了浮盖山的绝顶。在永安县境的桃源涧，他见到了平生叹绝的"一线天"岩溶地貌奇观。此行他写了专题日记《闽游日记后》。

第十四次：1632 年，徐霞客与族兄徐仲昭一道，第二次游览考察了浙江境内的天台山、雁宕山（雁荡山）。此行他另辟蹊径，历经艰难险阻，终于抵达了雁宕山的山顶，目睹了传说中的"雁湖"。这是徐霞客在时人普遍怀疑"雁湖"是否存在的情况下，用自己的科考行动证实了古代地理志书对"雁湖"记载的真实性，弥补了他第一次登山考察未能找到"雁湖"的遗憾。徐霞客此行分两个阶段，每段各有考察重心，分别写了专题日记《游天台山日记后》《游雁宕山日记后》。

第十五次：1633 年夏，徐霞客北上京师，于七月末西行考察了山西境内的五台山、恒山。此行分两段进行，徐霞客分别写了专题日记《游五台山日记》《游恒山日记》。

第十六次：1636—1640 年，徐霞客携江阴莲福寺的静闻和尚（莲舟上人的徒弟）和两个仆人，从江阴出发，东行抵达今天的上海市青浦县和佘山，之后一路西行，转而南下，接着转西南行，此行他主要依靠步行，间或乘船骑马，先后行经了浙江、江西、湖南、广西、贵州、云南诸省，最后抵达云南与缅甸交界的腾冲。① 这是徐霞客一生中最后一次旅游探险科考活动，也是最壮烈、最具价值的一次。此次活动历时四年、行程万里、游览考察对象众多、所经地域的许多地方在明代及以前都是为中原人所陌生的蛮貊荒远之地。徐霞客此行以步行踏勘为主要考察方式，以湖南及西南诸省境内的洞穴和岩溶地貌为考察重心。在活动进行的过程中，徐霞客分别写了不同的专题日记，对此次活动进行了分阶段、分区域的叙写记录。这些专题日记以细致、简练、优雅的笔触，栩栩如生地绘写了徐霞客此行发现的许多人迹罕至处的美丽景观，兼及这些地方的风俗人情、历史沿革、文化遗存、经济地理、社会状况等，让时人和后世在赏心悦目的阅读中还能全方位认识我国域内诸多名山大川、秘府奥境和奇异景观。这些专题日记是：《浙游日记》《江右游日记》《楚游日记》《粤西游日记》《黔游日记》《滇游日记》；在这些日记中，徐霞客不是以名山、而是以一个个省级地理区域为叙写记录的单位。这些以省级地理区域为叙写记录单位的专题日记中，包含着一篇篇以该区域内某个地点为重点考察对象的第二层次专题日记，以《滇游日记》为例，徐霞客在滇省旅游探险考察期间，针对该省不同的地点和对象，在不同时段内设置了不同的路线，并分别以曲靖、昆明、南盘江、金沙江、鸡足山、丽江、腾冲等地为游历考察的重心，为此分别写了《滇游日记一》《滇游日记二》……《滇游日记十三》等十三篇第二层次的专题日记，由它们构成了整个《滇游日记》的主要内容，全景式记录了徐霞客对滇省境内名山大川、秘府奥境、奇异景观的游览考察情况。

在学术史上，《徐霞客游记》一直被徐霞客本人、同时代的人及后人视为游记文学和地理学名著。但此种认识难以涵括《徐霞客游记》的多元价值。因此，《徐霞客游记》的文本价值一度遭到学界质疑，一些学者文人仅仅将《徐霞客游记》视为"卧游胜具"，忽视该文本在文学上的独特价值；或者根本就对《徐霞客游记》持全盘否定的态度，

---

① 段江丽：《奇人奇书——〈徐霞客游记〉》，云南人民出版社2002年版，第33—39页。

如清代学者李慈铭批评道:"然山水之文,必资雕刻;登临之兴,所贵适情。霞客梯险缒虚,身试不测,徒标诡异之目,非寄赏会之深,古人癖嗜烟霞,当不如是。而又笔舌冗慢,叙次疏拙,致命异境失奇,丽区掩采","至古今地理,绝未稽求,名迹留遗,多从忽略,固由明季士不读书,不知考据为何事也"。①李慈铭认为,游记文学应该雕刻山水、抒发情怀,地理学著作应该研究疆域政区,《徐霞客游记》不符合这些标准,因而几乎没有价值。李慈铭所言固是偏激之论,但人们也不能完全否认其合理性。笔者认为,问题的症结是在人们先入为主,固执地认定《徐霞客游记》是一部游记文学作品或地理学著作;但究其实质,《徐霞客游记》是一部专题日记(汇编本)。将《徐霞客游记》看作专题日记更具包容性——可以涵括《徐霞客游记》被视为游记文学和地理学著作所不能涵括的诸元素。为此,笔者有如下主张。

首先,《徐霞客游记》是一部具有游记文学特征的日记。有学者指出,《徐霞客游记》是历代日记中极独特的一部,它是徐霞客长期旅行考察,日有所记,排日记事,按年月日来排日记载自己游历的名山胜水,亲身经历,行程游踪,目睹的真实景物、社会状况及其动态变化,倾诉个人心中真实感受的作品,这使《徐霞客游记》超越了前代日记的陈规陋矩。《徐霞客游记》还是一部游记文学作品,它创造地把游记和日记巧妙结合,成为一种独创的体裁。②总体说,《徐霞客游记》是极具游记文学特征的日记。

其次,《徐霞客游记》是一部具有科考报告特点的日记。与前代的游记作品和地理学著作相比,徐霞客的游记文字更是对祖国各地山川地貌景观进行科学考察的报告。

最后,《徐霞客游记》是一部以探险纪实为胜的日记。在一次次探访考察过程中,徐霞客常常历经艰险,不畏飞雪暴雨、不畏猛兽巨蛇、

---

① 李慈铭:《越缦堂读书记·徐霞客游记》,《越缦堂读书记》,中华书局1963年版,第473页。

② 朱钧侃、潘凤英、顾永芝:《徐霞客评传》,南京大学出版社2006年版,第124页。

不畏悬崖峭壁、不畏社会动乱和人心险恶，对祖国域内人迹罕至处的许多景观、地貌进行探险考察，日记对此都有详细叙写，因而徐霞客的日记蕴含丰富的探险纪实文学元素。

总之，《徐霞客游记》是以徐霞客毕生进行的一次次专题性旅游探险科考活动为叙写中心的专题日记汇编文本。

二 徐霞客日记的文学元素和审美特征

明代地理学巨著《徐霞客游记》的撰写体例是旅游探险科考活动专题日记汇编，但它不是撰者对旅游、探险和科考活动现场观察素材的简单堆砌。对于《徐霞客游记》，人们应该从微观、中观、宏观三个层次看。

先是微观层的景观描述。徐霞客对于他观察的每一处新奇的景观景物、每一次让人心惊肉跳的探险科考经历、每一刹微妙的心境感受，都有具体、真实、细致、传神的描述，这些微观层的描述构成了徐霞客日记之丰富文学元素的渊薮。

再是中观层的成因分析。徐霞客在游历考察每一处新奇的景观景物以及在经过数日考察后，都要对该处自然美的成因进行分析，或者对每一较小区域的自然美特征进行概括，这使他笔下许多微观层的文字描述具有了中观层面的理性色彩，呈现出文学和科学的结合，也使他的文字具有了科普文学的特征。

最后是宏观层的学术综论。徐霞客通过实地踏勘和考察，在微观描述、中观分析的基础上，进一步对这些地域内山川水系的来龙去脉做一个综合性论述，写出《盘江考》《溯江纪源》之类的专题论文。这些概述、综论对我国广大地区的地理现象和地貌景观都有科学的分析和论述。这样的概述和综论使《徐霞客游记》在日记文学、科普文学的特征之外又呈现了科学巨著的特征。[1]

将徐霞客的旅游探险科考日记及地理学巨著作为文学研究的对象，

---

[1] 朱钧侃、潘凤英、顾永芝：《徐霞客评传》，南京大学出版社2006年版，第128—129页。

探究它在微观描述、中观分析等层面所表现的独特文学性，发现有如下重要特征。

（一）

它摹写记录了中华大地许多人迹罕至的处女地，鲜为人知的奇丽景观、景象和物种，以及令人心醉神迷的情境，给古代旅游文学贡献了一批深藏"闺中"、却极其浪漫美妙的新形象、新意象、新审美情境。

在一生三十多年的旅游探险科考生涯中，徐霞客每次出游都是从家乡江阴出发。从路线看，处于京杭大运河尽头的杭州是他多次出游的必经地。可在他的日记里，杭州只字未提，他爱的是荒山荒水，杭州的山水对他来说太熟悉了，因而不屑一顾，杭州的繁华对他也没有吸引力。

徐霞客喜欢搜寻奇山异水。为搜访奇山异水，他甘愿吃常人不能吃的苦，能够克服常人难以克服的艰难；在游道的选择上，他通常走大道，但一旦听说有奇异的山水景观，即便是险道、小道、歧道，他也要千方百计去踏勘游览一番。在徐霞客看来，被人们称为"荒山荒水"的许多景致往往是奇山异水，充满了令他着迷的魅力。所以，徐霞客的旅行活动及日记书写有个特点，概言之是"无奇不游""无奇不记"。因此，徐霞客见识了许多为常人所未见的景观、景物、物种、情境，他把这些都摹写记录在日记里。

徐霞客的记游专题日记中摹写记录了许多堪称奇绝的景观。比如，万历四十一年（1613年）四月初九，徐霞客离开天台山来到雁荡山，十四日，他克服了常人难以克服的困难，一步一喘拄着拐杖爬到雁荡山的高巅，见到了一片"冰壶瑶界"的奇丽景观，他在日记中摹写道：

> 始历高巅。四望白云，迷漫一色，平铺峰下。诸峰朵朵，仅露一顶，日光映之，如冰壶瑶界，不辨海陆。[①]

[①] 徐霞客：《游雁宕山日记》，参见《徐霞客游记（上）》，华夏出版社2006年版，第7—8页。

此外，他在日记里还摹写记录了当时很多人未曾见过的雁荡山顶的雁湖、鹿群，以及天台山"石梁卧虹，飞瀑喷雪"（仙筏桥）的奇观和歧立如两人的奇石，这些景观让他几不欲卧，流连忘返。

在游历江西武功山时，徐霞客"遇岗则跻而上，遇峡则俯而下"，险道沿途精彩纷呈。此行，徐霞客第一次见识了南方瀑布被冰冻后的奇观，他据景直书地摹写道：

  初三日……时见崖上白幌如拖瀑布，怪无飞动之势，细玩之，俱僵冻成冰也。①

面对奇丽的景观，徐霞客"踯躅雨中"久久不愿离去。初四，武功山的中峰雨停雾起，徐霞客辞别山顶茅庵的道士，乘雾西行九龙。刚开始"两旁山俱茅脊，无崖岫之奇"，但过"三里稍下，度一脊"后，一个惊险奇美的天地展现在徐霞客眼前：

  忽雾影中望见中峰之北矗崖崭柱，上刺层霄，下插九地，所谓千丈崖。百崖丛峙回环，高下不一，凹凸掩映。隋北而下，如门如阙，如幢如楼，直坠壑底，皆密树蒙茸，平铺其下。然雾犹时时笼罩，及身至其侧，雾复倏开，若先之笼，故为掩袖之避，而后之开，又巧为献笑之迎者。②

这段文字历来被视为游记文学的上乘佳作。在这里，徐霞客用门阙幢楼来形容武功山的奇特危岩；用姑娘多情的举止来比拟武功山的美妙云雾。这样，养在深闺人未识的武功山"奇胜"，经由爱走小道、险道、歧道的奇人徐霞客，第一次仪态万千、落落大方地呈现在世人面前。

---

① 徐霞客：《游雁宕山日记》，参见《徐霞客游记（上）》，华夏出版社2006年版，第159页。
② 同上书，第160页。

徐霞客的日记里还摹写记录了许多堪称异品的物种。比如，他游历考察湖广境内的太和山（武当山）时，专题日记对山中异品榔梅就有记载，还有他索求榔梅的顽皮情节，读来让人备感奇趣：

度岭，谒榔仙祠。……前有榔树特大，无寸肤，赤干耸立，纤芽未发。旁多榔梅树，亦高耸，花色深浅如桃杏，蒂垂丝作海棠状。梅与榔本山中两种，相传玄帝插梅寄榔成此异种云。

十四日，……循涧右行三里余，峰随山转，下见平丘中开，为上琼台观。其旁榔梅数株，大皆合抱，花色浮空映山，绚烂岩际。地既幽绝，景复殊异。余求榔梅实，观中道士噤不敢答。既而曰："此系禁物。前有人携出三四枚，道流株连破家者数人。"余不信，求之益力，出数枚畀余，皆已黦烂，且叮无令人知。及趋中琼台，余复求之，主观仍辞谢弗有。……忽后有追呼者，则中琼台小黄冠以师命促余返。观主握手曰："以渴求珍植，幸得两枚，少慰公怀。但一泄于人，罪立至矣。"出而视之，形侔金橘，渍以蜂液，金相玉质，非凡品也。珍谢别去。……暮返宫，贿其小徒，复得榔梅六枚。明日再索之，不可得矣。

十五日，从南天门宫左趋雷公洞。……一路多突石危岩，间错于乱茜丛翠中，时时放榔梅花，映耀远近。……遂自草店，越二十四日，浴佛后一日抵家。以太和榔梅为老母寿。①

日记里还摹写记录了许多让徐霞客一度心醉神迷的情境。这些情境的发现和描绘，使徐霞客日记呈现出浪漫迷离的文学魅力，比如：

《闽游日记前》中记录的情境：三月入闽，暴雨通宵达旦，野溪喧闹如雷。水涨船高，轻快无比，顺流而下八十里，过如飞鸟。羁绊乡间的烦心琐事就像风烟一般消散，敞开衣襟，须发张开，无比畅

---

① 徐霞客：《游太和山日记》，参见《徐霞客游记（上）》，华夏出版社2006年版，第54、55、56页。

快。徐霞客浑然忘了自己的年纪，宛如第一次离家远行，是二十岁的少年郎。

《江右游日记》中记录的情境：秋高气爽的十月，乘船穿行在广信至铅山的河道上。一路上山断沙回、枫色霜痕，村庐掩映而出。行二十里，经过旁罗。在这里，徐霞客遥望南面的鹅峰，只见峭削直插天际。此地是他二十年前经过的地方，那时从这里取道分水关去福建（幔亭）。二十年间转瞬过去，鹅峰却容颜不改，依旧那么秀丽挺拔。人寿几何，江山如昨，这怎不让人油然而生秉烛夜游、及时努力的感慨呢？

《游黄山日记》中记录的情境：正是隆冬时节，清晨叫醒忠心的顾仆，向黄山的高峻处爬去。数里山道，台级越险，积雪越厚，阴处是冻雪成冰，坚滑不能容趾。徐霞客独自走在前面，持杖凿冰，得一孔，置前趾，再凿一孔，又移后趾。两人就这样走着。一路上，诸峰争奇竞秀，怪松悬结，石崖突兀，瀑布僵冻，如同白练横挂。天气实在太冷了，冰块满枝，寒气凝结，大如拳，小如蛋，在风中摇坠，累累满树。松石交映间，飘然有群僧从上而降，僧人见到他们，大骇，大雪封山，僧人已三月不见生人，今为觅粮而勉力至此。

……

徐霞客在一生三十多年的游历考察活动中，先后踏勘了雁荡山、白岳山、黄山、武夷山、庐山、九鲤湖（即九鲤湖水系"九漈"）、嵩山、太华山、太和山、恒山、五台山等名山大川，游历了浙江、江西、湖南、广西、贵州、云南等十九个省市的许多胜境，发现和摹写记录了许多常人所未见的奇绝景观、奇异物种、奇特情境，给明代旅游文学贡献了别样浪漫与美丽的旅游体验，这极大充实了我国古代旅游文学的形象宝库。

（二）

它用系列专题日记实录了明代一位读书人创造的人生传奇，给古代旅游文学贡献了一个传统士子勇敢叛逆、立志毕其一生"问奇于名山大川"的旅行故事。

在摹写记录了许多奇特的景观、景物、物种，以及令人心醉神迷的一些情境外，徐霞客日记还重点叙写了他考察中发现这些景观、景物、物种、情境的详细经过，这些经过被叙写得周至婉曲，读来如情节跌宕起伏、故事扣人心弦的明人传奇。

徐霞客是一个传奇。读徐霞客的日记，可以发现该文本记叙了一位名叫徐霞客的明代读书人冲举高蹈的故事，这是中国古代一介平民士子不畏艰难、勇敢追逐梦想的传奇。

徐霞客，名弘祖，字振之，号霞客，生于江阴一富户人家。十五岁那年，他参加了一次科举考试，失败后便绝意科举，从此肆意阅读自己喜好的书籍。他是"南州高士"之后，唐代王勃在《滕王阁序》中说："徐孺下陈蕃之榻。"此典讲的是汉末重臣陈蕃礼遇名士徐孺的故事，此中徐孺即"南州高士"，这位"南州高士"是徐霞客的先祖。徐孺不恋功名、专意隐居读书，此种高风影响了他之后的历代子孙，其中包括了徐霞客的祖辈、父辈及徐霞客本人。徐霞客的父亲徐有勉因为父祖屡遭科场打击，一开始便无意功名。他寄情于林泉山水，经常携三五个僮仆，或乘扁舟，或坐轿舆，徜徉于湖光山色之间，怡然自得，旁若无人。作为一介布衣，他傲视权贵，因此屡遭权贵欺凌，以至"气厥""病舌"。他曾对朋友说："次子弘祖眉宇之间有烟霞之气，读书好客，看来可以继承我的志趣，我并不愿意他富贵。"[①] 徐有勉的性格、志趣、人品及其不幸遭遇在徐霞客心中留下了深刻烙印。

徐家广有田产，还有一座藏书宏富的"万卷楼"。徐霞客有时间、精力和条件读书，他喜欢读《舆地志》、《山海经》之类的书籍，不喜欢读八股时文和圣人之训。在读书中，徐霞客逐渐发现"山川面目，多为图经志籍所蒙"，于是决心亲历九州内外搜奇探幽以校勘这些图经志籍。父亲辞世后，外侮叠来，徐霞客更加厌弃尘俗，遂萌生了"欲问奇于名山大川"的强烈愿望。从此，徐霞客走出书斋，在"学而优则仕"的时代，叛逆地做出了舍科举崇实学的大胆选择，立下了此生

---

① 段江丽：《奇人奇书——〈徐霞客游记〉》，云南人民出版社2002年版，第11页。

踏勘域内名山大川、秘府奥境和奇异景观的宏愿，并在此后用一生最美好的三十多年为之奋斗。

徐霞客的愿望和举动得到了母亲全力支持。徐母是奇女子。徐父不善持家，徐家能够复兴，主要得力于徐母。徐母一生酷爱织布和种豆。徐母织的布轻柔如蝉翼，被人称为徐家布，在市场上能卖到丝绢的价格。她每年都在家中篱笆周围广植秋藤，抽条引蔓，使绿荫满堂；每当晨光初升，就带着婢女在藤蔓下纺织，并让小孙子在旁边吟诵诗文。机杼声与读书声相应答，徐母亦怡然自得。

徐霞客生有奇癖，总想探询名山大川的奥秘，并想绘写天下名山胜水为通志，但因为有年迈的母亲，常常不忍成行。徐母知道儿子有绝特之才未能伸展，有五岳之志未能实现，便对儿子说："志在四方，男子事也。即《语》称'游必有方'，不过稽远近，计岁月，往返如期，岂令儿以藩中雉、辕下驹坐困为？"① 为了使儿子不要像圈在篱笆里的小鸡、套在车辕上的小马一样羁留家中无所作为，她亲手为儿子制作了远游冠，鼓励儿子到广阔的天地中去增广见识，舒展胸怀，并要求儿子："第游名胜，归袖图一一示我。"②

在母亲八十岁那年，徐霞客准备息游奉养母亲，徐母却对他说："向固与若言，吾尚善饭。今以身先之。"③ 为打消儿子的顾虑，她让儿子陪自己游览了荆溪、句曲等地，一路上还走在儿子前面。儿子息游是为了奉母，母亲偕游是为了鼓励儿子去追逐梦想。徐霞客在母亲的鼓励下一次次踏上了远游考察的行程。

可以说，没有徐母就没有徐霞客的远游，也没有徐霞客的记游日记；中国地理史上就少了一位伟大科学家，中国文学史上也就少了一部集游记散文、探险纪实、科考报告、科普文学于一体的旅游文学

---

① 陈函辉：《霞客徐先生墓志铭》，参见《徐霞客游记》，上海古籍出版社1980年版，第1191页。

② 王思任：《徐氏三可传》，参见《徐霞客游记校注 下》，云南人民出版社1985年版，第1344页。

③ 陈函辉：《霞客徐先生墓志铭》，参见《徐霞客游记》，上海古籍出版社1980年版，第1193页。

杰作。

徐霞客的远游举动得到了当时社会各界的鼓励和支持，记游专题日记中有很多小故事就记叙了这种来自社会的鼓励和支持。

总之，徐霞客是一个传奇，他的故事是一位中国古代读书人追逐梦想的故事，也是当时社会进步力量追求思想和精神转型的故事，还是世家大族教育和培养子女的故事。对徐霞客而言，一个人能这样做，相对于他所处的时代，应该说是一个传奇，所以明代及后世许多学者都认为徐霞客是"奇人"，他的记游日记是"奇书"。

笔者认为，在徐霞客之前，中国古代有很多先贤不慕功名富贵，与世俗格格不入，坚定保持着独立人格，他们洞达世事人情，时有惊世之言和骇俗之举。先贤们冲举高蹈之迹，沉淀和构建了中国人的精神脊梁。将徐霞客及其故事置于明代乃至置于中国历史的长河看，他在前贤和后世眼中无疑都是一位洋溢着革新精神的时代弄潮儿，他的追求和举动丰富并更新了中国人的精神图谱。可以说，徐霞客用自己的行动叙写了一个足可震烁千古，如同古代传奇一般的人生故事。

此外，徐霞客的日记也富于传奇性、故事性。徐霞客在日记中记录和叙写了许多堪称传奇的旅行故事，这都是徐霞客旅游考察途中发生的小插曲，如：太和山巧索榔梅、与静闻和尚的交往、贵州驿站赋诗换粮、湖南麻叶洞探险、湘江遇盗、云南曲靖府受惊、贵州狗场堡拐徒、旅店遭窃、云南丽江府相知等。这些故事或骇人听闻，或有惊无险，或让人啼笑皆非，或使人心笑动容……总之，旅游探险科考过程中的这些小插曲被徐霞客记叙得生动、具体、富于生活气息，读来如古代传奇一般跌宕起伏、扣人心弦，它们生动再现了徐霞客在旅行考察途中的周折委曲，绘写了一幅幅明代社会不曾被人重视和书写的底层生活画卷。每个人在追逐梦想的路上定会碰到许多艰难险阻，克服一个个艰难险阻的过程，也是每个人创造传奇的过程。明代旅行家、地理科学家徐霞客以一系列记游专题日记汇编的形式叙写了他创造的人生传奇，生动诠释了晚明新风影响下古代读书人做出如此浪漫不羁、离经叛道却又胸怀奇志之人生选择的深刻根源，为我国古代旅游文学贡献了一个充满传奇与浪漫体验的旅行故事。

（三）

它多元立体地叙写了徐霞客的旅游探险科考生涯，给古代旅游文学贡献了一个自由无羁、极富浪漫情怀又深具科学家精神的旅行者形象。

所谓"日记"，是撰者系日书写、排日记录每日行迹（如所历、所为、所思、所感等）的文体，这种文体有自叙传的特点。日记的文体属性，日记的自叙传书写风格，使作为日记撰者（即记主）的徐霞客自然成了他日记中的主人公。

徐霞客对自己的旅游探险科考经历及其间故事插曲的客观叙写，对所见景观景物的据景描绘，使他作为日记中的主人公形象被清晰完整地刻画出来，这是中国文学第一次饱满刻画了一位深具科学家精神的古代旅行家形象，是同为地理学名著及游记文学作品的《水经注》所没有的，也是《后汉书·张衡传》等科学家传记没有的。与徐霞客的日记一样，《水经注》是一部地理学名著，也是优秀的游记文学作品，但它不是日记，作者郦道元不能以记主的身份出现在文本中，因而郦道元的地理科学家形象不可能以记主的角色在文本中被鲜明的刻画出来。《后汉书·张衡传》是传记文学作品，它着力刻画和传写了张衡作为科学家、文学家和政治家的多面形象，文字精约，因而张衡作为科学家的形象相对而言不完整、不饱满，远不如徐霞客在日记中刻画的科学家形象。这是怎样的科学家形象呢？总体说，徐霞客在日记中刻画和呈现了一位极富浪漫情怀、又深具理性精神的科学家形象，具体如下。

其一，他是一位得时代风气之先的叛逆者。在晚明社会，封建专制进一步加强，残酷的特务统治和腐败的宦官专权也愈演愈烈；在意识形态领域，占据正统地位的唯心主义"理学""心学"极力主张"存天理，灭人欲"，鼓吹圣人之学，鄙视实践，绝大多数士子皓首穷经，沉湎于不切实际的章句之学，学风腐朽透顶。杨慎、黄道周等东林党思想家提倡"经世致用"，主张知行统一、注重实践，开启了明清图新务实的实学思潮。徐霞客与东林党人黄道周交往密切，深受这些时代新风及近代西洋文明的影响，自觉成为当时晚明主流社会的叛逆者，叛逆了那个时代绝大多数传统知识分子所走的人生道路，也叛逆了那个时代的腐朽学风和正统思想。①

其二，他是一位坚忍不拔的追梦人。徐霞客有理想、有抱负，他在日记中不时流露和抒发自己的理想、志趣和追求，并在此后的三十多年为之奋斗。从少年起，徐霞客就向往"朝东海暮苍梧"的远游生活；1620年，他起程去福建九鲤湖时说过："余志在蜀之峨眉、粤之桂林，及太华、恒岳诸山；……然蜀、广、关中，母老道远，未能卒游。"②他在1623年的日记中写道："余髫年蓄五岳志，而玄岳出五岳上，慕尤切。"③徐霞客的远游举动，蕴含着他意欲探究大自然奥秘、成就一家之言的抱负与理想。在读书的过程中，徐霞客发现"山川面目，多为图经志籍所蒙"，于是决心穷九州内外以探奇测幽，"欲问奇于名山大川"，这类似于司马迁书写《史记》时所立下的"究天人之际、观古今之变、成一家之言"的志向。徐霞客树立了自己的理想、志趣和追求。

其三，他是一位自由、率性、执着于自我追求的孤独旅者。读《徐霞客游记》，可以看到徐霞客出游几乎每次都有伙伴陪同，或有朋友提供了帮助、支持和鼓励，甚至如黄道周一样陪同出游。但笔者仍认为，徐霞客是一位孤独的旅者。这有点像欧阳修在《醉翁亭记》中所言："众人知从太守游而乐，而不知太守之乐其乐"；同样，相对于徐霞客，众人都知道从徐霞客游而乐，但并不知道徐霞客之乐其乐！明代学者陈继儒看到了这点，他将自己的旅游活动与徐霞客做了比较，然后感慨说："吾兄高瞰一世，未尝安人眉睫间，乃奇暑奇寒，辄蒙垂顾，不知何缘得此！且弟好聚，兄好离；弟好近，兄好远；弟好夷，兄好险，弟栖栖篱落，而兄徒步于豺嗥鼯啸魑魅纵横之乡。"④ 这番话道出

---

① 朱钧侃、潘凤英、顾永芝：《徐霞客评传》，南京大学出版社2006年版，第340页。
② 徐霞客：《游九鲤湖日记》，参见《徐霞客游记（上）》，华夏出版社2006年版，第36页。
③ 徐霞客：《游嵩山日记》，参见《徐霞客游记（上）》，华夏出版社2006年版，第41页。
④ 陈继儒：《答徐霞客》，参见朱钧侃、潘凤英、顾永芝《徐霞客评传》，南京大学出版社2006年版，第4页。

了徐霞客不同流俗的志趣及其深刻的孤独。笔者认为，徐霞客一生虽然交了许多朋友，称得上"知音"的却只有一位，这就是他晚年在云南境内偶遇的史君，1639年9月12日夜徐霞客在云南鸡足山华严寺与史君对谈，发现史君与自己一样留心渊岳，且平生好搜访山脉，因为每每被人取笑，故从不轻易与人谈论自己的志趣。对于自己和史君的相遇，徐霞客感慨万千，他在当天的日记中写道："至此而后遇一同心者，亦奇矣！"① 通览徐霞客的记游日记，笔者认为：徐霞客对祖国山川水脉的游历、探险和考察，没有任何功利目的，纯粹是出自个人兴趣、爱好，以及骨子里对自由的崇尚、对人生理想的孜孜追求和一种率性而为的个性，他的追求执着而顽强。

其四，他是一位在汉族和少数民族之间传递友谊和交流文化的使者。徐霞客在西南遐征的途中，和贵州、云南境内的少数民族官吏及民众有深入的交往，如在贵州境内的僻远驿站与驿站官吏之间发生的"赋诗换粮"故事、在云南境内与当地纳西族首领木增之间感人的交往，表明徐霞客不仅热衷于旅游、探险和科考，还为汉族与少数民族间的友谊与文化交流做出了贡献。

其五，他是一位聪明、机智、勇敢、顽强、有着丰富经验的野外探险者。从徐霞客的日记中可以看出：他的野外考察探险经验很丰富，无论多么复杂的路况，都不会迷路，都能找到要去和要回的地方；他的方位感极强，无论在什么地方，都能对自己的观察和描述对象做出精确的坐标描述；他聪明、机智又勇敢、顽强，无论多么艰险的地方，只要有奇观、奇景、奇物，他都能找到要去的方法和道路。

其六，他是一位普通的、信守传统的儒家士子，他看重亲情和友情，也不时陷入脆弱和迷信。在徐霞客的日记中，可以看出他是一位奇人，同时也是一位信守传统的普通士子：他孝爱母亲，他牵挂朋友（如静闻和尚等），他处于困窘无助之境时常常求助神灵的指引和庇护。总之，徐霞客是和普通人没有多大区别的奇人。

---

① 徐霞客：《滇游日记十三》，参见《徐霞客游记（下）》，华夏出版社2006年版，第981页。

其七，他还是一位深具理性精神和实践意识的科学家。徐霞客喜欢旅游，但他不是漫漫而游的消闲者：他随身总带着图志书籍、考察工具、岩石标本和野外宿营的用具；他一路踏勘了许多山川水脉，凡事都追根究底，分清山脉河流的分合走向；徐霞客的游历，不是单纯为寻奇访胜，更重要的是为了探索大自然的奥秘。徐霞客最后一次出游是在1636年，那时他已五十一岁了。这次他游历了我国的西南地区，一直到达了中缅交界的腾越（今云南腾冲），徐霞客首次考察了金沙江，在这年十二月五日的日记中详细记下了他考察金沙江的情形。1640年，徐霞客返回家乡，不久后就病倒了。他在病中还翻看自己收集的岩石标本。临死前，他手里紧握着考察中带回的两块石头。徐霞客热爱祖国，热爱科学，在科学事业上奋勇攀登的精神，值得后人永远学习。笔者认为，《徐霞客游记》中的主人公"徐霞客"是中国文学史上第一位被刻画得最生动饱满的古代科学家形象。

总之，徐霞客于潇洒坚韧中演绎了自己的不羁人生，他是一位极富浪漫情怀的理想主义者、深具科学家精神的古代旅行者，以及为科学理想敢于克服一切艰难险阻的书生英雄。《徐霞客评传》的作者指出：徐霞客旅游日记"再现了徐霞客敢于创新、开辟新路、求真务实、艰苦卓绝、无私奉献的平凡而伟大的形象，……揭示了他曲折复杂的心路历程"。[1] 笔者认为，徐霞客撰者主体形象的鲜明及其笔下景观形象的空灵共同构成了记游专题日记《徐霞客游记》丰富多彩、美轮美奂的形象美。

（四）

它给明代旅游文学增加了科学考察、探险纪实和科普文学等新质元素，丰富了中国古典文学的审美内涵。

徐霞客日记包含了丰富的科学元素。在《徐霞客游记》之前，有《禹贡》《五藏山经》《汉书·地理志》《水经注》等作品都包含了较丰富的自然地理知识，涉及地貌、河流、湖泊、生物、矿产等内容。唐锡

---

[1] 朱钧侃、潘凤英、顾永芝：《徐霞客评传·内容简介》，南京大学出版社2006年版。

仁、杨文衡先生曾列表对这几部作品所包含的地学信息进行了详细比较，发现它们基本上呈依次递进的状况，《水经注》与《徐霞客游记》则几乎不相上下。一个引人瞩目的现象是：在分析自然地理现象的成因一项，前三部作品均为 0 次，《水经注》为 3 次，而《徐霞客游记》为 57 次；徐霞客就海拔高度、地理纬度、气候等因素对植物的影响，河流的侵蚀作用等问题都作了符合现代科学的分析。① 可以说，在徐霞客之前，地学著作对自然地理现象主要停留在纯客观描述的阶段，徐霞客超越前人，第一次有意识地对自然地理现象的成因作了理性探索和科学分析。

此外，晚明游风大盛，但大多以悠游山水、享乐人生为目的，其次则是寻幽遣怀、寄情于山水之中，在明人众多的游记作品中唯有徐霞客的旅游日记包含了丰富的探险纪实元素。陈继儒针对徐霞客的旅游指出："兄好险，……兄徒步于豺嗥鼯啸魑魅纵横之乡"，② 潘耒指出徐霞客的旅游是"不避风雨，不惮虎狼，不计程期，不求伴侣"之游，是"以性灵游，以躯命游"，③ 即纯粹出自个人兴趣爱好且不顾惜自身躯命的探险之游，这种探险游的内在动力主要源于徐霞客意欲考察和探究中华大地各种自然地理现象的成因。笔者认为，徐霞客的记游日记第一次给明代旅游文学增加了科学考察、探险纪实和科普文学的新质元素，极大丰富了中国古典文学的审美内涵。

综上所述，旅游文学是文学的一大范畴，也是旅游文化学的一个分支，它主要通过对山川风物、人文遗迹、民俗风情等自然人文景观的雕镂刻画，抒写旅行者的审美发现及其审美意识、审美情趣，反映他们的旅行生活及旅游体验。明代旅行家和地理科学家徐霞客耗时三十多年，历经十九省，遍览当时中华大地人迹罕至处的许多地理奇观、秘府奥

---

① 段江丽：《奇人奇书——〈徐霞客游记〉》，云南人民出版社 2002 年版，第 162 页。
② 陈继儒：《答徐霞客》，参见朱钧侃、潘凤英、顾永芝《徐霞客评传》，南京大学出版社 2006 年版，第 4 页。
③ 潘耒：《徐霞客游记·吴江潘次耕先生耒旧序》，吴江市政协文史工作委员会编：《吴江文史资料》2003 年第 20 辑，第 84 页。

境、奇丽情境和物象，他每游一地即撰有记游专题日记，摹写记录其中鲜为人知的奇丽景观、景象和物种，以及令人心醉神迷的情境，这些专题日记汇编为《徐霞客游记》，以其别样的浪漫与美丽开创了我国古代旅游文学的新境界。在徐霞客之前，我国旅游文学经历了三个重要阶段：第一，南朝诗人谢灵运在中国文学史上第一次大量创作山水诗，自觉地将山水自然作为审美观照对象，用诗歌描摹和咏叹他对山水自然之美的独特发现，这开启了中国文人悠游山水、享乐人生的诗意化生活，奠定了山水自然在文人眼中独立的审美价值。第二，唐代散文家柳宗元将山水自然景物人情化，移情于景、纳物于我，在对山水景物的雕镂刻画中寄寓了他深微的主观情感，借山水景物浇自己心中块垒，开创唐代山水游记散文一派，促成了我国古代旅游文学从谢灵运时期注重对景物的客观描摹到柳宗元时期景物人情化、主观化的转型，这对后世的旅游文学影响深远。第三，宋代诗人陆游、范成大等人从沿海江浙地区游宦西蜀，沿着长江赴任和离任，他们借此机会将长江两岸几千里引人入胜的沿江风光、天真的人物、长江两岸人们无忧无虑的生活，以及大量流存于斯的地理掌故、碑刻佚文、绘画茶道、民俗风情，及其对相关文献和学问的搜奇、辩证等丰富庞杂的审美元素都纳入他们的记游日记《入蜀记》《吴船录》之中，这使此类旅游文学作品在如画的风光描绘、如诗的风俗叙写中，不时流露出浓厚的文化和学术风韵，第一次在极广大范畴内拓展了旅游文学的观照对象，促生了我国古代旅游文学斑斓多姿、绰约深婉的新样态。在继承前代旅游文学成就的基础上，明代旅游文学代表作《徐霞客游记》别出心裁、推陈出新，以别样的浪漫与美丽又一次开创了我国古代旅游文学的新境界。

三　徐霞客日记的叙写观念

徐霞客的旅游探险科考活动及日记书写一直是不同时代的人们感兴趣的话题，各个时代的人们对这个话题都有深入的探讨和解读，通过汇集、分析这些资料，笔者认为，徐霞客在日记中表现了如下叙写观念。

第一，"日记"之体别具一格。

小小日记可以蕴含至大、至奇、至真的内容。明人对待日记有两种态度：其一，主流社会和正统学术不太重视日记，甚至看不起（轻视）日记文本，徐霞客因而没能进入明史存传，直到清代纪昀主编《四库全书》，徐霞客和他的日记才得到应有的地位。就是说，日记在明人眼里是小文字。其二，日记受到明代先进学人的称颂。很显然，明代的非主流学术是重视日记的，他们认为日记具有"小"中见大、见奇、见真的特点。比如，吴国华在《徐霞客圹志铭》中说："（徐霞客）生有奇癖，一举兴而遍华藏不可说之世界。"① 史夏隆为《徐霞客游记》作序，他称赞徐霞客："驰骛数万里，踯躅三十年。遇名胜，必披奇抉奥。"② 潘耒指出："读其记而后知西南区域之广，山川多奇，远过中夏也。……故吾于霞客之游，不服其阔远，而服其精详；于霞客之书，不多其博辨，而多其真实。牧斋称为古今纪游第一，诚然哉！"③ 钱谦益总结指出，徐霞客日记是"真文字、大文字、奇文字"，④ 给时人打开了一扇观察和认识外部世界的大门。可见，徐霞客和同时代的许多人都认为小小的日记中可以蕴含至大、至奇、至真的内容，故徐霞客毕其一生致力于日记叙写。

日记是最具包容性的文体。在所有文字作品中，徐霞客对旅游探险科考日记有着特殊的钟爱。辞世前，他最不放心的是这些日记文稿。考虑再三后，他郑重委托好友季梦良帮他整理。他对来病榻前与之晤谈往昔旅游探险科考之事的季梦良说："余日必有记，但散乱无绪，子为我

---

① 吴国华：《徐霞客圹志铭》，参见《徐霞客游记》，上海古籍出版社1980年版，第1188页。
② 史夏隆：《徐霞客游记·史序》，参见《徐霞客游记》，上海古籍出版社1980年版，第1266页。
③ 潘耒：《徐霞客游记·吴江潘次耕先生耒旧序》，吴江市政协文史工作委员会编：《吴江文史资料》2003年第20辑，第84、85页。
④ 钱谦益：《嘱徐仲昭刻游记书》，参见《徐霞客游记》，上海古籍出版社1980年版，第1186页。

第三章　金元明清时期的日记文学观

理而辑之。"① 季梦良推辞再三，但徐霞客坚决要求他做。季梦良承诺接受使命，徐霞客才安心离世。可以说，徐霞客得以传世不是凭靠诗文，而是凭靠他最初并不刻意为之的日记。从徐霞客的日记内容看，日记是一种最具包容力的文体——它既有日记的叙写重心，又包容了很多不同的内容元素，如审美的和审智的、客观的和主观的、功利的和超功利的、现实的和历史的、奇特的和凡俗的、文学的和科学的等元素。在所有文章体类中，只有日记才能这样——将诸如散文、小说、诗性、阐释说明、论说分析、学术、通俗等成分有机地统一到日记叙写中。总之，日记最不成文体又最备各体之长，是最具包容力的文体。

日记之体最为真味发溢、天趣旁流。日记的撰者因得江山（或人文）之助，未尝刻画为文但真味发溢、天趣旁流。精详、真实、天趣旁流是日记的重要特征。可以说，日记的文学性主要来自撰者文学修养的自然流淌。——许多日记富含叙事之婉、描写之美、哲思之妙、情感之真、文笔之精的文字片段，但撰者并未刻意为之。可以说，日记是离生活原生态最近的文学。

从上可见，"日记"之体最为别具一格。

第二，日记具备多种功能。

日记是记主（撰者）回忆和复述往事的文字底本。徐霞客母亲要求儿子走出家门，走向更广阔的社会去长见识。她享受儿子的成长，要求儿子把一路上的见闻经历，讲给自己及家人听，她对儿子说："第游名胜，归袖图一—示我。"② 徐霞客每次回家，都把自己的经历、见闻和故事栩栩如生地讲给母亲和女仆们听。徐霞客为母亲讲述天地之广大、风土之怪异、流水之奇险、窟宅之幽渺，听得人张口结舌、冷汗直冒，徐霞客的母亲却反而感到愉快，她煮蒲烹茶，为儿子庆贺。徐母喜欢种篱豆，秋实累累时，她在绿荫下课教孙子和婢女，她称这片绿荫为

---

① 季梦良：《徐霞客游记·季序》，参见《徐霞客游记校注 下》，云南人民出版社1985年版，第1351页。
② 王思任：《徐氏三可传》，参见《徐霞客游记校注 下》，云南人民出版社1985年版，第1344页。

"碧云龛";又将豆藤收扎成束,与树根木头一起煨烟,称之为"长命缕"。徐母在听儿子讲完故事后,有时开玩笑说:"子汗漫九州良苦,吾故日居此碧云庵中,看长命缕垂垂而下,知望白云返而。乃又得所未闻若此,其可无憾而须眉矣。"①徐霞客因为有日记作为回忆和复述的底本,才能为母亲和家人栩栩如生地回忆和讲述自己的见闻、经历和故事,让他们也分享自己在旅游科考探险过程中的体验和见识。

日记是撰者"成一家言"、走向自我实现的阶梯。对徐霞客的壮举,明人陈继儒指出:"寻山如访友;远游如致身。"②陈继儒认识到寻山、远游之类的举动对徐霞客一生有着重要意义——如果说,搜访奇山异水是徐霞客在冷漠的人世间寻求解脱孤独的方式,远游是徐霞客在逼仄的晚明社会获得自我实现的途径,那么与这些举动相关的日记书写,则是助推徐霞客解脱孤独、获得自我实现的阶梯。清人赵翼对此看得清楚,他说:"霞客乃好奇,足踏天下半。……非奔走衣食,非驰驱仕宦;南狋横海鲸,北追出塞雁;……问渠意何为?曰欲穷壮观,将成一家言。"③可以说,成一家言、实现自我的人生价值是徐霞客及祖上几代人的愿望。徐家祖上几代人意欲通过科举显亲扬名,但这个愿望一直未能实现。徐家几代人未能实现的愿望,却通过徐霞客的旅游、探险、科考及日记书写意外实现了。日记是徐霞客"成一家言"、走向自我实现的阶梯,也是实现徐家愿望的推手。

日记还是撰者与他人沟通信息、收获友谊与知音的媒介。"嘤其鸣矣,求其友声。"徐霞客可谓善鸣者,他以旅游探险科考日记而鸣,赢得了同道、知音和友谊。徐霞客在西南游归来后,得知故交黄道周被诬下狱,让长子将自己的日记送给身陷囹圄的黄道周看,黄在激动感叹之余又对日记欣赏不已。可以说,日记中记录摹写的世界是徐霞客和黄道

---

① 张大复:《秋圃晨机图记》,参见徐霞客著,沈芝楠标点《徐霞客游记(下)》,大达图书供应社民国23年版,第42页。
② 陈继儒:《送振之诗》,参见《徐霞客游记·徐霞客年谱》,商务印书馆1933年版。
③ 赵翼:《徐霞客游记·题辞》,参见《徐霞客游记》,上海古籍出版社1980年版,第1279页。

周所共同向往的，那里寄托着他们的理想和对现实的批判。对徐霞客和黄道周而言，日记是撰者与他人沟通信息、收获友谊和知音的重要媒介之一。

此外，徐霞客用日记表达自己的"自然之爱"。徐霞客在日记中，记录了自己对大自然的好奇与探险，对大自然的审美观照，对大自然奥秘的追寻和探析，对大自然内外状态的用心把握。总之，微观层面的审美描述、中观层面的知性分析、宏观层面的理论综述构成了徐霞客日记的基本形态。笔者认为：试图用文学性、科学性或文学与科学的结合来概括徐霞客日记的特征是困难的；徐霞客日记中三大层面的内容皆源于撰者对大自然的爱，20世纪中，美国人亨利·斯瓦茨在《徐霞客游记》英译本导言中说：从徐霞客旅行看到了中国人的自然之爱。[1] 笔者以为，正是这种自然之爱使得徐霞客的日记超越了文学和科学，也超越了审美、审智和实用功利，具有了神圣意义。

第三，日记具有多面的阅读价值。

徐霞客的日记具有多面的阅读价值，不同时代的读者都喜欢这个文本。正如钱谦益说："天壤间亦不可无此书也。"[2] 陈继儒说："出游记示我，请为涤耳易肠而读之。"[3] 具体而言，该日记有三方面的阅读价值。

首先是认识价值。徐霞客日记的描写记录很真实，极具认识价值。英国科学家李约瑟说：徐霞客观察自然之精细和记载之翔实，"不像是十七世纪的学者所写的东西，倒像是一位二十世纪的野外勘察家所写的考察记录"。[4] 据唐锡仁、杨文衡先生统计，《徐霞客游记》在地理方面的内容主要包括地貌、水文、生物、人文地理，其中记载的地貌类型主

---

[1] [美]亨利·斯瓦茨：《中国人对大自然之爱：徐霞客及其早期的旅游活动》，参见朱钧侃、潘凤英、顾永芝《徐霞客评传》，南京大学出版社2006年版，第460页。
[2] 钱谦益：《嘱徐仲昭刻游记书》，参见《徐霞客游记》，上海古籍出版社1980年版，第1186页。
[3] 陈继儒：《答徐霞客》，参见《徐霞客游记》，上海古籍出版社1980年版，第1184页。
[4] [英]李约瑟：《中国探险家》，参见朱钧侃、潘凤英、顾永芝《徐霞客评传》，南京大学出版社2006年版，第458页。

要有岩溶地貌、山岳地貌、红层地貌、流水地貌、火山地貌、冰缘地貌、应用地貌7种，描述地貌形态时所用的名称多达102种；记载了江、河、川、水、溪、沟、溇、涧、谷等大小河流551条，湖、泽59个，潭、塘、池、坑等131个，沼泽8个，海2个，这些水体类型可以归纳为河流水文、湖泊与沼泽、泉水3类；记载了150余种植物，约50种动物；记载了丰富多彩的人文地理资料，涉及工矿、采石、造纸、农业、贸易交流等，其中记载的村镇集市、商贾的贩销活动以及物价贵贱等贸易方面的内容对今天了解明末经济史和一些地方的历史地理演变等都有很好的参考意义。①

其次是审美价值。徐霞客日记对中华大地许多人迹罕至处的神奇景物、景观和情境的微观描绘，对探险考察过程及其中插曲的娓娓叙写，……这一切都使该日记呈现出浓烈的文学审美色彩。

最后是实用价值。徐霞客日记有用于社会，具有"善"的价值。在明代，人们主要把它当"卧游胜具"；在民国和当代，许多人尝试"重走霞客路"，把它当导游指南；在今天的旅游资源开发热潮中，它又指引着各地政府开发建设了一批高价值的旅游景点。

笔者认为，从文体角度看，文学作品虽审美但不太实用，实用类作品虽实用却不太审美，很多既审美且实用的作品或者又缺乏"真"的成分。所以，诗文创作一般难以达到真、善、美的统一，倒是有很多日记可以臻于真、善、美相统一的境界。

第四，日记的叙写方式灵活多样。

分析徐霞客的日记，主要有三种叙写方式：一是走笔为记，日有所记。徐霞客在记录旅游探险科考活动时，一般是采取了即日书写、排日记载的方式。徐霞客认为是"日必有记"，钱谦益认为是"燃松拾穗，走笔为记"。② 二是据景描绘，依岩作记。徐霞客对于自己观察的景物

---

① 唐锡仁、杨文衡：《徐霞客及其游记研究》第三章第1节至第4节，中国社会科学出版社1987年版。

② 钱谦益：《徐霞客传》，参见《钱牧斋全集 3》，上海古籍出版社2003年版，第1594页。

景观,"皆据景直书,不惮委悉烦密,非有意于描摹点缀,托兴抒怀,与古人游记争文章之工也。然其中所言名山巨浸,弘博富丽者……取之无禁,用之不竭者也"。[①] 三是静室追记,数日一记。徐霞客在科考调研活动中,并不总是即日书写,有时他是事后追忆、数天一记。徐霞客很重视日记书写,在他的日记中常可以看到"追录""补记""追忆""憩其楼不出,作数日游记"等字眼,这些文字保留了徐霞客当初如何叙写日记的原始记录。

第五,日记盛于求实尚用的社会。

作为专题日记汇编文本,《徐霞客游记》无论是在文学性、科学性、实用性方面都取得了超越前人日记的新成就,这与晚明社会出现求实尚用的时代新风有关。

晚明时期,东林党人在黑暗的专制统治和空疏虚伪的学风中横空出世。东林党人在政治上严厉抨击腐朽的宦官专权和残酷的特务统治,在学术上坚决否定空疏虚伪的唯心主义"理学"和"心学"。他们在思想上倡导个性解放,在学风上提倡经世致用,特别注重实践、崇尚实学。

徐霞客的家庭是江南富户,主要依靠经营农庄、家庭手工业和小工商业发家,这样的家庭内生和传承了求实尚用的家风,并因深受晚明资本主义生产关系萌芽的影响而更浓厚。

在晚明新风和传统家风的引领下,徐霞客不愿拘守空疏的章句之学和虚伪的圣人之训,他渴望在有限的人生中脚踏实地干一番事业。他在读书过程中,发现"山川面目,多为图经志籍所蒙",当时就下决心踏勘九州内外,以校勘和纠正古今地志图经的错误。徐霞客的日记在他踏勘九州内外的过程中就自然产生了,这些日记承担着记录徐霞客整个旅游探险科考活动及相关发现、分析与研究结论的重任;又因撰者具备了很高的审美、科学和语文表达等素养,所以他的日记在求实尚用的特征外往往流露出极浓厚的文学审美色彩。

[①] 杨名时:《徐霞客游记·杨序二》,参见《徐霞客游记校注 下》,云南人民出版社1985年版,第1358页。

笔者认为，徐霞客对章句之学的抛弃，对实学、对文学新风的追求，使他的日记少了一些士大夫气，多了一些求实尚用的晚明新气象。徐霞客的创举，以及明代非主流社会对日记的偏爱和重视，反映了当时人们对日记的包容和呼唤。可见，"日记"之体盛于求实尚用的社会，日记的繁荣也需要营造一个求实尚用的社会环境。

第六，日记书写应做到继承与创新相结合。

徐霞客的日记书写表现了继承与创新相结合的特征，这使他能够继往开来、开创中国古代日记文学的新貌，也使他的日记《徐霞客游记》能够与《诗经》《史记》《李太白诗集》《杜工部诗集》《宋元戏曲史》《红楼梦》等世界名著并列，成为代表中国文化的20部专著之一。[①]

中国是盛行日记书写的国度，历史上先后出现了日常生活类日记、行记类日记、游记类日记、政事类日记等不同内容的日记，到徐霞客则发展出以每次旅游探险科考活动为叙写中心的专题日记汇编。这样的日记继承了中国历代日记系日书写、排日记载的形式，但在内容上有了重大变化，即：在徐霞客的日记中，他以游历考察期间的一个个日子为经线、以每日所经地点为纬线，把开展每一次专题考察调研活动的曲折经过，每日在每个地点开展游历探险科考活动时所获的发现、感受及分析，在这个过程中所采用的方法，以及作为游历考察者在该情境下生发的个人情感、态度和价值观，所展现的精神追求、形象风采等文学元素、科学元素，都有条不紊地编织进了一个极为清晰、宏大、严谨的叙事框架中，这使徐霞客的日记呈现出磅礴的气象，也最大限度地真实还原和永久保存了他开展每次专题活动时的具体情境。

徐霞客的日记是个伟大创新，它标志着我国古代日记文学进入了新境界，即人们企图给日记赋予更多、更重要的使命，日记也因而呈现了更新鲜、更独特、更丰富的审美特征。

[①] 朱钧侃、潘凤英、顾永芝《徐霞客评传》，南京大学出版社2006年版，第425—426页。

第二节　清代文论与清代学人日记
——以读书札记类日记《越缦堂日记》为中心

晚清四大日记,即:《翁同龢日记》《越缦堂日记》《湘绮楼日记》《缘督庐日记》。这四部日记中,《翁同龢日记》是清代朝臣政事日记的代表。翁同龢在晚清政坛有着极重要的地位:他是同治、光绪两朝的帝师,曾先后任刑部侍郎、都察院左都御史,刑部、工部、户部尚书,以及协办大学士、军机大臣、总理各国事务衙门行走;光绪帝亲政后,"每事必问同龢,眷倚尤重"。[①] 光绪帝的重大决策,都与同龢商议而行。《翁同龢日记》起于咸丰八年六月二十一日(1858年7月31日),止于光绪三十年五月十四日(1904年6月27日),历46年,翁同龢对期间的朝政见闻皆有所记,其弟子张元济说:"四十余年大事,粲然具备。"[②] 可以说,翁同龢的身份、地位和经历,决定了他的日记具有重要的史料价值,是近代史研究不可或缺的文献。另三部日记,于朝政见闻之外尤用力于学术,有着鲜明的学人札记和学术随笔特色。

李慈铭《越缦堂日记》起于咸丰四年甲寅(1854年)三月十四日,止于光绪甲午(1894年)元旦,历40年。这部日记记录了李慈铭从青年学子成长为才望倾朝野的大学者的经历,其最有价值的是记录他40年间藏书、读书、校书、评书的经历与心得。王闿运的《湘绮楼日记》起于同治八年(1868年),止于1916年,在记录他身经目击的军政时事外,多有学术内容。王闿运是晚清知名学者,他"刻苦励学,无间寒暑。经史百家,靡不颂习。笺注抄校,日有定课。遇有心得,随笔记述。讲学湘蜀,得士最盛。日记中皆纤悉靡遗,有关学术掌故者甚多。数参军幕,闻预政要,其间人物消长,政治得失,身经目击,事实议

[①] 《清史稿》卷四百三十六《翁同龢传》。
[②] 张元济:《翁文恭公日记·跋》,参见《张元济全集　第10卷》,商务印书馆2010年版,第114页。

论，厘然咸在，多有世人未见者。读者作日记观可，作野史观可，作讲学记观亦无不可"。① 叶昌炽号缘督，官至甘肃学政，晚清知名学者，他的《缘督庐日记》起于同治庚午（1870年11月5日），止于1917年10月30日，历48年，记录了他一生治汉儒经学和金石目录考订之学的心得成就。叶昌炽一生"不通声气，至骛时名，闭户著书，无异寒素。酷嗜金石文字，山岩屋壁，断楮残拓，珍如生命"。② 他写日记十分认真，但其中"因有臧否人物规诲亲故之词，遗命戒勿以全稿示人"。③ 这三部日记中，《越缦堂日记》的作者李慈铭尤以藏书名家、才望倾于朝野，为当时京城文坛领袖，其学术价值远在其他日记之上，号晚清四大日记之首。笔者认为，这部日记的学术价值主要体现在它大量记录了李慈铭在日常生活中对诗、文、经学、史学等问题的思考与认识，试论述如下。

一 《越缦堂日记》中的诗论

李慈铭没有论诗专著，其诗论散见于《越缦堂日记》，虽散乱却自成系统，这包括他对诗史的梳理，以及他的诗论、诗评、诗歌创作等。这些内容被后人从日记中辑出，编成《越缦堂诗话》《越缦堂日记说诗全编》等论诗专著。李慈铭诗学中最有价值的部分是他的诗评和诗论，这些诗评、诗论饶有新意，有些不乏真知灼见，极大丰富了我国的诗学体系。考辑《越缦堂日记》，其诗学观大略如下。

1. "词章不可无考据"

李慈铭将考据作为诗词评论的一个重要标准，提出了"词章不可无考据"的观念。在光绪三年十二月二十三日的日记中，他写道：

---

① 王闿运：《湘绮楼日记》（第5卷），岳麓书社1997年版，第3438页。
② 吴郁生：《缘督庐日记·序》，转引高拜石《古春风楼琐记 第11集》，台湾新生报社出版部1979年版，第254页。
③ 王季烈：《缘督庐日记·序》，转引高拜石《古春风楼琐记 第11集》，台湾新生报社出版部1979年版，第254页。

第三章 金元明清时期的日记文学观

词章不可无考据，取近儒所论两则录之，以见此事之不易为。阎百诗氏讥阮亭《唐贤三昧集》云："祖咏《夕次圃田店》云：'西还不遑宿，中夜渡泾水。''泾水'当作'京水'，京水出荥阳，经郑州。圃田在今开封府中牟县，与关中之泾水，远不相涉。王维《宿郑州诗》：'明当渡京水'可证。孟浩然《夜渡湘水》云：'行侣时相问，浔阳何处边？''浔阳'当作'涔阳'。涔阳在今岳州府醴州北七十里。湘水入洞庭，与汉时寻阳县在黄州府蕲州、东晋时寻阳在九江府德化县西者，皆无涉。《河岳英灵集》正作'涔阳何处边'可证。王维诗：'东南卸亭上，莫使有风尘。''卸'当作'御'，御亭在晋陵，吴大帝驻跸处，后人建亭。晋顾扬监晋陵军事，于御亭筑垒，以御苏峻。庾肩吾《乱后经吴御亭》诗：'御亭一回望，风尘千里昏'可证。又王诗：'借问襄阳老，江山空蔡州。千里送行人，蔡州如眼见。'两'蔡州'皆当作'蔡洲'。汉末蔡瑁居汉水之洲上，故名蔡洲。魏武帝尝造其家，在襄阳砚山东南一里。"此地理之当考也。①

从以上日记中可见，李慈铭结合古代诗人的创作实践，以大量无可辩驳的事实指出了一些古代诗人的致命缺点，即：有诗才却无学问，导致诗作中不时出现地理、历史、名物、典章制度方面的常识错误，闹出了笑话。李慈铭的诗评启发人们：诗歌创作不但要讲究灵性，还要有学问的根柢。

2. 诗尚自然，凝聚"灵光""真气"方可自成面目

咸丰五年四月十九日的《越缦堂日记》中记录了李慈铭的一段诗论，这是评价友人素生诗作时所发：

素生诗，造语奇峭，字字求工，终非大家。素生谓吾辈作文，

---

① 李慈铭著，由龙云辑，虞云国整理：《越缦堂读书记》，辽宁教育出版社2001年版，第816页。

必须求前人所未有者，自成一种面目，为天地间不可磨灭之真气。倘泥于格律，未免牙牙学语，可惜此一点灵光矣，且毋乃近于技欤？叔子谓茹子之矜奇诡异，正所谓技；吾辈之则古称先，乃所为道也。余甚然之。三人争论甚力，余谓素生诗自是一种文字，亦不必强其从我，但传之后世，名不著则人必搜求而称道之，名过盛则觚排者肆口无忌矣。①

这段诗论有三层意思：其一，诗尚自然，不必刻意求工；其二，要着力表现诗人的"一点灵光"及"天地间不可磨灭之真气"，方可自成一种面目；其三，揭示了诗歌传播中的非理性现象——"传之后世，名不著则人必搜求而称道之，名过盛则觚排者肆口无忌矣"，于此警告诗人要有所警惕和坚守。

3. 诗与禅的内在紧张让禅家难写好诗

《越缦堂日记》记录了李慈铭在咸丰八年十月二十五日为僧友释澈凡诗集所写的序，该序辞理并茂、行文潇洒，日记记载说"成此不及炊许"。其文曰：

> 浮屠氏之于诗，其难工乎！盖彼之为教者，一以清静虚无为宗，举人世忧乐爱恶之境，扫而空之，以归于至寂。而诗之为道，非得于忧乐爱恶之深，则所作必不工。两者既格不相入，无怪彼中人之称诗者，率荒忽鄙俚，入于宗门语录而不知返也。②

李慈铭断言："浮屠氏之于诗，其难工乎！"接着分析了作此断言的理由。在诗史上，多有以禅入诗者；但以禅入诗与以禅家心态写诗是两回事，以禅家心态写诗不可能写出好诗，但以禅入诗则可助力诗作。李慈铭关于诗与禅的论述，对二者做了区分和辨析，可谓独见机杼、发

---

① 李慈铭：《越缦堂日记》，广陵书社 2004 年版，第 196—197 页。
② 同上书，第 859 页。

人深省。

4. 提倡诗的比较阅读，在比较中"解其佳处"、寻其"绝诣"

咸丰七年八月初十的日记中，李慈铭记录了他阅读李白许多脍炙人口的诗作后的感受和评价。他认为上好的诗必有其"佳处""绝诣"，读诗则应"解其佳处"、寻其"绝诣"，李慈铭将所读的李白诗与其他诗人同类题材或同样意境、风格的诗进行比较，在比较中更能发现李白诗的些许不足和其他同类诗作的"佳处""绝诣"。他在日记中写道：

  太白七绝、东川七律，予俱不解其佳处。太白如《送孟浩然之广陵》云："故人西辞黄鹤楼，烟花三月下扬州。孤帆远影碧空尽，惟见长江天际流。"谓其超拔则可，若状其黯然之景，则不如许浑之《谢亭送别》云："劳歌一曲解行舟，红叶青山水急流。日暮酒醒人已远，满天风雨下西楼"也。……又《巴陵赠贾舍人》云："贾生西望忆京华，湘浦南迁莫怨嗟。圣主恩深汉文帝，怜君不遣到长沙"，较之戴叔伦之《湘南即事》云："卢橘花开枫叶衰，出门何处望京师。沅湘日夜东流去，不为愁人住少时"及刘长卿之《送裴郎中贬吉州》云："猿啼客散暮江头，人自伤心水自流。同作逐臣君更远，青山万里一孤舟"，似更为含蓄。然晚唐诸人亦间有及此者，非绝诣也。他若"越王勾践破吴归"一首，格创而诗无余味；"一为迁客去长沙"一首，仅句调好耳。"朝辞白帝彩云间"一首，气势可取，谓为神妙，诚未见得。以及"此行不为鲈鱼脍，自爱名山入剡中"；"但使主人能醉客，不知何处是他乡"；"两岸青山相对出，孤帆一片日边来"；"只今惟有西江月，曾照吴王宫里人"；"月光欲到长门殿，别作深宫一段愁"；"郎今欲渡缘何事，如此风波不可行"，皆常语也。《上皇西巡南京歌》，固非绝句正体，不必论矣，至于"夜发青溪向三峡，思君不见下渝州"，则病其晦拙；"桃花潭水深千尺，不及汪伦送我情"，则病其无聊；"美人一笑褰珠箔，遥指红楼是妾家"，则病其浅露；"夜悬明镜秋天上"，则俗句也，"一叫一回肠一断"，则劣句也，其不

141

脍炙人口者且置之。①

以上评论中，李慈铭对于浪漫主义诗人李白的诗作有着与常人截然不同的看法，不乏令人激赏的新见。他直陈李白诗被盛名遮蔽的某些不足：无余味，欠神妙，多常语，病晦拙、浅露，有俗句、劣句等；同时对李白和其他诗人的同类作品（或诗句）进行比较阅读，指出了李白一些脍炙人口的诗作（或诗句）缺乏让人可解的"佳处"和"绝诣"。笔者认为，李慈铭所说的"佳处""绝诣"，当指诗人在诗作中最为用心的结撰处，是在题材选择、意境营造、意象斟酌、风格呈现、想象运用、遣词造句等方面的匠心独运，有超越古今的独特之处。笔者认为，李慈铭的这些评论，极大丰富了人们对李白诗的审美认识。

5. 熔铸百家，以学问滋养创作

在《越缦堂日记》中，李慈铭记录了他对杜甫诗的阅读感受和评价：

> 与叔子夜谈少陵诗，悟入微至，有非语言所能尽者，今略举一二。《哀王孙》起四语云："长安城头头白乌，夜飞延秋门上呼，又向人家啄大屋，屋底达官走避胡。"上两语皆知为乐府语也，不知其下二语之妙，乃真乐府滴髓，看似笨拙可省，然正是质实独到处。"又向人家啄大屋"七字，真千钧笔力。上两语人尽能之，此两语不可到也。《丹青引》云："将军魏武之子孙，于今为庶为清门。"真是古文叙记笔法，而却渊源《雅》、《骚》，非昌黎之以文为诗者比。"为庶为清门"，两"为"字，朴老绝伦。《舞剑器行》，此题若入作家手，无不用排场起步，而直起云"昔有佳人公孙氏"，便觉有百尺无枝气象。《北征》中"山果多琐细，罗生杂橡果，或红如丹砂，或黑如点漆"。此两语忽赋一小物景状，极似无谓，而下即接云"雨露之所濡，甘苦齐结实"，乃觉数语真有无数关系，全篇血脉俱动，此所谓神笔也。即其他累句，如《古柏行》

---

① 李慈铭：《越缦堂日记》，广陵书社 2004 年版，第 581—583 页。

云:"万牛回首丘山重"……皆下劣之作,虽脍炙人口,不值一哂。……《万丈潭》云:"孤云到来深,飞鸟不在外";《题画枫》起语云:"堂上不合生枫树"皆此老心思极拙处也。①

上述评论中,李慈铭肯定了杜诗两个特点:其一,全篇血脉俱动;其二,学问深厚,深得古代各家笔法之长。李慈铭是考据家,论诗也崇尚有学问根柢的诗。他认为杜甫诗"灵光"绽放、"真气"萦绕,全篇血脉俱动,且取法有据、诗艺精湛厚实,他指出杜诗善于汲取乐府诗、古文叙记笔法、古代写物小赋的精髓,熔铸百家、取法众长,形成了独特的诗艺风格,这种熔铸的功夫深深植根于诗人的学问根柢。李慈铭学诗首宗杜甫,但他对杜甫诗的瑕疵也丝毫不加隐饰,常常也是不假辞色、直言指陈。

通过对李白、杜甫诗歌的评点,李慈铭表达了他对诗艺的认识、理解和追求。李白、杜甫是中国古典诗艺的两座顶峰;对于一向崇尚李白、杜甫的国人而言,李慈铭的批评极具新意,丰富了人们对李白、杜甫诗的认知。

此外,李慈铭还在日记中记录了他在青年时期评点自己和朋友诗歌时的论述:

> 吾辈眼力意境,皆出明以来诗人上。而究之不能大越寻常者,资质有限,读书不多,气太盛,心太狠,出句必求工,取法必争上故也。②

这些论述体现了李慈铭"宗明诗"的主张,明诗意在复古,李慈铭"宗明诗"即想恢复中国诗歌的盛唐气象。从李慈铭日记中的诗论看,他的诗学理论已成体系,不时绽放出智慧的火花,但总体是复古

---

① 李慈铭:《越缦堂日记》,广陵书社2004年版,第1074—1076页。
② 同上书,第153页。

的。蔡元培直指李慈铭是"旧文学的殿军",此言不虚。

李慈铭是学者,也是诗人,他日常生活的重要组成部分即读诗、写诗和评诗,他在《越缦堂日记》中详尽记录了自己的这些日常生活,为学术史留下了一位学者兼诗人对诗艺的日常思考。

二 《越缦堂日记》中的文论

在《越缦堂日记》中,李慈铭记载了自己平日里阅读各代散文的情形,以及阅读后的心得体会及评价,如:咸丰戊午(1858年)十二月十四日他对杜牧、皮日休、陆龟蒙等中晚唐诸家散文的梳理和评价,同治己丑(1805年)闰五月初八日读刘禹锡散文集《中山集》,同治乙巳(1869年)四月初八日读朱熹文……涵括了中晚唐、宋元明、有清一代的诸家散文。李慈铭常在日记中记录这样的阅读心得:读了姚鼐《惜抱轩文集》后回忆以前曾写日记评价过该文集,指出"尔时日记中谓其碑、表、志、传,散漫不足观"。这些记在日记里的心得体会和评价,后人将其辑出编成《越缦堂读书记》一书,从中可以管窥李慈铭的文论观。

1. 重经史"根柢",开学者之文的先声

是否具有经史"根柢",是李慈铭评价文章优劣的重要标准。这体现在以下两方面。

其一,尚"实学"忌"空谈",作文贵有"经籍之光"。

乾嘉学人为使元明以降饱受"壅秽"的六经古义重见天日,自觉继承汉代郑玄的治学门径,注重从音韵、训诂、小学,以及历史、名物、典章制度的考证来探求儒家经典的古义,在此基础上衍生出许多具体的学问,这被时人视为"实学"。在此时期,一些从事考据的学者也颇有写文章的爱好,他们的文章被称为"学人之文"。在李慈铭看来,这些研经索史的学人"所学综博""兼包百家",以雄厚的学识为基础,写出的文章博大精深、风行水上,让人探索无穷。

在同治癸亥(1863年)十二月初七的日记中,李慈铭对乾嘉学人杭世俊、汪中的文章倍加称赞；与"作家之峻裁"不同，杭世俊精通史学，他学习史家班固、范晔的笔法，以"学人之才制"下笔行文，所写古文常常是"古隽爽劲""文博而彩振"。① 汪中遍读经史百家之书，为经世致用之学，是清代考据文人中少见的至情至性的人物。他下笔行文"不屑于家教文法"，"所据必经义，所泽必古辞"。因此，李慈铭在同治丁卯（1869 年）七月初三的日记里称赞他："文章精卓，盖无处其上者。"②

李慈铭指出：要写好古文，须有真学问；学问从读经、读史来。在他看来：探求经义要旨、圣学精髓，研究礼、乐、兵、刑、食、货、图等专门之学，以及小学、训诂、章句、名物、象数的心得，都是学问。这些学问，大者是对天地六合的认知、小者是对一名一物的辨析，都应做到细致精微，达于古义的堂奥。此外，深具史才、史识，也是学问。李慈铭欣赏杜牧的古文，在咸丰乙卯（1855 年）七月初一的日记中称赞他"卓然史才"；③ 还在同天的日记中称赞宋子京的古文，说他的古文"识议颇与樊川同"。④ 在这里，所谓史才、史识的评判标准即文章是否"有用于世"，他认同宋子京的古文即"其言兵方略有用于世"。另外，擅于写"情"也是写好古文的重要条件，这种情不只是儿女私情，更是关注民生疾苦的"伤心鲜民"之情（同治丁卯十一月十七的日记），⑤ 其"多关世教"、"尤近圣贤克己之旨"（光绪丁丑正月二十三的日记）。⑥

李慈铭推崇乾嘉考据之学，年轻时喜为歌诗、骈文，转而"读学海堂经解，始知经义中又宏深美奥，探索无穷"，继而提倡以经史"实学"为作文基础，很反感理学家"空谈性理"的文章。他认为：古文如果能阐说经义要旨、卓然史识、于世有用、有"伤心鲜民"之情，

---

① 李慈铭：《越缦堂读书记》，上海书店出版社 2000 年版，第 1108 页。
② 同上。
③ 同上书，第 897 页。
④ 同上书，第 898 页。
⑤ 同上书，第 1000—1001 页。
⑥ 同上。

虽不用典也"自有经籍之光"。李慈铭崇尚传统儒家的价值观，说："所谓道者，读书安贫贱而已。研经以固其神，考史以充其气，吟咏以畅其性，山水以阅其情。"① 于此可见，传统儒家的价值观是李慈铭文论观念的源头。

其二，有"本""根"，有"师承"，行文重考据准确。

李慈铭对于中晚唐、宋元明清的散文家，常用"无本之义""无根之谈""不学无术""学无师承"等词来评点他们的文章，指责他们"束书不观"、学力不逮而轻率为文。所谓"无本之义""无根之谈""不学无术""学无师承"，一是重视作文要有"义"、有"谈"、有"术"、有"师承"，二是李慈铭对于其中的"本""根""学""师承"更为看重，因而提出作文要有"本"、有"根"、有"学"、有"师承"，绝不轻率为之。他在日记中，批评了"开有明文字风气之先"的宋濂，指出他写古文考据不准确而发为"迂阔之论"：

> 阅《宋景濂集》。……其为《龙泉章溢墓志》至五千余字述其世系，曰远祖有曰颜者，仕宋以兵部尚书守泉州，迁南安，至唐康州刺史及迁浦城，是宋乃刘宋也。六部尚书之名，定于隋，宋时只有五兵尚书，安得有兵部乎？且泉州始于唐，亦非刘宋所得有，则无一不谬也。他文若《燕书》数十首，《演连珠》数十首，皆拙劣不足观。②

在这里，李慈铭敏锐指出宋濂古文中考据不精准的缺陷，这对文章写作极具警戒意义。在李慈铭看来，要避免写出"无本之义""无根之谈""不学无术""学无师承"的文章，就要"力学"经史，学问根柢深厚。

重视师承。李慈铭重视古文作者的师承家法，他对于晚唐江湖派文

---

① 李慈铭：《越缦堂文集》卷五《答沈晓湖书》。
② 李慈铭：《越缦堂读书记》，上海书店出版社2000年版，第928页。

人一概疾言批评,指责他们学问浅薄、文风陋俗、无相师承,"村野气太重"。

2. 师法"文人之文",锻造文章家的笔力

李慈铭对文章的形式规范和写作技巧要求很高、很严,要求经史学者师法"文人之文",锻造出文章家的笔力。这表现在如下方面。

指出文章写作具有相对的独立性。李慈铭发现:作文固然须有经籍之光和经史根柢,但经史学家却不一定擅于写文章。文章写作有自身的特点和规律,有其相对的独立性。在同治壬戌(1862年)十月二十三日的日记中,李慈铭记录了自己发现的一个现象:"经学之士多拙于文章。康成、冲远尚有此恨。"他认为:文章不同于经学之士的考据、训诂,需要天赋和"专精其业"。他在同治辛未(1871年)六月二十一日的日记中指出:"文章之学,非有夙分而专精其业,亦不能工。"这提高了人们对文章独立价值的认识。

与"文人之文"相比,李慈铭虽然欣赏"学人之文",但仍对许多"文人之文"赞不绝口,比如:他在咸丰庚申(1860年)二月初一读侯朝宗《壮悔堂文集》,很惋惜侯朝宗的文章"根柢太浅,不学无术,多近小说家语耳",但欣赏其文"气爽而笔灵,颇有飞动之观",认为"以朝宗之天分,而能加以学力,杜牧、皇甫湜不难道也"。① 在咸丰乙卯(1855年)七月初一,他读樊川文,赞叹杜牧的文章"如层峦叠嶂,烟景万状;如名将号令,壁垒旌旗,不时变色;如长江大河,风水相遭,陡作奇致;又如食极洁炼果,味美迂回",道出了杜文变幻莫测、仪态万千、从容老练、气象宏大、自然瑰奇、简练干净、蕴藉有味的特征。在李慈铭看来,"文人之文"很见文章家的笔力,值得经史学者学习。②

尊体式、反新变。李慈铭很尊重各体文章的体式;合体式者大加赞扬,凡新变者予以贬斥。李慈铭一生矜持名节、务矫时俗,有裁制人伦、整齐物类的志向。因此,他主张论说文就该好发议论、品评天下、

---

① 李慈铭:《越缦堂读书记》,上海书店出版社2000年版,第992页。
② 同上书,第897页。

臧否古今，写得慷慨多气；主张记叙文写人叙事就应该感人肺腑，他的记叙文写得精彩，特别是描述自己在京的生活状况颇为感人。他仕途坎坷，滞留京华三十多年，"名为黄郎，实同潜客"，他在文章中一面记述了自己在风烛残年、贫病交加之际旅居京华的悲惨遭遇；另一面却写自己苦中寻乐、读书养气、与花为友，活得颇为潇洒，让人看到了一个耿介刚直、愤世嫉俗的李慈铭。李慈铭对体式的尊重，是其文论观的一个方面；但另一方面，他对不合体式者的贬斥也是不尽合理的，这体现了李慈铭文论的保守。他认为：凡馆阁之文就应"犯颜强谏，无所讳忌"，不应"转意颂扬，千篇一律"，为此他指责宋濂文章犯忌；① 凡游记之文就应专意雕镂描写，不应揽奇写胜，记非常之观，为此他在《越缦堂读书记四·徐霞客游记》中指责《徐霞客游记》多不合体。

　　提倡淳雅风格。在同治壬戌（1862年）十一月初四的日记中，李慈铭批评晚唐江湖派文人"村野气太重"，斥其作品"所次论说杂处，间以韵语，大率愤懑不平，议古刺今，多出新意，颇以崭削自喜。而根柢浅薄，篇幅短狭，所识不高，转入拙俗，此晚唐文辞之通病"。"为山林村野畸仄肤浅之人所能。"② 在同治己巳（1869年）四月初八的日记中，他指责朱熹的书牍、论学等作语浅俗："至书牍、论学诸篇，不过诋苏学，攻陆氏太极、西铭，纠缠不了，方言俗语，这的怎么之词，黄茅白苇，一望而尽，固不得以文字论也。"③ 在同治戊辰（1868年）七月二十四的日记中，他表示很欣赏楼纶之文"原本经学""文辞尔雅"，很欣赏朱熹的文章"明静晓畅，文从字顺，而有从容自适之致"，"叙事简洁"，"无道学家迂腐拖沓习气"。李慈铭反对"以语录为文""以官样为文""以小说为文""以帖括为文"的风格，斥其缺乏文彩、空洞无物、俗鄙不雅、浅陋平庸。这些批评和欣赏，表达了李慈铭对淳雅风格的追求。④

---

① 李慈铭：《越缦堂读书记》，上海书店出版社2000年版，第1188页。
② 同上书，第896页。
③ 同上书，第914页。
④ 同上书，第1191页。

3. 以骈体为文章的正宗。

李慈铭赞同凌廷堪等提出的"言文体必本韵偶"（即尊骈文为文章正宗），认为该论足以"示来学以津梁，传古人之秘奥"。他虽未明确标举骈文为文章正宗，却说"惟文之有偶与有韵，同皆文章本质，事由天造"，实是认同骈偶为文章的本质属性。①

骈文衰落是人们刻意化骈为散的结果。追根究底，他认为元结要负主要责任。1871年3月他在日记中这样写道：

> 次山首变六朝之习，……然其命题结体，时堕小说。后来晚唐五季以古文名者，往往俚率短陋，专务小趣。沿至宋明，遂为山林恶派。追原滥觞，实由次山。盖骈俪之弊，诚多芜滥，而音节有定，终始必伦，雕饰铺陈，不能率尔。既破偶为单，化整以散，古法尽亡，恶札日出。②

提倡骈文创作的"六朝家法"。对于骈文修辞，李慈铭崇尚天然、反对堆垛，崇尚骨力、反对浮靡。他推崇先秦碑铭与两汉诏诰，指出它们"于浑噩之中寓裁琢之巧"。他的骈文修辞理念可以用《晋书》的一句话概括，即："华而切事情，秀而有骨力。"推崇以庾信、徐陵等人为代表的六朝骈文，称之为"六朝家法"。六朝骈文整练流丽，其神韵气息，后人很难企及。王勃、杨炯的骈文已稍显黏滞，但仍有俊逸之气。人称燕许大手笔的盛唐张说、苏颋，"短衣劲服，犹有古装"，但文风靡弱。晚唐陆贽、李商隐"全以气行文，大开宋人门径"，背离了骈文创作的正宗。联系到清代，李慈铭认为陈维崧、吴绮诸家骈文承继了李商隐"以气行文"的风格，堕入"恶道"。"山野气，风云色"六字，是李慈铭对李商隐的批评，也是对宋代骈文的评价。由于理学风气及韩、柳古文运动的影响，宋代骈文创作出现了两个特点：一是援散入

---

① 李慈铭：《越缦堂诗文集》卷六《书凌氏廷堪校礼堂集中书唐文粹文后》。
② 李慈铭：《越缦堂读书记》，上海书店出版社2000年版，第893页。

骈，用散行之气运偶俪之词，甚至常常以奇代偶。二是不重用典。前者与李慈铭严骈散之别的主张、"言文体必本韵偶"的理念不符，遭到他的坚决反对；后者与李慈铭一向征实重典、强调学问根柢的考据家趣味也不相符，故常常遭到他的斥责。

严骈散之别。对于骈散文的关系，李慈铭主张严骈散之别，其要点是：崇尚骈文，不废散文；骈自骈、散自散，反对"合骈散之体而一之"的调和论。

此外，李慈铭指出："文章之徵运会"，认为文章可反映时代兴衰，他批评桐城派散文家没有继承汉学家重视训诂和考据的"家法"，斥其"空疏谬妄""空言讲性命"，为"桐城谬种"。李慈铭的"桐城谬种"说，给后世以深刻启发。他批评时文说："时文之所在必废也。""时文之坏，坏于好用子史语也，好以己意行文也。"①

李慈铭日记中还有一些词论，篇幅不多却精义迭出。李慈铭不喜欢小说，却在日记中对古代小说发表了一些见解，即：重视小说的历史文献价值，认为小说可补史阙，或作正史的旁证，发现了古代小说的史学价值；小说有伦理教化功能；小说是边缘文人白日"圆梦"；提倡通俗、自然、畅达的小说语言。

在文论价值之外，李慈铭的《越缦堂日记》还有经学、史学、文献学价值。在经学、史学方面，他推崇郑玄。李慈铭的学术观很独特，他对学术多样性的坚持，对学术发展规律的探讨，虽无杰出的个人发现，亦不算独到，但在晚清学界有相当代表性，反映了甲午战前士大夫的典型特征。李慈铭欣赏汉学家的操守，盛赞他们"抱残守阙，断断谦素，不为利疚，不为势诎，是真先圣之功臣，晚世之志士夫！"② 这同样可作李慈铭的自我写照。但另一方面，人们亦可从中窥到李慈铭的保守和顽固，此后他对西学的竭力排斥亦不难理解了。

---

① 李慈铭：《越缦堂读书记》，上海书店出版社2000年版，第1191页。
② 同上书，第1026—1028页。

三 晚清学人的日记书写观

以李慈铭为代表的晚清学人重视在平日读书、交游等生活中撰写日记，他们对日记的作用和功能、日记的文学审美特征、日记的文体属性等都有独到认识。

（一）日记的作用和功能

在李慈铭看来，优秀的日记应具有三大作用和功能：以日记为著述，借日记实现自我的精神救赎，以日记砥砺人品、学问和辞章等。

1. 以日记为著述

李慈铭是一位很用心的读书人、也是同光年间知名学者。他几十年如一日坚持写日记，时刻注意将自己平日的读书程功和考证所得都记载于日记，目的是为将来的著述做扎实的准备。以著述传世，成就学问上的一家之言，是李慈铭这位仕途坎坷文人的理想追求。因此，以日记为著述的想法对他而言是自觉的。他在《孟学斋日记·自序》里说：

> 予著《越缦日记》，起甲寅迄今，编为甲集至壬集，得十四册二十八卷。世之治乱、家之亨困、学问文章之进退工拙，亦略可见矣。……而向所为二十八卷中，当取其考据、议论、诗文、踪迹稍可录者分类杳之，以待付梓。

在自序中，李慈铭明确指出了《越缦堂日记》的特点和自己"以待付梓"的写作目的。对此，作为后学的鲁迅不以为然，他认为李慈铭的《越缦堂日记》"志在立言"，非"日记的正宗嫡派"。[①] 但胡适等对李慈铭的做法却极为欣赏，并承认自己的日记写法深受李慈铭影响，他在民国十年四月二十七日的日记中写道："这部书是我重提做起日记

---

① 鲁迅：《华盖集续编·马上日记》，参见《鲁迅全集》（第3卷），人民文学出版社2005年版，第326页。

的重要原因。"

李慈铭颇爱读书，他嗜古博搜，日以流通秘籍为事，所读书籍极博杂，其中的很多书目在今天都已失传，他惜书如命、读书为乐、以书解忧、以学为业，曾在日记中写道："古今无学问外人才，天下无读书外事业。"

李慈铭读书颇为得法：一是考据式的阅读方式，注重对所读文本的校勘和考证；二是批评的读书方式，注重对文本的历史批评、文献批评和学术批评；三是随笔札写自己的读书心得，这些心得或被札记在日记里，或被记录于书端眉批上。李慈铭批校在原书上的心得一般较简略，造语不及《越缦堂日记》圆润，往往是经过补充润色后方才写进日记的。缪荃孙在《清史稿·文苑三》中指出："（李慈铭）日有课记，每读一书，必求其所蓄之深浅，致力之先后，而评骘之，务得其当，后进翕然大服。"总之，李慈铭"读书'敛蓄'得法"。

李慈铭的读书心得有着极高的学术价值。蔡元培在《读越缦堂日记感赋》一诗云："史评新证翻新义；国故乡闻荟大观。"王式通评价《越缦堂日记》中的读史札记说："每举一谊，便辄理解，发隐疏滞，良云勤矣。"[①] 张舜徽指出该部日记的内容虽"可云猥杂"，但"苟能去粗取精，足备一家之义"。[②] 正因如此，后人对《越缦堂日记》的内容予以分门别类的整理，先后辑出了《越缦堂诗文集》《读史札记全编》《读书简端记》《越缦堂读书记》等文集或专著。其中，《越缦堂日记》中的大量读书札记，内容之简要精炼如《四库全书提要》之例，而详赡远过之，导读价值不亚于张之洞的《书目答问》。

晚清以降，乾嘉学派的肇创者顾炎武以札记体写《日知录》，开清儒研究式笔记写作之先河。李慈铭深受顾炎武的影响，自觉以日记为著述，虽不是鲁迅所说的"日记正统"，但无疑是日记中最有价值的变体

[①] 王式通：《越缦堂读史札记·序》，参见《越缦堂读史札记全编》，北京图书馆出版社2003年版，第1页。

[②] 张舜徽：《清人笔记条辨》，中华书局1986年版，第355页。

之一。

2. 借日记实现自我的精神救赎

首先是借日记托身于翰墨。李慈铭是一名传统读书人，一生困顿于科场、官场，唯显身扬名于文场。因此，投身文墨，以及在文墨生涯中获得成就和声望，是李慈铭实现自我精神救赎的重要途径。在李慈铭一生中，日记是诸多文墨写作中最重要的形态之一：他不但以日记书写自己富有个性的日常生活，还用日记录存自己比较得意的文字作品，日记是李慈铭托身文墨生涯进行精神救赎的重要载体。

其次是在日记的书写中寻求补偿性慰藉。李慈铭的人生是不太得意的，为摆脱失意带来的愁苦忧愤，他平日便以更多的时间栖身于另一番天地：与京剧名伶朱霞芬、傅芷秋、梅蕙仙、时琴香等人交往，沉溺于狎昵纳妾、聚会交游之事，津津乐道将自己旅居京华的琐事记录于日记，往往在讥诮之外颇有几分谐趣。对于现实生活中的困境，李慈铭缺少正面反抗的勇气和理智，他陷入了用日记书写来予以补偿的误区。

总之，日记书写是李慈铭进行自我救赎的重要方式之一。

3. 以日记砥砺人品、学问和辞章

首先，李慈铭以阅读日记砥砺人品。他在《孟学斋日记·自序》（《越缦堂日记》一部）中说：从自己的日记中看到了世之治乱、家之亨困和学问文章之进退工拙；阅读自己的日记，看到过去的所作所为，深感"平生颇喜骛声气，遂陷匪类而不自知，至于接牍连章，魑魅屡见，每一展阅，羞愤入地……"他在光绪二年二月初六的日记中说："偶取庚申日记检一事，因将其中怒骂戏谑之语，尽涂去之。尔时狎比匪人，喜骋笔墨，近来偶一翻阅，通身汗下，深愧知非之晚。"李慈铭常阅读自己的日记，并在阅读中反思和砥砺自身。所以，他毫不隐讳地说："终日阅旧日记，稍稍涂改之。"

其次，李慈铭以日记砥砺学问。在日记中，李慈铭写道：年轻时读过的书，到年老时再读，心得体会很不一样，感觉到年轻时的浅薄。为此，他在日记中感慨说："读书贵老年。"李慈铭四十年如一日坚持记日记，如因故中断，也要想办法补上，他的做法通常是："预记大略"，得暇详补；凭记忆追补，不免恍惚；检点旧日日记，时时加以修饰。他在日记中感慨言道："偶阅旧时日记，其中多有疵谬。"总之，李慈铭善于以日记砥砺学问。

最后，李慈铭以日记砥砺辞章。做诗文不苟且是李慈铭一贯的态度。他经常以日记收录自己的得意之作。以1858年（戊午年）为例，这一年李慈铭创作诗32首、词12首、文章4篇，都收在他的日记中。日记收录的这些诗文后面常常有"录改旧作"的字样，如散文《猫娘传》等。他的史论散文《唐宣宗论》，原文十节，日记里"只存二、三、九"，李慈铭在《越缦堂日记》记道："三易于其稿始定。终日营营，几不省人事，自叹痴绝。"此外，李慈铭以记日记锻炼文辞。李慈铭日常文学生活中最有分量的，应该还是他的日记。他的日记日后补写者多；补记之事，其内容大略可具。在他的生活中，记日记每天需费时少许，但可作斟酌文词的锻炼，这种斟酌反过来影响了他平日生活中的行事待人。在李慈铭眼里，记日记是可以砥砺辞章的。

（二）日记的文学审美特征

在李慈铭看来，优秀的日记往往有如下文学审美特征，即：兼具笔记小品与时俗小说之优长，撰者的谤书和泄恨文字，录写地方风俗的美丽画卷等。

1. 兼具笔记小品与时俗小说之优长

李慈铭的《越缦堂日记》拥有一批忠实读者，这与该日记兼有笔记小品和时俗小说之优长分不开。章太炎先生在《章氏丛书三编》中指出："余尝谓宋代小说最知名者莫如《容斋随笔》，时俗小说最知名者莫如《红楼梦》，二者不可得兼，能兼之者其惟李慈铭的《越缦堂日记》乎。"在这里，章太炎先生认为：从全篇看，《越缦堂日记》可看作是一部反映晚清社会变迁的世情小说，有富于个性的人物形象（如李慈铭和他笔下的晚清人物），有故事情节，有社会环境，其中李慈铭身历、目睹、耳闻的一些矛盾冲突（如清末轰动朝野的"杨乃武与小白菜"一案），都被他叙写得情节曲折细致、形象鲜明生动、文笔细腻酣畅，确实是引人入胜的"小说"佳作；从局部看，《越缦堂日记》在记录李慈铭一生的同时，也穿插叙写了他所关注和感兴趣的朝廷政事、典章制度、社会逸闻、市井掌故、经史小札、人物评骘等资料，因而知识性和学术性也很强，颇有笔记小品的特征，恰如桓谭《新论》所谓："小说家合丛残小语，近取譬论，以作短书，治身理家，有可观之辞。"此外，李慈铭在日记中描写和记叙的人物，也为中国近现代小说创作提供了独特的素材，如曾朴的小说《孽海花》即取材于《越缦堂日记》。

2. 撰者的谤书和泄恨文字

《越缦堂日记》是晚清王朝的谤书。李慈铭个性张扬、文辞犀利、行事无顾忌，有鲜明的"名士"风格。在最后一函的《日记》里，李慈铭痛斥了清王朝的弊政。光绪十五年十月初七日，邸报公布一道上谕，对一位亢直的小官员参劾一位腐败高官的案件作了结论，此高官毫发未损，小官员却因"诬告"反遭到查处。李慈铭在《越缦堂日记》中摘抄了"邸报"原文：

> 上谕："前据詹事府右庶子崇文片奏劾大学士张之万接纳外官各节，当派富锟、潘祖荫查奏。兹据查明复奏……均无实据，所奏参节，毋庸置议……崇文，著交部议处，原折片均掷还。"

在《越缦堂日记》里，李慈铭愤然对清王朝的皇皇"谕旨"作了批注，揭露了廷枢高层朋比为奸、钳制言路的真相，欲为小官崇文讨回一点公道：

> 崇文，沧州驻防旗人……咸丰庚申进士……素有风疾，多忤人，然颇亢直，能文字，满人中不多见也。与张之万为中表兄弟，习知其家事，所参皆实。又言其狎昵票班子弟，日往来其家，屡携眷属至城外打磨厂福寿堂演戏酣饮，以此为半闲堂。以淫僧静洲为狎客，尤万目观瞻，不能掩也。

崇文与张之万之间的官司是非，原本是小事，可怕的是朝廷高层作奸犯科又官官相护的局面。可见，李慈铭敢在日记中揭露时弊。

李慈铭在《越缦堂日记》中对当时闹得沸沸扬扬的"杨乃武与小白菜"这一冤案的前因后果和个中曲折做了详细记叙，揭露了晚清司法和吏治的腐败黑暗。

李慈铭在《越缦堂日记》中详细记录了浙江地方政府对红顶商人胡雪岩钱庄破产一案的处理经过，揭露了恭亲王奕䜣和权臣文煜等利用存款被亏掉的机会趁机巧取豪夺的内幕。对于此事，同时代的翁同龢日记亦有记载，但极含蓄简略，不及李慈铭日记的尖锐和详细。与翁同龢日记比，李慈铭更敢于在日记中揭露清王朝的时弊。

光绪十七年五月二十日，李慈铭因对此前补山西道监察御史缺的任命不满，欲称病辞官。他在日记写道：

> 是日决计去官，移蝶本道，告病开缺。居得言之地，值禁谤之时，上下一心，以言为讳。权臣擅政，宦竖窃权，官以贿成，事由中制，疆臣跋扈，丑夷眈伺，而酣饮漏舟，熟眠厝火。芜湖、丹阳、黄州、宁国、九江等处，夷教肆害，巨案迭起。督抚媚夷，杀戮妄行，民人愤怒，势极必变。而当轴宵人，炀灶固位，忌嫉益甚，惟恐言者或发其覆，胁制朝廷，钤押百司。冲圣柔仁，恭默不事，余入台将一载矣，小者不屑言，大者不敢言，寒蝉瘖哑，仗马趋跄，碌碌具僚之中，奔走薄书之末，俯首闭目，天下其谓我何！孔子曰："邦无道危行言逊。"孟子曰："有言责者不得其言则去。"七十老翁，龙钟衰病，既无所求，将欲何为？惟有洁身而去，不尸厥职已耳！圣贤有作，知我此心。

在日记中，李慈铭毫不客气地对晚清慈禧太后当政的腐朽统治揭露无遗。

以上日记内容，是时人撰写《实录》和《圣训》所讳言的内容。对清王朝言，《越缦堂日记》确有"谤书"性质。新文学奠基人鲁迅先生曾批评李慈铭，指责这位旧文学殿军总爱在日记中摘抄朝廷邸报和上谕。笔者认为：李慈铭的"摘抄"行为其实有摘抄之外的讽刺和批评意味，更有对朝政腐败之事录此存照的意思，故而鲁迅先生的批评并不客观公正。

此外，李慈铭还在日记里发泄怨恨。他对于人际交往中有负于自己的人与事绝不妥协，常在日记中不假辞色、厉言痛骂。李慈铭常在日记中痛骂周星誉、张之洞等人，发泄他对这些人的怨恨之情。

所以，《越缦堂日记》确有谤书和泄恨文字的特点。

3. 录写地方风俗的美丽画卷

李慈铭日记中记录了许多地方风俗，比如：晚清京城的《卖文通例》、江南一带的"书栗主"习俗、江南的饮食习俗等。

李慈铭科场坎坷、官场不显，却擅名于文场，他是同光年间京城文坛的旗手，向他请教学问和拜求文章的人络绎不绝，当时文人圈内流传"生不愿做执金吾，惟愿尽读李公书"之语。李慈铭官阶低微、薪水微薄，却性喜豪奢，他寓居京城的开支有很大一部分是靠卖文获取，他在日记里记有《卖文通例》一则，反映了当时京城的风气和文人寓居京华的生存方式。

李慈铭在《越缦堂日记》中记录了乡居期间有五次替别人写"书栗主"的事，如《越缦堂日记丙集》二月初六日记载道："子九书来，告其太夫人之丧，并请写栗主。"《越缦堂日记丁集》九月二十二日记载道："啸岩弟妇书栗主。"同年十一月十一日记载道："书勉垒弟祔庙栗主付漆人。"《越缦堂日记戊集》七月二十三日记载道："为七弟新妇书栗主。"同年九月初十日记载道："芸舫来，请为其妇书栗主，力疾应之。"

"书栗主"即神主立主牌之制，是江南一带丧礼中极重要的仪节，有一套特别礼式；其中的"点主大礼"非常隆重，古礼经已经不载，全在历代儒生的经验中留存。有人从最浅俗的《家礼帖式》中考证其大概：

神主用白栗果木，高一尺二寸，以象十二月；阔四寸，以象四时；厚一寸二分，以象十二时；顶圆象天，座方象地，乃古礼之取法，令孝子无时而不念亲也。其山文以合生老字佳，至主筒皆用周天尺数，以人左手中指中节横纹上下相去长短为寸。点主礼隆重而细密，每节由赞礼官唱出。点主官必敦请一方名望最高者任之。丧家治馔宴请，以车迎送，并封送点主礼金。一般以翰林进士为之，不得，方请举人秀才。当然致仕高官曾为一二品大员者为最善。①

在《越缦堂日记》中，李慈铭津津乐道记录了江南人的稀罕食物，如自己"吃羊肉""食樱桃""吃西瓜"等。日记还记录了他出游途中"煮豆"一事，开鲁迅《社戏》中对浙东风俗的叙写先声。

可见，李慈铭日记是晚清地方风俗的美丽画卷。岁月流逝，学术亦变，如果说李慈铭日记未必详尽流露真观点、真性情，但说它提供了珍贵的晚清生活史料，则绝不过誉。

（三）日记的文体属性

在李慈铭看来，优秀的日记应该体现出鲜明的传记体特色。《越缦堂日记》包括《甲寅日记》《越缦堂日记乙集——壬集》《孟学斋日记》《受礼庐日记》《祥琴室日记》《息荼庵日记》《桃花圣解庵日记》《荀学斋日记》《荀学斋日记后集》等，这部日记叙写了李慈铭作为一名读书人、文士、学者和下层官员一生40余年的经历、观察和思考，在文体上具有鲜明的自传特色。李慈铭日记还记录了晚清许多重要人物的行事及其所做的人物评价，后世学者金梁编写的《近代人物志》，从李慈铭日记及其他日记中辑出了六百余人的人物小传。可见，李慈铭日记的许多内容亦有人物小传的特色。这部日记除撰者本人稍有涂改外，并无删节，所以弥足珍贵。总体来说，李慈铭日记具有鲜明的人物自传和人物小传特色。

综上所述，晚清学人"以日记为著述"的意识很自觉，他们的日记内容一方面"可云猥杂"；另一方面则"苟能去粗取精，足备一家之

---

① 王尔敏：《明清时代庶民文化生活》，岳麓书社2002年版，第61—62页。

义"。李慈铭以他对日记的理解和对学术的孜孜追求，通过《越缦堂日记》初步建构了融有自己经历、志趣、体验、追求及思考的文论体系，为清代文论的发展做出了贡献。

第三节　国家需求与日记新变
——从晚清使西日记谈起

"五四"后的新文学，主要有言语表达之新、反映生活内容之新、传播文化理念与思想意识之新。晚清的早期使臣以其旧国民新意识的鲜明姿态，在使西日记中叙写了新的时代内容、刻画了新的审美对象、传播了民主和科学等新文化理念，强调了人本意识，表达了对新型国家和新"国民性"的向往，催生了迥异文坛之尊桐城派古文的言语表达。这给极端保守陈腐的晚清社会吹入了一股强劲的清新空气，引发了近代中国人向西方学习的空前热情，为其后孕育以"德先生""赛先生"为旗帜的"五四"新文化运动及新文学提供了内因动能。

使西日记曾震动了清廷朝野。

鸦片战争惨败后，清王朝开始高度重视对西方列强的外交工作，郭嵩焘、曾纪泽、薛福成、崔国因等人就在这样的时代背景下被派往西洋各国担任驻外使节。这时，帝国没落，国运艰难，促使清王朝痛定思痛，下决心寻找自强之道。但清王朝长期闭关锁国、局守科举，沉浸于天朝上国迷梦的当朝大员们对时代潮流和近代先进科技一无所知。被西方坚船利炮轰开国门的清王朝，亟须了解西方政情和先进科技，却没有能够及时获取此类资讯的窗口。在这一情势下，派驻国外的使臣们就承担了一项使命：考察西洋，跟踪潮流，将获取的西方资讯编册定期向国内汇报。为此，总理各国事务衙门（即清朝外交部门）奏请朝廷下旨要求出使大臣据所行程纂写日记，考求各国形势及风俗，观其大略，编录成帙，定期咨报。于是，小小的日记在国家的特殊需求下承担了让人意想不到的重要使命。

这些日记中，知名者有郭嵩焘的《使西纪程》《伦敦与巴黎日记》，刘锡鸿的《英轺日记》，曾纪泽的《出使英法俄国日记》，薛福成的《出使英法义比四国日记》《出使日记续刻》等。使西日记是晚清最早几批外交官的出使日记，也是近代中国第一代外交官对西方新世界的异域书写。为探求东方古老祖国的出路，有着浓厚士大夫情调的晚清外交官，基于他们对西洋的考察体验，以及内在的传统文化立场，在中西文化对比和冲突的背景下，用日记对他们的出使经历及其故事进行了客观叙写。使西日记以内容清新、形象新颖和言语新鲜成为晚清各界人士的案头读物，为当时处于封闭保守状态的中国人打开了睁眼看世界的一扇窗口。使西日记再现了最早走出国门看世界的中国人的心路历程，有着迥异于中国传统的现代性；这对于长期封闭保守、局守科场的传统知识分子而言，无异于天外梵音。使西日记成为晚清开启中国民智的重要读物，但因叙写的社会形态、传达的思想意识远超当时民众的接受水平，呈现的中西差距之大也强烈震动了清朝朝野，完全不能为保守的国内民众所接受，郭嵩焘的《使西纪程》当时被公开刊行、流播国内，所引非议之激烈竟致其被毁版禁绝，郭嵩焘也陷入了身败名裂的境地。这是一个由国家推动的日记书写高潮，国家需求导致作为"私记"的日记出现了新变，即新变为近代中国的西学新读本、中国早期的外交启蒙教科书，其迥异于文坛之尊桐城派古文的清新内容又推动使西日记进一步新变为中国近代新文学的萌芽。试阐述如下。

一　使西日记与中国近代西学启蒙

自晚明起，西洋近代文明在利玛窦、徐光启等人的努力下，通过中间译介的渠道传入了中国，这是近代中国第一代西学读本，但译介品种少、关注面窄，缺少中国人对西学的直接体验。晚清最早的几批驻外使节如郭嵩焘、曾纪泽、薛福成等，奉命出使西洋，使处于闭关锁国的近代中国人有机会近距离接触西方文明。这些驻外使节在日记中，记录了他们对西方社会各层面的考察和学习情况。这是中国人第一次从自己的眼光和需求出发,自主选择考察学习的对象。总结而言,使臣们认为应向西方列强学习如下内容。

第一,聚焦制度设计,以良好的制度建设激发人的创造力和凝聚力。

在长期的社会管理实践中,西方国家探索和建立了一套科学、合理、以激发人的创造力和凝聚力为核心的社会运行机制。这包括了专利制度、教育制度、政治制度、经济制度、宗教制度、伦理制度等。晚清使臣们对此进行了认真考察和学习,并在日记中做了详细记录。

一是专利制度。在探求西方强盛之道的过程中,有出使大臣敏锐地将目光聚焦到西方的专利制度上。其中,出使英法副使刘锡鸿在日记《英轺私记》中详细记录了他对英国专利制度的观察和思考:

> 人知英人制造之巧,而不知其有所奖而成也。英人于物之不适于用,或适用而意未快足者,则竭其心思之力,广其耳目之助,不惜资本,不避况瘁,遍访天下,历试诸法,以务求其当。或数十年,或十数年,一旦有得,则以告诸白丁德亚非士(即专利局,英语词 Patent Office 之音译——笔者注)。验之而果济于事,则给以文据。凡夫人之效为此者,皆纳资于创造之人焉。由是遍告邻近诸国,亦官主持之。有私仿其式而不纳资者,则信罚。故一物既成,其利辄以亿兆计。非然者,几经求索以发斯秘,他人坐享其成,无所控诉,谁则甘虚费财力以创造一物者?故英国之富,以制造之多也;且不宁惟是,创造既成,告诉官而官不以为异,犹可诉诸刑司,俾审断之。近有妥玛士者,筹得利炮新法,不获见收于官,官中实阴用之。妥玛士以控刑司,卒断令国王赔给金钱六千。人有一得之技,尊如朝廷,不得以势相抑遏,夫安能不劝。①

这则日记记录了刘锡鸿对英国专利制度的描述和评价。可贵的是,

---

① 刘锡鸿:《英轺私记》,湖南人民出版社1981年版,第84页。

他敏锐洞悉了西方国家走向富强的一个秘密,即:英国之富强,与施行严格的专利保护制分不开。刘锡鸿指出,英国之富在于制造之多,制造之多在于英人制造之巧,制造之巧又在英人很重视从制度设计上对技术创新予以奖励和保护——奖励力度很大,诚如日记所言"故一物既成,其利辄以亿兆计";保护得很彻底,即便是王权也不能撼之。这样的做法,相对于封建专制、皇权至上的晚清帝国而言极有反思和借鉴意义。专利制度是西方社会的内在运行机制之一,在开发民智、鼓励创新、引领国家走向富强方面有重要作用。当代法学专家慕槐指出,刘锡鸿的这则日记是中国人观察和介绍西方专利制度的较早例证之一。①

二是教育制度。在探求西方强盛之道的过程中,使臣的目光始终关注着西方的教育制度。他们不但关注西方学校的教学方法,还关注其教育内容、学制、课程,乃至教育哲学。试图从中发掘西方富强之道的密钥。

对教学方法的考察。郭嵩焘考察西方教育很深入细致,他走进西方国家的中小学校,零距离观察他们的课堂教学。在这里,郭嵩焘看到了西方课堂中的实物教学法、启发式教学法。在日记中,他记载了法国小学的一堂生物课教学:课堂上,教师向学生们展示狸猫标本,学生近距离观察狸猫的爪,发现狸爪无蹄,于是明白了狸猫因行迹无声而成为鼠类天敌;教师向学生展示牛皮标本,学生观察到牛皮的坚韧,于是明白了牛皮被制为鞋帽的道理。这种实物教学法比较直观,顺应了儿童长于形象思维的特征,有利于激发儿童对自然科学的好奇心和探究欲。可贵的是,郭嵩焘不是就教学方法谈教学方法,而是跳出了教学方法,从人才养成和国家富强的高度来考察和分析西方课堂的实物教学法。他指出:实物教学法是西方国家养成人才的诀窍之一,即"西洋成就人才,使之为童子时嬉戏玩弄一以礼法,又群萃而歆起之,以不至于生其厌斁之心,殆亦尽善尽美矣!"② 在知识教学上,西

---

① 慕槐:《刘锡鸿所见的英国专利制度》,载《比较法研究》1987年第2期。
② 郭嵩焘:《伦敦与巴黎日记》,岳麓书社1984年版,第378—379页。

方学校注重采用启发式教学法，这与中国传统的灌输和记诵式教学大相径庭。郭嵩焘对此赞赏有加，他在日记中写道：这种方法"专开诱童子耳目，使之聪明"。①

对教育内容的考察。出使大臣发现：与中国学堂（或学塾）专心于经史子集的教学不同，西方学校的教学内容主要是近代自然科技和人文社科知识，如当时先进的电学、光学、数学、天文及宗教等知识。出使大臣认为，这些教学内容更"有用"，而且"举浅近而深远寓焉"。②其中，西方学校的教学内容随着近代科技发展不断调整，这让郭嵩焘喟叹："此邦学问日新不已，实因勤求而乐施于告人，鼓舞振兴，使人不倦。"③人才是国家近代化建设的基础，养成先进的人才需要先进的教学内容。出使大臣薛福成指出，西洋各国的"商政、兵法、造船、制器及农、渔、牧、矿诸务，实无不精"，且社会繁荣，根本"皆导其源于汽学、光学、电学、化学，以得御水御火御电之法"。④他认为，对科学的探究和分科教学制，是西方各国走向富强的重要根源之一，这是"天地间公共之道，非西人所得而私也"。⑤故他主张学习西方开办新式教育，推动分科教学、传播近代科技文明。

对学校设置、课程、学制的考察。郭嵩焘在日记中详细记录了法国学校的设置情况，如法国小学的设置是："乡小者置一学馆，户口过万二千人置两学馆。学分男女。句读、书法、行文、算法入门、地舆志、并略涉往事。入学者自备膏火，月输公费。"⑥在日记中，他还记录了法国中学的课程，如："所学勾股画法、格致学、代数学、化学，十三岁以上十九岁以下业之。"⑦完成小学、中学的学业后，西方学校还进

---

① 郭嵩焘：《伦敦与巴黎日记》，岳麓书社1984年版，第436—437页。
② 曾纪泽：《西学略述序》，载《西学略述》，总税务司署，1886年。
③ 郭嵩焘：《伦敦与巴黎日记》，岳麓书社1984年版，第159页。
④ 薛福成：《出使英法义比四国日记》，岳麓书社1985年版，第132—133页。
⑤ 同上。
⑥ 郭嵩焘：《伦敦与巴黎日记》，岳麓书社1984年版，第597页。
⑦ 同上。

一步安排学生"各视其性情意向，分门专习一学"。① 这是西方教育的学制。这些考察对我国建立近代学校、课程、学制和养成新式人才大有裨益。

对女子教育的考察。出使大臣不但对社交舞会上西方女子的大胆打扮，以及西方社会"贵女贱男"的风气颇感兴趣，而且对女子享有平等的教育权利也很感兴趣。郭嵩焘、薛福成认为，西方国家重视女子教育——"其用意专以谋致富强为主"，因为"妇女之为用，果不异男子"。② 其结果必然是"通国之中，向之有十万人者，不啻骤得二十万人；向之有百万人者，不啻骤得二百万人"。③

总之，出使大臣为探求国家富强之道，尝试从人才培养的角度来考察西方教育制度。

三是民主政治制度。驻外期间，出使大臣们参访了西方国家的议会，考察了三权分立、政党制度等西方政制。

在考察西方民主政治制度时，出使大臣们将本国的封建专制同西方民主制度做比较，分析了西方君主制、民主制度、君民共治（君主立宪）制度的优劣，并根据当时的国情，认可和选择了君民共治制。郭嵩焘、曾纪泽、薛福成等使臣曾在日记中多次把封建政治同资本主义民主政治进行比较，郭嵩焘的结论是：以德立国终究不敌依法立国。他称赞西方民主制度是"立国千余年终以不敝，人才学问相承以起，而皆有自效。此其立国之本也"。④ 曾纪泽对中西巡捕制度做了对比考察，认为是民主促成了"无顽不敛，无凶不惩，无案不破"，"非国法使之然，盖众志使之然也"。⑤ 薛福成指出，君主专制国的最大弊端是"舆情不通，公论不申"，民主制国家的最大好处是"用人行政，可以集思广益，曲顺舆情；为君者不能以一人肆于民上"。⑥ 总之，出使大臣们

---

① 郭嵩焘：《伦敦与巴黎日记》，岳麓书社1984年版，第598页。
② 薛福成：《出使日记续刻》，岳麓书社1984年版，第516—517页。
③ 同上书，第517页。
④ 郭嵩焘：《郭嵩焘日记》（第3卷），湖南人民出版社1983年版，第373页。
⑤ 曾纪泽：《出使英法俄国日记》，岳麓书社1985年版，第782页。
⑥ 薛福成：《出使英法义比四国日记》，岳麓书社1985年版，第537页。

对西方近代民主政治制度、男女平等制度、议会制度、三权分立制度、政党轮流执政等西方政制多有考察。出使大臣始终从民智开发、民力汇聚的视角考察和学习西方民主政治制度。

四是宗教及伦理制度。出使大臣还考察了西方的基督教,他们在日记中写道:"耶稣之徒,又尊耶稣为天主,谓人惟当敬天与天主而已。由是则一切诸神可废也,由是则祖宗之祭祀可辍也,由是则父母之坟墓可弃也,知有耶稣而已矣。"[1] 通过对西方宗教和伦理制度的考察,出使大臣们洞察了西方社会的凝聚力所系。

此外,出使大臣还考察了西方的监狱制度、殖民制度等,洞悉了这些机制的精髓,比较深入地揭示了西方社会的内在机制。西方国家认识到:只有人才是决定发展的关键要素;为调动和激发人的潜力,构建国家发展的持续动力,必须聚焦于制度的顶层设计,建设一整套包括专利制度、教育制度、民主政治制度、宗教及伦理制度在内的制度体系,尽最大可能激活人的创造力和凝聚力,实现强国富民的终极目标;借助制度创新,培养一大批对知识和财富有着永不枯竭的追逐欲望、具有"浮士德"性格的人,国家得以发展的内在动力即根源于此。这是西方国家富强之道的不二秘诀。

与这些西方制度相比,清王朝顽固坚持的君主专制制度、科举制度、礼教制度等就太落后了,使西日记叙写和介绍的西方进步制度当时对清廷上下造成了强烈震动。

第二,专注于科学技术,以科学技术的进步为经济社会发展提供保障。

使西期间,最吸引使臣们的眼球、让他们心灵极度震撼的是西方高度发达的技术文明。

工业技术方面。使臣们广泛考察和学习了西方工业,从民用技术到军工技术无不详备:粉碎千钧之石如鸡卵的蒸汽锤、西门子的炼钢工艺、照耀数里的船灯、爱迪生发明的留声机,以及显微镜、电梯、印刷

---

[1] 薛福成:《出使英法义比四国日记》,岳麓书社1985年版,第313页。

机、隧道技术、农业机械、煤气灯、自来水管道、电报通信、锯石设备、吊车、型钢轧制、三棱镜、织布机、印花机、枪炮军舰、橡胶、空中索道等，以及西方货币铸造厂的生产流程和工艺技术等。总之，小至抽水马桶，大到枪炮军舰，只要是对中国有用的技术，使臣们无不考察、记录和介绍。

建筑技术方面。从中国来到英法等国的曾纪泽，发现这些国家的城市建筑和公共游乐设施无论在设计理念和建设规模上都与本国有极大差异。中国建筑多是平面推开，楼层不高，西洋建筑却向天空和地下发展，城市多高楼大厦，他在日记中写道："西人……好楼居，高者达八、九层，又穴地一、二层为厨室、酒房之属……"曾纪泽分析了这种差异的根源，是西方工商业发达、城市用地紧张造成这些国家在城市建设中更爱惜有限的土地资源，指出采用先进的建筑技术在西方国家有其必然性。但在城市园林的建设上，西方人却表现出与其在城市建筑设计上截然不同的做法。曾纪泽在日记中写道："其建筑苑囿林园，则规模务为广远，局势务求空旷。游观燕息之所，大者周十余里，小者亦周二三里，无几微爱惜地面之心，无丝毫苟简迁就之规。"[1] 曾纪泽认为，这种园林设计思想源于西方国家崇尚民本、与民同乐的现代政治理念。

农业技术方面。在光绪十八年十二月三十日的日记中，薛福成记录了他对西方农业的考察。其中描述了美国、欧洲诸国的麦子、大米等粒大穗重；棉花质好杆高，"童童如小树，所生之花，较中国多五分"，[2] 指出了植保技术和种子改良的重要性，这涉及农艺学方面的新知。

科学研究方面。使臣们既关注西方的技术文明，也对技术背后的科学原理备感兴趣，他们的日记对西方近代光学、热学、电学研究的实验，以及成果的发布、科学原理的学习等都有详细记录。郭嵩焘驻外期间，对考察西方近代科技非常热心，他在日记中详细记录了考察情

---

[1] 曾纪泽：《出使英法俄国日记》，岳麓书社1985年版，第162—163页。
[2] 薛福成：《出使日记续刻》，岳麓书社1984年版，第710页。

形,及时向国内通报。他的日记中涉及考察、观摩、学习和介绍西方科学技术的有 130 多天。最典型的是驻伦敦期间,他应邀观摩了几次科学实验。

一次是赴英国科学家斯博德斯武得的家里出席"科学茶会",观摩其演示牛顿在光学上的伟大发现。郭嵩焘和其他两位外交官对光的解析与合成、棱镜的折射和分光作用都做了记录,叙述周详、细节饱满、完整有趣。[1]

一次是出席英国皇家研究院的科学讲座。科学家丁铎尔主讲热学实验,演示了机械能和热能相互转化的实验过程。郭嵩焘在第二天的日记中记录了斯博德斯武得演示的电磁转换实验,解说了电磁铁的构造和性能。[2]

一次是赴英国科学家谛拿尔娄的家里观摩电学实验:郭嵩焘对电学实验的观察专注认真,领悟到位,描写也很精当简约。[3]

受西方科学家的影响,使臣们认识到:科学是技术之母,正如薛福成在日记中强调:西方人能够获知"御水御火御电之法","皆导源其于汽学、光学、电学、化学"等领域的科学研究。[4]

总之,进步的驻外使臣们先知先觉地洞悉:西方国家之所以工商发达、社会进步,皆赖于科学技术的进步作为保障,这在鄙薄实学、喜谈空理、思想保守的晚清社会,无疑是振聋发聩的醒世恒言。

第三,坚定不懈地发展近代工商业,以强大的工商业夯实国民经济的根本。

驻外期间,一些使臣敏锐地发现西方国家走了一条与本国迥异的经济发展之路,即大力发展近代工商业。

在出使大臣的眼中,商业就像不停流动的"血液"保证了国家有效运转,薛福成曾这样比喻商业对国家和社会的价值,他说:"论一国

---

[1] 光绪三年二月初十的日记。
[2] 光绪三年二月二十九、三十的日记。
[3] 光绪三年三月十四、十五的日记。
[4] 薛福成:《出使英法义比四国日记》,岳麓书社 1984 年版,第 132—133 页。

之贫富强弱，必以商务为衡。商务盛则利之来如水之就下而不能止也；商务衰则利之去如水日泄而不自觉也。"① 这个比喻形象精当、一语中的。如果说商业是推动国家和社会有效运转的"血液"，那工业当之无愧的是"骨架"，它支撑了整个国家和社会的躯架。薛福成在日记中写道：西方列强勃然兴起的"绝大关键"，是"近百年中，至其所以横绝地球而莫与抗者，不过恃火轮舟车及电线诸务"。②

对于商业和工业的因果关系，出使大臣同样有深刻认识。如薛福成主张：中国学习西方，首先要学他们狠抓工商业，他在日记中说："中国欲振兴商务，必先讲求工艺；讲求之说不外二端，以格致为基、以机器为辅而已……机器能以一日之为，成十日之功；一人之力，代百人之功；如是则货价必廉，价廉而销售始畅矣。"③

使臣们的以上思想，与晚清社会盛行的重农轻商、崇本抑末、言义不言利等"圣贤之训"极为背离，在当时的中国是石破天惊的言论，但对近代中国经济却有思想启蒙的意义。

综上，晚清使西日记所涉的西学极为广泛，其中最有价值的内容是对西国崛起的揭秘。很多使臣日记得以出版和传抄，在风气未开的晚清社会起到了启沃圣听、开发民智、荡涤风气的积极作用，受到了当时各阶层的重视。郭嵩焘的日记《使西纪程》虽在当时受到了士林斥责，出版后又惨遭毁版禁绝，但民间悄然刊行、流播日广，被禁十年后，仍有薛福成当面向光绪皇帝郑重推荐；梁启超在《西学书目表》中，也列有很多晚清使西日记。可以说，晚清使西日记是近代中国的西学新读本。

二 使西日记与中国近代外交启蒙

晚清以来，科举制日益腐朽没落，这种教育体制导致了近代中国各

---

① 薛福成：《出使日记续刻》卷四，光绪十八年六月三十日。
② 薛福成：《出使四国日记》，湖南人民出版社1981年版，第68页。
③ 薛福成：《出使英法义比四国日记》，岳麓书社1985年版，第598—599页。

行业都极度缺乏术有专攻、学有专长的实学人才。在西方列强坚船利炮的轰击下，清帝国被迫打开国门。此时，帝国急需一批善于与西方列强打交道的外交专才，但人才养成非一日之功，慌乱下的晚清政府不得不从现有官员中选拔一批"门外汉"来先行充当出使大臣。这批人大多不通外语，没有学习过近代外交知识，没有接受过正规的外交训练，很多人甚至对域外世界一无所知，是一帮充满了传统士大夫情调的旧式文人。与同僚相比，他们曾接触过洋人、稍通洋务。这批外交官在走出国门、走向世界的旅程中书写了日记，记载了他们的出使行程及对西方的考察，也记载了他们对外交工作的思考和体会，其中包含了许多外交工作的"试错"记录。这是近代中国早期外交官的使西日记，对此后有意从事外交工作的后来者是难得的外交启蒙教科书。试阐析如下。

第一，使西日记积淀了中国近代早期的外交思想。

一是要搞明白外交，不要搞糊涂外交。高度重视对西方列强的研究、认识和了解，这是包括郭嵩焘、曾纪泽、薛福成在内的大多数近代外交使臣的共识。中国近代早期的这批外交官虽然不是术业有专攻的外交专才，但大多数人知耻后勇，能够在外交中学习外交，努力拓宽自己的知识面，积极主动地学习和了解西方的法规制度、近代国际关系准则，洞悉和把握西方社会的运作方式，与西方列强打交道时能够有针对性地采取应对措施。从使西日记看，这批近代早期的外交官认识到：没有西学做基础的外交是肤浅的。古人云"知己知彼，百战不殆"，研究和认识西方，是中国近代早期外交官走向外交工作第一线后所做的重要功课。在使西日记中，可见许多近代早期的外交官醉心于对西方器物、制度和人文精神的研究，企图广泛、深入地了解和认识西方。据粗略统计，晚清使臣曾纪泽在出使前及出使期间阅读的中外书籍达 5 大类 180 多种。[①] 曾纪泽从这些书籍中获得了中外知识，为他在外交工作中取得一个又一个胜利奠定了基础。这批外交官用自己的出使日记告知后来者：外交工作的前提和基础是认真研究和了解对手，要搞明白外交，不

---

① 王凤娥：《晚清公使曾纪泽的藏书楼"归朴斋"》，载《图书馆学研究》2008 年第 6 期。

要搞糊涂外交。这是中国近代早期外交官在吸取曾国藩、李鸿章等洋务派官僚处理外交事务时多有失败的教训后所总结的外交思想。曾国藩办外交的"诚"字诀和李鸿章的"痞子腔"（即"柔""拖""和"三字）等外交思想被证明是失败的，原因就出在他们对西方的认知太浅薄。正因如此，中国近代早期的出使大臣们在使西日记中大量记载了他们对西方的社会管理、科学技术、经济发展诸情况的考察和认识，试图通过使西日记的刊刻和传抄来增长国内各界的西学见识。

二是外交工作要主动，要高度重视外交官在驻使国的主场外交。第一任驻外使臣郭嵩焘被派驻英法时，他租赁了当地房产作为本国使馆的驻跸地。到曾纪泽出任驻外使臣时，他认识到：外交使馆不仅是本国公使的驻跸之地，更是本国的飞地国土，代表了本国主权在他国的延伸；以本国使馆为据点，积极在他国境内开展主场外交，可以赢得更多的外交主动。他在日记中说："西人之俗，公使所寓，如其本国辖境，不归主国地方官管理。馆中人役，亦不受主国官衙约束。有在外犯法者，询属某国人，即交其国公使讯治，主国不侵其权。然必确系寓居使馆、派有职事之人乃然，所谓公使应享之权利也。"① 针对郭嵩焘在英法等国租赁房产作为公使驻跸地的现实，曾纪泽向清廷最高统治者慈禧太后建议："郭嵩焘早经赁定房屋，臣去悉当照旧。近与总理衙门王大臣商量，将来经费充足时，宜于各国各买房屋一所作为使馆。外国公使在中国，其房屋皆系自造。中国使臣赁屋居住，殊非长局。"② 即提出了建立中国的驻外公使馆；此后，他立足于本国的驻外公使馆积极在他国境内开展主场外交，在对外交涉中赢得了诸多外交主动。

三是外交是另一种形式的战争，在国家战略全局中占据了举足轻重的地位。使西日记中记录了许多出使大臣亲自办理的外交案例，从中可以见到国家间的利益争夺，以及控制与反控制、压迫与反压迫的斗争是激烈险恶的，外交工作要求外交官不惜采取一切手段帮助国家在险恶的

---

① 曾纪泽：《出使英法俄国日记》，岳麓书社1985年版，第164—165页。
② 同上书，第112页。

国际局势下取得先机和胜利。也就是说，一些中国近代早期的外交官已经在外交实践中清醒认识到外交的实质及根本功能，即：外交工作是另一种形式的重要"战争"，其目的是要求外交官运用各种手段在云谲波诡的国际局势下维护国家主权和拓展国家利益。与晚清权臣李鸿章相比，出使大臣曾纪泽办外交确要技高一筹，根本原因在两人对办外交的目标及为实现该目标所应采取的手段有不同认识。李鸿章办外交的目标是在中外已有条约的基础上勉力应付西方列强，抑制他们在华势力及有关特权的进一步扩张，并企图以其在外交工作方面的成就来支持他在国内政治斗争中谋取优势地位。就是说，李鸿章办外交是挟有私心的，故梁启超批评李鸿章为"无血性之人"，他说："要而论之，李鸿章有才气而无学识之人也，有阅历而无血性之人也。彼非无鞠躬尽瘁死而后已之心，后彼弥缝偷安以待死者也。彼于未死之前，当责任而不辞，然未尝有立百年大计以遗后人之志。谚所谓做一日和尚撞一日钟。"[①]李鸿章消极被动的外交思想导致了近代中国利益沦丧，以至被排挤出与欧美列强并驾齐驱的地位，落后于时代潮流。曾纪泽学识兼备，很有血性，敢于斗争，善于斗争，他为维护国家利益不惧西方舰炮的威力，善于运用有利的国际局势和列强间的各种矛盾，以及自己娴熟的外交技巧，巧妙地在对外谈判中提高中国的地位。此外，他还高瞻远瞩地提出了撤废不平等条约、加强中国与藩属国之间的关系等外交目标，牢牢地抓住了对外交涉的最核心问题。

第二，使西日记汇辑了近代中国对外交涉应遵循的礼仪规范。

一是使西日记中记载了许多近代外交礼仪。郭嵩焘在他的出使西洋日记中，用描写的笔调记录了他坐船在大海航行途中亲见英国军舰遇到尊贵客人示以升旗、鸣炮、奏乐、停航等礼节的场景。[②]这些近代早期的外交官时刻留心异域风情，入乡随俗并参照国际惯例，逐渐见识、接受和沿用了一些国际间通行的礼仪规范，如郭嵩焘抵达英国后，向女王

---

① 梁启超：《中国四十年来大事记》，东方出版社2014年版，第123页。
② 郭嵩焘：《使西纪程》，辽宁人民出版社1994年版，第2页。

呈递国书，对女王行鞠躬礼；郭嵩焘沿用西人礼俗参与西方上流社会的社交，效仿西人礼俗邀宴外国使节。郭嵩焘认为，参加外交应酬及在应酬中遵循一定的礼仪规范是外交官的必修课，这可以帮助外交官在"宴会酬应之间，亦当于无意中探（此）国人之口气，察（此）国中之政治！"① 趁此机会实现外交工作为本国政治服务的目的。外交官是国家的脸面，代表了国家在国际舞台上的形象。中国近代早期的许多外交官以彬彬有礼的风度，在国际舞台上展现了东方人特有的教养、优雅、适度和谦卑，赢得了人缘，也获得了赞誉。郭嵩焘被待人严苛的英国自由派政治家格兰斯敦称赞是"所见东方人中最有教养者"。② 驻外使臣在日记中记录叙写的这些西方外交礼仪规范，是鸦片战争后到甲午海战前的许多中国外交官最为欠缺的学习内容。与郭嵩焘相反，副使刘锡鸿在马格里的随使日记中，却是一位不顾礼仪的外交官形象：他出席宴会时大声咳嗽、吐痰，命令仆人用痰盂接痰，当着外国客人的面大吐；进食时旁若无人、狼吞虎咽，吃相极不雅观。③ 于此，刘锡鸿又给后来者提供了一个不懂外交礼节、不守礼仪规范的反面案例。从正反两面看，使西日记俨然成了中国近代早期的外交礼仪教科书。

二是承认西方文明自有体系，愿意尊重并平等待之，这是最重要、最基本的外交礼仪。自鸦片战争后到甲午海战前，清朝朝野上下还没有被中日甲午海战的隆隆炮声彻底震醒，整个社会处于封闭无知、狂妄自大的状态，晚清王朝的官员们自以为是天朝上国，沉溺于朝贡体制，严守夷夏之防。在对外交往中，清国统治者视英法诸国之人为"远番红夷""夷狄"，不愿平等待之，要求其行叩拜大礼。④ 在郭嵩焘的使西日记中，他开始意识到：西方文明在华夏文明之外自成体系，有其优越和进步之处。⑤ 郭嵩焘发自内心地欣赏和喜爱西方文明的许多元素，从心

---

① 郭嵩焘：《郭嵩焘日记》（第3卷），湖南人民出版社1982年版，第611页。
② Blackwood's Magazine Oct. 1901, p. 492.
③ Demetrius C. Boulger, The Life of Sir Halliday Macartney, p. 267.
④ Immanual Chung-yueh Hsu, *China's Entrance into the Family of Nations: The Diplomatic Phase, 1858—1880*, Cambridge: Harvard University Press, 1960, p. 5.
⑤ 郭嵩焘：《使西纪程》，辽宁人民出版社1994年版，第23页。

底里愿意学习、模仿和接受它。笔者认为，一个真正懂得礼仪的使者，是对他国文明和文化有着深刻认知并抱以欣赏和肯定态度的人；对他们而言，礼仪不是虚伪的形式，而是发自内心地愿与他国交好，共谋和平幸福的手段之一。在这一点上，郭嵩焘可谓体会甚深，他懂得了近代外交礼仪的精髓和要旨。无疑，这值得郭嵩焘之后的外交官们学习。

三是自信从容的外交威仪来自外交官对中华文明的高度自信。中国近代早期的外交官，在对外交往中容易出现两个极端：一是盲目自大、示骄于人，如刘锡鸿之流；一是妄自菲薄，专意逢迎，不敢放手与西方列强作坚决的外交斗争，如崇厚之流。这些情形都使早期的外交官容易失去其作为国家形象代表所应具有的威仪。曾纪泽是晚清最有成就的使臣之一，他的日记中多次记录了他与友人探讨学术的场景。如光绪五年二月二十三日的日记中，曾纪泽记录叙写了他与陈松生谈到西方的政教制度多与周礼相合，这个发现让他惊喜："松生言，西人政教多与周礼相合，意者，老子为周柱下史，其后西到流沙，而有周之典章法度，随简册而俱西，但苦无确证耳。其说甚新而可喜。"[①] 从这次谈话中，曾纪泽似乎悟到了"西学中源"的道理。19世纪末，面对晚清帝国的崩溃和华夏文明的衰落，中国的士大夫在与西方列强打交道时总感底气不足，曾纪泽试图通过研究学术来找到对华夏文明的自信，以便在外交工作中拥有底气和勇气；尽管他的研究和发现不尽恰当，但他对外交工作的追求和他所走的路子却对后世外交官颇有启示，即：要想在外交中获得与身份相称的威仪，外交官们必须学会以自信勇敢的姿态与西方列强打交道，这种自信和勇气来自外交官们对华夏文明和中华文化的高度自信。

第三，使西日记中记录了中国近代早期使臣的外交智慧。

在使西日记中，驻外使臣们记录了他们办理的许多外交案例。这些案例体现了中国近代早期使臣们的外交智慧和外交艺术，是中国近代早期外交技能实训的绝好教材。归纳如下。

首先，做外交工作，要广交朋友。外交官最重要的技能是交朋友。

---

① 曾纪泽：《出使英法俄国日记》，岳麓书社1985年版，第177页。

中国近代早期的许多外交官如郭嵩焘、曾纪泽、薛福成等都乐于交朋友、善于交朋友。这些外交官，肩负着清廷赋予的了解西学以自强的重任；他们能够广交朋友，正是在这些朋友的帮助、引荐和邀请下，他们才有机会步入西方社会的各个层面，近距离地观摩、聆听和考察西方国家的内在运行机制及科学新发明、科技新成就。在使西日记中，外交官记载了大量他们对西学的考察和学习活动，比如对英国议院的考察、对英法德等国工厂的考察、到英国皇家科学院聆听关于电学和光学新发现的实验报告会……如果没有外国朋友帮助、引荐和邀请，中国近代早期的外交官肯定无缘于这些机会，也不可能高质量完成朝廷赋予的重任。在激烈的外交斗争中，同样需要广交朋友。晚清末期，越南还是中国的藩属国，在中法两国围绕越南问题展开外交斗争的重要时刻，曾纪泽积极活动，他借助各种交际场合，广泛接触欧洲各国的达官贵人、名流和各大报馆的记者，积极与他们交谈，争取他们的同情和支持，试图在欧洲大陆营造一股反战声浪以制止法国人对越南的入侵。在曾纪泽的日记中，记录了很多他与欧洲报社记者交谈的事。曾纪泽认为，广交朋友、营造舆论可以有效服务于本国外交，这是外交官的一门技能。他说："纪泽不见礼于敌廷久矣，一腔愤血，何处可洒！刻下无他技能，惟向英法绅民及新报馆以口舌表我之情理，张我之声威，冀以摇惑法绅，倾其执政。"[1]

其次，在外交斗争中，要善于利用国际公法这个武器。中国近代早期的外交官在对外交涉中，很善于利用国际公法作为斗争的武器。在出使前，这些外交官如曾纪泽就系统学习和研究了国际法，诸如他认真研读了《万国公法》《公法便览》《公法会通》等国际法著作，掌握了国际法的基本知识，还与国内外友人一同研讨国际法，树立了一定的国际法意识，初步懂得了国际法的旨味，学会了在外交中使用国际法作为斗争武器。1878年某月，出任清朝驻英法公使的曾纪泽在赴任途中，经过上海时遭到了英国驻上海领事达文波（Arthur Davenport）的责问和刁

---

[1] 曾纪泽：《伦敦复左中堂》，参见《曾纪泽集》，岳麓书社2008年版，第191页。

难,曾纪泽很机智地拿起国际公法作为武器予以还击。当时,达文波先行拜访了曾纪泽,却转而责备曾纪泽说:"中国不有行客拜坐客之礼乎?"曾纪泽熟谙国际公法,他知道:在国际外交场合,领事与公使见面,应该是级别低的领事先拜访级别高的公使,然后才是公使回拜;在中国人的礼节中,行客拜坐客之礼一般只适用于平辈和平职之间。曾纪泽用国际法知识和中国式礼规对达文波进行了驳斥,回敬了达文波的浅薄无知和无理挑衅。①

在与西方列强作外交斗争的过程中,曾纪泽以国际公法(曾氏所谓"西洋通例")作为武器要求西方列强修改那些强加给中国的不平等条约。他在日记中说:"清臣又言,'修约之事,宜由中国发端。明告西洋各国云,某年之约,有不便于吾民者,现定于某年某月约期届满之时截止,不复遵行。则各国必求颁一新约,易就范围。西洋诸小国,以此术更换英法之约者屡矣'。……此说赫德亦曾言之,盖系西洋通例。如此,虽蕞尔小邦欲向大国改约,大国均须依从,断无恃强要挟久占便利之理。盖壤地之借属,如香港九龙司之类,则系长约不变。其余通商章程,与时迁变,尽可商酌更改以求两益,并非一定不易者。主人寻客,名正言顺,无所庸其顾忌也。"② 在另一则日记中,曾纪泽亦说:"余谓改约之事,宜从弱小之国办起。年年有修约之国,即年年有更正之条。至英德法俄美诸大国修约之年,彼亦迫于公论,不能夺我自主之权利。则中国收复权利,而不著痕迹矣。"③ 可见,曾纪泽善于运用国际公法和外交惯例来开展工作,并借此折挫西方列强的嚣张气焰,显示了他成熟的国际法意识和老到的外交技巧。

再次,在外交中,外交官还要审时度势,敢于斗争、善于斗争,维护国家利益。在对外交涉中,一味妥协退让并不是外交。作为卓有成就的外交官,曾纪泽善于审时度势,在外交中真正做到了既敢于斗争也善

---

① 曾纪泽:《使西日记(外一种)》,湖南人民出版社1981年版,第33页。
② 同上书,第75页。
③ 同上书,第96页。

于斗争。曾纪泽之前,崇厚被任命为清廷对俄谈判代表,在俄国的软硬兼施下,签订了丧权辱国的《中俄伊犁条约》,国内舆论一片哗然。在这种形势下,曾纪泽受命与俄重开谈判,试图促成崇约的修改。俄国对清廷的毁约行为极为不满,公开叫嚣要发动战争。据曾纪泽出使俄国的日记,面对俄国的无耻讹诈,曾纪泽未曾屈服,他一面请求国内派左宗棠陈兵西北,加强战备,一面严正地对俄方谈判人员说:如果战事发生,"胜负难知,中国获胜,则俄国亦须偿我兵费";并强硬地警告俄方代表:"中国不愿有打仗之事,倘不幸而有此事,中国百姓未必不愿与俄一战。中国人坚忍耐劳,纵使一战未必取胜,然中国地方最大,虽十数年亦能支持,想贵国不能无损!"① 最后,俄国被迫屈服,曾纪泽取得了对俄谈判的胜利,顺利地修改了丧权辱国的崇约。可见,曾纪泽在外交中善于审时度势,敢于斗争、也善于斗争。当然,曾纪泽的此番举动,确有左宗棠抬棺西行、誓死捍卫西北边疆,以充分的军事准备为后盾。曾纪泽主张以增强国力为外交后盾,对俄谈判是他此番主张的具体实践。

最后,在外交工作中,外交官须掌握一些必要的外交技巧。外交是追求细节完美的技术性工作,在实践中需要外交官们掌握一些外交技巧,如:外交口吻的使用、日常生活中无处不在的夫人外交、翻译的使用等。曾纪泽在光绪四年十二月十七日的日记中写道:

> 日意格欲充中国驻法总领事官,曾求之筠仙丈,筠翁正色拒之。本日复问于余,余应曰:此事非使者所能建议,若总署果派足下充总领事,则使者之责任轻松多矣。余面软,不能效筠翁直言拒之也。②

从这则日记看:与郭嵩焘相比,曾纪泽更机灵,他以职业外交家的

---

① 曾纪泽:《十月初三谈话录》,中国历史研究社编《奉使俄罗斯日记》,神州国光社1946年版,第139页。
② 曾纪泽:《使西日记(外一种)》,湖南人民出版社1981年版,第48页。

口吻来回敬了富有挑衅性的对方，郭嵩焘则生性耿直，毫不留情地斩断了对方的非分之想；从曾氏日记中的这个外交细节看，郭嵩焘颇有大清帝国钦命出使大臣的派头，曾纪泽更有近代外交使节"化干戈为玉帛"的翩然风度。

曾纪泽通多国语言，但他在外交中坚持使用翻译，并认为翻译有特殊功用。他的日记记录了一段与慈禧的对话：

> 臣将来于外国人谈议公事之际，即使语言已懂，亦候翻译传述。一则朝廷体制应该如此；一则翻译传述之间，亦可借以停顿时候，想算应答之语言。英国公使威妥玛，能通中华语言文字，其谈论公事之时，必用翻译官传话，即是此意。①

曾纪泽的这段话指出：从朝廷体制看，外交官在对外交涉中应该使用翻译；从外交技巧看，外交官也应该使用翻译，因为在翻译的间隙，精通外语的外交官可以借语言优势获取先机，掌握主动，进而为自己在谈判中腾挪思维、应对周详留下宽松的空间。

这些外交官在日记中还记有许多外交技巧，比如：利用西方列强的矛盾为本国争取正当权益；对西方列强行均势外交；学会举办外交招待会、茶会和舞会；出国前，谨慎的曾纪泽主动向驻使国政府写信介绍本国的礼仪风俗，给驻使国的人们提前打预防针，争取他们对本国礼仪的理解和同情，等等。

据曾纪泽的日记，他作为使臣在出使英法俄国之前，即反复拜读和学习了郭嵩焘、刘锡鸿的使西日记；此外，清廷外交官选拔考试的命题也经常涉及使西日记中的内容，以致当时士子阅读使西日记成为风气。② 可以说，长期以来日记虽被视为"私记"，但在晚清这个封闭自

---

① 曾纪泽：《出使英法俄国日记》，岳麓书社1985年版，第113—114页。
② 参见李文杰《晚清总理衙门的章京考试——兼论科举制度下外交官的选任》，载《近代史研究》2011年第2期。

守、知识贫乏、人才凋零、对外形势又极度紧迫的特殊年代,它因缘际遇地临时担当了中国近代外交启蒙的重任。

三 使西日记的异域书写与中国近代新文学萌芽

使西日记是近代中国早期外交官对西方新世界的异域书写,以内容清新、形象新颖和言语新鲜成为晚清各界人士的案头读物,它们生动再现了最早走出国门看世界的中国人的心路历程,有着迥异于中国传统的现代性。具体论析如下。

第一,使西日记叙写了迥异于本国风情的西式新生活。

首先,使西日记细致传神地叙写了驻外使臣们对西方国家从令人眼花缭乱的社会表象到支撑其国家运转的内在制度所进行的全方位考察参观,以及使臣们面对这个西方新世界时所经历的心灵体验。

叙写对西方新世界的考察活动时,日记刻意重点叙写了使臣们面对西方现代文明成果那一刹那所经历的丰富微妙的心灵体验,包括他们当时的个体感觉、个性意识、波澜万千的心理体验、"前人所未及言"的新思考,比如:面对西方国家令人炫目的器物和社会风貌,驻外使臣们备感新鲜和好奇;面对西方国家高效有序的近代工业,驻外使臣们极度震撼和焦灼,曾纪泽用"万国身经奇世界,半生目击小沧桑"的诗句来形容他走出国门、走向世界时的震撼和焦灼;面对西方国家先进的社会制度,驻外使臣们还能做出理性思考和判断,提出新"本末"论、"西学中源"观、"考故知新"观,但在探究西方文化精神和社会进步根源时,驻外使臣们却表现出一定的盲目和保守——他们对西方的社会进化论思潮、对西方殖民主义的本质、对西方资本主义的掠夺性等都认识不清,不时表现出艳羡和认可的心态。

总之,晚清使西日记所涉的西学范畴极为广泛,其中最具价值者当是对西方国家崛起的揭秘。很多使西日记得以出版和传抄,在风气未开的晚清社会起到了启沃圣听、开发民智、荡涤风气的积极作用,受到了当时各阶层的重视。可以说,晚清使西日记是近代中国的西学新读本。

其次，使西日记生动传神地叙写了中国早期外交官的异域日常生活。这主要是指高级外交官的异域使外生活。比如在光绪五年正月二十八日的日记中，曾纪泽叙写记录了他第一次见到西方人跳舞的场景：

> 亥正，至吏部尚书马勒色尔处赴茶会，始见男女跳舞之礼。华人乍见，本觉诧异，无怪刘云生之讥笑也。①

在众多使臣中，曾纪泽算是见多识广、乐于接受西方文化的一位。他曾经认为出使英法副使刘锡鸿（字云生）太迂腐，看不起他对西方文化的诸多论调，但一旦目睹了西方人的"跳舞之礼"，他内心竟至于震撼，也觉得刘锡鸿的讥笑不无道理了。在光绪六年五月二十二日的日记中，曾纪泽记录了他接受下属的劝说，第一次携妻子和妹妹参加西方人的音乐会：

> 戌初，偕内人、仲妹至柏京邯官殿听乐。本年请跳舞会、听乐会各二次，前三次内眷皆未去，清臣以为宜到一次，以副英国君主盛意，故挈眷往，清臣、松生、夔九亦随去焉。②

在这里，曾纪泽特地强调是听了下属马清臣的建议，为了顾及外交礼仪，才鼓起勇气，携女眷进英国王宫听音乐。在今天看来，这本是平常小事，但对于备受名教束缚的曾纪泽及其女眷而言，却是一次取舍艰难的举动。

总体看，清廷高级外交官的使外日常生活是拘谨低调的。当然，也有例外：郭嵩焘在国外广交朋友，如鱼得水般穿梭于各种活动（如科学报告会、参观、考察、舞会、茶会等）之间，过着忙碌从容的驻外交游生活。

---

① 曾纪泽：《使西日记（外一种）》，湖南人民出版社1981年版，第55页。
② 曾纪泽：《曾纪泽日记》，岳麓书社1998年版，第993页。

与高级外交官不同，晚清下层外交官的异域使外生活极为艰辛。张德彝早年是一名低阶外交官，多次陪同钦命出使大臣出国，第五次更是只身一人随使海外。他家世孤寒、兄弟早逝，留在国内的妻儿、寡嫂和侄女，大小之事都要他做主，张德彝每月要写信回家吩咐诸事，有时不能按时收到家信，他担惊受怕、焦虑得竟要占卜问卦。[①] 作为下层外交官，张德彝的使外生活是艰辛的。除张德彝之外，晚清下层外交官的异域使外生活毫无例外地艰辛。张德彝的日记摘抄了一封同僚谢芷泉写来的信，信中叙写了谢芷泉拖家带口从伦敦乘车赴巴黎的情景：

> 前二十一日，早开车，夜九点半到克伦。晚尖换车，十点开行，不意管车人又向每人索五马克以为完税之费。即以护照出示，其人摇手，幸见同车一人亦出五马克，不得已付之。行约一时半，车夫又有言，奈不明其语，渠意甚急，相与争执，车夫大急，非特将行李着多人搬运并将人亦牵之而走。当时左右邻车，并无一人，亦无行李，车灯亦熄，摸不着头脑，不知何事。而弟妇及小孩等，均从睡梦中叫醒，男啼女哭，无异逃难。此时窘急情形，可想而知。只得随渠飞奔开门，推之而入，车中已有两人，甚觉挨挤，随身自携之物，多带甚受其累。勉强坐定。此车系头等，上车即开，似等候甚久之状。车中系夫妇二人，甚怒，恶言恶色，甚为可恶。出车票见示，通车夫妇答言："不到巴里。"向其索车票看，果然不同。即疑走错，极拟扯保险机器，既苦无钱，又苦不懂话，叫天呼地，亦无法想，不知要装到哪一国去，心中又一大急。……此时寒冷无以复加，一夜三换车，非特多花运费，人亦受惊不浅。现在弟妇发热，头痛，午后发寒，巧女着凉，金妪肚痛……[②]

---

① 参见尹德翔《东海西海之间——晚清使西日记中的文化观察、认证与选择》，北京大学出版社 2009 年版，第 259 页。
② 张德彝：《稿本航海述奇汇编》（第五册），北京图书馆出版社 1997 年版，第 604—607 页。

张德彝日记的摘抄，将身处异国、言语不通、举目无助的晚清下层外交官谢芷泉狼狈窘迫的异域使外生活叙写得淋漓尽致。

总之，晚清最早的几批有着浓厚士大夫情调的驻外使臣并不都是术有专攻、学有专长的职业外交官；他们大多半路出家干外交，视野、学识、文化背景、思维习惯是封建的，因偶然获得了出使西洋的机会，生活空间迅速从相对落后的封建社会切换到先进的资本主义社会，这让他们有走过时光隧道从旧时代"穿越"到新世界的恍世感，使西日记真切记录了他们在此过程中的心态变化。但另一方面，这些使西日记记录了出使大臣在外交实践中积淀的外交思想，汇辑了他们在对外交涉中遵循的礼仪规范，叙写了他们在外交实战中表现的外交智慧，这又让使西日记成了中国早期的外交启蒙教科书。

最后，使西日记惟妙惟肖地叙写了近代海外华人的异域生活。

张德彝的晚期日记中，出现了一些反映海外华人异域生活的内容，[①] 这是此前使西日记中没有的，主要有以下几个方面。

一是海外华人的西化倾向。某些海外华人的西化倾向颇为严重，典型者如晚清外交官张听骠旅居英伦的儿子。张听骠随薛福成出使英国，携带十五岁的儿子少君（乳名阿宝）到英国留学。先学语言，后来学医。少君娶英国女子为妻，生了子女。对于这一切，随使英国的张听骠竟全然不知。张听骠任满回国，儿子不肯随行。张听骠不得不在英国滞留独居两年等待儿子。后来听说儿子有了家室，又催儿子携家室回华。到了上海，父亲住昼锦里老宅，儿子一家却住洋店。为了是住洋店还是住老宅，父子俩起了争吵。争吵后，儿子一家生气回了伦敦，入了英国籍。

二是海外华人的婚姻与家庭故事。华人庚音泰先娶一位芬兰女子为妻，生了一子一女。后来他遭了车祸，装假肢后与另一位西洋女子有私，竟抛了妻儿与该女跑到德国科隆开了一间酒馆。庚音泰原是多年驻

---

① 参见尹德翔《东海西海之间——晚清使西日记中的文化观察、认证与选择》，北京大学出版社2009年版，第259、261页。

德外交官。

三是海外华人的工作琐事。清光绪十三年（1887年）八月，诗人和书画家潘飞声应聘来到德国柏林大学执教中国文学。他在国内签订合同时，错将德国马克当美元，到德国后才知道实情，但为时已晚。

综上，使西日记叙写了晚清最早几批外交官眼中的西方新世界和处于中西文明冲突中的海外华人生活，为中国近代文学注入了新的时代内容。这让使西日记不仅为中国文学开拓了新疆域，还将西方文明的许多现代性元素引入文学叙写中。

第二，使西日记刻画了迥异本土现实的西洋场景及形象。

在晚清，对于尚处封闭保守状态的大多数中国读者而言，以使西经历为叙写中心的日记文本让他们第一次见识了西方新世界中许多迥异中国本土现实的新景观、新人物、新事物，这主要有以下几个方面。

首先，是"海市蜃楼"般的现代都市。从封闭保守的清朝踏入西国境内，最令使臣们震惊和眼花缭乱的是西方国家的现代都市。西方都市繁华阔大。初到马赛，他们惊叹道："街市繁盛，楼宇六七层，雕栏画槛，高列云霄。至夜以煤气燃灯，光明如昼，夜游无须秉烛。闻居民五十万人，街巷相联，市肆灯火，密如繁星。他处元夕，无此盛且多也。"① 之后到里昂，但见："灯火满街，照耀如昼，繁盛倍于马赛矣。"② 再到巴黎，又见："街市繁华，气局阔大，又胜于里昂。"③ 其他城市如伦敦、阿姆斯特丹、柏林亦如此。这些西方城市，晴空之下是高楼林立，入夜后则是灯火辉煌，这一切无不让晚清使臣们惊心动魄。此外，西方都市整洁有序，巴黎、伦敦一条条整洁的街道、颇具匠心的街区绿化，身穿制服、衣着鲜明的巡逻警察，井然有序的人群及人流，整座城市"车毂击，人肩摩"，却"皆安静无哗"。④ 西方都市畅通便捷、四通八达的公交系统，以及完善的供水管道、煤气管道等无不使人印象深刻。晚清

---

① 斌椿：《乘槎笔记·诗二种》，岳麓书社1985年版，第107页。
② 同上书，第108页。
③ 同上书，第108—109页。
④ 同上书，第112、109页。

使臣用细腻的笔触,形象直观地在日记中展现了工业革命之后欧洲经历百余年的工业化、城市化进程所形成的现代大都市。这些都市的繁华阔大、整洁有序、畅通便捷,是当时农耕文明下的中国城市无法比拟和不敢想象的。对于缺乏"现代都市"概念的中国读者而言,这无异于传说中的"海市蜃楼"。

其次,是"浮士德—普罗米修斯"式的西人形象。驻外期间,晚清使臣们广泛接触了西方各国人民,他们发现这些国家的人颇有"浮士德—普罗米修斯"的性格。比如,出使英法大臣郭嵩焘驻英国伦敦期间曾考察了一家电气厂,该厂一名叫格里的普通员工讲的一席话让他印象深刻。

> 格里云:"凡电气皆从煤力发出。煤者,太古以前自有生气。日光不知生自何时,然固自生也。煤之发光亦自生,故功与日并。英人讲求电学,日益求精,然其理终不能推求至尽处,亦如人力所至,终究有止境。要此一种电气,其用最广,直是取用日日生新。即如火轮车一事,比之马车加速三倍。人人趋事赴功,以一倍计之,则是生四十年便做得八十年事业,何利如之!"其言颇多可听者。①

作为电气厂的普通员工,格里能够从电气"日日生新"、取之不尽的特点,领悟到人生当不计索取、加倍工作、创造更多价值的道理,可见处于资本主义上升期的英国人民甘于奉献和牺牲的可贵精神,此精神是古希腊、古罗马以来西方人极为崇尚的"普罗米修斯"精神的延续。郭嵩焘发现了西人的这种精神特质,并称赞不已。

在赶赴英伦的船上,出使大臣郭嵩焘目睹了船上德国官兵的作为:

> 是日晚餐,坐间十余人,捶胡桃为戏。有以额触之而碎者,

---

① 郭嵩焘:《伦敦与巴黎日记》,岳麓书社1984年版,第331页。

于是群引额撞之,或碎或不碎,而皆轰击有声。或横一指其上,引拳击之立碎。或纳胡桃肘下,伸腕舒掌拳,一手拍掌上立碎,见之咋舌。日间常十余人为投石超距之戏。……从容嬉笑,沛然有余。大率德国兵官也。其人白晳文雅,终日读书不辍。彼土人士,可畏哉![1]

这群德国官兵,在斯文儒雅的一般中国人看来是野蛮和好勇斗狠的,但郭嵩焘却从中发现了他们爱锻炼、好游戏、喜读书的现代特质。在日记里,郭嵩焘还记录了许多他很感兴趣,且以前闻所未闻的人和事,如:英国军官勒尔斯的北极探险,英国人斯丹雷的非洲探险,一名英国人泅渡直布罗陀海峡,另一英国人与人打赌在一千个小时内徒步竞走一千五百英里。[2] 从这些人和事中,郭嵩焘机敏地发现西方人有一种藏在雄健外表之下的社会风尚——对知识、对真理、对一切未知世界都抱有强烈的好奇和探究欲望,他感叹说:"西人立志之专,百挫不惩,遇事必一穷究其底蕴。即北海冰雪之区,涂径日辟。天地之秘,亦有不能深闭固拒者矣。""此邦学问日新不已,实因勤求而乐施于告人,鼓舞振兴,使人不倦。"[3] 可见,郭嵩焘超越了当时一般中国人的局限,在看似野蛮、好勇斗狠、热衷冒险的表象之外,敏锐地发现了西方人对知识、对真理、对未知世界的探究精神,这是德国作家歌德总结和崇尚的"浮士德"精神。

概言之,使西日记给当时的中国人描绘了一批对他们而言的全新人物——"浮士德—普罗米修斯"式的西人形象。[4]

最后,是浸润西方文明的新鲜器物和场景。在使西日记中,还有西洋国家的酒店、用来运物上下亦可坐人的"火轮机器"(即电梯)、巴

---

[1] 郭嵩焘:《使西纪程》,辽宁人民出版社1994年版,第40—41页。
[2] 郭嵩焘:《使西纪程》,辽宁人民出版社1994年版,第10页;郭嵩焘:《伦敦与巴黎日记》,岳麓书社1984年版,第451、513、315—316页。
[3] 郭嵩焘:《伦敦与巴黎日记》,岳麓书社1984年版,第66页。
[4] 尹德翔:《东海西海之间——晚清使西日记中的文化观察、认证与选择》,北京大学出版社2009年版,第105页。

黎的市肆和女士们备受优待的舞会、高速有序运转的各式机器，以及德国的克虏伯炮局、设菲尔德的炼钢厂、伯明翰的橡皮局铸铁局和银器局等西方新世界的器物与场景。比如有使臣描写了他们下榻的马赛酒店：

> 西洋客店最华美，往往赛胜王宫。寻常民居，楼高五六层；客店高者九层，以火轮机器运物上下，亦可坐人。最高顶俯瞰驾车之马，小如羊犬。望西南山顶有教堂矗立，高可十余丈。闻堂中有铜质涂金神女大像，高二丈，盖亦伟观也。①

这些器物和场景对当时的中国人而言都很新鲜，使西日记一一为此做了细腻的描绘，生动、鲜活地给当时的国内读者展现了西方新世界作为"民主之邦"和"富丽之地"的气象。

总之，以上的形象描写及其在国内的传播，为中国近代文学贡献了新的审美对象。从此，中国人自觉撇开了将西方人视为"夷狄""禽兽""犬羊"的旧观念，开始对西方国家作"乌托邦"化处理。这种"乌托邦"化处理的结果，开启了近代中国向现代国家转型的理想化设计。

第三，使西日记催生了迥异本族文化的语词和文体运用。

面对异域的新生活、新形象，出使大臣们探索了新的言语表达，这表现在两方面：一是创新了语词运用，二是为文体的酝酿、萌芽、发展和丰富做出了新探索。

首先，使西日记创新了语词运用。新的生活、新的形象，需要新的语词表达；面对新生活、新形象，使臣们撰写使西日记时常有词不敷用之感，为此他们尝试创新了语词运用。

一是自造新词。面对异域新生活、新形象，使臣们在词不敷用时或自造新词。比如，使西日记的作者将电梯叫作"自行屋""机器房""火轮机器"，将缝纫机叫作"铁裁缝"，将展览会叫作"赛奇会""炫

---

① 曾纪泽：《使西日记（外一种）》，湖南人民出版社1981年版，第46—47页。

奇会",将招待会叫作"饮"、出席招待会叫作"赴饮"、别人邀约叫"某某招饮",而后又将招待会叫作"茶会"、出席外交招待会叫"赴茶会"等。

二是活用音译词。面对异域新生活、新形象,使臣们在词不敷用时或活用音译词。比如,使西日记的作者将英法等国的总统、议长称为"伯理玺天德"、"总伯理玺天德"(即英语词 president 的音译),将西方国家的议会称为"巴力门"(即英语词 parliament 的音译),将民选市长称为"买阿尔"(即英语词 mayer 的音译)。

三是强用本族文化的固有词。面对异域新生活、新形象,使臣们在词不敷用时或强用本族文化的固有词。比如,使臣们常常参照国内的体制和习惯,在新语境下将自己向驻使国政府呈递外交照会的行为称为"投刺",将英法等国的部长级官员称为"尚书""大臣""侍郎"等,将法国中央政府的组成部门称为"外部""吏部""工部""兵部""户部",将法国的参众两院议长称为"首领"。此类用词虽不伦不类,倒还达意。

以上语词的混杂运用,在初期确实造成了一种稚嫩青涩的表达效果。但随着"议院""总统""钢铁""行星""宇宙"等词语的定型、规范、圆融及其流入使西日记,也逐渐形成了一种言之有物、通俗条畅、清新雅致的言语风格,无形中引领了晚清散文从此前的古奥渊雅走向了近代的清新自然。

其次,使西日记为文体的酝酿、萌芽、发展和丰富做出了新探索。面对新的写作对象,为实现新的写作目的,薛福成借鉴了传统纪程日记和顾炎武《日知录》的体例,创造性试验了"排日纂事,可详书所见所闻;如别有心得,不妨随手札记"[①]的做法,即:"行程记录+参访札记"的书写方式,其中参访札记是相对独立的文字片段。这些片段,是作者针对新对象、新生活,为便于国内读者阅读理解,写作时特别在内容和形式下的一番功夫,这为某些文体的酝酿、萌芽、发展和成熟做

---

① 薛福成:《出使英法义比四国日记》"凡例",岳麓书社 1984 年版。

出了新探索：

一是为科幻小说的萌芽培植了土壤。使西日记中记录了大量的西学内容，其中不乏如"电""化学""宇宙"等近代科学的新发现和新成就。此后不久，中国开始出现科幻小说：1904 年，徐念慈写出了《新法螺先生谭》；1908 年，吴趼人写出了《新石头记》，这是晚清颇受称道的科幻小说。在这些小说中，近代中国物质领域所缺乏的科学语词如"光""热""力""飞车""电炮""潜艇""验骨镜""验脏腑镜""人造气候"等大量涌现。科幻小说不同于中国以往的神魔小说，它是人们用理性改造世界的逻辑设想，不是神仙迷狂或托梦臆想。① 笔者推测，使西日记的西学内容及其在国内的广泛传播，为这些科幻小说的出现奠定了基础，即：使西日记的西学内容和它对西方新世界的描写为此前从未接触近代科学文明的中国人提供了新的想象空间；以推介西学为己任的使西日记，经由官方和民间的刊刻传抄，已在国内培养了一个对西洋科技文明颇感兴趣的读者群体，这为科幻小说的出现准备了读者。笔者断言，晚清使西日记中大量记载的西学内容（尤其是西方近代科技发明）为中国近代科幻小说的酝酿和萌芽培育了适宜的土壤。

二是推动了画记散文的新发展。在中国散文中，"记"类一体蔚为壮观，其中包括了亭台楼阁记、山水游记、书画记、杂记。据杨庆存先生考证，画记散文由唐人韩愈首创。此后，知名的画记散文有王禹偁的《画记》、苏轼的《文与可画筼筜谷偃竹记》②、陆游的《李伯时文公像画记》。唐代画记散文是以画作为重心，兼及与作品有关的人与事，体现出鲜明的记事性和客观性，这是画记散文的正体。宋人不墨守唐人旧式而多有变化，往往借题发挥，纵横议论，灵活自由，贯穿己意，表现了强烈的写意性和抒情性。③ 延及晚清，薛福成在使欧期间，于光绪十

---

① 王晓岗：《新愿望中的旧幽灵——论晚清科幻小说的想象世界》，载《河北科技大学学报》（社会科学版）2011 年第 3 期。

② 苏轼的《净因院画记》《传神记》《画水记》诸作看似"画记"，实着意于画论，后此类题材大量涌入题跋中。

③ 杨庆存：《宋代散文体裁样式的开拓与创新》，载《中国社会科学》1995 年第 6 期。

六年闰二月二十四日参访了巴黎的蜡像馆和油画展。这天日记的部分内容被辑出，即为薛福成画记散文《观巴黎油画记》，此文在内容和形式上对唐宋以来的画记散文既有继承也有发展，即：《观巴黎油画记》一文既有唐人画记散文的写实，也有宋人画记散文的写意。薛福成参观和品鉴的这幅油画反映的是普法战争，文章先对油画的画面内容做写实描绘；写实之外，薛福成着重表达了自己对法国人在普法战争失败后知耻后勇、铭耻警戒之文化精神的赞叹，以及希望中国人予以借鉴学习的愿望，文章有强烈的写意抒情性。薛福成作为出使大臣，他撰写使西日记及日记中的《观巴黎油画记》，目的不在画作，而是试图通过画作鉴赏来考察和了解西洋文化精神，实现他考察西学以自强的初衷。笔者推测，借这幅画作中蕴含的西洋文化精神以改造中国近代的"国民性"，引导中国"国民性"的现代化转型，应是薛福成撰《观巴黎油画记》的主要目的。总之，薛福成在继承和发展的基础上撰写了《观巴黎油画记》，该作兼有唐宋画记散文之长又超越之，写实之外呈现了浓烈的家国情怀和"疏密相间，意在画外"的写意韵味，进一步推动了我国画记散文的新发展。

　　三是丰富了小品文家族系列。出使大臣薛福成在光绪十八年十二月三十日的日记中，记录了他对西方近代农艺和种子技术的一次考察心得：

　　　　凡地之生物，土性与物性不相合，则必渐归凋敝。即相合而历年收种，仅以本地种子为用，则精气渐薄。此全恃土宜，而不知远近互换之妙也。北人种木棉，必取种于南。捆载花籽以往者累累也，未闻物性土性不相合也。泰西物产，佳美肥硕，迥胜中华；非惟精求艺植之法，其种子亦独好。即以西麦论，粒较大，穗较重，美国所出之米亦然。按亩计之，所出殆不下五六石，视中国农家又几倍之。夫中国地脉绵厚，视海外诸邦有过之无不及；诚取彼麦米之种而植之，必能佳美。又如美国棉花，柔细光洁，纺之如丝，角大如卵。秆高六、七尺，枝广四尺，童童如小树。所生之花较中国多五分,其价在英国亦贵至二三倍。其花性喜斥卤,正与海滨潮汐之地相宜。且凡沿海沙岸,平衍宽广,竟可大收其利。似当在浙江闽粤各省,仿泰西设劝农局之例,规度隙地,广购各种而试植之。择其最为合宜得用者,多购籽种,而分卖于农家。农家既得倍利,自必争购无疑。十年之内,物产倍增矣。盖种子逾三四年,地性渐变,物性亦必变;宜仿西人养马之法,每越数年,再由西国购办以为更换,不过加运带使费而已。然而艺植之法,尤不可不仿西人之研精讲究也。①

很明显,以上日记是比较成熟的科普小品。薛福成写这则日记,本是向国人介绍西方近代的农艺和种子技术。但在阐述农学原理时,他穿插运用了工笔描写(如美国棉花的花苞"柔细光洁,纺之如丝,角大如卵")、形象的比喻(如美国棉花的"杆高六、七尺,枝广四尺,童童如小树,所生之花较中国多五分")、富有生活气息的叙事(如"北人种木棉,必取种于南"),加之文字精美,使这则日记在阐述农学原理之外还有比较丰富的文学性,做到了融描写之精、叙事之婉、议论之妙于一体,将抽象的农学原理阐述得准确深锐、曲尽其意,尽显"小小篇什,婉而成章"的小品韵味,堪称比较成熟的科普小品。据笔者所知,薛福成的日记是较早介绍西方近代农艺和种子技术的科普小品。

此外,副使刘锡鸿在《英轺私记》中有日记专门介绍西方的专利制度及其掌故,将近代的专利知识、社科道理、有趣的故事融为一体,亦可称之为社科知识小品。当代法学专家慕槐指出,刘锡鸿的这则日记是中国人观察西方专利制度的较早例证之一。②

中国是小品文的国度,但大多是文艺小品。北宋沈括撰《梦溪笔谈》,介绍中国古代和北宋时期的科学成就,很多条目的叙写颇有科学小品和知识小品的味道。薛福成和刘锡鸿的日记,分别将西方近代的农

---

① 薛福成:《出使日记续刻》,岳麓书社1984年版,第709—710页。
② 慕槐:《刘锡鸿所见的英国专利制度》,载《比较法研究》1987年第2期。

学原理和专利知识，用精美的文字、生动细致的描写和富有生活气息的叙事予以阐述和表达，尽得"小小篇什，婉而成章"的小品文神韵，这在继承中国传统小品文创作经验的同时，给小品文增加了世界视野和近代科学的知识元素，赋予了小品文以新的面貌，发展了小品文的文体特性，丰富了小品文家族系列。

可见，使西日记中的"参访札记"式片段是文体试验的先锋，它为科幻小说、画记散文、小品文家族系列等文体的萌芽、发展和丰富创造了条件。

综上所述，晚清最早的几批使臣以其旧国民新意识的姿态，在使西日记中叙写了新的时代内容、刻画了新的审美对象、传播了民主和科学等新文化理念，强调了人本意识，表达了对新型国家和新"国民性"的向往，催生了迥异文坛之尊桐城派古文的言语表达，使晚清文坛古奥渊雅的陈腐文风变得清爽易读、清新自然，并接近于"五四"后的白话文风格。笔者认为，"五四"后的新文学，不但有言语表达的新，更有反映生活内容的新、传播文化理念与思想意识的新，使西日记对西方新世界的异域书写，给那时封闭保守的中国人带来了对现代国家的想象，启发了他们对西方自强之道——民主、科学、人本的追求；在被"五四"先驱钱玄同斥为"谬种""妖孽"的桐城派古文盘踞文坛的情况下，这无异于给当时极端保守陈腐的社会氛围吹入了一股强劲的清新空气。正是这股新空气引发了近代中国人向西方学习的空前热情，为其后孕育以"德先生""赛先生"为旗帜的"五四"新文化运动及新文学提供了内因动能。从这一角度言，使西日记是中国近代新文学的萌芽。

除以上新变之外，晚清使西日记一如既往地担当了国家"情报渠道"的角色。崔国因通过阅读驻使国当地的报纸、与邻里谈话等渠道获取信息，在出使日记中对当时欧洲同盟的局势及处理俄国与伊犁的关系做了信息收集、跟踪研究等工作，提出了自己对局势的判断；晚清使臣多为洋务骨干，他们虽然身在国外却积极为国内"筹洋"提供信息支持；使臣洪钧查阅和引用洋人所载的"元史"资料，弥补了中国在元史资料上的缺失,薛福成认为这是"假途西文,裨我掌故"。① 这是使西日记为国内提供信息情报支持的具体表现。

四 使西日记的叙写观念及叙写方式

阅读晚清出使大臣的使西日记和学者们对这些日记的相关研究,可以总结其叙写观念和叙写方式如下。

第一,服务国家特殊需求的日记写作目的。

首先是时势逼迫。鸦片战争后,在总理各国事务衙门(外交部门)的推动下,清政府颁布了使臣日记汇报制度:要求出使大臣驻外期间,抓住机会考察西洋情势,默察西洋机要,并撰写日记,定期向国内汇报,为朝廷洞悉洋情、办理洋务、处理朝政提供信息(或情报)支持,不致办事漫无头绪。这种需求在鸦片战争后随着西方列强对清朝加紧进逼而尤其急迫。但清王朝长期推行的闭关锁国政策,以及落后的科举教育制度,竟致人才凋零,举国上下对世界进步潮流和近代西洋科技几乎一无所知。情急之下,当政者不得不借重出使大臣的日记来了解西洋情势、追踪世界潮流。为此,清王朝颁布了"出使各国大臣应随时咨送日记"的谕旨,内言:"凡有关交涉事件,及各国风土人情,该使臣皆当详细记载,随事咨报,数年以后,各国事机,中国人员可以洞悉,不至漫无把握,况日记并无一定体裁,办理此等事件,自当尽心竭力,以期有益于国,等因。光绪三年十一月初一日,奉旨,依议,钦此,钦遵在案。"② 可见,晚清使西日记在特定时期为满足国家的特殊需求扮演了重要角色,这当然是清王朝处于危机下的权宜之举。

其次是历史传统。我国历史上就有通过使臣日记汇报见闻以获悉域外情形的传统。据现有资料,北宋的路振受诏充契丹国主生辰使时撰《乘轺录》,徐兢受命出使高丽时撰《宣和奉使高丽图经》;南宋的楼钥随

---

① 薛福成:《出使四国日记》,湖南人民出版社1981年版,第175—176页。
② 薛福成:《咨呈》,《出使英法义比四国日记》,岳麓书社1984年版,第59页。

汪大猷出使金国时作《北行日记》，范成大以资政殿大学士充当使金副使时撰日记《揽辔录》，周煇随贺金国生辰使张子政（时任户部尚书）出使金国时撰《北辕录》；清代的张鹏翮随大学士索额图出使俄罗斯时作《奉使俄罗斯行程录》，内阁侍读图理琛等出使伏尔加河下游的土尔扈特部时撰《异域录》，中国历史上的出使日记很多，以上是比较知名的几部。其中，《宣和奉使高丽图经》载：徐兢奉使归国后，"书上御府，其副藏家"；《宋史·路振传》说路振归国后"撰《乘轺录》以献"。以上资料说明，我国历史上就有使臣撰写出使日记汇报见闻、以供国内获悉域外情形的传统，晚清使西日记的大量出现是对这个传统的延续。

最后是使臣们勇于担当。清廷要求使臣撰写日记，其目的有二：一是通过使臣的眼睛来认识和了解西方；二是通过使臣日记所载的外交实录，找到对西（西方列强）外交的应对方略。许多使臣对朝廷遣使的本意深有领会，为不失出使本旨，他们自觉从修养和能力上对自己提出要求。薛福成在《出使四国日记》"凡例"中说：日记为出使而作；中国遣使之故，在默察西国之情势，亦期裨益中国之要务也；故日记作者要开拓心胸、综览全局，有审机观变之识，无舍己芸人之讥，方可不失出使本旨。使臣们对日记撰写的困难亦有认识，并为克服困难做了一些探索工作。薛福成认为日记写作有"三难"："查前出使英法大臣郭，及前出使英法大臣曾，俱有日记，所纪程途颇已详备。若但仿照程式，别无发挥，雷同之弊，恐不能免。此一难也。出使之职，固在联络邦交，至如觇国势，审敌情，贵能见其远者大者，而事之真伪虚实，得失利病，本不易辨。或拘于一隅，而不能会其通，或震其一端，而不能究其极。若但掇拾琐事，见其粗而遗其精，羡其长而忘其短，津津铺叙，舍己芸人，无关宏旨，此二难也。中西通好，本系创举，非挈四千年之史事，观九万里之全势，无以通其变而应其机。偶有论说，抑扬稍过，恐失其平，或致议者之反唇，或启远人之借口。必斟酌夫理之当然，势之必然，权衡轻重，不可稍有偏倚。此三难也。"[①] 为克服"三难"，薛

[①] 薛福成：《咨呈》，《出使英法义比四国日记》，岳麓书社1984年版，第59页。

福成借鉴了传统纪程日记和顾炎武《日知录》的体例，创造性试验了"排日纂事，可详书所见所闻；如别有心得，不妨随手札记"①的做法，这是"行程记录＋参访札记"的写法。因为出使大臣的勇于担当，不少使西日记在晚清时期成了近代中国的西学新读本、中国近代早期的外交启蒙教科书和临时的国家"情报渠道"。

第二，并无一定体例、尽可"自备一格"的书写风格。

首先，使西日记是有限的自由书写。清人认为，出使日记的书写有一定的自由性。在清廷颁布的谕旨中，就明文指出："日记并无一定体裁。"②薛福成在出使日记"凡例"中明言：起源于李翱《来南录》、欧阳修《于役志》的古代纪程日记，文体原本极简要，但"后世纂日记者，或繁或简，尚无一定体例"。③这指出了使西日记虽是国家要求，但仍有书写的自由。当然，这种书写自由是有限的。正如崔国因所言："出使日记，与寻常日记不同，必取其有关交涉裨法戒，此外皆所略焉。"④

其次，使西日记带有浓厚的私人性、私记性。出使大臣对日记的"私人性/私见性"有深刻体认，薛福成虽为出使日记付出了极多心血，但从不自夸。他在上给总理各国事务衙门的《咨呈》中说："本大臣奉使之余，据所经历，笔之于书。或采新闻，或稽旧牍，或抒胸臆之议，或备掌故之遗。不敢谓折衷至当，要不过于日记中自备一格。"又在出使日记"自序"中说："凡斯编所言，要有所致意。然太史公讥张骞使西域不能得要领，庸讵知我所谓至要，人固以为非要；我所谓非要，人固以为至要乎？"以及在"凡例"中明言自己是"述事之外，务恢新义"。⑤这表明了薛福成等人清楚地认识到了日记的私人性和私记性。

最后，使西日记以私人性、私记性成就了它们在特殊年代的独特价

---

① 薛福成：《出使英法义比四国日记》"凡例"，岳麓书社1984年版。
② 薛福成：《咨呈》，参见《出使英法义比四国日记》，岳麓书社1984年版，第59页。
③ 薛福成：《出使英法义比四国日记》"凡例"，岳麓书社1984年版。
④ 陈左高：《历代日记丛谈》，上海画报出版社2004年版，第169页。
⑤ 薛福成：《咨呈》，《出使英法义比四国日记》，岳麓书社1984年版，第59页；《出使英法义比四国日记》"凡例"。

值。日记的生命在于私人性、私记性,晚清使西日记包含了西方新世界的很多东西,出使大臣及随员如郭嵩焘、刘锡鸿、张德彝、薛福成、曾纪泽、崔国因、陈兰彬、李凤苞等,面对外洋异域世界选择从各自的视角、立场、背景做出观察和评论,尽管这些观察和评论有很多是一己私见,但合而言之确实为人们提供了一个多维视角下的外洋异域世界。使臣们从多维视角出发的日记书写被汇编成册,共同建构了中国人在那个时代(鸦片战争后至甲午战前)对西方最近距离的考察和对西学最高水平的认识,为清廷和国内民众认识了解外界提供了宝贵机会。

第三,内在的认识价值与附生的文学意味相伴相生、如影随形。

有人指出,晚清使西日记就像"西洋景"和"泰西风土记"。① 这无疑低估了它们的价值。其实,在清廷初次打开国门的这个特定时期,晚清使西日记有重要的认识价值和独特的文学意味。

在这些日记中,出使大臣记录了他们对西方列强崛起秘诀的探源,记录了他们将晚清中国置于中西比较视野的研究,记录了他们对外交工作内在规律的把握等,只不过这些内容时常被使西日记所载的行程纪录、公私琐屑所湮没。崔国因指出:使臣日记中充斥了大量"牛溲马勃"般的粗贱内容,但其精华却是使臣们在长期对外交涉中"深于阅历,得诸亲尝"而"取精用宏"的结果;以医家用药为喻,使臣撰写出使日记就如同医家"储药必备牛溲马勃,不以为世所贱而弃之",其中精华却有用于国,如同牛溲马勃的精髓"活人延年,与青芝、赤箭同"。② 这形象指出了晚清使西日记的认识价值是内在的。

使西日记是中国古代日记文学的一脉,它们的文学意味不是人为追求的结果,而是伴随日记作者及所写对象的特点而附生的。晚清使臣大多是桐城文人,深谙桐城散文的"义法",行文原就讲究"神、理、气、味、格、律、声、色"。晚清使臣以桐城派散文家的底子,对他们

---

① 尹德翔:《东海西海之间——晚清使西日记中的文化观察、认证与选择》,北京大学出版社2009年版,第11、158页。

② 崔国因:《出使美日秘日记·序》,黄山书社1988年版。

在国外考察途中看到的新事物、发生的新感触、经历的新生活予以描摹、刻画和评述,自然形成了与古文迥异的清新雅致的文风。这是中国近代新文学的萌芽,是伴随日记作者的文学修养及所写对象的新特点诞生的。

第四节　金元明清时的日记嬗变及其文学叙写观

日记本属"私记",形式上是私人叙事和自由写作,内容上多有撰者一己之私见。从唐宋到金元明清,随着人们社会实践的发展,行记类日记的撰述模式从"行走—记录"向"描摹—再现"转型,又向"探究—报告"转型,日常生活日记从唐宋时"客观叙事、内敛抒情"的实录式撰述向"探究—报告"撰述模式转型。这种转型促成了日记的华丽转身,使其从早期的简单粗陋转变为一种极具活力的新体文学,不但在特定时期为满足国家特殊需求而担当大任,而且又一次开创了古代旅游文学的新境界,也大大提升了日常生活日记的写作容量和境界品位。于此,日记以其"私记"属性却有"真文字、大文字、奇文字"的气象,丰富和推动了我国公共写作与正统文学的发展。

据出土文献,我国现存最早的日记是汉初王世奉日记牍,[①] 其后,唐宋时出现了我国古代日记书写的第一个高潮。金元是唐宋向明清过渡的时期,明清时出现了我国古代日记书写的第二个高潮。与唐宋相比,金元明清时的日记书写有几个明显不同:一是日记作品的数量巨大(明代有三十六人的日记存世,清代有三百多人七百多种日记存世,而唐宋只有十八人二十九种日记存世),反映生活更丰富多样,也更有深度;二是与唐宋时撰者数量不太多,但撰者政治地位和文化修养都极高

[①] 《江苏邗江胡场 5 号汉墓木牍、木楬、封检》,参见李均明、何双全编《秦汉魏晋出土文献:散见简牍合辑》,文物出版社 1990 年版,第 101—102 页。

的特点相比，此期日记撰者众多，不同阶层、地区、身份、生活和工作领域的撰者皆有，但以社会中下层人士居多；三是撰者的兴趣更多元、学识更开阔，文化修养普遍较高；四是日记作品的文人化色彩相比唐宋时要淡化一些，但现代性、乡土性、世俗性、科学性、探险性等新质元素大量增加。当然，这两个时期的日记也有很多相同：在功能上，无论日记的形式、内容怎么变化，金元明清时期的日记书写还是沿袭唐宋日记的基本功能，即：记载撰者迁谪宦游途中的行程见闻、记录撰者参政时亲历的军政时事、记录叙写撰者的日常起居生活；在形式上，这两个时期的日记书写也有很多相同，既有记录某特定时段生活的专题日记，也有纵贯撰者一生的日记巨帙，另有一些单篇日记，其中专题日记、单篇日记都鲜明体现了唐宋以来日记书写的基本功能，纵贯撰者一生的日记巨帙虽然内容庞杂，但根据撰者生活所处的时段，大致可以区分为关于该时段生活的若干相对单纯集中的内容模块，这些模块或侧重记载撰者的行程见闻，或侧重记录撰者亲历耳闻的军政时事，或侧重记录撰者的日常起居生活——看似庞杂却有序可循。总之，无论内容单纯还是庞杂，此期的日记从题材范畴和审美特质看基本与唐宋时一样，主要还是行记类日记、军政时事日记、日常生活日记这三大类别，只是在某些具体方面出现一些嬗变而已。试论析如下。

一　金元明清时期的日记嬗变

行记类日记是金元明清日记的一个重要类别。据已知文献，行记类日记起源于唐宋时人们的行役迁谪游宦等活动，最初是撰者对每天的行程道里和沿途交游作一个简略记录，如李翱的《来南录》、欧阳修的《于役志》、路振的《乘轺录》等。这些日记是记事备忘的流水账式日记，没有多少文采和有价值的内容。唐宋时行记类日记主要有三种样态：一是以李翱的《来南录》、欧阳修的《于役志》为代表的迁谪行程日记，二是以《乘轺录》为代表的出使日记，这两种日记在本质上没有区别，皆注重对撰者沿途行程道里的记录；第三种是以宋人陆游的

《入蜀记》、范成大的《吴船录》为代表的记游日记。宋人陆游的《入蜀记》、范成大的《吴船录》堪称古代日记的经典之作，这两部日记记录和叙写了两位来自江南地区、有着很高文学和文化修养的诗人官员沿着五千里长江及其支流入川、出川途中的见闻和风景，他们怀着激动的心情、以惊诧好奇的眼光，对沿途见闻和风景进行了栩栩如生的叙写和描绘，第一次在古老的中国全景式展现了长江及其两岸美丽的自然风光和原生态的人文风情，再现了南宋时期的美丽中国。这两部日记给行记类日记赋予了凝重多姿的文学和文化内涵，使日记摆脱了早期的简略粗陋面貌。延及金元明清，以记载撰者旅途行程和见闻为重要功能的行记类日记出现了如下嬗变。

首先，属于行记类日记范畴的早期出使日记向反映西方新世界和传播西方新文化的使西日记发展。出使日记是行记类日记的重要样态之一，最初诞生于国家的对外交往中，盛行于积贫积弱的两宋王朝。两宋王朝在与北方强邻及其他邻国的交往中，经常派遣使者出使这些国家。出使官员为收集沿途地理险隘及北方强邻的情报信息，特地撰写行记类日记，这在早期是出于使臣自愿，后来才有朝廷要求。由于两宋王朝的使臣所出使的国家都是辽、金、元等北方强邻，这些国家的经济、文化、社会形态等都落后于两宋王朝，因此这些日记除有一定的敌方情报价值外，并无其他重要价值，与当时一般行记类日记并无明显区别。延及晚清，清王朝在西方帝国主义侵略者的隆隆炮声中被迫打开国门。在严峻的政治形势下，清王朝第一批外交官被匆忙地派往了西方各国。由于清王朝长期闭关自守，对外部资讯和世界先进潮流一无所知，执政重臣们在办理外交和处理朝政时常常茫然无措。为此，清廷颁布命令，要求出使大臣据所行程、默察洋情，撰写日记并编册定期向朝廷奏报，以此作为清廷观察了解中外情形及世界先进潮流的一个重要窗口。对于直接从晚清封建小农经济社会走向西方近代资本主义社会的出使大臣而言，域外的一切都让他们备感新鲜好奇乃至震撼焦灼，他们为探求国家自强之道，自觉用日记记载他们对西方国家从令人眼花缭乱的社会表象到支撑其国家运转的内在制度所进行的全方位考察、对西方国家强盛根源所做的探究和思考、对母国落后之弊所做的深刻反思等,同时在日记里记载与西方各界打交道的经验和技巧。这些日记被定期寄回国内,以其叙写的新内容、刻画的新形象、传播的民主科学人本等新文化理念、所表达的对新型国家和新"国民性"的向往、迥异文坛之尊桐城派古文的言语表达,给极端保守陈腐的晚清社会吹入了一股强劲的清新空气,引发了近代中国人向西方学习的空前热情,为其后孕育以"德先生""赛先生"为旗帜的"五四"新文化运动及新文学提供了内因动能。可见,出使日记的嬗变使本属"私记"的小小日记在特殊时代给中国社会发展带来了巨大推动作用。

其次,由具有行记和游记文学特征的唐宋文人日记向具有记游科考探险报告特征的明代科学家日记发展。记旅途行程是行记类日记的主体。据现有文献,现存最早的行记类日记当属唐代李翱的《来南录》,这是李翱在元和四年自东都洛阳赴岭南就幕的日记,它只记录旅途的行程道里,没有自然风光和风土人情的描绘叙写,是一部纯粹的行记。后来,这类日记在记录旅途的行程道里之外,更注重对自然风光和风土人情的描写;其中许多文字片段以简练传神的语言,将沿途自然与人文景观的特点刻画得栩栩如生、惟妙惟肖,这给行记类日记增添了丰富的游记文学色彩。宋代陆游的《入蜀记》、范成大的《吴船录》是此类日记的杰出代表,这标志了早期纯粹的行记类日记开始向游记文学和文化散文的方向发展。这些日记的撰者都是有较高文化和文学修养的知识分子,有着浓厚的传统文人色彩。延及晚明,伴随着资本主义萌芽出现、明王朝衰落、西洋文明输入,明代社会在价值取向、人生追求、思想观念等方面发生了与传统中国截然不同的新变化。此期人们热衷追求个人享乐和性灵解放,注重开阔眼界,富于探险精神,提倡"经世致用",重视实践,崇尚实学……在这些晚明风尚的影响下,一直喜爱地理名胜的青年士子徐霞客勇敢舍弃了读书求功名的传统仕进之路:在几十年时间里,他遍游了中华域内的山川大地,踏访了许多人迹罕至的秘府奥境,并撰有记游专题日记,记录和叙写沿途的山川风物、习俗人情和地质景观,尤其是大量记录和叙写了他对沿途许多地质景观的科考探险经历。这些专题日记被汇编为《徐霞客游记》，标志了具有行记和游记文学特征的唐宋文人日记开始向具有记游科考探险报告特征的明代科学家日记嬗变。这种嬗变有力推动了中国旅游文学的发展，即：《徐霞客游记》在谢灵运的山水诗、柳宗元的山水游记散文、陆游和范成大的记游日记之后，给古代旅游文学贡献了一种独特、真切、奇丽，且富含科考探险等新质元素的旅游体验书写，极为浪漫美丽，又一次开创了中国旅游文学的新境界。

最后，极具地域特色的他乡叙写成为此期行记类日记的重要内容之一。金元明清时期，有日记撰者在一段较长的时间内待在旅途的某个地方，对该地进行较为深入的游历和考察，这部分日记内容专注于记录和叙写该地的风光、古迹、人物、异闻、风俗等，其文笔清隽，内容极具地域特色，如：金代王寂提点辽东刑狱时巡按各部，撰日记《鸭江行部志》，该日记在记录撰者巡按辽东时的行踪之外，还穿插叙写了沿途见闻的东北史地、金代人物和辽南古迹，很多片段题材独特、表达生动并富有东北乡土文学的色彩；元代郭畀从老家到杭州江浙行省求取学官，得暇游历杭州，他在以叙写平生日常生活为主的《云山日记》中有专门篇幅记录此行并叙写当时杭州城的胜迹风光，这些内容被后人辑出编为《客杭日记》，成为武林旧事的重要内容；清代吴振江的日记《闽游日记》，记录叙写他入闽两月的经历和见闻——描写闽地芭蕉、榕树的特征，闽中的树根雕艺，汀州府署的园林佳筑和四时美景等。可见，极具地域特色的他乡叙写已成为此期行记类日记的重要内容。

日常生活日记是金元明清日记的第二大类别。与唐宋的日常生活日记相比，元代郭畀的《云山日记》继承了宋代黄庭坚日记《宜州乙酉家乘》"客观叙事、内敛抒情"的特点，在客观的日常叙写中内敛含蓄地表达了他作为有骨气的汉族文人对元代统治者的不合作和批判态度。此外，与唐宋相比，金元明清文人的日常生活更丰富多样、质量更高，这带来了此期日常生活日记的如下嬗变。

首先，日常生活日记向读书札记类日记嬗变。这一时期，读经史子集成为文人日常生活的重要组成部分之一，每日札写读书心得、记录日常读书情况也就成了这些日记的重要内容，如清代李慈铭日记、谭献日记等。

其次，日常生活日记向札写平日随感的文化艺术随笔和专业性工作笔记嬗变。这一时期，评鉴与创作书画、观剧评剧等成为许多文人日常生活的组成部分，他们的日记主要记录了自己评鉴与创作书画作品的经历及心得、记录自己观剧评剧的情况和体会，这部分日记具有重要的艺术和戏剧史料价值、艺术理论价值，表现了向文化艺术随笔嬗变的倾向。这一时期，还有一些文人本是医生，他们在日常生活日记中记录了自己诊病的经历和经验，积少成多，这部分日记也就嬗变为撰者札写平日工作经验和体会的专业性工作笔记。

最后，一些日常生活日记含有大量的乡土叙写内容。这一时期，中国文人的日常生活过得比较充实、优裕和丰富，他们平日里游赏家乡城市的园林、驻足戏园观戏、听闻家乡人物的掌故……这些日常生活构成了文人日记的重要素材，如晚清孙宝暄日记的重点之一即是对所居城市上海旧事的日常记录，有着浓厚的乡土叙写色彩。

军政时事日记是金元明清日记的第三大类别。与唐宋时的军政时事日记相比，晚清翁同龢、宋教仁等人的日记继承了宋代李纲、王安石、周必大等朝廷重臣在日记中载录重大军政时事的传统，这些撰者基于自身的重要身份和独特经历，撰写了大量反映朝政决策内幕或历史重要阶段人物故实的日记，这算是军政时事日记的正统。此外，这个时期许多中下层官员也撰写日记，记录平日对政务工作的处理。于此，一贯以朝廷重臣为撰者主体的军政时事日记逐渐嬗变为以中下层官员为撰者主体的政务工作日志。这个时期，军政时事日记的书写对象也进一步扩大到经济、文化等领域的重大事件，如晚清以创办《大公报》著称的英敛之先生，所撰日记如实记录了他筹划和创办《大公报》的经历和故事。这都是军政时事日记在新的历史条件下出现的嬗变。

二　金元明清日记的文学叙写观

在以题材来源、审美特质为标准所区分的三大类日记中，行记类日记、日常生活日记的撰述实践丰富，形成的叙写观念也最有价值，此期军政时事日记的撰述实践和叙写观念进展不大。具体而言，金元明清日记的文学叙写观念主要有以下几个方面。

第一，日记常有"真文字、大文字、奇文字"的气象。

以明代记游专题日记汇编《徐霞客游记》而论，小小日记可谓蕴含了至大、至奇、至真的内容。明人对待日记有两种态度：其一，主流社会和正统学术甚为轻视日记，徐霞客因而没能进入明史存传，直到清代纪昀主编《四库全书》，徐霞客及其日记才得到应有地位。可见，日记在许多明人眼里是小文字。其二，日记受到明代先进学人的称颂。明代非主流学术的先进学人是重视日记的，他们认为日记具有"小"中见大、见奇、见真的特点。比如，史夏隆为《徐霞客游记》作序，他称赞徐霞客："驰骛数万里，蹀躞三十年。遇名胜，必披奇抉奥。"[①] 潘耒指出："读其记而后知西南区域之广，山川多奇，远过中夏也。……故吾于霞客之游，不服其阔远，而服其精详；于霞客之书，不多其博辨，而多其真实。牧斋称为古今纪游第一，诚然哉！"[②] 吴国华在《徐霞客圹志铭》中说："（徐霞客）生有奇癖，一举兴而遍华藏不可说之世。"[③] 钱谦益指出，徐霞客日记是"真文字、大文字、奇文字"，[④] 给时人打开了一扇观察和认识外部世界的大门。

晚清使西日记的优秀之作也堪称"真文字、大文字、奇文字"。鸦

[①] 史夏隆：《徐霞客游记·史序》，参见《徐霞客游记》，上海古籍出版社1980年版，第1266页。
[②] 潘耒：《徐霞客游记·吴江潘次耕先生耒旧序》，参见吴江市政协文史工作委员会编《吴江文史资料》2003年第20辑，第84、85页。
[③] 吴国华：《徐霞客圹志铭》，参见《徐霞客游记》，上海古籍出版社1980年版，第1188页。
[④] 钱谦益：《嘱徐仲昭刻游记书》，参见《徐霞客游记》，上海古籍出版社1980年版，第1186页。

片战争惨败后，经总理各国事务衙门（清廷外交部门）强力推动，清廷颁布了使臣日记汇报制度：要求使臣驻外期间，细心考察西洋，默察西洋机要，并撰写日记，编册定期向国内汇报，为朝廷洞悉洋情、办理洋务、处理朝政提供支持。清廷对使西日记的需求随着西方列强对清朝加紧进逼而尤为急迫。于是，小小的日记在特定时期为满足国家的特殊需求而担当大任。卷帙浩繁的使西日记给晚清时期处于封闭保守状态的中国人描述了一个令他们眼花缭乱、目不暇接的西方"奇"世界，叙写了使臣们对西方国家崛起的揭秘，给东方古老家国的振兴提供了借鉴，其中确有不少包含真知灼见的内容。

许多清代学人的读书札记类日记也堪称"真文字、大文字、奇文字"。清代学人在日记中札记他们每日的读书心得，其中的真知灼见之论当得起一个"真"字；这些内容锱铢积累，单独辑出往往可成皇皇巨著，称得上一个"大"字；这些学问乃从学人平日心境中自然流淌而出，言人所未言、言人所不敢言，时有精妙惊人之论，称得上一个"奇"字。

总之，金元明清时的许多日记兼有认识价值、审美价值、实用价值，也最为真味发溢、天趣旁流，呈现了内在的认识价值与附生的文学意味相伴相生、如影随形的状态，这构成了此期日记常有"真文字、大文字、奇文字"气象的前提基础。

第二，勇于担当、志在立言的撰述目的。

无论行记类日记、日常生活日记，此期人们撰述日记都有勇于担当、志在立言的目的。

清廷要求使臣纂写日记，意图有二：一是通过使臣的眼睛来认识和了解西方；一是通过使臣日记所载的外交实录，找到对西（西方列强）外交的应对方略。许多使臣对朝廷遣使的本意深有领会，为不失出使本旨，他们自觉从修养和能力上对自己提出要求。薛福成在《出使四国日记》"凡例"中说：日记为出使而作；中国遣使之故，在默察西国之情势，亦期裨益中国之要务也；故日记作者要开拓心胸、综览全局，有审机观变之识，无舍己芸人之讥，方可不失出使本旨。使臣们对日记撰写的困难亦有认识,并为克服困难做了一些探索。薛福成认为日记撰写有"三难":"查前出使英法大臣郭,及前出使英法大臣曾,俱有日记,所纪程途颇已详备。若但仿照程式,别无发挥,雷同之弊,恐不能免。此一难也。出使之职,固在联络邦交,至如觇国势,审敌情,贵能见其远者大者,而事之真伪虚实,得失利病,本不易辨。或拘于一隅,而不能会其通,或震其一端,而不能究其极。若但掇拾琐事,见其粗而遗其精,羡其长而忘其短,津津铺叙,舍己芸人,无关宏旨,此二难也。中西通好,本系创举,非挈四千年之史事,观九万里之全势,无以通其变而应其机。偶有论说,抑扬稍过,恐失其平,或致议者之反唇,或启远人之借口。必斟酌夫理之当然,势之必然,权衡轻重,不可稍有偏倚。此三难也。"① 为克服"三难",薛福成借鉴了传统纪程日记和顾炎武《日知录》的体例,创造性试验了"排日纂事,可详书所见所闻;如别有心得,不妨随手札记"②的做法,这是"行程记录+参访札记"的写法。可见,因为出使大臣的勇于担当和志在立言,不少使西日记的优秀之作在晚清时期成为中国近代的西学新读本、中国近代早期的外交启蒙教科书、临时性国家"情报渠道"和中国近代新文学读本。

明人徐霞客撰记游专题日记《徐霞客游记》,亦有勇于担当、志在立言的使命感。徐霞客家是江南富户,不仅广有田产,且有藏书宏富的"万卷楼",徐霞客有条件、精力和时间读书,他喜欢读《山海经》、舆地志之类的书籍,不喜读八股时文和圣人之训。在读书的过程中,徐霞客发现"山川面目,多为图经志籍所蒙",于是萌生"欲问奇于名山大川"的想法,决心亲历九州内外以勘校这些图经志籍之误。如果说,搜访奇山异水是徐霞客在冷漠的人世寻求解脱孤独的方式,远游是徐霞客在逼仄的晚明社会获得自我实现的途径,那么与此相关的日记书写,就是助推徐霞客解脱孤独、获得自我实现的阶梯。清人赵翼对此看得很清楚,他说:"霞客乃好奇,足踏天下半。……非奔走衣食,非驰驱仕

---

① 薛福成:《咨呈》,参见《出使英法义比四国日记》,岳麓书社1984年版,第59页。
② 薛福成:《出使英法义比四国日记》"凡例",岳麓书社1984年版。

宦；南狎横海鲸，北追出塞雁；……问渠意何为？曰欲穷壮观，将成一家言。"① 可以说，成一家言、实现自我的人生价值是徐霞客及其祖上几代人的愿望。徐家祖上几代人意欲通过科举显亲扬名，但此愿一直未能实现。徐家几代人未能实现的愿望，却通过徐霞客的旅游探险科考及日记书写意外实现了。可以说，日记是徐霞客"成一家言"、走向自我实现的阶梯。

晚清学人在日常生活中撰读书札记类日记，同样有勇于担当、志在立言的自觉意识。李慈铭是同光年间知名学者，也是一位很用心的读书人。他几十年如一日坚持写日记，时刻注意将自己平日的读书程功和考证所得都记载于日记，目的是为将来的著述做准备。他在《孟学斋日记·自序》里说："予著《越缦日记》，起甲寅迄今，编为甲集至壬集，得十四册二十八卷。世之治乱、家之亨困、学问文章之进退工拙，亦略可见矣。……而向所为二十八卷中，当取其考据、议论、诗文、踪迹稍可录者分类肴之，以待付梓。"在自序中，李慈铭指出了《越缦堂日记》的特点和他"以待付梓"的撰写目的。李慈铭颇爱读书，他嗜古博搜，日以流通秘籍为事，所读书籍极博杂，其中的很多书目在今天都已失传，他惜书如命、读书为乐、以书解忧、以学为业，曾在日记中写道："古今无学问外人才，天下无读书外事业。"李慈铭读书有法：一是考据式阅读法，注重对所读文本的校勘和考证；二是批评法，注重对文本的历史批评、文献批评和学术批评；三是随笔札写自己的读书心得，这些心得或被札记在日记里，或被记录于书端眉批上。李慈铭批校在原书上的心得一般较简略，造语不及《越缦堂日记》圆润，往往是经过补充润色后方才写进日记。缪荃孙在《清史稿·文苑三》中指出："（李慈铭）日有课记，每读一书，必求其所蓄之深浅，致力之先后，而评骘之，务得其当，后进翕然大服。"总之，李慈铭"读书'敛蓄'得法"。李慈铭的读书心得有着极高的学术价值，蔡元培在《读越缦堂

---

① 赵翼：《徐霞客游记·题辞》，参见《徐霞客游记》，上海古籍出版社1980年版，第1279页。

日记感赋》一诗云："史评新证翻新义；国故乡闻荟大观。"王式通评《越缦堂日记》中的读史札记说："每举一谊，便辄理解，发隐疏滞，良云勤矣。"① 张舜徽指出，该日记的内容虽"可云猥杂"，但"苟能去粗取精，足备一家之义"。② 正因如此，后人对《越缦堂日记》的内容予以分门别类的整理，先后辑出《越缦堂诗文集》《读史札记全编》《读书简端记》《越缦堂读书记》等重要著述。

第三，从记事备忘的实录式撰述向"探究—报告"撰述模式转型。

首先，行记类日记从唐宋时的"行走—记录""描摹—再现"等实录式撰述向金元明清时的"探究—报告"撰述模式转型。唐代李翱的《来南录》是早期行记类日记的代表作，该记采取了"行走—记录"的撰述模式，宋代欧阳修赴夷陵就任的行记类日记《于役志》也属于这一模式。这类日记的内容极为简单粗陋，主要是撰者对自己赴任途中的行程道里、风物交游等内容的简单记录，没有多少文学性内容，但对研究撰者生平有一定的史料文献价值。南宋诗人陆游、范成大彻底改变了早期行记类日记的简单粗陋。陆游在沿长江入蜀赴任的过程中，以富有诗意的丹青妙笔对五千里长江两岸的风物人情等进行了栩栩如生的勾勒描绘，再现了南宋时期的美丽中国，写成了中国文学史上极富魅力的日记力作《入蜀记》。范成大沿着长江及其支流从四川归吴的过程中，也对沿途的风物人情古迹等进行了考察和描绘，撰成知名日记《吴船录》。《入蜀记》《吴船录》等日记改变了早期行记类日记的简单粗陋，就此发展出"描摹—再现"的撰述模式，这种撰述模式的转型促成了日记的华丽转身，使其成为一种极具活力的新体文学。到了金元明清时期，随着一批具有较高文化、文学和科学修养的科学家、外交使节加入日记撰写，行记类日记的撰述模式又发生了新的嬗变。明代科学家徐霞客遍游了祖国各地的名山大川和秘府奥境，他在描摹再现沿途的山水风

---

① 王式通：《越缦堂读史札记·序》，参见李慈铭《越缦堂读史札记全编》，北京图书馆出版社2003年版，第1页。

② 张舜徽：《清人笔记条辨》，中华书局1986年版，第355页。

光时，特别注重考察和探究这些山川风光的自然成因，并撰写日记将他对山川风光的描摹及成因的考察探究不时报告给亲友。晚清时期，许多出使西洋的外交使节在他们的使西日记中，不仅具体描绘了他们眼中的近代西方科技和社会形态，还特别注重考察和探究西方强大的根源，通过撰写日记报告给国内，以引起借鉴和学习的需要。这已然是"探究—报告"撰述模式，是对"行走—记录""描摹—再现"等实录式撰述的继承和超越，它不仅完美展现了日记的文学魅力，更给日记增添了强烈的科学色彩。

其次，日常生活日记从唐宋时"客观叙事、内敛抒情"的实录式撰述向"探究—报告"撰述模式转型。在宋人日记《宜州乙酉家乘》中，撰者黄庭坚刻意记录自己每天日常生活里发生的世俗之事、交往的世俗之人。叙写上有三大特点：其一，黄庭坚在《宜州乙酉家乘》中采用了"客观叙事"的叙写方式。所谓客观叙事，是指黄庭坚对自己谪居宜州期间每天的日常生活大多只做客观、具体的叙写和记录，少有主观的议论、抒情和判断，特别是口不臧否人物。其二，《宜州乙酉家乘》作为黄庭坚人生重要时段的生活实录，它表现了黄庭坚丰富的内心世界，只是这种表现极内敛、含蓄、深沉。其三，与黄庭坚在日常生活、诗文书简里给人留下的"高雅"形象相比，日记《宜州乙酉家乘》所呈现的黄庭坚形象是世俗的，但这种世俗形象别有深意——在平凡琐细的日常叙写中刻画了黄庭坚极倔强、豁达、顽强的另一面，又恰好显出他的俗中之"雅"。与唐宋日记专注对日常琐事的实录不同，明清时一些杰出的日常生活日记开始转向对日常读书生活的叙写，或记录撰者日常工作中的心得体验，日常生活日记由此嬗变为读书札记类日记、专业性工作笔记。这些日记在记录撰者日常的读书、工作等情况之外，重点是记录撰者对相关学术问题、专业问题的存疑思考探究，辑为日记，往往成为皇皇巨著，这是以日记为著述，是作为对自己或向外界的成果报告，这种嬗变大大提升了日常生活日记的写作容量和境界品位。

第四，并无一定体例、尽可"自备一格"的撰写风格。

日记本属"私记"，是私人叙事和自由写作，内容上多有撰者一己之私见，极富个性和独创性。清人认为，出使日记的书写亦有一定的自由性。在清廷所颁的谕旨中，明文指出："日记并无一定体裁。"① 薛福成在出使日记"凡例"中明言：起源于李翱《来南录》、欧阳修《于役志》的古代纪程日记，文体原本极简要，但"后世纂日记者，或繁或简，尚无一定体例"。② 这指出了使西日记虽是国家要求，但仍有书写的自由。当然，这种书写自由是有限的。正如崔国因所言："出使日记，与寻常日记不同，必取其有关交涉裨法戒，此外皆所略焉。"③ 出使大臣对日记的"私记性""私见性"有深刻体认，薛福成虽为出使日记付出了极多心血，但从不自夸。他在上给总理各国事务衙门的《咨呈》中说："本大臣奉使之余，据所经历，笔之于书。或采新闻，或稽旧牍，或抒胸臆之议，或备掌故之遗。不敢谓折衷至当，要不过于日记中自备一格。"又在出使日记"自序"中说："凡斯编所言，要有所致意。然太史公讥张骞使西域不能得要领，庸讵知我所谓至要，人固以为非要；我所谓非要，人固以为至要乎？"以及在"凡例"中明言自己是"述事之外，务恢新义"。④ 这表明了薛福成等人清楚地认识到日记的私记性和私见性。日记的生命恰在于它的私记性、私见性，晚清使西日记包含了西方新世界的很多东西，出使大臣及随员如郭嵩焘、刘锡鸿、张德彝、薛福成、曾纪泽、崔国因、陈兰彬、李凤苞等，面对外洋异域世界选择从各自的视角、立场、背景做出了观察和评析，尽管这些观察和评析有很多是一己私见，但合而言之确实为时人提供了多维视角下的外洋异域世界。使臣们从多维视角撰写的日记被汇编成册，建构了那时（鸦片战争后至甲午战前）中国人对西方世界最真切深入的考察和最高水平的认识，为清廷和国内民众认识西方新世界提供了难得的机会。

---

① 薛福成：《咨呈》，参见《出使英法义比四国日记》，岳麓书社 1984 年版，第 59 页。
② 薛福成：《出使英法义比四国日记》"凡例"，岳麓书社 1984 年版。
③ 陈左高：《历代日记丛谈》，上海画报出版社 2004 年版，第 169 页。
④ 薛福成：《咨呈》，参见《出使英法义比四国日记》，岳麓书社 1984 年版，第 59 页；《出使英法义比四国日记》"凡例"，岳麓书社 1984 年版。

李慈铭撰《越缦堂日记》也是并无一定体例、尽可"自备一格"。《越缦堂日记》本属日常生活日记范畴的学人读书札记类日记，但记学之外却兼备众体，同时具有传记、笔记小品、时俗小说、地方风俗画卷的特点。《越缦堂日记》叙写了李慈铭作为读书人、文士、学者和下层官员一生四十余年的经历、观察和思考，文体上具有鲜明的自传特色。李慈铭的日记还记录了晚清许多重要人物的行事及对其所做的评价，后世学者金梁编《近世人物志》，从李慈铭日记和其他日记中辑出六百余人的人物小传。可见，李慈铭日记的许多内容亦有人物小传的特点。综而言之，李慈铭日记具有鲜明的人物传记特色。李慈铭日记拥有一大批忠实读者，这与该日记兼有笔记小品、时俗小说、地方风俗画卷的特点分不开。章太炎先生在《章氏丛书三编》中指出："余尝谓宋代小说最知名者莫如《容斋随笔》，时俗小说最知名者莫如《红楼梦》，二者不可得兼，能兼之者其惟李慈铭的《越缦堂日记》乎。"在这里，章太炎先生指出：从全篇看，《越缦堂日记》可看作反映晚清社会变迁的世情小说，有富于个性的人物形象（如李慈铭及其笔下的晚清人物），有故事情节、有社会环境，其中李慈铭身历、目睹、耳闻的一些矛盾冲突（如轰动晚清朝野的"杨乃武与小白菜"一案），都被他叙写得情节曲折跌宕、形象鲜明生动、文笔细腻酣畅，确是引人入胜的"小说"佳构；从局部看，《越缦堂日记》在记录李慈铭一生的同时，也穿插叙写了他所关注和感兴趣的朝廷政事、典章制度、社会逸闻、市井掌故、经史小札、人物评骘等资料，因而知识性和学术性极强，颇有笔记小品的特征，正如桓谭《新论》所谓："小说家合丛残小语，近取譬论，以作短书，治身理家，有可观之辞。"此外，李慈铭日记叙写了许多地方风俗，比如：晚清京城的《卖文通例》、江南一带的"书栗主"习俗、江南的饮食习俗等，可见其是晚清地方风俗的美丽画卷。

　　第五，日记或沦为政治争斗和意识形态斗争的工具。

　　在我国，日记的传播和撰写存在一个问题，即：常有意无意地淡化日记的文体属性。就传播与阅读而言，很多读者不把日记当日记，将日记作为政治争斗和意识形态斗争的工具；就写作而言，一些撰者也无视

第三章 金元明清时期的日记文学观

日记的文体属性，他们撰的"日记"只是服务某一特定目的的工具。其实，日记就是日记，是撰者对私人经历、私下见解的日常录写，即"私记"而已。作为日记，无论公开出版还是私下收藏，都逃不了作为"私记"的本性。作为"私记"的日记，其核心价值不是通常所谓的"真实""具体""坦率"，因为很多日记限于撰者的立场、视野、修养和认知水平等，在认识和表达撰者所认知的对象、所经历的世界时并不一定能做到真实、具体、坦率。对读者而言，作为"私记"的日记应该属于"非虚构"写作、确实有诸多"真"的成分，并承载了大量新材料、新事实、新形象、新视野、新思想、新观念等内容，其核心价值是基于"私"之基础上的"新""趣"二字和"非虚构"特征，有着公共写作所没有的独特价值。这些新人耳目、颇有意趣、极为独特的"非虚构"内容，经过人们披沙沥金之后才可能被转化为极具价值的公众读物和正统文学。因此，读者应该把日记当日记来读，不必过分苛责它；不苛责于日记，是为了给撰者一份自由，让他们在自由从容中保留日记的核心价值。但在晚清，许多士大夫对外交使臣的使西日记缺少一份雅量：外交使臣郭嵩焘的日记《使西纪程》，尝试从一位晚清进步的士大夫官员的眼中来观察近代西方社会，并对晚清中国落后的根源进行探析，日记中记录和叙写了西方社会的进步形态，及撰者对晚清社会的尖锐批评，这引起了很多保守者的强烈反弹，他们激烈攻击《使西纪程》，竟使这部日记被毁版禁绝，撰者郭嵩焘也因此陷入了身败名裂的境地。由此可见，晚清的社会舆论不把日记当日记，而将日记作为政治争斗和意识形态斗争的工具；不把日记当日记，这必然导致日记传播新思想、新观念，载录新形象、新事实、新材料，及表达独特意趣等核心价值的沦丧，这对人文思想发展和社会进步是极不利的。郭嵩焘之后的晚清日记很明显地体现了这种恶果：以郭嵩焘的《使西纪程》为前车之鉴，曾纪泽等后来的晚清使臣为了明哲保身，撰写出使日记刻意求简、求陋，这又回到了唐代李翱"行走—记录"的日记撰述模式，从而导致日记从私人视角反映新世界新形象、传播新思想新文化等价值的沦丧和表现"真""新""趣"等审美意味的流失。

第六，日记在被分类整理的前后各有不同价值。

许多文人的日常生活就是读书，或从事艺术创作和鉴赏，他们以日记为著述，在日记中大量记录和叙写日常生活中的读书经历和心得，以及艺术创作和鉴赏的体验、发现等，这些内容是生活中随境而生、随机而写的，虽零散杂乱，但不失日记的"真""新""趣"等核心价值。对这些日记加以整理，可从中辑选出具有较高学术价值的专门著作，如后人对《越缦堂日记》的内容予以分门别类的整理，先后辑出了《越缦堂诗文集》《读史札记全编》《读书简端记》《越缦堂读书记》等著述。其中，《越缦堂日记》中的大量读书札记，内容之简要精炼如《四库全书提要》之例，而详赡远过之，导读价值不亚于《书目答问》。如果不对这些日记进行整理，因为其按年月记载，或可从中窥见日记撰者的学术观念、书画成就之所由成，及其思想递传演进的轨迹，故极可贵；一经分类整理后，这些轨迹往往无由考知，这是极可惜的。据余绍宋《书画书录解题》卷五《习苦斋画絮》条，清代戴熙的学画日记《习苦斋画絮》原本按物标记，或卷或册，或纨扇便面屏幅，大小相间，不便稽查，后经人分类整理编为十卷，虽使读者一目了然，却失去了日记撰者学术观念、书画成就之所由成，及其思想递传演进的轨迹，这又是得不偿失了。这是说，从晚清文人对日记的整理情况看，日记文本在被分类整理的前后各有不同的学术价值。

以上是在本章各节对金元明清日记叙写观念进行探析的基础上所做的综论，希望借此把握金元明清日记叙写观的一鳞半爪。

第四章 民国时期的日记文学观

概 述

民国时期的日记是指1911—1949年中国社会各界所写的日记。主要包括五个时间段的日记作品：一、民国初的日记作品；二、20年代的日记作品（含1924—1927年大革命时期的日记作品和20年代的其他日记作品）；三、30年代的日记作品；四、抗日战争时期的日记作品；五、抗战后至中华人民共和国成立前的日记作品。

鲁迅、胡适、叶圣陶三人是中国现代日记文学的奠基人。鲁迅先生的日记有两种：一是作为"正宗嫡派"的记事备忘日记，即《鲁迅日记》，此类日记始于1912年，前后跨度有二十五年；二是作为"正宗嫡派"日记的分支和文学分支的《马上日记》《马上支日记》等作品，这些日记被鲁迅先生排除在"正宗嫡派"的《鲁迅日记》之外，收入了他的《华盖集续编》等杂文集中，这是一种颇具"杂文味"的写实日记，是"日记文学"的一个重要分支。胡适是"五四"新文化运动的旗手之一，也是文学革命和新文学建设的主将，他最有影响的日记是《胡适留学日记》（原题《藏晖室札记》，民国二十八年亚东图书馆印行），胡适将中国传统的用以记事备忘的日常生活日记改造为主要记录自己日常关注、思考和讨论问题及其所用材料、所历步骤、所得结论的"杂记"，这使他的日记成为新文学"自言自语的思想草稿"和新派学人（相对于梅光迪、吴宓等保守派而言）参与文学革命和新文学建设过程中"保存原来真面目的绝好自传"。叶圣陶的日记《辛亥革命前后》，主要记录了辛亥革命前后五年的史事。此外，叶圣陶在抗日战争时期、解放战争时期、中华人民共和国成立后等不同时期也写有大量日记。叶圣陶的日记与《鲁迅日记》的扼要简赅不同，他记事极为详尽具体，善于将叙述、描写、抒情、议论熔于一炉，文学色彩浓厚。

郁达夫对中国现代日记文学的影响最巨，他在理论上第一个提出了"日记文学"的概念，并撰写了多篇重要的日记文论。在创作上，他的《日记九种》堪称南宋陆游《入蜀记》之后的又一日记文学力作，在广大读者中影响极大，这部日记的成功是掀起民国时代日记文学热潮的一个重要缘由。随着新文学运动的深入发展，报纸杂志刊登的日记作品日益增多，一些单行本的日记也开始出现。田汉和易漱瑜夫妇在日本的蜜月日记《蔷薇之路》于1922年出版，这是目前所见的新文学史上最早出版发行的一部日记单行本。之后，瞿秋白写于1921—1922年初的《赤都心史》、郭沫若写于1924年的《到宜兴去》，都利用日记进行社会调查，是有浓厚"报告文学味"的新体日记。

大革命时期涌现了许多日记，最具价值的主要有三部：一是谢冰莹的《从军日记》，记录了女作家谢冰莹作为一名女兵参与北伐的一段经历，这部日记经孙伏园推荐公开发表在1927年的《中央日报·副刊》，后被翻译成多种外国语言，在西方世界产生了广泛影响；另外就是郁达夫影响巨大的日记文学力作《日记九种》和阿英的日记《流离》，阿英的这部日记反映了大革命失败后的社会动荡及自己的生活漂泊。郭沫若写于1928年1月15日至2月23日的日记《离沪之前》，主要记录作者参加南昌起义后身患斑疹伤寒，于1928年12月在上海住院治疗。《离沪之前》记录了他在病愈出院十天后至乘船赴日这一时期的情况，含郭沫若此期经历的文学活动、思想历程、创造社内部的斗争，其中有很多精彩的议论和恳切的自评，及与共产党人的交往、与安琳的爱情、跟安娜共同生活的情况等。

在20年代，比较重要的日记作品还有诗人徐志摩的《爱眉小札》、

《眉轩琐语》及其夫人陆小曼的《小曼日记》，这些日记主要记录了两人在1926年前后的相爱情形。章依萍、吴曙天伉俪写有日记集《倚枕日记》《曙天日记三种》，记叙了他们的养病和家庭生活。郑振铎在大革命失败后远走法国，写有记录海程和旅法生活的日记《欧行日记》。杨骚于1927年写于马来西亚的心情日记《十日糊记》。蒋光慈于1929年在日本养病期间所写的日记《异邦与故国》。在20年代，公开发表和出版的日记还有：俞平伯的《山阴五日游记》，陈衡哲的《北戴河一周游记》，陆晶清的《海上日记》，吴似鸿的《一个流浪少女的日记》。

30年代是民国日记文学的鼎盛期，不但日记的数量多、质量高，还出现了一些日记选本。此期的日记中，郁达夫的《杭州小历纪程》、冰心的《平绥沿线旅行记》，分别描绘了杭州和北国迥异的风光，将日记和游记结合，是具有浓厚"游记文学味"的日记。朱自清的日记《欧游日记》也与此类似。作家鲁彦和夫人谷兰合写的《婴儿日记》，记录了他们日常生活中的育婴故事。小说家许钦文受不白之冤，在狱中写下了《不浪舟日记》《小桃源日记》《工犯日记》等。此期重要的日记选本主要有阿英主编的《日记文学丛选》、赵景深编选的《现代日记选》和《青年日记选》，赵景深还在《青年界》杂志上开辟了"日记专号"，选登优秀的日记作品。在30年代，比较重要的学人日记有季羡林的《清华园日记》，是季羡林于1932—1934年在清华园读书的日记。日记主要记录了作者在清华园读书求学的情况，以及所在西洋文学系老师们的故事，其中主要有中国教授王文显、吴宓、叶公超、杨丙辰、刘文典、金岳霖、张申府、朱光潜、孔繁，外国教授温德（Winter）、翟孟生（Jameson）、必莲（Bille）、华兰德（Holland）、艾克（Ecke）等。这些外籍教师有一些共同特点：第一，无论是哪一个国家的人，皆用英文上课；第二，都是男不娶，女不嫁；第三，除翟孟生外，都没有任何的学术著作，这颇让人不可想象。郭沫若写于1934年7月31日至8月10日的日记《浪花十日》，记录作者与妻儿在日本千叶县一个名叫"浪花"的村落小住十天，这是面对太平洋的一个村落。日记描绘了这里的神奇风景：峰、树林、穴山隧道、雀岛、海女、有生殖崇拜况味的长形巨石等,及大海退潮时捡鱼介的情景,描绘了自然美、生活美和被日本宪兵监视的压迫感。

抗战时期有许多日记,分别从不同角度、不同层面反映了中国人民的抗日斗争情况。其中影响颇大的主要有周立波的《战地日记》《万里征尘》等抗战日记,以及沙汀的日记《敌后七十五天》。刚从英国归来的王礼锡的《笔征》、女作家白朗的《我们十四个》,都是此期反映硝烟弥漫之抗日战场的重要日记。丰子恺的《教师日记》主要记录作者在大后方颠沛流离的生活。青年作家叶紫在生命垂危之际的抗战日记,感人肺腑、催人泪下。叶圣陶在抗战时期进入四川,写有《成都近县视学日记》《蓉桂往返日记》,是他在大后方蓉、渝、黔、桂的生活实录。剧作家阳翰笙抗战时期的居渝日记,反映了文化人的战时生活。在延安,作家周文的《生产日记》记录了他参加大生产运动的情况。著名作家阿英在苏北解放区多年,写有《敌后日记》,反映艰苦却充满激情的敌后抗战生活。郭沫若写于1937年7月25日至27日的抗战日记《由日本回来了》,这是作者在抗战爆发后,克服重重困难,斩断"别妇抛雏"的情丝,秘密从日本回国参战的行程记录;写于1938年9月的《战区行》,记叙了郭沫若参加武汉三镇慰劳团,到五战区、九战区慰劳抗日将士,中间经过咸宁、通山、阳新、武宁,绕道修水、平江,访问长沙的一段经历,《战区行》保存了1938年9月15—20日六天的日记,其余皆为日记的交代文字。

抗战后的日记,较重要的有叶圣陶的《东归江行日记》《在上海的三年》《北上日记》,它们分别写了作者在抗战胜利后出川回沪、居沪及1949年绕道香港抵达北京参加政协会议的过程。郭沫若和茅盾分别于1945年、1947年访问苏联,各自写有《苏联纪行》《苏联见闻录》等日记。

除以上日记之外,还有一些比较重要的日记,比如赵元任日记、柔石日记、蒲风日记、吴宓日记等。商务印书馆推出的《赵元任全集》收录了赵元任日记。在赵的日记中,表达意思的方式多种多样:有时用五线谱,有时用图像,有时用外文和方言,有时是夹杂着他本人才能懂的符号,这是赵先生写给自己看的日记,所用的表意方法往往是只有他自己才能明白。《柔石日记》主要包括柔石在 1922—1925 年、1928—1929 年六年间的生活片段。柔石日记的特点主要有：内容上解剖自我和探讨周围人的人生；"倾诉衷肠式"的"抒情性"；对 20 世纪 20 年代江浙一带某些重大事件的纪实。蒲风日记是指蒲风写于 1931 年和 1937 年的日记，侧重记录撰者对自我的检点、激励，对自我的思考和认识；从日记中可见他以诗歌为第一生命，把诗歌创作与人民的利益、祖国的命运紧紧联系在一起。现代学人吴宓在中华人民共和国成立之前的日记主要记录了他在民国时期的学术生涯、个人际遇，在学界的活动和交往情况等。

总之，民国时期的日记数量多、质量高、形式多样、作者众多、反映的内容题材领域极为广泛，在理论上和创作上都取得了不俗的成绩，形成了"正宗嫡派"的记事备忘日记和以写实为特点但文学色彩浓厚的"日记文学"并驾齐驱的局面，奠定了写实性的"日记文学"与正统文学相等的地位。就日记文论而言，此期包括教育界、文学界、思想界在内的各界人士都非常重视日记写作，他们分别从不同视角深刻揭示了日记备受喜爱和重视的学理根源。此外，民国作家通过多年争论，形成了一些共识，初步建构了民国作家关于"日记文学"的理论观念体系；著名学者胡适提出了日记是新文学"自言自语的思想草稿"、新派学人"保存原来真面目的绝好自传"等重要理念；美学家朱光潜着眼于日记关注实际生活体验的特点，石破天惊地提出：将日记作为一种文学的训练，通过日记从六方面来训练青少年，增加他们对生活的感官体验，累积意象，激活想象，着力发展青少年的高品质想象力。以上的理论观念，都是民国时期最为重要的日记文论成果。

第一节　民国作家关于"日记文学"的争议探析[①]

围绕"日记文学"的相关话题，郁达夫、鲁迅、林语堂、谢

[①] 原载《重庆师范大学学报》（社会科学版）2019 年第 2 期。

冰莹等人为代表的民国作家展开了多年的争鸣和讨论，初步建构了他们关于"日记文学"的理论。真中见真和尽有文艺的趣味，是日记文学的两大特征。日记能成为极具特色的文学分支，与作者对社会的观察视角、记录内容、叙写目的、主体素养等有极大关联。读者爱读日记，主要是源于他们好奇的天性和趣味的追求；就具体情况而言，古今读者有较大区别。

一　民国时代的日记热潮

民国时期出现了我国日记文学的又一高潮。此时，无论日记写作，还是日记文论，都出现了一些前所未有的新气象。

理论方面，作家郁达夫在我国文学史上首次提出了"日记文学"概念，并指出它属于真正的日记（不包括以日记的体裁做的小说等作品），是正统文学之外的一个宝藏。[①] 此外，周作人的《日记与尺牍》，郁达夫的《日记文学》《〈日记九种〉后叙》《再谈日记——〈郁达夫日记集〉代序》《有目的的日记》，鲁迅的《怎么写——夜记之一》《马上日记·豫序》《马上支日记·前言》《孔另境编〈当代文人尺牍钞〉序》，施蛰存的《我的日记》，及林语堂的《冰莹〈从军日记〉序》，谢冰莹的《〈从军日记〉的自我批判》《〈从军日记〉和〈女兵自传〉·前言》等，都是此期作家比较重要的日记文论。

写作方面，此时许多作家都写有日记，数量之巨、种类之富，是极惊人的。其中，郁达夫的《日记九种》堪称南宋陆游《入蜀记》后的又一日记力作，引起的轰动，不亚于他的小说成名作《沉沦》。这是一部书写 20 世纪初中国知识分子的心灵史，是极具"小说味"的写实日记，它的成功引发了民国时期的日记文学热。鲁迅的《马上日记》《马上日记之二》《马上支日记》也堪称日记文学力作，这些日记被排除在

[①] 郁达夫：《日记文学》，参见《海上文学百家文库　44　郁达夫卷》，上海文艺出版社 2010 年版，第 461—466 页。

《鲁迅日记》之外,编进了鲁迅的杂文集《华盖集续编》中。笔者认为,这是颇具"杂文味"的新体日记。此外,谢冰莹的《从军日记》自1927年在《中央日报·副刊》发表后,一版再版,连续出了十九版,还相继经林语堂、汪德耀翻译为英文和法文,在西方世界产生了广泛影响。笔者认为,这是颇具"报告文学味"的新体日记。

据施蛰存所言,新文学中日记开始被人重视,首先应该推源于周作人的小文《日记与尺牍》;但民国作家之记日记,乃至成为热潮,当推《时事新报·学灯》《世界日报·副刊》《语丝》《论语》《中央日报·副刊》,以及北新书局、春潮书局等报纸副刊、文学期刊和书局等喜欢刊登或出版作家的日记佳作。① 此外,郁达夫、鲁迅、谢冰莹等人的日记文学实践取得了极大成功,也是此期日记文学热的一个重要原因。

二 民国作家的日记文学认同

民国作家认为:真中见真和尽有文艺的趣味,是日记文学的两大特征。

真实性是民国作家的文学追求,对于如何确立文学的真实性,郁达夫和鲁迅颇有一些分歧。在郁达夫看来,文学作品一般有作者自叙传的色彩,作者以第三人称写的作品,时常有不自觉地误用第一人称的时候,如果这时叙述作品主人公的心理状态,就可能给读者留下"何以这一个人的心理状态,……被作者晓得这样精细"的质疑,于是文学的真实性就可能在读者心中消失。日记可以消除这个担忧,因为日记是散文中最便当的体裁。所谓"便当",是指该体裁的书写视角是"第一人称",便于作者以"我"的身份进入作品主人公的心理,自由地书写其心理状态,却不让读者产生"何以这一个人的心理状态,……被作

---

① 施蛰存:《我的日记》,参见《施蛰存七十年文选》,上海文艺出版社1996年版,第77—80页。

者晓得这样精细"的质疑,从而避免日记这种散文类文学作品给人留下"不真实"的阅读感和艺术破绽。① 此外,"便当"也是指日记的取材范围广、形式自由,可以被写成有始有终的记事文,也可以被写成小品文、感想文、批评文。② 郁达夫认为,日记的这些特征,在满足读者对真实性的确立方面,比第一人称的正统文学(如小说、诗歌等)更有凭借和把握。③

对于郁达夫欲借"日记"的文体形式来确立文学真实性的企图,鲁迅是反对的。他在《怎么写——夜记之一》中指出:日记不但在体式上应该以"真"为本,内容上也要力求"见真",即真中见真;而文学是虚构的艺术,文学作品确立真实性的途径一般是"假中见真",即通过虚构来达到情理逻辑的真实,这是"艺术真实",即使形式上有些破绽原也无妨;他批评《林黛玉日记》之类打着日记之"真"形来装腔的文本,指责它们是"真中见假"的伪日记;让读者对真实性产生质疑的,不是文学的"假",而是日记的"真中见假"。④ 对于鲁迅的批评,郁达夫 1935 年在《再谈日记——〈郁达夫日记集〉代序》中表示了认可。

1929 年,林语堂为单行本《从军日记》作序,也肯定了日记的特征在于真中见真。《从军日记》的作者是谢冰莹,她作为中央军校(以前叫黄埔军校)的女生被选拔为第一批救护队员,到鄂西前线直接参与了北伐战争。《从军日记》是战地日记,记录了作者参与这场战争的所见所闻所历。林语堂在序言中肯定了《从军日记》的价值在于"真实",指出这是"战地的真实文字",故而能被民众注意和欢迎。⑤

---

① 郁达夫:《日记文学》,参见《海上文学百家文库 44 郁达夫卷》,上海文艺出版社 2010 年版,第 461—466 页。
② 同上。
③ 同上。
④ 鲁迅:《怎么写——夜记之一》,参见《三闲集》,人民文学出版社 2006 年版,第 20—22 页。
⑤ 李怡:《〈从军日记〉与民国"大文学"写作》,载《首都师范大学学报》(社会科学版) 2016 年第 1 期。

民国作家还认为：日记之所以为文学，是某些日记"尽有文艺的趣味"。

1925年，周作人在《日记与尺牍》一文中提出了日记是文学中"特别有趣味"的，其"趣味"的含义是：真正的日记没有做作的痕迹，比一般的文学作品更天然真实，更鲜明表现出作者的个性；日记中的寥寥数语，常常勾画出一个飘逸的形象，日记中不成章节的文句，可能含有不少的暗示力量，日记一行半行的记事，也可能尽有文艺的趣味，一些日记提供了看待人世间的全新视角，让人读来颇有意思；此外，一些日记还是重要的考证资料，审美之外兼具独特的学术价值。①

1926年，鲁迅作《马上日记》"序"，及1926年6月25日、26日、28日的日记，"序"及这三则日记被刊载于刘半农主编的《世界日报·副刊》；又写1926年6月29日，及7月1日、2日、3日、4日、5日、7日的日记，这些日记被编为《马上支日记》，刊载于当时由李小锋主编的《语丝》周刊。这些日记因是写给第三者（读者）看的，所以比鲁迅原本写得简略、内敛并略显单调，主要供自己看的所谓"正宗嫡派"日记，明显要详尽周曲、兴致盎然一些。笔者将《马上日记》《马上支日记》共计十天的日记，与《鲁迅日记》中同一天的日记进行比对，发现它们中有1926年6月28日、7月6日的日记内容是完全相同的，只不过《鲁迅日记》中的记录过于简略、内敛和单调，只有寥寥77字和68字，而《马上日记》《马上支日记》中这两天的日记却极尽铺叙，足有上千字之多，文中亦多了颇有意趣的细节和嘲讽性的语言，其中的"鲁迅味"可谓呼之欲出。《马上日记》《马上支日记》的这十天日记，后来被鲁迅收入他的杂文集《华盖集续编》，足见他认同这些日记属于"文学"范畴。笔者认为，这些日记是颇有"杂文味"的日记，是鲁迅文学创作中不可或缺的一部分。

1927年，郁达夫在《日记文学》一文中提出了日记是"文学的重

---

① 周作人：《日记与尺牍》，载《语丝》1925年第17期。

要分支",是"正统文学以外的一个宝藏"。郁达夫熟读古今中外日记,他认为亚米爱儿的日记堪称日记中的精品、逸品,是可以传世到人类绝灭时的不朽之作,他指出:读这样的日记,"比读有始有终,变化莫测的小说,还要有趣"。① 这是说,日记虽不是小说,但确有一些日记作品因为作者的生活曲折,源于实录、不经雕饰,亦有情节跌宕起伏、故事曲折完整、形象鲜明生动的韵味,读来扣人心弦,颇具小说文本的除虚构外的诸审美元素。在郁达夫看来,这是颇有"小说味"的日记,不应该被排除在"文学"的大家庭之外,尽管它不是"正统文学",却可称之为"文学的重要分支"。由此可见,带有文艺趣味的日记,不但是"文学的重要分支",还应该是"正宗嫡派"日记的一个分支。

1929年,林语堂在《冰莹〈从军日记〉·序》中说:在冰莹看来"不成文学"的东西,却是"实地描写革命生活的文字"。② 谢冰莹为何觉得她的日记"不成文学"呢?据后世学者分析,这是因为初次走上文学之路的谢冰莹深受西方纯文学观念影响,以为自己的日记"没有系统""没有组织,没有结构""谈不上技巧""没有经过雕琢""忽略了战争和民众反抗统治阶级及他们被压迫的描写",看不出"起承转合"的文章体例,也没有纸毫吮墨、惨淡经营的痕迹,让人觉得缺少纯文学的美感。然而,在当时读者,以及孙伏园、林语堂等有见识的编者译者看来,谢冰莹是以战争的参与者,以女兵的独特体验,用手中的笔富有激情地把她所见所闻的事实、"眼前所看见的这些可歌可泣的现实题材",忠实地写出,写一些当时轰轰烈烈、悲壮伟大的革命故事,让读者知道"前方的士气,和民众的革命热情,是怎样地如火如荼"。可想而知,这在当时战地报道缺失的中国,是何等受欢迎!③ 笔者认

---

① 郁达夫:《日记文学》,参见《海上文学百家文库 44 郁达夫卷》,上海文艺出版社2010年版,第461—466页。
② 李怡:《〈从军日记〉与民国"大文学"写作》,载《首都师范大学学报》(社会科学版)2016年第1期。
③ 谢冰莹:《〈从军日记〉和〈女兵自传〉·前言》,参见《谢冰莹作品选》,湖南人民出版社1985年版,第717—721页。

为，这是颇有"报告文学味"的新体日记。

总之，民国作家在广泛争议的基础上，达成了他们对日记文学的认同，即：真中见真和尽有文艺的趣味，是日记文学的两大特征。他们认同日记是"私密的文字"，发现日记之所以是日记，在于作者的写作方式是系日实录和无意雕琢，内容上时时可见其不轻易示人、比较私密的一面，往往有作者的真面目在；日记之所以是文学，在于其内容中富有形象、情感、意趣等审美元素。可以说，真中见真和尽有文艺的趣味，是一些真正的日记被称为"日记文学"的内在原因。

笔者认为，民国作家的这些认识在实质上提出了日记文学的两个重要理论问题，即：日记的纯正化和文学性问题，表明他们对日记文论的思考已经比较成熟。在民国作家看来，所谓日记，是指真正纯正的日记，它没有任何做作的痕迹，比一般的文学作品更天然真实、更鲜明地表现出作者的个性，因而它不包括以日记形式所创作的虚构性文学作品；"真中见真"作为日记的重要特征之一，并不是指日记内容的完全真实（从理论而言，日记内容的完全真实因为受到客观条件及作者的认知水平、利益立场等因素局限，事实上是很难达到的），而是强调日记的真形式和日记作者的性情与个性之真，这是一种内在的真和更具价值意义的真；"尽有文艺的趣味"作为日记文学的另一个重要特征，是明确指出所有的日记并不一定都可以称之为日记文学，只有那些蕴含着"杂文味""报告文学味""小说味"等丰富文学意趣的写实日记，才能被称作日记文学，这种日记不但是"文学的重要分支"，还是"正宗嫡派"日记的一个分支。

三 迥异于正统文学的意趣和风貌

不同的日记中，作者对社会的观察视角是不同的。郁达夫、鲁迅、林语堂等人曾指出日记作者的观察视角极有特点。

从观察精细、且多闲暇的妇人视角，来写当时的家庭琐事，虽然累赘，但能比较正确、完全、精细地把当时的琐事记叙下来，这样日记就成了反射社会风俗的一面镜子。① 读这些日记，能感到无上快乐，故为人传颂者多。从战事中职业的日记者，或任有职务的人等视角，来叙写当时的战事。② 谢冰莹的《从军日记》就是北伐前线中任有职务的一位女子军，在战事间隙，锋发韵流地叙写她的感触。这是局中人内视角叙事，常常有丰富生动的细节和逼近真相的深层事实。③

不同于刻意经营的正统文学，日记往往"从不经意处"，写出这个人——社会一分子的真实，这往往是不愿别人知道的真实，但要知道这人的全部，这些真实又必不可少。④

……

可见，因视角的独特，许多被鲁迅称为"非文学作品"的日记，就有了一些"活的"关于个人、关于当时社会的记载，⑤ 这使枯燥的史实经常生发出引人入胜的文学意趣，日记向来有些读者就不足怪了。

至于在日记中写什么？民国作家的思考和实践如下。

施蛰存在《我的日记》一文中指出：记自己日常生活中的情感小故事，记"钱塘夜渔"之类生平未见、偶见之下即目眩心移的劳动场景，记自己享受的自然景色，记自己的思想，以及记银钱进出的账目等，总之，主要记自己觉得有趣的方方面面；记事的地方，文字即使浅陋，因为那事值得回想咀嚼，所以现在翻看仍觉有味；记思想的地方，则因时方弱冠，尽管感想是有感而发，批评是有的放矢，但思想毕竟幼稚，现在读来却颇可笑。⑥

---

① 郁达夫：《再谈日记——〈郁达夫日记集〉代序》，参见《炉边独语》，江苏文艺出版社2006年版，第304—307页。
② 同上。
③ 李怡：《〈从军日记〉与民国"大文学"写作》，载《首都师范大学学报》（社会科学版）2016年第1期。
④ 鲁迅：《孔另境编〈当代文人尺牍钞〉序》，参见《且介亭杂文二集》，人民文学出版社2006年版，第209—210页。
⑤ 郁达夫：《再谈日记——〈郁达夫日记集〉代序》，参见《炉边独语》，江苏文艺出版社2006年版，第304—307页。
⑥ 施蛰存：《我的日记》，参见《施蛰存七十年文选》，上海文艺出版社1996年版，第77—80页。

周作人在《日记与尺牍》中指出：主要记一些能显出"主人的性格"、见到主人"精明的性分"的普通人的生活镜头及当时的社会剪影。①

《鲁迅日记》是鲁迅"写给自己看的"所谓"正宗嫡派"日记，这些日记一般不记他所处时代的重大事件，只记日常的人际交往、银钱往来的账目、购书的记录等琐事，②这部日记给人一种神秘感，看不出鲁迅说的可以从"正宗嫡派"日记看出一个人"真的面目"、见到他的"真心"这一特征，鲁迅对此也爽快承认。被鲁迅编进《华盖集续编》的，看作是"正宗嫡派"日记的一个分支的《马上日记》《马上支日记》——这是鲁迅专意"记杂感"的日记，③④倒可以看到鲁迅冷峻深刻严肃的"思想家"形象下的另一面目，这是一个幽默、风趣、热情、但不失犀利，又带有些许孩子般调皮的普通人形象，这正是鲁迅所说可从中看出一个人"真的面目"、见到他的"真心"的日记。如此而言，鲁迅所谓"正宗嫡派"日记倒应该是指他编在《华盖集续编》中的《马上日记》《马上支日记》了。

郁达夫指出：对作者而言，日记主要记自己虽无聊却有起色的生活，因为刻板的生活，连自己看了也要生厌；记自己"苦闷的心史"、内心"矛盾的心理"和灵魂的拯救，以及精细的自我解剖、社会批评的眼光；⑤记自己所受的暗箭和为此做的申剖；⑥记旅行中所见的"新异"等。⑦尤其记自己"苦闷的心史"、内心"矛盾的心理"和灵魂的拯救，以及精细的自我解剖、社会批评的眼光等内容的日记，它们的一

---

① 周作人：《日记与尺牍》，载《语丝》1925年第17期。
② 鲁迅：《马上日记》，参见《鲁迅杂文 华盖集续编》，人民文学出版社1980年版，第125—126页。
③ 同上。
④ 同上书，第138页。
⑤ 郁达夫：《日记文学》，参见《海上文学百家文库 44 郁达夫卷》，上海文艺出版社2010年版，第461—466页。
⑥ 郁达夫：《〈日记九种〉后叙》，参见《炉边独语》，江苏文艺出版社2006年版，第293页。
⑦ 郁达夫：《再谈日记——〈郁达夫日记集〉代序》，参见《炉边独语》，江苏文艺出版社2006年版，第304—307页。

些作者，因为天资极高，同辈以为将来会了不得，然而一生却平淡无奇、境遇不好，事业文章也很寥寥，几无可以使人怀念他并使他不朽的东西，他的内心苦闷、精细解剖、对社会的批评，在日记公开后才被人知晓，①其日记也因此成了传世之作。

此外，钱钟书在1947年出版发行的小说《围城》中，借主人公方鸿渐的父亲这个形象抨击了民国社会在日记写作上的不良风气。方鸿渐的父亲爱写日记，主要记他在日常生活中做出的"支颐扭颈、行立坐卧种种姿态"，目的是让别人了解、给自己立传，这样的日记很做作，像"照成一张张送人留念的照相"。②

可见，日记的内容无论在广度、深度和个性化等方面，都表现出与正统文学迥然不同的风貌。

民国作家为什么要写日记？这有多方面的因素。

其一，为文学修养的提高。当时的舆论认为，日记是"文学修养的模范""帮助写作的利器"。③郁达夫的《日记九种》和谢冰莹的《从军日记》在出版界取得极大成功，对民国作家热衷于日记文学也有重要推动作用。一些作者用日记记下自己日常生活中"最美丽"的瞬间、对社会问题发表的感想以及时评等，保存了许多富有文学意趣的内容，④客观上对作者审美意识和写作能力的提高产生了积极影响。

其二，为备忘和减轻一个人的苦恼。郁达夫等民国作家都认同鲁迅的观点，承认日记的目的，原本是给自己一个人看的，为减轻自己一个人的苦恼，或预防一个人的私事遗忘而写。⑤鲁迅指出：他在日记中

---

① 郁达夫：《日记文学》，参见《海上文学百家文库 44 郁达夫卷》，上海文艺出版社2010年版，第461—466页。
② 钱钟书：《围城 人·鬼·兽》，生活·读书·新知三联书店2001年版，第154页。
③ 施蛰存：《我的日记》，参见《施蛰存七十年文选》，上海文艺出版社1996年版，第77—80页。
④ 同上。
⑤ 郁达夫：《日记文学》，参见《海上文学百家文库 44 郁达夫卷》，上海文艺出版社2010年版，第461—466页。

"记杂感",是因为害怕忘记,所以一想到、马上记,算作自己每天的"画到簿"。①

其三,为技痒难熬。郁达夫指出:对于自己、对于当时的社会,作者一旦有了某些新认识,就会情不自禁地想记下来,他认可女作家法尼·排内(Fanny Burney)的观点,认为日记之作,"只有技痒难熬之隐衷,而并无骄矜虚饰,坦白地写下来的关于自己、关于当时社会的日记,才是日记的正宗"。② 此外,记行的日记,更是作者"一逢新异,手痒难熬"的结果。③

其四,为保存"活的"考据资料。日记的不少作者,是历史上重要现场的目击者、经历者、参与者和见证人,他们写日记的初衷,主要是为了记下在这些现场中获得的丰富细腻的客观性观察和主观性体验,这是重要的人文记忆,对于考据学者、文化史学者、传记作者而言有非同寻常的意义。④

其五,为低劣的目的。郁达夫的一位作家友人,写日记的目的十分明了,第一个目的是攻击某先生对日本人所发的议论。某先生的议论是合理的,但这位友人为了标榜自己的爱国,也要在日记中对此大加挞伐。第二个目的是喊穷喊苦。这位友人是文人中的富者,但他在日记里记自己面临"债主的将来催逼",似乎是为了证明他的穷到了无立锥的境遇。⑤ 另有一批人写日记,是为了让别人了解、给自己立传,其目的也应该归于这一范畴内。

民国作家还认为,日记对作者的主体素养要求很高。

首先,理论认识上要高。郁达夫承认,公开出版、发行自己的日记,确有处于穷途末路、卖私记以糊口养生的考虑;为了补剂生活,他

---

① 鲁迅:《马上日记》,参见《鲁迅杂文 华盖集续编》,人民文学出版社1980年版,第125—126页。
② 郁达夫:《再谈日记——〈郁达夫日记集〉代序》,参见《炉边独语》,江苏文艺出版社2006年版,第304—307页。
③ 同上。
④ 同上。
⑤ 郁达夫:《有目的的日记》,载《申报·自由谈》1933年7月23日。

将《日记九种》刊行，刊行之后，销路大好，为了版税，听任书局一版再版；后来，为了应付杂志及书局催逼文稿，也将一些零散的日记交与杂志和书局发表。这样的日记，带给了郁达夫丰厚的版税、轰动的读者效应等一系列客观后果，① 在常人看来这背离了郁达夫、鲁迅等一再强调的日记应该"写给自己看的"这个初衷。其实，这种看法是欠全面的。因为郁达夫赢得读者的关键不是他对读者的刻意迎合，其法宝恰在于他的日记是"写给自己看的"，他说：一位好的日记作家，要"养成一种消除自我意识的习惯，只为解除自己内心的重负而写下，万不可存一缕除自己以外更有一个读者存在的心"。② 与郁达夫一样，谢冰莹在《从军日记》刊行后也曾特别声明："当时我写《从军日记》，脑子里根本没有任何希冀，并不想拿来发表"，只是觉得北伐前线发生的可歌可泣的现实故事，不写出来实在可惜，写出来后请孙伏园先生代为保存，是孙先生心有所爱予以发表的。③——读者喜欢此类日记，因为他们能够从中看到一位作家的"真心""真面目"或这个时代的某些"真相"。

其次，敢于大胆暴露自我。周作人承认自己的修养不够，他说："我不能写日记，自己的真相仿佛在心中隐约觉得，但要写下来想定是私密的文字，总不免还有做作。实在是修养不够的缘故。"④ 鲁迅认为，正宗嫡派的日记是"写给自己看的"，可以从中看出一个人"真的面目"，他据此批评了李慈铭、胡适等人，指责他们写日记是专意"给人传观"。然而，在日记理念和实践上，鲁迅的说和做是有距离的。对于自己的日记实践，鲁迅评价说："我的日记却不是那样"，"写的是信札往来，银钱收付，无所谓面目，更无所谓真假"，他承认自己的日记与

---

① 郁达夫：《〈日记九种〉后叙》，参见《炉边独语》，江苏文艺出版社2006年版，第293页。

② 郁达夫：《再谈日记——〈郁达夫日记集〉代序》，参见《炉边独语》，江苏文艺出版社2006年版，第304—307页。

③ 谢冰莹：《〈从军日记〉和〈女兵自传〉·前言》，参见《谢冰莹作品选》，湖南人民出版社1985年版，第717—721页。

④ 周作人：《日记与尺牍》，载《语丝》1925年第17期。

所谓"正宗嫡派"日记有差距。① 对于记"杂感"的日记，鲁迅也坦率承认："因为这是开首准备给第三者看，恐怕也未必很有真面目，至少，不利于己的事，现在总还要藏起来。"甚至，基于他对人性的怀疑，还向读者提出建议：日记虽"较接近于真实，……但也不能十分当真"，因为"有些作者，是连账簿也用心机的"。② 郁达夫与周作人、鲁迅等人最大的不同，是"他那大胆的自我暴露"，③ 对于自己的内心世界，他从不藏着、掖着，赤裸裸地表现了一个坦诚、真实、全无遮盖的自我形象。笔者认为，具有如此个性的人物，不论知名度的大小，其日记通常会有一批读者，因为日记写出了一个人"真的面目"，这对于读者的成长而言是可贵的资源，有正反及多方面的借鉴意义。可见，真正的日记对作者大胆暴露自我的修养要求很高，这方面的不达标也正是一些日记备受诟病的重要根源之一。

此外，作者还要善于编辑日记，④ 即：将日记中一段时期内的日常生活按进展情况编辑成册，分别冠以标题，看似散乱的日记就会成为有条理、有规律，有一定情节、形象和抒情意味的完整叙事。当然，作者的生活也要有一定起色变化，否则还是难以写出有价值的日记。

总之，民国作家认为：不少日记能成为极具特色的文学分支，与作者对社会的观察视角、记录内容、叙写目的、主体素养等因素有极大关联。

四 日记读者的审美阅读期待

至于读者为什么爱读日记？郁达夫认为主要有如下原因。

其一，源于好奇的天性。他说：读者读小说的最大心理动机，是他

---

① 鲁迅：《马上日记》，参见《鲁迅杂文 华盖集续编》，人民文学出版社1980年版，第125—126页。
② 鲁迅：《孔另境编〈当代文人尺牍钞〉序》，参见《且介亭杂文二集》，人民文学出版社2006年版，第209—210页。
③ 郭沫若：《论郁达夫》，参见《郁达夫研究资料》，花城出版社1985年版，第86页。
④ 郁达夫：《〈日记九种〉后叙》，参见《炉边独语》，江苏文艺出版社2006年版，第293页。

们对"旁人的私事的探知"和好奇；与此相同，读者喜欢读日记，最大动机之一也是对于"旁人的私事的探知"和好奇。① 此后，美学家朱光潜也表示过类似看法。②

其二，源于对趣味的追求。郁达夫指出：日记的精品、逸品，作者虽是信手写来，却能把个人生活的原原本本、具体事件的来龙去脉，人生经历的跌宕起伏，内心世界的细微骚动，个人内心的矛盾冲突及个人与外部世界的矛盾冲突等，都展现得淋漓尽致，纤毫毕现；这对读者而言，虽没有虚构的故事情节和人物形象，却让人觉得"比读有始至终，变化莫测的小说，还要有趣"，③ 因为这些日记虽无小说之名，却有小说之实，即：它们有高度写实的生活叙事，与小说的情节一样由始至终、变化莫测，更重要的是它们的人物形象与小说不同，完全"是一个赤裸裸的自我"，有时候这种形象更有典型意义，也更具人生的借鉴价值。郁达夫的著名日记《日记九种》即是如此。这部日记与郁达夫的其他日记不同，它名为九种，即：《劳生日记》（1926年11月3日—11月30日）、《病闲日记》（1926年12月1日—12月14日）、《村居日记》（1927年1月1日—1月31日）、《穷冬日记》（1927年2月1日—2月16日）、《新生日记》（1927年2月17日—4月2日）、《闲情日记》（1927年4月3日—4月30日）、《五月日记》（1927年5月1日—5月31日）、《客杭日记》（1927年6月1日—6月24日）、《厌炎日记》（1927年6月25日—7月31日），但实际上是郁达夫一段特殊时期生活的完整记录，它分为有着紧密内在联系的三大阶段和九个节点。第一，广州阶段。生活的主题词是"劳生""病闲"，此时郁达夫远离旅居北平的妻儿独居广州，任职广州国民政府举办的中山大学，但他对国民政府的右派行径极为不满，故托病请辞。这是郁达夫内心世界的低潮期。

---

① 郁达夫：《日记文学》，参见《海上文学百家文库 44 郁达夫卷》，上海文艺出版社2010年版，第461—466页。
② 朱光潜：《日记——小品文略谈之一》，参见《谈读书》，天津人民出版社1998年版，第133—134页。
③ 郁达夫：《日记文学》，参见《海上文学百家文库 44 郁达夫卷》，上海文艺出版社2010年版，第461—466页。

第二，上海阶段。生活的主题词是"村居""穷冬""新生""闲情""五月"。此时，郁达夫从广州迁回上海，主持创造社出版部事务。这个阶段，远离妻儿独居上海的郁达夫初识杭州美女王映霞，竟觉得是发现了生命中的光明，对王映霞展开了疯狂热烈的追求。中间经历了自我内心的种种矛盾，以及与王映霞女士的矛盾冲突、与创造社内部的矛盾冲突、与外国殖民者及"四·一二"反革命政变后蒋介石反动派的矛盾冲突等。这个阶段的日记生动细腻地展现了一位极富个性、极有追求的著名作家的内心隐秘，表现了他的事业心，他的文学追求和理念，他在生活泥潭的挣扎，他对摆脱无爱婚姻的愧疚，他对爱情的认知和渴求，他对旧派文人林琴南的不齿，他对自我瞬间隐秘心理的自嘲等。可贵的是，他的日记还无意中客观记录了一些当时军政事件在上海平民生活中的投影，比如他在去见王映霞的途中，亲历了蒋介石发动"四·一二"反革命政变时屠杀上海工人的现场，并痛苦地发出了自己的诅咒。可见，该部日记是一部融合了时代投影和个人心史、兼具惊心动魄时光和个人恩怨情仇的日记文学巨作。第三，杭州阶段。生活的主题词是"客杭""厌炎"。此时，郁达夫离开血雨腥风的上海，与王映霞回到家乡杭州，住在西湖附近，过上了神仙眷侣般的杭州风情生活。这是郁达夫生命中最幸福的一段时光。笔者认为，《日记九种》的情节跌宕起伏和形象鲜明生动完全不输于许多有成就的小说，那些认为"郁达夫的日记没有故事情节，没有虚构的人物，有的只是一个赤裸裸的自我"[1]之类的观点是值得商榷的，至少这不符合郁达夫的日记理念和实践。

此外，读日记还可以帮助读者消磨无聊的时光，郁达夫曾说：阅读日记，让他"消磨了许多无聊赖的黄昏"。[2]

对于读者为什么爱读日记，鲁迅认为要具体情况做具体分析，尤其是古今读者有较大区别。

---

[1] 谢泳：《两种日记的比较研究——读鲁迅郁达夫日记札记》，载《鲁迅研究月刊》1992年第9期。

[2] 郁达夫：《日记文学》，参见《海上文学百家文库 44 郁达夫卷》，上海文艺出版社2010年版，第461—466页。

首先，他承认一个事实：日记这类"非文学作品"，向来是颇有读者的。

其次，他认为古人爱日记，根本原因是他们能从日记中读到一些有见识的文人对于"朝章国故"的记载，可以长知识、增见闻；或是因为日记中收藏的佳作——中国文士历来喜欢将自己的佳作收进日记里，读者可以从这些佳作学习"丽句清词，如何抑扬"的写作技巧；或是因为有名望的作者在日记中记载了一些如何钻营、如何请托的"成功经验"，读者可以从中学习"怎样请托"。① 总之，这是将一些日记当教科书用。

最后，他认为今天的人们喜欢日记，主要是将日记作为文学史研究的资料，他说：现在的人们，读文人日记，目的已经比较欧化，"远之，在钩稽文坛的故实，近之，在探索作者的生平"，并指后者是最主要的。②

综上所述，以郁达夫、鲁迅、林语堂、谢冰莹等人为代表的民国作家围绕"日记文学"的相关话题（如民国日记兴起的缘由，日记文学的特征，日记写作的视角、内容、目的和主体素养，以及读者观等）展开了多年的争鸣和讨论，形成了一些共识，初步建构了他们关于"日记文学"的理论。

第二节 一位新文学倡导者的日记撰述观探析
—— 以《胡适留学日记》为考察对象

胡适将"起居注"式的传统日记改造为对重要学术问题的思想"杂记"，他用日记实录和还原一位新文学倡导者内心世界的多重对话，并用日记承担"思想"锻炼者的角色与担纲新文学经典

---

① 鲁迅：《孔另境编〈当代文人尺牍钞〉序》，参见《且介亭杂文二集》，人民文学出版社2006年版，第209—210页。

② 同上。

文献撰写前的"草稿"。胡适日记叙写了中西文化对比和冲突背景下，学贯中西的新文学倡导者参与文学革命和新文学建设的真切历程：逐步明晰文学革命的目的和新文学的使命，探索了新文学的理想形态，找准了新文学的建设路径，明确了所持的新文学立场。胡适的日记叙写再现了他在文学革命和新文学建设中的理念设想与实地试验，打上了浓厚的实验主义哲学烙印，促成了胡适治学的鲜明特点，让胡适在学术上常开风气之先。

上海亚东图书馆1939年出版的《胡适留学日记》是胡适1910—1917年旅美七年的日记。胡适的日记摒弃了中国传统日记关注具体、琐碎之日常记事的写法，大量记录了他旅美期间每天关注、思考及与朋友讨论的一些问题，将"起居注"式的日记改造为对重要学术问题的思想"杂记"。在一段时期内，这样的日记聚焦于文学革命和新文学建设这一话题，记录了胡适思考这个话题时的材料、步骤、结论，这为胡适撰写文学革命和新文学建设的一系列重要文献奠定了基础，《胡适留学日记》因此成了新文学倡导者对于文学革命和新文学建设诸问题"自言自语的思想草稿"。此外，该日记还完整、详细地记录了胡适作为新派学人（相对于梅光迪、吴宓等保守派）的人生经历、职业兴趣、个性爱好、精神追求等，《胡适留学日记》又以此成了撰者参与文学革命和新文学建设过程中"保存原来真面目的绝好自传"。胡适深受西方实验主义哲学和中国传统学术影响，以其颇具中国特色的日记叙写再现了一位新文学倡导者在这场伟大革命和建设中的思考及行动。试论析如下。

一 日记是新文学倡导者"自言自语的思想草稿"及思想孕育待产前的"产床"

胡适在参与文学革命和新文学建设的过程中，将旅美留学日记作为他面对诸多问题时"自言自语的思想草稿"。具体表现如下几个方面。

第一，日记是对撰者"自言自语"式内心世界多重对话的实录和还原。胡适指出，留学日记是他针对文学革命和新文学建设诸问题"自言自语的思想草稿"。① 笔者认为，其意不但是指胡适让日记担纲新文学经典文献撰写前的"草稿"和承担"思想"锻炼者的角色，更指胡适关于文学革命和新文学建设的思想不是凭空杜撰的，而是在他的自言自语中，借助内心世界的多重对话，经过多方打磨后逐渐成熟并变得系统的。阅读胡适日记，可见他自言自语的内心对话有多重层面。

其一，他与自己对话。比如，胡适自信能用白话写作散文，但对于白话能否作诗并无把握，他"私心颇欲以数年之力，实地练习之。倘若数年之后，竟能用文言白话作文作诗，无不随心所欲，岂非一大快事？……"② 又如，1916年8月23日胡适对自己写的白话诗《两只黄蝴蝶》极满意，认为是白话诗创作"一种有成效的实地试验"。③ 这是胡适内心世界围绕白话能否作诗这个问题与自己对话。

其二，他与中国文学史上的作家、诗人、学者及其作品对话。胡适爱好中国古典文学，旅美期间经常整理国故，阅读了中国古代多位作家、诗人的白话文作品。他发现："吾国文学三大病"，④ 我国历史上有六次大的"文学革命"，⑤ 宋人语录、元人杂剧院本、章回小说、元以来的话本以及用白话写的某些诗词曲，既是我国的文学经典，也是存于文言之外的白话文学佳作。⑥ 这是胡适与中国文学史上的作家、诗人、学者及其作品进行对话。

其三，他与西方文学史观及经典文本对话。胡适留美期间，大量接触了西方的文学史观及经典文本，这引发了他与西方文学史观及经典文本的对话。比如，他欣赏英国十九世纪伟大浪漫主义诗人拜伦名作

---

① 胡适：《胡适留学日记·自序》，同心出版社2012年版。
② 胡适：《再答叔永》，参见《胡适留学日记 下卷》，同心出版社2012年版，第169页。
③ 胡适：《窗上有所见口占》，参见《胡适留学日记 下卷》，同心出版社2012年版，第173页。
④ 胡适：《吾国文学三大病》，参见《胡适留学日记 下卷》，同心出版社2012年版，第133页。
⑤ 胡适：《吾国历史上的文学革命》，参见《胡适留学日记 下卷》，同心出版社2012年版，第133页。
⑥ 胡适：《谈活文学》，参见《胡适留学日记 下卷》，同心出版社2012年版，第139页。

《唐璜》中的诗句："语言是看得见的东西，一滴墨水／像露珠滴在思想之上，它使无数人展开了思维的翅膀。"① 拜伦的诗句启发胡适认识到"文学以有思想而益贵"，这是胡适在自言自语中与西方经典文本的对话。② 又比如，胡适与薛谢儿女士（Edith Sichel）围绕欧洲文艺复兴时期先贤们（如但丁、皮特赖、包高佳、阿褒梯等）的俗语文学创作及文艺观进行对话，这让胡适认识到白话是推动西方社会思想进步的利器。③

其四，他自言自语中与诸友人就文学改良、文学革命和新文学建设的问题对话，其中以梅光迪、朱经农、任叔永、许杏佛、唐钺等为常客，诸友人中又以梅光迪的主张最保守。胡适有关文学革命和新文学建设的进步主张有很多就是经梅光迪诘难和反驳后而打磨成熟的。

其五，他自言自语中与文学革命和新文学建设事业的同道好友（如陈独秀等）对话。

胡适内心世界的多重对话，表明他关于文学革命和新文学建设的主张不是心血来潮的产物，而是建立在多重对话和反复斟酌的基础上，具有多元、坚实、开放、严谨的特征。留学日记中这种内心世界的多重对话属于潜意识层面，是对特定语境下胡适内心世界的实录和还原。

第二，日记承担"思想"锻炼者的角色。《胡适留学日记》前后期的叙写有较大差别：其中的卷一、二与中国传统日记无异，主要是日常生活记事，比较具体、琐碎，但这种方式没有坚持多久；从卷三开始，日记主要记录撰者每天关注的一些问题，如：和朋友谈论的某个问题，或自己想的一个问题。胡适把谈论问题的大概、大要摘抄在日记里，或者把想问题时的思想材料、步骤、结论，都写下来，记在日记中，即日记的"杂记"内容，胡适认为：这样写日记，感到很有意义、很有意

---

① 胡适：《裴伦论文字之力量》，参见《胡适留学日记 上卷》，同心出版社2012年版，第314页。
② 胡适：《文学改良刍议》，参见夏晓红编选《胡适论文学》，安徽教育出版社2006年版，第2页。
③ 胡适：《归国记》，参见《胡适留学日记 卷九 下》，海南出版社1994年版，第385—387页。

思，因而能够坚持下来，短的一两百字，长的千字以上。对文学革命和新文学建设的理论探索来说，胡适日记的杂记部分承担了"思想草稿"的角色。《胡适留学日记》中有关新文学的内容如下：其一，记载胡适平时思考新文学有关问题的具体背景；其二，记载胡适平时与朋友的相关争论；其三，记载胡适针对这些问题所收集的各种资料；其四，记录胡适对这些问题的思考和回答。日记中的这些内容，尤其是胡适对新文学所做的思考和回答、所收集的资料、所针对的辩驳对象、文学革命与建设所需解决的问题等，都经过胡适记录、思考、斟酌和思虑成熟后，转化为此后对文学革命和新文学建设进行理论阐述时的资源，甚至成了这些阐述的重要组成部分，《文学改良刍议》《建设的文学革命论》《〈尝试集〉自序》等文学革命和新文学建设的重要文献与《胡适留学日记》的"杂记"就有着不可分割的内在联系：《胡适留学日记》中的"杂记"是新文学的"思想草稿"，新文学的很多文献是基于这些"思想草稿"并对草稿中的"思想"元素进行提取和锻炼，经系统化整合后予以阐述的结晶之作。胡适在留学日记中，不记日常琐事，主要是记录他所关注的问题、与友人的相关争议、由此引发的思考等，涉及新文学、整理国故、民主政治、国民教育等领域的众多话题，以及对这些话题进行初步思考后形成的思想观念。文学革命和新文学建设中很多重要观念的形成及思想成熟，都在作为"思想草稿"的《胡适留学日记》中留下了不可磨灭的痕迹。

第三，日记担纲许多经典文献撰写前的"草稿"。胡适撰写了多篇关于文学革命和新文学建设的经典文章，如《文学改良刍议》《建设的文学革命论》《传记文学》《论短篇小说》《五十年来中国之文学》等，这些学术文章语言通俗、文笔优美、观点新颖、论据充实、论述有力、布局谨严，在学术史上留下了浓墨重彩的一笔，堪称新文学史上的经典文献。这些文章以如此面目存世，与《胡适留学日记》中的"杂记"内容担纲了它们的"草稿"是分不开的。胡适重视写作，他认为读的书、思考的问题，要成为自己的东西，必须经过写作——手到才是心到的法门。在胡适的写作中，主要有两种样式：一是正规文本的写作,二是草稿式的写作。正规文本写作主要有两类:一是学术论文,如《文学改良刍议》《建设的文学革命论》《传记文学》《论短篇小说》《五十年来中国之文学》等学术文章;二是文学创作,如胡适的白话诗集《尝试集》。草稿式的写作主要指《胡适留学日记》中载录的"杂记"和诗文片段等。草稿式的写作是正规文本写作的前奏,构成了胡适学术和文学生涯的重要组成部分。这样的"草稿",让胡适的学术写作和文学创作都建立在其鲜活的日常体验和感受上,以及基于这些体验和感受所生的新思想、新观念上,这是胡适为他的正规文本写作奠基。

总之,胡适留学日记是一位新文学倡导者"自言自语的思想草稿",也是他关于文学革命和新文学建设之思想孕育待产前的"产床"。

二 日记是新文学倡导者参与革命和建设时"保存原来真面目的绝好自传"

在《胡适留学日记·自序》中,胡适评价留学日记是他在美七年的"绝好的自传"。[①] 这体现在以下几个方面。

第一,日记完全保存了他在美留学期间的真面目。胡适是知名学者,他的留学日记却毫不避讳,真实记录了他在落魄的年轻时代没找到人生出路时的苦闷、焦虑和彷徨,以及在此困境中的挣扎。胡适的成就在文学和哲学方面,一生所治也是文学和哲学,但他在美国留学时最初学习的是农学,他对农学不感兴趣,学习起来很困难。负笈西行和身负重托的他徘徊在学业难成的焦虑痛苦中,在康奈尔大学农学院期间,是胡适留学生涯中最艰难的日子,为了麻痹自己,他沉溺在打牌、吸纸烟等恶习中,他反思自己及有愧疚之心时,又时时痛责自己堕落,时时想戒掉纸烟却不能。对于这段生活,胡适在日记中没有隐瞒,于一言一行都有详细记录,完全是赤裸裸的自我,把自己的真面目都写了出来。比

[①] 胡适:《胡适留学日记·自序》,同心出版社2012年版。

如 1911 年 2 月 5 日，身处康奈尔大学农学院的胡适在日记中写道："今日起戒吸纸烟。……" 1913 年 1 月 24 日，一位名为 Louis P. Lochner 的美国友人给时在康奈尔大学求学的胡适写来长信，劝告胡适戒掉吸纸烟的恶习，胡适深为所动，特在当天日记中抄录该信，并在日记末尾写道："此友人 Louis P. Lochner 所寄书。记此以自警焉。" 1914 年 7 月 18 日，在康奈尔大学求学的胡适，痛感吸纸烟给身体带来伤害却欲戒不能的困境，于此见到自己的意志力薄弱，他对此感到可怕，对自己大加痛斥，为强迫自己戒烟，他在当天日记中抄录了一则西哲语录作为座右铭以自警。据胡适自述：在留学日记中，除了对实验主义的接受和践行，及公开出版时需做一些技术处理而对极少数日记有删削，完全保留了他留美期间的真面目。

第二，日记写出了一位不受成见拘缚而肯随时长进的青年人的内心生活史。胡适从小喜欢读白话小说、写白话文，在澄衷学堂、中国公学的时候就以学生身份积极参与学校民主管理，是一位不肯受成见束缚的青年，他追求进步，有平民情怀，能够以开放的心态，全方位观察和了解美国社会，并以之为参照来反思国内情形。这使他能够随时长进，从早年的年少轻狂、随波逐流、自感前途渺茫，而脱胎换骨成了一位纯粹的学人、新文化运动的旗手、自由主义知识分子、提倡民主和自由的政治学者。对于这一过程的内心生活史，胡适在留学日记中有详细记录。如 1911 年 6 月 18 日的日记，记录他有一次忽然感情冲动，几乎要变成一个基督徒：

六月十八日（星期日）　在康奈尔大学农学院

第五日：讨论会，题为《祖先崇拜》（Ancestor Worship）。经课。Father Hutchington 说教，讲"马太福音"第二十章一至十六节，极明白动人。下午绍唐为余陈说耶教大义约三时之久，余大为所动。自今日为始，余为耶稣信徒矣。……

［附记］这一次在宇可诺松林（Pocono Pines）的集会，几乎使我变成一个基督教徒。这册日记太简略，我当时有两封信给章希

吕与许怡荪，记此事及当时的心境稍详细。①

据胡适写给章希吕、许怡荪的信，这是胡适当时知悉好友程乐亭死去的噩耗极感悲痛，几欲加入耶稣借助宗教之力"稍杀吾悲怀耳"。胡适多情敏感，他的学术思想就建立在他极富个人色彩的感性上，他对新事物、新思想、新宗教极敏感，易于发现其精妙之处，并容易接受，这是胡适能够随时长进的心理基础。

第三，记他在一个时期常常发愤要替中国的家庭社会制度作有力的辩护。因为留心新中国的建设，胡适对美国的家庭及伦理制度很感兴趣，留美期间对此做了广泛深入的观察思考。1912年10月14日，胡适日记中记录了他一天所做、所思的事项，如读报、上课、与印度友人盘地亚君闲谈，以及想著一本《中国社会风俗真诠》的书，做法是："取外人所著论中国风俗制度之书——评论其言之得失，此亦为祖国辩护之事。"② 他计划的书中包括了家庭制度、婚姻、妇女地位、社会伦理、孔子的伦理哲学、新中国等篇目。1912年11月3日，胡适在日记中记载了美国好友韦莲司女士提出的问题：当所持见解与家人父母不一致、甚至产生矛盾时，人们应该"容忍迁就"还是"各行其是"？胡适认为这是"人生第一重要问题"。细思后他得出结论："吾于家庭之事，则从东方人，于社会国家政治之见解，则从西方人。"③ 1915年1月4日，胡适在日记中追记自己去美国哥伦布城参加世界学生总会第八次年会，到访美国家庭卜郎博士家的经历，这个家庭没有子女，只有夫妇两人，两夫妇同甘共苦、勤俭持家，夫妇间互相敬爱、极为相得，胡适直呼："此真西方极乐之家庭也。"④——这是美国家庭的类型之一。第二类：子女多，皆聪颖可爱。第三类：如韦莲司女士之家，父母年老，儿子已经长大抱孙，女儿亦成人，子女皆天各一方。第四类：夫妇博学相互敬

---

① 胡适：《胡适日记 I》，安徽教育出版社2001年版，第108页。
② 胡适：《胡适留学日记 上卷》，同心出版社2012年版，第49页。
③ 同上书，第258—259页。
④ 同上书，第294页。

爱，对子女的有无并不关心。总之，胡适对美国家庭伦理关系极为赞叹。1915年1月22日下午，胡适乘火车到纽约附近的一座城镇访友人节克生君，并留宿其家，见到他的夫人及一子（Robert）、一女（Ruth）。观察到这个美国家庭"极圆满安乐"，节君介绍他与妻子之间的关系即："吾妇之于我，亦夫妇，亦朋友，亦伴侣。"① 于此，胡适发现美国家庭的夫妇关系完全不同于中国，他们之间是平等民主的，胡适对此赞叹道："此婚姻之上乘也。"② 在胡适眼里，美国的家庭及伦理制度尽管完美，但只能为他心目中的新中国建设提供借鉴，所以他赞叹之余仍要替中国的家庭社会制度做有力的辩护。

第四，记他在一个男女同学的大学里住了四年，却不曾去女生宿舍访过女友。1914年6月8日，胡适往康奈尔大学女生宿舍探望同学，事后感叹自己在一个男女同校的大学住了四年，竟不曾去女生宿舍拜访过女友，由此引发了他对教育问题、妇女问题的思考，及对自我成长道路的反思和批评。因为家境的特殊，胡适从小与母亲、外祖母、姨母、大姊等妇人接触较多，受她们的陶冶之功甚深，读书后投入社会，与妇人几乎没有接触。胡适认为：与妇人女子没有接触，受其陶冶日少，遂使自己成为深于世故的社会中人，虽思想颇锐，却爱用权术，天真褪去，既无高尚纯洁的思想，也无灵敏的感情；十年来，自己在智识方面取得了很大进步，感情方面却很麻木迟钝，几乎成为一个冷血动物；他决定今后"当注重吾感情一方面之发达。吾在此邦，处男女共同教育之校，宜利用此时机，与有教育之女子交际，得其陶冶之益，减吾孤冷之性……。吾自顾但有机警之才，而无温和之气，更无论温柔儿女之情矣。此实一大病，不可不药"。③

第五，记他爱管闲事、爱参加课外活动、爱观察美国的社会政治制度、爱到处演说及与人辩论。比如，1914年5月10日，胡适在康奈尔

---

① 胡适：《胡适留学日记 上卷》，同心出版社2012年版，第301页。
② 同上。
③ 同上书，第123页。

大学生平第一次做临时演说,题目是《大同主义之沿革》,向西方听众介绍中国古代思想文化,胡适口才极佳,演说效果极好,被主持人"许为彼生平所闻最佳演说之一",①胡适对此很得意,特在日记中对这次活动做了记载。

第六,记他的友朋之乐、记他主张文学革命的详细经过、记他的信仰思想演变的痕迹。《胡适留学日记》中记有胡适主张文学革命和新文学建设的详细经过。

一是提出"造新因"说,明晰文学革命的目的和新文学的使命。据胡适留学日记,从1915年11月到1916年1月,胡适与友人四次论述"造因":1915年11月25日,身在美国的胡适接获国内好友许肇南的来信。许肇南提出国运艰难,首在人心社会不振,救国之道在于"努力造因"。1916年1月4日,受许肇南的启发,胡适提出:收拾国事,必须"打定主意,从根本下手,努力造因"。②1916年1月11日,胡适指出为国"造新因"乃自己的人生使命。1916年1月25日,胡适在给许怡荪的信中提出:"造因之道,首在树人;树人之道,端在教育。"③胡适投身文学革命和文学建设,在此已有明确目的:通过文学革命和文学建设,推动新文学的形成;以新文学为国民教育的核心阵地和主要手段;通过新文学培养新国民,新国民的养成即为国家民族之新生"造新因"。

二是提出"言之有物"说,探索新文学的理想形态。1917年1月1日《新青年》载胡适的《文学改良刍议》,这是新文学史上拉开文学革命序幕的文献之一,其中文学改良八事之"须言之有物"论令人耳目一新,极清晰地阐说了新文学的理想形态。其要点有三:"言之有物"论不同于古人"文以载道"说;他所谓的"物"即指"情感""思想"二要素;文学因有情感而具灵魂,因有思想而高贵。这是胡适在观察近

---

① 胡适:《胡适留学日记 上卷》,同心出版社2012年版,第112页。
② 同上书,第105页。
③ 同上书,第112页。

世中国文学之弊，并借鉴西方经典文学和中国古代白话文学之优长的基础上提出的。该观点的萌芽已在此前胡适留学日记中多有体现：1915年2月的一则日记中胡适抄录了拜伦《唐璜》中的一段句子，其论述"思想"赋予文字以力量，让文学因之而高贵，这对胡适极有启发；1915年2月11日的日记中，胡适收到友人张子高赞其"叶香清不厌"这句诗的来信，并联想到苏轼的名句，感慨道："诗贵有真，而真必由于体验……诗清顺达意即可。"① 受古典诗歌和自身创作体验启发，胡适提出：源自切身体验的真情感是新文学"言之有物"的重要内涵之一。日记的这些内容后来都成为胡适论述文学革命和新文学建设重要文献的主要观点。

三是提出"活文学"说，找准了新文学的建设路径。这经历了四个阶段。

第一阶段。1916年2月3日，胡适与梅光迪书信往来，围绕文学改良的语言文字问题展开辩驳，胡适提出："诗界革命何自始，要须作诗如作文。"② 梅光迪对此并不苟同，指出："文之文字"与"诗之文字"截然两途，③ 不能混同。胡适解释说：其意不只是以"文之文字"入诗，乃强调不刻意避用"文之文字"也；好诗不一定对"文之文字"与"诗之文字"刻意区分，而是择其长而用之。对于这些辩驳，胡适日记都有详细记录。

第二阶段。1916年4月5日、4月30日的日记中，胡适在研究中国历史上的文学革命时发现了白话取代文言乃大势所趋，故而提出他的"活文学"论。胡适指出：宋人语录、元人杂剧院本、章回小说、元以来剧本及白话写的诗词曲等，都是白话运用的典范，是"活文学"的样本。

第三阶段。1916年7月，胡适与友人论战的焦点是白话和文言的

---

① 胡适：《胡适留学日记 上卷》，同心出版社2012年版，第317页。
② 胡适：《胡适留学日记 下卷》，同心出版社2012年版，第117页。
③ 同上。

优劣。1916年7月6日，胡适与任鸿隽、杨杏佛、唐钺谈论文学改良之法，胡适力主以白话为作文、作诗、作戏曲小说的语言。在谈论中，胡适提出了白话是"活的语言"，白话文学是"活的文学"，白话优美不鄙俗，达意颇适用，与文言是"半死的文字""不能使人听得懂"相比，白话占优。1916年7月22日、7月30日的胡适日记，记载了胡适与梅光迪、任鸿隽之间围绕"白话诗"展开的论战。针对胡适"中国要有活文学""须用白话做文章"的言论，梅光迪反驳："文字岂有死活！白话俗不可当。"至于提倡白话、说白话胜于三千年的文言，这是"瞎了眼睛，丧心病狂"。对于梅光迪的攻击，胡适回击说：文字、文章没有古今雅俗之分，却有死活可道。活文字、活文章，听得懂，说得出；死文字、死文章，若要懂，须翻译。建设"活文学"的方法是"今日的文学大家，把活泼泼的白话，拿来'锻炼'，拿来琢磨，拿来作文演说、作曲做歌，出几个白话的嚣俄和几个白话的东坡"。[①]

此后，论战焦点转移到白话诗上。在1916年7月30日的留学日记中，胡适摘录了梅光迪和任叔永责难胡适白话诗创作的来信。梅光迪在信中说：读胡适的白话诗如儿时听"莲花落"，"革尽古今中外诗人之命"。"文章体裁不同，小说词曲固可用白话，诗文则不可。"[②] 任叔永来信说：胡适试验创作的白话诗是白话，也有韵，但不能称为诗，因而是完全失败的。白话有白话的用处，却不能用来写诗。如果白话可以拿来写诗，则"京调高腔"皆为诗。文学革命可从其他方面着手，但白话诗免谈。胡适敏锐地从信中发现：原先一直抵制白话的保守派友人在与自己的辩驳中，开始认识到白话的独特作用，从当初顽固反对一切白话的立场退到只在诗歌创作中反对白话了。至此，革命派和保守派的论争聚焦到白话可否写诗这一问题上。胡适就此准备与保守派打一场歼灭战。1916年8月是胡适集中精力研究、思考并"实地试验"白话可否

---

① 胡适：《胡适留学日记 下卷》，同心出版社2012年版，第159、161页。
② 胡适：《一首白话诗引起的风波》，参见《胡适留学日记 下卷》，同心出版社2012年版，第164页。

写诗的一个时期。8月4日，胡适日记载录了他写给任叔永的信："自信颇能用白话作散文，但尚未能用之于韵文。""今尚需人实地试验白话是否可为韵文之利器耳。""私心颇欲以数年之力，实地练习之。"①如能随心所欲用文言和白话作文作诗，乃一大快事。该月21日，胡适对于白话可否写诗，表示尊重反对者的意见，但坚持自己"用白话作诗"的主张。同日，胡适读惠洪《冷斋夜话》，见到苏东坡的一首白话诗，该诗通俗雅洁，达到了白话诗的较高境界。该月23日，胡适在日记中录写了自己于窗上所见口占的白话诗《两个黄蝴蝶》，自认是"一种有效的实地试验"，该诗收进胡适白话诗集《尝试集》。至此，胡适用白话作诗的试验取得初步成功。这年9月15日的日记记录了胡适写给好友朱经农的信：初作白话诗时，胡适遭好友朱经农、任叔永、梅光迪极力反对，但现在却是"经农、叔永、杏佛称许，反对之力渐消"，甚至经农来信说，不但不反对白话，自己竟也作白话诗，挂"白话"招牌。至此，在这场"白话文学"论战中，胡适取得了彻底胜利。

第四阶段。1917年6月，胡适回国，在归国途中读到薛谢儿女士（Edith Sichel）的《再生时代》，该著谈论欧洲文艺复兴时期意大利、法国、德国之国语文学形成的经过，中古时期欧洲各国各有土语而无文学，学者著述通问皆用拉丁文。意大利是罗马旧畿，相对于拉丁文，其语言被认为是"俗语"。自但丁开始，"俗语"进入文学。但丁以"俗语"创作《神圣戏剧》和《新生命》，开意大利"俗语文学"之先河，为意大利造就"文学的国语"，也为欧洲造就了新文学。其后，有皮特赖（Petrarch）、包高佳（Boccaccio）、阿褒梯（Leon Battista Alberti）相继用俗语作诗、小说，并主张："拉丁者，已死之文字，不足以供新国之用。"② 胡适认为：意大利文自但丁后不到两百年大成，根源在于意大利的先贤们知道拉丁文必废，国语不可少，他们一方面有意主张国语；一方面实地试验、亲自创作高质量的国语作品，所以收效很快。法

---

① 胡适：《再答叔永》，参见《胡适留学日记 下卷》，同心出版社2012年版，第169页。
② 胡适：《归国记》，参见《胡适留学日记 下卷》，同心出版社2012年版，第229—230页。

国和德国的国语文学都经历了与意大利相似的历程。于此，胡适发现了建设新文学的具体路径：从"国语的文学"到"文学的国语"，并认识到新文学的终极目标是新国家。这为新文学建设从内容、形式、路径及目的做出了可贵探索。

胡适日记中所载的内容，如"文学革命八条件"、欧洲各国之国语文学的形成历程、实地试验白话诗创作等，都成为胡适在1917年及以后撰写《文学改良刍议》《文学的国语 国语的文学》《尝试集》等文学革命和新文学建设重要文献的素材。

四是提出"（文学）不当为少数文人之私产"说，明确了所持的新文学立场。与友人谈论"造新文学"，胡适提出"活文学"之说。胡适的主张屡遭一同参与讨论的梅光迪责难。胡适认为，梅光迪与自己之所以有重大分歧，虽有治学方法的差异（如梅光迪治文学"喜读批评家之言，而未能多读所批评之文学家原著……"）①，主要根源还是他们对新文学所持的立场是不同的。胡适的新文学立场是："文学在今日不当为少数文人之私产，而当以能普及最大多数之国人为一大能事。吾又以为文学不当与人事全无关系。凡世界有永久价值之文学，皆尝有大影响于世道人心者也。"② 很显然，胡适的主张是基于平民主义的文学立场；梅光迪为代表的保守派则基于贵族主义、山林主义的文学立场，是落后于时代的。

除以上六个方面外，《胡适留学日记》还有诸多优点：语言上不用文言而改用通俗的白话，让普通读者易懂爱看；日记写出了胡适这位新派文人的最动人处，是颇可爱的文字；日记内容对当时的中国人多有思想文化启蒙的价值。总之，胡适评其为"绝好自传"不为过！

三 实验主义奠定了胡适日记撰述观的哲学根基

胡适是深受中国传统学术影响的西方实验主义信徒，他以日记撰述

---

① 胡适：《觐庄对余新文学主张之非难》，参见《胡适留学日记 下卷》，同心出版社2012年版，第155页。

② 同上。

这一中国传统治学方式构建了他作为实验主义信徒在文学革命和新文学建设上的存在价值。

胡适早年的日记，主要是受中国传统学人影响，其中尤以父亲胡传和晚清学人李慈铭影响为巨。1914—1917年是胡适日记撰述的转折期。这段时间内，胡适积极参加文学革命和新文学建设。此前，他写日记只"为自己记忆的帮助"，后来好朋友许怡荪要看，记完了一册就寄给他看，并请他代为保存，这样胡适的留学日记就成了"预备给兄弟朋友们看的"。1915年前后，在美国的胡适参与国内对文学革命和新文学建设的大讨论，于是将"自己的文学主张，思想演变，都写成札记，用作一种'自言自语的思想草稿'"。① 胡适将这种日记叫"杂记"。在此过程中，胡适发现这种日记写法很有用，可以帮助自己对很多问题进行敏锐发现和深入思考，他称这种日记写法为"自言自语的思想草稿"。胡适从这个发现中悟到一个道理："要使你所得印象变成你自己的，最有效的法子是记录或表现成文章。"② 胡适认为：人们对很多问题大概都会有一点认识，但往往空泛、模糊，这时人们须查阅书本、引用资料、追溯历史、研究论题，然后用"自己的话"表现，只有经过一番"表现"或"发挥"，空泛的印象才能变得实在，模糊的认识才能变得清楚，知识也才能成为"你的"。就是说，胡适强调通过"写"来生成和建构"我"。这时，胡适发现：自己的内心真正地对日记发生了兴趣，无论多忙，都会想办法抽出时间来写这种日记（即杂记），有时一天可以写几千字。这样的日记，是对以"私人叙事"为特征的传统日记的继承和超越，它关注撰者的私人经历、私下见解，但不关注其琐碎无聊的隐私和私密；它兼有"情感""思想"二要素，具有鲜明的文学性；最初的目的只为自己看，其无关隐私和私密的内容无妨给人看。胡适有此发现后，他的日记在公开出版前就不肯寄给许怡荪了，而留作此后省察的参考。

---

① 胡适：《胡适留学日记·自序》，同心出版社2012年版。
② 同上。

1915 年是胡适日记撰述发生转折的重要一年，也是他在治学思想和方法上发生转折的关键一年，这年胡适发奋尽读了杜威的著作，深入接触了西方实验主义哲学。这使胡适开始从中国传统治学方法，进入自觉以西方实验主义哲学为指导的治学状态，具有了近代工业时代的科学性。至此，胡适逐渐掌握"大胆的假设，小心的求证"这一治学方法，这克服了以往归纳方法的逻辑缺陷，进入严密、科学的演绎逻辑。这个方法是以杜威等人的实验主义哲学为基础，胡适指出："从此以后，实验主义成了我的生活和思想的一个向导，成了我自己的哲学基础。"[1]作为因袭中国传统治学思想和方法的实验主义信徒，胡适认为日记对治学很有帮助，他通过留美期间从自发到自觉的"实地试验"，小心求证了自己对日记的两大假设：其一，日记是新文学倡导者"自言自语的思想草稿"；其二，日记是新文学倡导者参与文学革命和新文学建设时"保存原来真面目的绝好自传"。在《胡适留学日记·自序》中，胡适对这些理念进行了清晰完整的提炼与表述，形成了一位新文学倡导者对于日记撰述的基本认识，打上了鲜明的实验主义哲学烙印。从这些论述中，人们可以发现胡适的治学特点：开阔的视野和开放的心态，培养新国民、建设新中国的自我担当，清晰的问题意识，基于多重对话的思想锻炼，敏感多情、易于发现与随时长进的心理基础，坚定的平民主义文学立场，"大胆"与"小心"的辩证统一，坚持实地试验是检验真理的标准。这样的治学特点让胡适在学术上常常开风气之先。

在《胡适留学日记》卷三中，胡适说："自传则非敢也。"但在整理这些日记后，他却评价这部日记是留学七年的"绝好自传"。这种认识的转变，要从胡适的传记文学观追根溯源。1953 年，胡适撰《传记文学》，对他此前二、三十年间的传记文学观做了总结，提出了好的传记文学须符合五个标准，即：经学者整理，传记材料可以成为极好的传记文学；好的传记文字，保存的原料最多，传主的一言一行

---

[1] 胡适：《胡适留学日记》，商务印书馆 1947 年版，第 5—6 页。

都被老老实实写下来,从中可见他的真面目;好的传记用纯正的白话来记下活的语言;伟大的人应该有伟大的、最动人的传记;传记可以帮助人格的教育。胡适痛惜地指出:我国并非没有伟人、贤人,但因传记文学不发达,他们的精神和思想就没能得到充分张扬,这是一大损失。在整理日记后,胡适认为,自己的留学日记已具备了传记文学的这些特点。

总之,通过聚焦于文学革命和新文学建设的日记叙写,实验主义的信徒胡适坚实地践行了日记是一位新文学倡导者"自言自语的思想草稿"及思想孕育待产前的"产床",也是他参与文学革命和新文学建设过程中"保存原来真面目的绝好自传"的理念,由此促成了胡适治学的鲜明特点。

第三节 朱光潜对日记写作与想象力发展的论断探析

漠视想象力培养的文学教育,实质上是缺心失魂的。从朱光潜美育观及其实践看,主要有物理、人情、感受力、思辨力、正确的价值意识、条理化与系统化的梳理整理能力等六大因素对想象力品质影响深刻。朱光潜断言:把日记写作当作文学训练的手段,能有效促进人们以上六大因素的发展,是为高品质想象力奠基。

想象是人类最具价值的心理活动之一,想象力是人类能力素质中极重要的一环。人类能够从远古蒙昧时代走到今天,对美好未来的想象及其想象力发挥了关键作用。在当代,进一步通过美育来发展青少年高品质想象力,是为民族复兴的伟大"中国梦"奠定绵实的智慧基础和提供后续的强劲支撑。但总体说,学术界对想象力培养的探索仍有不足:虽有哲学、心理学做这些研究,文学艺术、科学研究等领域也在不断运用想象力进行许多前所未有的创造和创新,爱因斯坦等科学家也深刻认识到"想象力比知识更重要,因为知识是有限的,而想象力概括着世界上的一切，推动着进步，并且是知识进化的源泉"。① 以及学者们近年从教育视角探究想象力与人的发展，或从身体哲学和数学家的逻辑思维来论证想象，或从心理测量和脑科学方向讨论想象力，或从人类学、科幻文学等方面研究想象力，这些探索形成了"想象力是跨语境、跨情境逻辑的知识洞察力"等共识，然而无可讳言，想象力的美育功能、想象的类别和想象力的发展机制、高品质想象力的特点及培养等关键问题并未得到充分认知。

20世纪以来，著名美育家、我国现代美学重要奠基人朱光潜先生继承传统美育经验和融合西方现代美学思想，对想象和想象力培养进行了较为深入的探索，许多观念和做法对今天开展美育、丰富孩子想象、发展青少年想象力、涵养民族创新力等仍有重要启示；其中，朱光潜先生断言：把日记写作当作文学训练的手段，对发展青少年想象力有独特作用。② 这个论断极新颖、独特，构成了朱光潜美育观的新元素。结合朱光潜先生的美育实践及美学思想，对其论断进行深入探析，可以为我国当代美育和青少年想象力发展找准前行方向及用力抓点，试阐述如下。

一　想象力引领青少年叩开"无言之美"的文学秘境

文学教育的核心是美育，即教人欣赏和创造美，而欣赏和创造美需要丰富的想象力。首先，欣赏文学作品的无言之美需要丰富的想象力。朱光潜接受了庄子"言不尽意"的文艺观，认为言是用来达意的，但言有局限性，不能做到将意完全表达。为解决言意之间的这个矛盾，朱光潜指出：作者应善于在"繁复情境中精选少数最富于个性与暗示性的节目，把它们融化为一完整形象"，③ 借助这个有意味的"完整形象"

---

① ［美］爱因斯坦著，许良英、李宝恒、赵中立、范岱年译，李醒民编选《论科学》，参见《爱因斯坦论科学与教育》，商务印书馆2016年版，第1页。
② 朱光潜：《写作练习》，参见《朱光潜美学文集》，上海文艺出版社1982年版，第279页。
③ 朱光潜：《具象与抽象》，参见《朱光潜美学文集》，上海文艺出版社1982年版，第349、350、345页。

来含蓄地尽达其意，臻于"言不尽意，立象以尽意"的高妙境界。朱光潜称此境界为"无言之美"。① 他认为，上等的文学作品并不追求尽量地表现，常以"含蓄"为美，"含蓄"即"无言之美"；此类作品因着墨少，留给读者的想象空间才大，读者感到的意味才更隽永，作品的艺术价值才更高。欣赏无言之美的秘密是读者以"少数最富于个性与暗示性的节目"作为想象的触发点和踏脚石，低回玩索、举一反三、体悟其妙。② 可见，想象力贫乏是无缘文学的无言之美。其次，克服语言文字的障碍需要丰富的想象力。文学是借助语言文字来创造形象的艺术，欣赏文学须具备对语言文字的敏感。因为在读者和实际生活的中间，隔着语言文字。对语言文字敏感，语言文字即是沟通读者知觉和实际生活的桥梁；对语言文字不敏感，语言文字就成了二者间的障碍。这里的敏感，不仅指对语言文字字面义的精准把握，而且还须具有丰富的想象力；借助想象力，读者对作者通过语言文字所描绘的生活形象、场景和事实等进行回味、再现和创造，体会字里行间隐含的微妙丰富的语境义与引申义，深入品读、欣赏作者基于生活所创造的艺术形象与审美情境。最后，高品质的审美创造也需要丰富的想象力。所谓审美创造，是作者回想和凑合以往意象，以提炼典型形象和熔铸形成新的艺术形象。在该创造中，作者对旧经验中的意象进行回想、品味、选取、孤立绝缘、熔铸，最后"杂取种种人，合为一个"，这需要丰富的想象力。可以说，想象力贫乏，不但审美创造，而且审美欣赏，都无从展开，更遑论高品质的审美创造了。总之，文学欣赏和创造必须从人的想象力出发，最终又为人的想象力发展服务。换言之，想象力引领青少年叩开"无言之美"的文学秘境。

作为文学教育之核心的美育，其精魂在于想象力培养。朱光潜认为，教育青少年要特别注意两点：一是善于运用文学教育的"象教"

---

① 朱光潜：《无言之美》，参见《朱光潜集》，花城出版社2009年版，第115、118页。
② 朱光潜：《具象与抽象》，参见《朱光潜美学文集》，上海文艺出版社1982年版，第349、350、345页。

功能,① 二是在想象最丰富的年龄要重点发展青少年的想象力。② 青少年时期是人的世界观、人生观和价值观处于尚未建立和即将建立的过渡期;此时,青少年的主要任务是学习,引导他们树立良好的道德情操是学习的重要内容。朱光潜指出:学习的实质是模仿,模仿就要有好的模型,英雄人物是青少年学习做人的好模型;同时因为青少年的意志力、情感力大于概念,对青少年进行道德情操教育的时候,与其说教一些仁义道德的概念,不如从文学经典中指点几个有血有肉、具有仁义道德的人物形象给他们看,这种教育就有了文学教育的美育特征,可谓之"象教"。③ 青少年时期,尤其是十五、六岁以前,是人一生中想象力最丰富的年龄,因为这个年龄段的人还不失赤子之心,想象力没有被经验和理智束缚死,只要有一点实事实物触动他们的思路,想象力就可不受限制、天马行空、来去无碍。朱光潜反思自己的成长后说:"在应该发挥想象的年龄,我的空洞的脑袋被歪曲到抽象的思想工作方面去,结果我的想象力极平凡",④ 他总结道:青少年时代不要刻意去发展理性思维,要把重心放到文学教育、放到想象力发展上,对青少年来说,舍想象力而努力发展理性思维将得不偿失;通过发展想象力,青少年可以学会驾驭一个具体的生活情境,把握一个"有血有肉有光有热的世界",把"旁人眼里成为活跃的戏景画境"的生活情境,写成描写文,能栩栩如生地再现其"活跃的戏景画境",避免脑海里将原本很美的意象和情境都化为干枯的理。⑤ 可见,朱光潜在谆谆告诫人们:漠视想象力培养的文学教育,实质上是缺心失魂的。

有识者指出:在浩如烟海的人类知识网络中,科学、艺术和古文化

---

① 朱光潜:《具象与抽象》,参见《朱光潜美学文集》,上海文艺出版社1982年版,第349、350、345页。
② 朱光潜:《给一个中学生的十二封信 谈读书》,参见《朱光潜集》,花城出版社2009年版,第7页。
③ 朱光潜:《谈英雄崇拜》,参见《朱光潜集》,花城出版社2009年版,第80页。
④ 朱光潜:《从我怎样学国文说起》,参见《朱光潜集》,花城出版社2009年版,第197、208—209页。
⑤ 同上。

对想象力发展起到了重要作用，构成了想象力的源泉。其中，不断质疑、敢于批判的科学精神，保证人类想象力在认知世界时始终保持穿透事物表象、进入其本质的奇妙洞察力；艺术是美的力量，与人类的发展声息相随，它引领人类想象力向着无限美丽的世界前进；历经漫长时光的淘洗才保留下来的古文化，蕴含着惊人的、需要高品质想象力才能充分挖掘的智慧和秘密，它是人类想象力的不竭源泉，不少前沿科学家都喜爱人类学和古文化，对古老民族的神秘文化和宗教很敏感，善于从中汲取养分，古老而年轻的中国更多借重古典文学和传统艺术来催生一代代国民的东方式灵感，让其在体味传统文化的智慧和美的过程中获得奇妙厚重、丰富无羁的想象力。朱光潜立足传统，以文学教育作为想象力培养的主阵地，他的相关思考就为人们通过文学教育活动对青少年进行美育指明了方向。

二　想象的类别与高品质想象力发展机制

想象是人们在内心唤起意象的一种心理活动，及运用具体的意象去思想。根据唤起意象的方式不同，朱光潜将想象分为回想和凑合；根据想象力品质的高低，他将想象分为再现的想象和创造的想象。[①]根据所唤起意象的审美特质不同，朱光潜将想象分为客观想象和主观想象。[②]

所谓"回想"，是回想以往意象的心理活动，属于想象力的类别之一。对以往意象进行回想，必须学会分想。所谓分想，是把一个意象和与它相关的许多意象分开而单独提出。分想是对意象的选择，也是对意象的孤立绝缘：人们从以往经历的纷纭繁复的意象中，将那些让自己生出无限感触的意象挑选出来；并把挑选出来的意象和与之关联的其他意

[①] 朱光潜：《空中楼阁——创造的想象》，参见《谈美书简二种》，上海译文出版社1999年版，第157、158—159、159—160页。

[②] 朱光潜：《中国文学之未开辟的领土》，参见《朱光潜集》，花城出版社2009年版，第127—128页。

象完全隔开，将其作为孤立绝缘的个体予以审视，力求与科学、实用无关，而只关乎审美。朱光潜认为：选择是创造，孤立绝缘更是创造。这种选择因为先天打上了选择者浓厚的主观烙印，所以仍具一定的主观创造性；所谓孤立绝缘，是指选择者将那些与挑选出来的意象有着千丝万缕联系的其他意象（或有损该意象之独特审美价值的元素）完全割离剔去，让挑选出的意象以独立姿态傲然呈现，绝不让其他任何外在元素对其造成干扰或侵蚀，可见通过孤立绝缘的手段可以让被挑选出的意象更具审美价值。经过分想后的选择和孤立绝缘环节后，被挑选的意象就能从纷纭繁复的众多意象中脱颖而出，成为人们心中反复回味的客体，即艺术形象。此时，人们从内心唤起意象来创造典型形象的心理活动才告结束。① 可见，完整的回想活动包括了分想（含选择、孤立绝缘等环节）、回味和品鉴等阶段。在很多人看来，回想是以往意象在自己脑海的再现，但论实质，回想中的意象已经先天打上了欣赏者浓厚的主观烙印，不再是以往意象的简单再现。这是说，回想虽属于再现的想象，但仍有创造的成分。朱光潜认为，很多人不能创造艺术就是因为缺乏"分想"心理中的选择和孤立绝缘本领。② 朱光潜所谓"凑合"，是指凑合以往意象来创造新的艺术形象的心理活动，换言之，是对以往经验中的众多意象进行新的综合，最终创造出新的艺术形象，这是想象力的类别之二。凑合以往意象，首先要学会联想。联想主要有接近联想和类似联想。根据接近和类似的原则，人们借助联想把分处不同时空却在自己经验范围内的许多意象联系在一起，在情感和理智的驱动下，将这许多意象的不同成分凑合起来，重新综合和熔铸为新的艺术形象，这是通常所说的创造的想象，③ 鲁迅先生称之为"杂取种种人，合为一个"。可见，创造的想象必须建立在分想、联想等心理的基础上。总之，无论通过回想或凑合以往意象，所创造的艺术形象都是殊相和共相的统一。以

---

① 朱光潜：《空中楼阁——创造的想象》，参见《谈美书简二种》，上海译文出版社1999年版，第157、158—159、159—160页。
② 同上。
③ 同上。

上是从意象的唤起方式及品质特征来区分想象力。

根据所唤起意象的审美特质不同，朱光潜将想象分为客观想象和主观想象。客观想象，是指作者跳出"我"的范围以外，从客观方位，纯用客观的方法描写事物和叙说故事。① 朱光潜从中西比较视角，对中西方的诗歌和戏剧创作进行对比。他发现，因为中国人的客观想象不发达，所以叙事诗（尤其长篇叙事诗）创作远远落后于西方。此外，虽然中国历史上有极好的悲剧材料，但因为中国人客观想象很贫弱及伦理说教意识浓厚，不善于纯粹从客观的方位来精确刻画人物和叙说故事，喜欢将人物刻画和故事叙说作为伦理说教的工具，这是中国人不能创作出如西方伟大悲剧的根源。我国历史上有《伍子胥过昭关》《霸王别姬》《马前泼水》《明妃出塞》《杨四郎探母》等剧本故事流行，却大半是毫无文学训练的优伶编来演的，没有经过文学家的陶铸；虽如此，这些故事仍让人着迷叫好，如果经过文学家的陶铸，其成就和影响应该会大很多。所谓主观想象，是指中国文人大多把文学完全当作抒发自我怀抱、表现自己观感的器具，文人们站在第一人称的地位，局限在"我"的范围内，唤起个性化的意象来抒发怀抱；又因中国人的国民性素喜含蓄深沉，不像西方人喜欢把情感表现得一览无余，所以中国人以表现自家怀抱为内容的抒情诗在审美趣味上就远超西方。② 在唤起意象以抒发怀抱和表现情感之外，朱光潜说："许多思想也值得当作一个意象悬在心眼前来玩味玩味。"③ 以上即客观想象和主观想象的区别。

朱光潜指出，深刻影响想象力品质的因素主要有物理、人情、感受力、思辨力、正确的价值意识、条理化与系统化的梳理整理能力等六大方面，它们相互作用，共同促生一种细致入微、真切动人、趣味醇正、美妙深锐，以及敏捷、丰富、清晰、有序、极具穿透性和创造力的所谓

---

① 朱光潜：《中国文学之未开辟的领土》，参见《朱光潜集》，花城出版社2009年版，第127—128页。
② 同上。
③ 朱光潜：《"慢慢走，欣赏啊！"——人生的艺术化》，参见《中国现代美学名家文丛 朱光潜卷》，浙江大学出版社2009年版，第7页。

高品质想象力,其发展机制如下。

第一,物理和人情要融成一气,才能通过唤起意象来激活想象、创造艺术形象。想象的基础是人们对生活的观察和经验,人们在生活中观察和经验的"一番家常的谈话,一个新来的客,街头一阵喧嚷,花木风云的一种新变化,读书看报得到的一阵感想,听来的一件故事"等,① 总之,一切日常生活的"情理事态",都是生活经验的"证据",这些"证据"是唤起意象和激活想象的基础,多增加一些生活经验,无限扩大自己的认知限度,让自己经验的如"一番家常的谈话,一个新来的客……"等日常生活的情理事态无限增多,提高"设身处地"和"体察入微"的本领,对其物理属性的把握就会精确具体,那么唤起意象和激活想象的凭借就会厚实。人们观察和经验的这些"情理事态"本身不能成为艺术,它们必须经过作者头脑的充分消化、意匠经营、选择安排、想象熔铸,才能被创造为意象和艺术品。即使想象熔铸的功夫比经验重要,经验却是想象熔铸的基础。此外,想象的驱动力是情感,正是任由情感的驱动和指使,想象才能超越理智、超越形式逻辑、超越现实限制,把现实世界的种种"情理事态"和以往经验的意象都看成了一个顽皮孩子手中的泥土,任意搬弄糅合,创造出一个基于现实又超越现实的意象世界;同时,由想象唤起的丰富意象也需要情感来调协,借助情感的作用,许多本不相关的意象才能被融洽地调协在一处,组成一个有机整体。② 可以说,细致入微的丰富想象从来都伴随着真切动人的情感体验。综上,物理和人情是想象的双翅,二者有机协作,人的想象力才能被激活且无限翱翔。

第二,敏锐的感受力和深邃的思辨力是提升想象力品质的根本保障。朱光潜认为,人生应该享有乐趣,乐趣或来自对活动的参与,或来自活动参与过程中的主观感受和对其中问题的理性思辨。感受敏锐的人,往往有近乎直觉的敏感,有着常人不具备的"在微尘中见出大千,

---

① 朱光潜:《写作练习》,参见《谈文学》,安徽教育出版社2006年版,第46、47页。
② 朱光潜:《想象与写实》,参见《谈文学》,安徽教育出版社2006年版,第135—137页。

在刹那中见出终古"的本领,① 面对生活空间的一粒"微尘",或驻足于时间范畴的一刹那,一般人可能视若无物、无动于衷,他们却极敏感,能够近乎直觉地感受到"微尘"与"刹那"的物理属性及其蕴含的美妙、哀乐、奥妙、神秘等价值元素,并随之移情于它,产生同情,于是唤起意象、激发想象。至此,敏锐的感受力引领人们体察到物的属性,捕获了自己的感觉,厘清了"我的感觉"与"物的属性"之间的关系,避免"在我的感觉误认为是物的属性",② 这为审美创造做了基本的素材准备,同时提升了想象力的品质。敏锐的感受力大半是天生的,受人的心理原型影响很大(比如偏"理解类"的人逻辑思维强、想象不太丰富,偏"感官类"的人具象思维强、想象丰富),但人力也可以培养几分。③ 艺术所用的物理和人情不是生糙的,而是经过反省和沉淀的。对于以往经历的意象,艺术家既要入乎其内,跳进去亲身体察它的物理属性,领受身处其中的感觉,真切地尝到酸甜苦辣的滋味,朱光潜认为:"感"必须执着和认真,必须设身处地、体察入微,才能在身受中产生同情的了解;此外,艺术家还要出乎其外,跳出这个以往经历的意象,站在一定的审美距离外,从旁观者地位做一番冷静观照和思考,这时人们会发现一切曾经无可摆脱的悲欢得失便现出了许多丑陋和乖讹,让人感到人生的可笑,或豁然明白诸如"生命原就是化",流动变易只是化,并不是毁灭,"人最聪明的是与自然合拍"④ 之类的人生哲理,即是说:"想"必须超脱和幽默。⑤ 如此,人们不仅能够把握美的表象,更能深刻洞察其本质,提升人们对以往意象的认知。总之,敏锐的感受力和深邃的思辨力是提升想象力品质的重要保障。

---

① 朱光潜:《谈在卢浮宫所得的一个感想》,参见《给青年的十二封信 外一种:谈美》,岳麓书社 2010 年版,第 45 页。
② 朱光潜:《"子非鱼,安知鱼之乐"——宇宙的人情化》,参见《给青年的十二封信 外一种:谈美》,岳麓书社 2010 年版,第 88、92 页。
③ 朱光潜:《心理上个别的差异与诗的欣赏》,参见《朱光潜集》,花城出版社 2009 年版,第 214 页。
④ 朱光潜:《生命》,参见《朱光潜谈人生》,长安出版社(北京)2006 年版,第 6、7 页。
⑤ 朱光潜:《诗的严肃与幽默》,参见《朱光潜集》,花城出版社 2009 年版,第 327—328 页。

第三，正确的价值意识引领想象力走向醇正的趣味境界。教育的使命之一在于使人有正确的价值意识，文学教育也不例外。正确的价值意识具有谨严、敏锐和合乎道义的特性，它教人知道权衡（如权衡轻重、本末、主次和缓急等），教人"正其宜不谋其利，明其道不计其功"。在作品的酝酿中，有时分想和联想的心理极活跃、想象极丰富，这时脑海中要面对纷至沓来、纷纭繁复的意象，以及泉涌的情致，此时需要谨严敏锐合乎道义的价值意识，它教人知道权衡、知道割爱、知道剪裁、知道披沙沥金、知道提纲挈领、知道"别条理，审分寸"、知道做出合理的选择安排，最后是胸有成竹。① 谨严敏锐合乎道义的价值意识，可以引领想象力走向醇正的趣味境界。

第四，对以往经历的意象进行条理化与系统化梳理整理，可以让想象力变得敏捷、丰富、清晰、有序、极具穿透性。以往经历的意象越多，脑海中积累和记忆的意象越可能纷繁杂乱，这需要对以往经历的意象经常进行条理化与系统化梳理整理，保证人们想象虽丰富却不至于杂乱。在谈到学问和读书的关系时，朱光潜指出：全人类日积月累的学问全靠书籍记载流传，所以读书的确是做学问的重要一途；从读书中来做学问，要谨记"读书必须有一个中心去维持兴趣，或是科目，或是问题"。② "大凡零星片段的知识，不但易忘，而且无用。每次所得的新知识必须与旧有的知识联络贯穿，这是说，必须围绕一个中心归聚到一个系统里。"③ 与此类似，大凡零星片段的意象如果没有经过如上的联络贯穿和围绕一个中心聚到一个系统，也是容易遗忘的，而且是无用的。所以，对零星片段的意象经常进行条理化与系统化梳理整理，将每次所得的新意象与旧意象联络贯穿，并围绕一个中心聚到一个系统，这可以使人们的想象力变得敏捷、丰富、清晰、有序、极具穿透性。就本质而言，对零星片段的意象进行条理化与系统化梳理整理，将每次所得的新

---

① 朱光潜：《谈价值意识》，参见《朱光潜集》，花城出版社2009年版，第105—106页。
② 朱光潜：《谈读书》，参见《朱光潜集》，花城出版社2009年版，第280、281页。
③ 同上。

意象与旧意象联络贯穿，并围绕一个中心聚到一个系统里，这是上等文学作品诞生前的苦思行为，"灵感"往往经由这种苦思而涌现。朱光潜认为：一个意思的涌现，大半要凭苦思和潜意识的积累，其次要碰机会，如果没有苦思和潜意识的积累作为准备，即使碰到机会也很难产生有创意的想法。换言之，如果没有"赋得"的训练，"偶成"的机会也不会多；所谓灵感，是潜意识中酝酿的情思猛然涌现于意识，它大都先经过了苦思的准备，一番苦思的训练后，思路便不易落于平凡；经由苦思而达于灵感，心里便会直觉地想出一个具体境界，这是情趣与意象交融、情趣表现于意象的美妙境界，表现至此才完成（所谓表现，是抽象的情趣表现于具体的意象），作品在作者腹中也就成型了，至于拿笔写只是对"腹稿"的记录和传达。①

三　日记对高品质想象力发展的独特作用

对于想象力培养的具体途径，朱光潜有着与众不同的思考，他指出：要发展想象力，与其如浪漫派在"想象"上下功夫，不如像写实派在"证据"（即生活经验）上下功夫，真正高品质的想象力建立在丰富的生活经验基础上，尽力增加生活经验、努力扩大自己知解生活的限度，这才是发展想象力的正确途径，因为"说来说去，想象也还是要利用实际经验"。② 可见，朱光潜很敏锐，他近乎直觉地洞察到想象力发展和实际经验之间的微妙关系，直言指出欲从"想象"来求得想象力发展是行不通的。他认为，人们只有对生活的实际经验足够丰富，经历的以往意象才能足够丰富，建构的心灵空间也才能足够广阔厚实，内心唤起的意象才能足够纷繁多姿；如此，想象的空间和余地才能足够大，想象力才能足够强。总之，要发展想象力，必须扩大想象的空间和余地；要扩大想象的空间和余地，就要尽力增加生活经验以扩大自己对

---

① 朱光潜：《作文与运思》，参见《谈文学》，安徽教育出版社2006年版，第51、55、56页。
② 朱光潜：《写作练习》，参见《谈文学》，安徽教育出版社2006年版，第46、47页。

生活的知解限度。换言之，日常生活的经历和经验构成了想象力发展的基础。从这一视角，朱光潜意外地发现：记录和叙写日常生活的日记对想象力发展具有独特作用。朱光潜所谓"日记"，不是普通意义如流水账和日常起居录的日记，而是把日记当作文学训练的重要方法，[①] 即：把日记当作从生活中积累经验，以及从这些经验中蕴蓄意象的重要手段，借此建构自己广阔厚实的内心世界，以扩大想象的空间和余地。

朱光潜说："艺术所用的情感并不是生糙的而是经过反省的。"[②] 与此类似，日记所用的生活经验（如日常生活的"情理事态"）也不是生糙的，而是经过作者反省和内化的。反省和内化的过程包括了如下主要环节：其一，对日常生活中诸如"一番家常的谈话，一个新来的客……"种种情理事态的观察和体验；其二，对这些"情理事态"的感受和思辨；其三，对这些"情理事态"的价值认识及判断；第四，对经由这种种"情理事态"所衍生意象的系统化与条理化梳理整理。

从观察和体验环节看，日记写作可以训练人们精确把握日常生活中种种"情理事态"的物理属性并丰富和精粹其情感的能力。首先，它训练写作者拥有一双慧眼——观察和审视身边这个世界（大至宇宙，小到日常生活的"情理事态"）的慧眼。这双慧眼一大半是天生的，但也有人力的成分。就人力而言，就是多阅读经典作品，从哲人、诗人和经典作家处借得一双看世界的慧眼。[③] 学习哲人、诗人和经典作家爱好精确的眼光，观看世界时能够"入乎其内"、力求精确描绘其物理属性。其次，这双慧眼的主人是饱含情感和情趣的，他必须树立"宇宙的人情化"之理念，[④] 用艺术的眼光看身边的一切，即：跳出习惯的圈子，从多元视角，用移情入物的方法，把所写日常生活的种种"情理事

[①] 朱光潜：《写作练习》，参见《谈文学》，安徽教育出版社2006年版，第46、47页。
[②] 朱光潜：《"当局者迷，旁观者清"——艺术和实际人生的距离》，参见《给青年的十二封信 外一种：谈美》，岳麓书社2010年版，第87页。
[③] 朱光潜：《从我怎样学国文说起》，参见《朱光潜集》，花城出版社2009年版，第197、208—209页。
[④] 朱光潜：《"子非鱼，安知鱼之乐"——宇宙的人情化》，参见《给青年的十二封信 外一种：谈美》，岳麓书社2010年版，第88、92页。

态"都看成一种有趣的意象。最后,这双慧眼的主人不但善于从旁观者的角度看,而且善于从参与者和局中人的角度来用心体验,获得对日常生活的"情理事态"诸特征的真切体验。这时,在人们的日记中,对日常生活的"情理事态",都追求一种精确真切的认知;如此,物理和人情极易融成一气,对人们唤起意象、激活想象和创造艺术形象是极有帮助的。

从感受和思辨环节看,日记写作可以训练人们捕捉感觉和感受、选择对象,及开展理性思辨的能力。在观察和体验生活时,日记的写作者要尝试分别以旁观者、体验者的身份参与对日常生活中种种"情理事态"的认知,力图精确真切地把握认知对象的特征;这要求写作者必须具备敏锐的感受力,对外界和内心一切动静所生的印象都要及时准确真切地体察,并敏感得近乎直觉地选用传神的语词予以描绘和定格。至此,写作者由先前的"移情于物"进到此时的"吸收物的姿态于自我"①(即纳物入我),物理和人情融成一气,意象就此诞生。一旦意象大量诞生,创造的想象所需的分想和联想等心理才能被充分激活,一个完整的艺术创造活动也才能顺利进行。总之,艺术形象的创造要依赖想象的激活,想象的激活要依赖分想和联想心理的活跃,分想和联想心理的活跃则要依赖一个个意象的唤起,一个个意象的唤起必须依赖生活经验的积累和丰富。正是认识了这一规律,朱光潜断言:"说来说去,想象也还是要利用实际经验。"② 朱光潜认为,经由感受而衍生的意象可能是美的,但不一定是智性的;要创造美而智的意象,必须对美的意象进行理性思辨,探析其根源,提炼其本质。为此,朱光潜主张:将自己经验的如"一番家常的谈话,一个新来的客……"等日常生活的种种情理事态都纳入全部的生命史去看,掌握"在微尘中见出大千,在刹那中见出终古"③ 的本领。如此,美而智性的意象才可随机生成:如果

---

① 朱光潜:《"子非鱼,安知鱼之乐"——宇宙的人情化》,参见《给青年的十二封信 外一种:谈美》,岳麓书社2010年版,第88、92页。
② 朱光潜:《写作练习》,参见《朱光潜美学文集》,上海文艺出版社1982年版,第279页。
③ 朱光潜:《谈在卢浮宫所得的一个感想》,参见《给青年的十二封信 外一种:谈美》,岳麓书社2010年版,第45页。

意象是经由日常生活的某事（物）衍生而成，则可训练一种客观想象的能力；如果是经由某种情绪、情感或思想、理念等衍生而成，则可训练一种主观想象的能力。那么，日记不再是日常生活的流水账和起居录，而是文学训练的有效方法了。

此外，在价值认识及判断的环节中，日记写作可以养成人们对日常生活的一切都进行一番价值分析及判断的习惯，逐步形成谨严、敏锐和合乎道义的价值意识。在系统化与条理化梳理整理环节中，日记写作可以训练人们把日常生活中随时偶得的新意象与以往的意象联络贯穿，有一个中心来维持兴趣，围绕这个中心聚到一个系统里。

可见，把日记当作一种文学的训练，就是通过日记学会驾驭一个具体的生活情境，把握一个"有血有肉有光有热的世界"，并体察到这一驾驭过程的苦心经营处、灵机焕发处，以及微言妙趣、性情学问的融合等，获得对"驾驭"技术的操作体验和深切感悟。从本质说，这给青少年进行感官的教育、心智的训练、表达技能的锤炼等实践活动搭建了一体化日常训练平台，对促进他们的感官知觉、心智成熟和言语表达技能等多元目标的均衡有效发展具有独特作用。

朱光潜指出，一些好的西方日记具有这样的特点：其一，很坦白，常流露作者的深心秘密；其二，为自己的方便和乐趣而写，无须委婉和漂亮，只管无拘无束、赤裸裸地直说事实和感想；其三，对正史不屑记载的一般社会内层的风俗习惯，以及不影响到政教大端却具有特性、值得记忆的人物，不避琐屑，语焉甚详；其四，比正史保存了对当时西方各国社会人情风俗更具体的印象，是当时的生活经验最原始可靠的"证据"；其五，一些倾向颇似小说的日记，由侧重浮面的事态变动，转向了"内省的"、深微的心理描写，是极好的内心生活的自传，或者一些新鲜有趣的境界、人物，被写进日记里，以及一些日记常流露出作者对于人生、自然和文艺的深切感想。对于阅读这些日记，朱光潜断言指出："我们惊喜发现旁人与自己有许多相同，也有许多不同。这个世界不是一个陌生的世界，却也不是一个陈腐单调的世界。因为这个缘故，记日记与读日记都永远是一件有趣的事。"① 这是说，阅读一些好的日记，不但是一件极有趣的事，而且可以借此积累和丰富意象，扩大自己对生活的知解限度，拓展自己想象的空间，进一步发展自己的想象力。

把日记当作文学的训练，要"谨守着知道清楚的，和易于着笔的"② 材料范围，更重要的是拓展自己的知解限度，到本行外的其他题材范围下功夫，玩索意象、蕴蓄意象，这对创造的想象和艺术创造本身都极有意义，故朱光潜说："艺术家往往在他的艺术范围之外下功夫，在别种艺术之中玩索得一种意象，让它沉在潜意识里去酝酿一番，然后再用他的本行艺术的媒介把它翻译出来。……各门艺术的意象都触类旁通，……凡是艺术家都不宜只在本行小范围之内用功夫，须处处留心玩索，才有深厚修养。……在作品的外表上我们虽不必看出这些意象的痕迹，但是一笔一划中都潜寓它们的气魄和神韵。这样意象的蕴蓄便是灵感的培养。"③ 笔者认为，这一论断洞悉了审美创造的真谛！

综上，从西汉王世奉日记牍出土以来两千多年间，日记蔚为大观，不但发展为我国最传统的写作样式和治学方法，更成了青少年进行语文写作训练的主途径，如果确如朱光潜先生所言把日记当作一种文学的训练，既注意发挥它真切、独特、灵动、深微、广博的素材特色，同时也着力让青少年通过它来玩索和蕴蓄意象、培养灵感，切实提升在物理、人情、感受力、思辨力、正确的价值意识、条理化与系统化的梳理整理能力等方面的素养，慎终如始聚焦于高品质想象力的培养，这应该是找到了打开想象力之门的"钥匙"。

第四节　民国日记文论的主要成就

民国时期的日记文论主要有两方面的贡献，一是对人们重视日记写

---

① 朱光潜：《日记——小品文略谈之一》，参见《谈读书》，天津人民出版社1998年版，第135页。
② 朱光潜：《写作练习》，参见《谈文学》，安徽教育出版社2006年版，第46、47页。
③ 朱光潜：《"读书破万卷，下笔如有神"——天才与灵感》，参见《谈美》，安徽教育出版社2006年版，第104、105页。

作的学理根源进行了深入探析，获得了比较深刻的认识；二是对日记文学的一些基本理论问题进行了长达多年的争鸣和探讨，初步形成了一些共识。

一　民国学人和作家对日记写作的学理溯源

在民国时期，社会各界人士对日记写作的学理根源进行了深入探析，发现主要有七次比较重要的嬗变。

其一，应需主义。所谓"应需主义"，是指民国之初的人们在写作教育中反对写论人、论事的文章，主张多写记事、记物、记言的日用文字，用以训练人们掌握应付日常生活中各种实用之需的能力，日记正是典型的"为应世""为日用"的实用文字，所以备受重视。持这种主张的代表是黄炎培，1913年他在《教育杂志》刊文申述了他的主张，并深刻影响了当时我国的中小学写作教育。这种主张在目的上是发挥日记的日用应世功能，在内容上主要是拘守格式、文字的训练，在方法上主要是模仿和规训，在学理根源上主要是受西方近代实用主义（实利主义）哲学的影响，及人类远古"结绳记事"传统的影响。

其二，尽性主义。所谓"尽性主义"，是指民国学人重视通过日记写作来培养人的个性，尤其是现代国民性，目的在于充分激发人的个体潜能和群体价值。这一主张的代表是康有为、梁启超，康有为、梁启超认为，建设现代国家的首务在于培养人的现代国民性。在广州万木草堂时，梁启超受康有为影响，对学生们在读书札记类日记中表现出的、值得珍视的"非常异议可怪之论"[①] 极为欣赏，并强调通过日记写作酝酿个人读书的心得、机趣，磨炼个人严谨、细致、认真的品格习惯和学问当求自我的精神。这种尽性主义的主张，着眼于落后挨打的近代中国"开民智"、"兴民权"、建设现代国家的目的，根源于梁启超对第一次世界大战中英、法、美和德国胜败缘由的深刻分析——英、法、美等西

---

① 梁启勋：《"万木草堂"回忆》，载《文史资料选辑》1962年第25辑。

方国家重视培养个性最发展的国民，努力使国民的天赋良能得到最大限度的发挥，这是英、法、美等西方国家赢得了第一次世界大战胜利的重要原因之一；而德国更偏重于国家主义，国民的个性受到了禁锢，聪明才智不能获得最大限度的发挥，一旦和英、法、美等个性最发展的国民对抗，则必然对抗不过。可以说，梁启超重视日记写作，一定程度上是植根于他对日记写作教育价值和尽性主义哲学的深刻认识。

其三，实验主义。所谓"实验主义"，是指胡适等中国学人在留学期间深受美国大工业时代的科学精神和杜威实用主义哲学影响，认识到中国传统的治学方法在开拓学术新境和逻辑思维等方面的不足，主张在人文研究领域里借鉴美国近代工业社会中常用的方法，即：注重养成实验室研究的思考态度和技术。此外，胡适很看重日常生活中的行为思考对于求知治学的帮助，他指出："我们必须体会到'一个人一生中最神圣的行为'也同时是我们日常所需做的行为。"故而他主张借鉴美国近代工业社会中常用的实验室研究的思考态度和技术，"将这种思考的态度和技术扩展到他日常思想、生活和各种活动上去"，① 以养成人们在日常生活中探究奥秘的兴趣和爱好精确的习惯。在胡适看来，日常思想、生活和各种活动中所关注的问题、思考过程、所得结论等都可记录在日记中，作为他对文学革命和新文学建设"自言自语的思想草稿"，以及在新文学建设的各种实验中作为自己"保存原来真面目的绝好自传"。在这一过程中，胡适提出和践行了"大胆的假设，小心的求证"之治学方法，他取得许多开风气之先的学术成就与这种方法有极大关系。

其四，"日记文学"观。所谓"日记文学"观，是指民国作家（郁达夫、鲁迅、林语堂、谢冰莹等）将日记分为两类：一是以记事备忘为主要目的的"正宗嫡派"日记，二是具有"真中见真"和"尽有文艺的趣味"等特征的优秀日记，这类日记既有"正宗嫡派"日记的写实特征，又有文学文本的丰富意趣，是"正宗嫡派"日记的一个分支，

---

① 胡适：《智识的准备》，参见柳芳编《胡适教育文选》，开明出版社1992年版，第203页。

也是文学的一个分支,即日记文学。

其五,美感主义。所谓"美感主义",是指二十世纪四十年代末著名美学家朱光潜先生主张人们采取"慢慢走,欣赏啊"的态度对待自己的日常生活,树立"生活的艺术化""人生的情趣化"等理念,用欣赏艺术的眼光来欣赏世界和人生。为此,朱光潜反对通常日记如流水账的写法,主张将日记当作一种文学的训练,通过日记写作引导人们学会欣赏、选择和刻画日常生活中有趣的情境和一切动静相生的印象,学会驾驭一个个具体的、"光热色相活现"的生活情境,达到培养审美意识、提高审美素养、蕴蓄审美意象、有效发展高品质想象力的重要目标。

其六,二十世纪三十年代夏丏尊、叶圣陶二先生在语文工具主义思想的指导下,提出用日记作为语文教学和作文训练的一个工具,借助日记训练学生提高写作能力。

其七,二十世纪四十年代,教育家黎锦熙先生分别吸取夏丏尊、叶圣陶二先生和梁启超先生的观念并予以融合发展,提出"日札优于作文"的观念(这里的"日札",包含日记和札记),即:通过日记、札记的写作来涵养人们"敏活的灵机",并训练人们有效提高写作能力。

综上,民国时期社会各界人士对日记写作的学理根源做了七次重要探析,初步从学理层面揭示了中国人重视日记写作的奥秘。

二 对日记文论基本问题的若干认识

梳理民国时期的日记写作和文论观念,我们对日记文学的本质属性、基本特征、主要类别、价值意义等重要问题又可以形成如下认识。

从本质上说,日记文学是极具个人化或私人化色彩的非虚构写作。但与此同时,学术界必须避免将其混淆为"隐私"写作和"私密"写作。社会各界人士重视和研究日记写作,是对日记文本蕴含的个体价值、个性感觉和异质思维予以肯定或包容,不是为了迎合和满足某些人的窥私癖好。

在民国作家看来，所谓日记，是指真正纯正的日记，它没有任何做作的痕迹，比一般的文学作品更天然真实、更鲜明地表现出作者的个性，因而它不包括以日记形式所创作的虚构性文学作品。"真中见真"作为日记的重要特征之一，并不是指日记内容的完全真实（从理论言，日记内容的完全真实因为受客观条件及作者的认知水平、利益立场等因素局限，事实上很难达到），而是强调日记的真形式和日记作者的性情与个性之真，这是一种内在的真和更具价值意义的真；"尽有文艺的趣味"作为日记文学的另一个重要特征，是明确指出所有的日记并不一定都能够称为日记文学，只有那些蕴含了"杂文味""报告文学味""小说味""游记文学味""小品文味""传记文学味"等丰富文学意趣的写实日记，才可以被称为日记文学。这类日记不但是"文学的重要分支"，而且还是"正宗嫡派"日记的一个重要分支。

民国作家的以上思考解决了日记文学的两个理论问题，即：日记的纯正化和文学性问题，表明他们对日记文论的思考已经比较成熟。也就是说，我国历史上存在"日记"和"日记文学"不分的状况在民国时代才得以彻底解决。可见，"日记文学"包含了"日记"和"文学"的双重属性、它并不是指所有的日记，只有蕴含了"杂文味""报告文学味""小说味""游记文学味""小品文味""传记文学味"等文学意趣的写实日记才可以称之为"日记文学"，这类日记同时也是"正宗嫡派"日记，不过因为它蕴含了丰富的文学性，与那些简单记事却毫无文学意趣的"正宗嫡派"日记又有所不同，姑且称之为"正宗嫡派"日记的一个分支，虽如此，它本质上仍属于"日记"，这是毋庸置疑的。此外，"日记文学"与那些崇尚虚构的文学作品又有所不同，因而它不是"正宗嫡派"的文学。"日记文学"虽然蕴含了"杂文味""报告文学味""小说味""游记文学味""小品文味""传记文学味"等丰富的文学意趣，却具有许多"正宗嫡派"的文学作品所不具有的"真实性"特征，但这并不妨碍它成为文学，我们姑且称之为"正宗嫡派"文学的一个重要分支，即非虚构文学。

所谓"日记文学"，不包括简单记事却毫无文学意趣的"正宗嫡派"日记和假借"日记"之名所写的非纪实文学作品,它是指那些蕴含了丰富文学意趣的写实日记。按不同的标准,日记文学的类别自有不同。以篇幅分,则有单篇日记和整本日记;以素材分,则有日常生活日记、行记类日记、军政时事日记、读书札记类日记等;以所记内容的关联度分,则有专题日记、一般日记等。笔者主张以文学意趣的特征分,则日记文学可以分为:

1. 颇有杂文味的日记,如收在杂文集《华盖集续编》的部分鲁迅日记;

2. 颇有报告文学味的日记,如谢冰莹的《冰莹从军日记》等;

3. 颇有小说味的日记,如郁达夫的《日记九种》等;

4. 颇有游记文学味的日记,如20世纪20年代俞平伯的《山阴五日游记》、陈衡哲的《北戴河一周游记》等;

5. 颇有学术随笔味的日记,如民国初的《胡适留学日记》等;

6. 颇有传记文学味的日记,如《胡适留学日记》不仅有浓厚的学术随笔味,同时也是一部重要的传记文学作品;

7. 颇有小品文味的日记,民国时期的日记中,有许多是可以被单独抽出且有"小小篇什,婉而成章"特征的单则日记,即"小品文味"的日记。

日记文学具有重要的价值,它作为文学的一个分支,丰富和补充了中国文学的内涵和类别,形成了中国文学大观园中极具特色的一道奇观;同时,它作为文学教育方式,为培养中国历代作者的观察能力、审美感觉、生活素养、学术洞察力和高品质想象力,对推动中国人的生活艺术化、人生情趣化起到了无可取代的作用;从母语表达技能而言,它又在锤炼中国人的审美表达能力方面发挥了重要作用。

第五章 新中国的日记文学观

概 述

新中国的日记写作主要包括1949年中华人民共和国成立前后（含1949年前两、三年的部分日记）至今中国社会各界所写的日记。它主要分为三个阶段，即：一是1949年中华人民共和国前后至"文革"前；二是"文革"十年动乱期间；三是中共中央十一届三中全会后的新时期以来。

在第一阶段内，我国有十多部比较重要的日记。从日记的题材内容看，属于军政时事日记的有《秦基伟战争日记——从太行山到上甘岭》之"抗美援朝"日记。日记记录了秦基伟将军作为中国人民志愿军第十五军军长在战争第一线浴血奋战的经历。在日记中，秦将军以切身体会道出了战争中美军之强悍，我军在指挥上之极大困难，我志愿军将士极为英勇顽强的战斗精神，这是秦基伟将军对发生在中华人民共和国成立之初的一次重大军政时事的个人记忆。《茹志鹃日记》是作者茹志鹃从1947年到1965年间近二十年的日记。日记大多是茹志鹃的采访工作记录，其间隐约透露出一些个人生活的痕迹。这些日记经过整理后，借上海解放五十周年纪念的机会先后在报纸、刊物上公开发表：1949年随解放大军挺进上海的日记发表于1999年5月28日的《解放日报》；1960年和1963年在上海郊区蹲点的日记发表于1999年第10期《上海文学》；1952年的马鞍山日记发表于1999年第6期《阳光》杂志；1947年的土改日记发表于2000年第4期《十月》杂志；1964年的"四清"日记发表于2003年第8期《主人》杂志；1958年的大跃进采访日记发表于2006年第3期《江南》杂志。从日记的题材内容看，这也是比较重要的军政时事日记。1954年，兼有记者和作家身份的杜鹏程出版了长篇军事题材小说《保卫延安》，该小说是以杜鹏程"一二百万字的战争日记"为依据所创作的，故此杜鹏程于1947年撰写的反映西北战场解放战争的这"一二百万字的战争日记"也应属于此期的重要军政时事日记。

属于行记类日记的主要有《茹志鹃日记》之1965年"访日日记"，记录了撰者在1965年访问日本的行程及见闻感触，后来该日记发表于2003年《万象》杂志。行记类日记还有我国诗人艾青于1954年七八月间由亚洲经欧洲、非洲，最后抵达南美洲，写于旅途，记录他所见、所闻、所感的《旅行日记》。这是艾青和中国代表团一行为参加智利诗人聂鲁达五十寿辰庆祝暨"保卫世界和平"等活动，接受智利众议院议长邀请，绕行地球一大圈辗转到南美洲的智利（新生的中华人民共和国受有关国家阻碍无法直达南美）的行程实录。艾青在日记中写道：这是一次"从夏天赶往冬天的旅行"。在这次旅途中，异域的一切都让童心未泯的诗人感到新鲜、神奇，因而在他的《旅行日记》中留下了许多有趣的记录。可见这些行记类日记明显表现出向游记文学转化的倾向。

属于日常生活日记的比较多，主要有：顾准的《商城日记》（1959年10月—1961年10月）、《吴祖光日记》（1954年1月—1957年6月）、《沙汀日记》（1962—1966年）、徐成淼《我的复旦四年》（1955—1958年）、《沈元日记》（一位陨落的史学新星写于20世纪60年代反右运动的日记）。这些日记的共同特点是作者书写自己在中华人民共和国成立后至"文革"前的个人生活、工作与学习情况，呈现出浓厚的时代投影，反映了那个时代各种政治运动对人的压制和扼杀，具有从个人记忆转化为国家记忆、民族记忆的特点。另有《关于罗丹——日记摘抄》（1947—1951年），这是美术史学者熊秉明记录自己在日常生活中对罗丹及相关艺术问题的感悟和思考，是往学术随笔转化和发展的日常生活日记。

在第二阶段内（1966—1976年），我国的日记写作呈现出两种不同样态，一是甚嚣尘上的"文革"日记。在"文革"时代，年轻人普遍记日记：当时，处于骚动异常的青春期的孩子全都卷入"文革"运动中，他们的情绪混乱，处理人际关系缺少理性和自信，有极端的宗教和个人崇拜意识，他们心中充满激情，一件极琐细的事都能使他们陷入激动状态，这时他们需要表达、需要写日记；"文革"时代虽给他们的日记书写提供了翻天覆地的斗争生活，但他们的语言又极端贫乏。如某红卫兵的一则日记：

> 革命不怕苦和死，革命就要冲和闯，死了我一个，换了全球红，我在红中笑，笑也不争名，只把红来传，待到全球红烂漫，代代新人尽开颜。——王××，1969年8月20日，雨①

从这则日记看，"文革"日记缺少"日记"这一文本最应具有的个性元素（如个人的独特经历、感触、感悟和思考等），有的只是偏激的宣示和效忠，以及极端化的、毫无美感的时代语言。早在"文革"前的五六十年代，此种日记写作风气即有端倪。1956年7月14日，《人民日报》发表了一则题名《书记员的苦恼》的日记，通过一位法院书记员无事可做的日记来反映法院系统的工作问题；1962年2月22日，该报又以《深入下去，多方诱导——从一个公社党委书记的日记看领导作风》为题，公开发表了一位公社党委书记的部分日记；1956年3月16日，该报发表了一位孩子的日记《明明日记》，日记的内容主要是比较奶奶和妈妈的工作方式。② 由此可见，在《人民日报》等权威媒

---

① 白戈编著：《1966—1976：中国百姓生活实录》，警官教育出版社1993年版，第266页。
② 参见吴艳红、[美] J. David Knottnerus《日常仪式化行为的形成：从雷锋日记到知青日记》，载《社会》2007年第1期。

体的推动下,日记已经成为中国共产党对全民进行工作作风教育的重要工具。① 从《人民日报》的报道看,日记真正从"私人写作"行为转变为日常仪式化的政治行为是从 1963 年 2 月雷锋日记摘抄发表后开始的。此后,《人民日报》又在 1964 年报道了英雄欧阳海、"做有社会主义觉悟有文化的新农民"董加耕、"爱民模范"谢臣、"学习毛主席著作的模范"廖初江、"赤胆忠心"的好战士吴兴春、"自觉的革命战士"赵尔春、"雷锋式的五好战士"黄祖示、"英雄的消防战士"韦必江等,报道中或提到他们的日记,或部分摘抄了他们的日记,与雷锋同志的日记一样,这些英雄的日记大多是关于撰者读毛主席的书、把毛泽东思想用到实际生活中的记录。②

从 1965 年王杰日记在《人民日报》陆续摘抄发表开始,一直到 1970 年,《人民日报》报道的记日记的英雄模范人物有三十多位,作者以战士为主,包括了教师、工人、干部、知青等。这些英雄人物不仅写日记,而且日记的内容均是记录如何学习、运用毛泽东思想。③ 也就是说,早在"文革"前,由于《人民日报》《解放军报》等重要媒体的一系列干预和推动行为,《雷锋日记》《王杰日记》逐渐成为全国人民写日记的范本,日记这一"私人写作"行为因而被改造为社会大范围内的日常仪式化的政治行为和推动个人崇拜的重要工具。"文革"日记的写作风气即是这种提倡的沿袭和发展。④

除以上日记外,"文革"时代的中国社会还存在一种处于隐蔽或地下状态但散发着个性光芒的日记写作行为,如著名学者吴宓的《吴宓日记续编》(1966—1974 年)、张光年的《向阳日记》、陈白尘的《牛棚日记》,以及一位名叫林白的中学生日记《白银与瓦——林白少女时代的日记》。《吴宓日记续编》(1966—1974 年)是现代著名学者吴宓

---

① 刘中黎:《中国 20 世纪日札写作教育研究》,中国社会科学出版社 2013 年版,第 132 页。
② 参见吴艳红、[美] J. David Knottnerus《日常仪式化行为的形成:从雷锋日记到知青日记》,载《社会》2007 年第 1 期。
③ 同上。
④ 刘中黎:《中国 20 世纪日札写作教育研究》,中国社会科学出版社 2013 年版,第 131 页。

先生在"文革"时代一段最艰难生活的实录；张光年的《向阳日记》是撰者在"文革"十年动乱时代被下放到文化部设在湖北咸宁向阳湖畔之五七干校劳动改造的生活实录；陈白尘的《牛棚日记》是撰者在"文革"期间被幽禁在中国作协的"牛棚"中于夜深人静之际偷偷写下的日记；《白银与瓦——林白少女时代的日记》是当代学者陈思和编选的日记读本之一，陈思和对于通过编选一组中学生日记来反映青少年"自己的历史"很感兴趣，他约稿并编选了不同时间、空间下五种不同形式的中学生日记，林白日记即其中之一。林白20世纪70年代在广西北流上中学，下过乡，恢复高考后考入武汉大学，现是作家。她的这部日记是从一位中学生的视角来观察和认识1973—1975年的中国社会。另外，作家陈白尘的《听梯楼日记》（1974—1979年）也应该归入此期。"听梯楼"是陈白尘在一个特殊时段（"文革"结束前后）对自己寓所的戏称，此期正处在"历史的门槛"上，向前走一步是光明和希望，但这一步却迈得艰难而缓慢。事实上，"文革"时代的这些处于隐蔽或地下状态、并散发出个性光芒的日记才是真正的日记。相对于这种日记，明显缺乏个性元素（如个人的独特经历、感触、感悟和思考等），只有偏激的宣示与效忠，以及极端化的、毫无美感的时代语言的日记，则是伪日记，或日记的异化。

十一届三中全会后新时期以来（即第三阶段内），日记写作彻底摆脱了"文革"的桎梏，获得了前所未有的大发展。上至国家领导人李鹏总理的系列化重大军政时事日记，如《众志绘宏图：李鹏三峡日记》《起步到发展：李鹏核电日记》《立法与监督：李鹏人大日记》《市场与调控：李鹏经济日记》《和平发展合作：李鹏外事日记》等，都是李鹏总理对他自己从政经历的实录和整理。其次，许多学者写的日常生活日记，如王沪宁同志的《政治的人生》，这是现任中共中央政治局常委王沪宁同志在复旦大学担任教职时的一部日记，王沪宁同志在日记的自序中说：这部日记不是写"一种政治经历"，而是书写一名政治学的学者，在日常生活中，在"异常的忙乱"和"严肃而枯燥的学术思维"之外，于夜深人静之际挤出时间"对于人生"进行认真思考。作为学者，王沪宁同志的这部日常生活日记具有思想随笔和学术随笔的鲜明特征，表现出学者好思敏学、机智幽默的人格特质。这类日记比较重要的还有王元化《九十年代日记》，王元化是思想家、文艺理论家，他在日记中将自己在九十年代（1990—1999 年）的所见、所闻、所感、所思和思想的演变全都记录下来。另外，还有许多普通百姓写的日常生活日记，载录了他们的平凡人生和生命故事，如广西女孩蒋三努的父亲——水利工程师蒋元奇因患癌症去世，去世前留下六十篇日记，其中详细记录了女儿的成长轨迹，流露出深沉的父爱。另如农村出生的普通打工仔卢仲德身患癌症，在治疗过程中写的十九个月抗癌日记（2012 年 3 月 9 日—2013 年 9 月 11 日），表达了他对这个美好世界的眷恋和对一路鼓励的真挚谢意。更有广大农民、学生、编辑、秘书、记者、医生、家长等各阶层的人们切实感到日记的益处，积极投身于日记写作，如张荣立的《养猪日记》写出了一部"养猪致富"经、郭遵卫常写庄稼日记种好菜、记者郑宗良常写采访日记锻炼了笔力等。

这个阶段内的行记类日记主要有雷抒雁的《访苏日记》、《铁凝日记·汉城的事》、陈平原的《大英博物馆日记》等。雷抒雁的《访苏日记》是很有特点的行记类日记，从 1991 年 10 月 7 日到 20 日，在近半月的时间内日记撰者雷抒雁与几位中国作家访问了苏联。这段时间是世界共运史和全球政治格局发生巨变的转折关头，此前的 1991 年 8 月 18 日，苏联发生了震惊世界的"八月政变"，苏共总书记、苏联总统戈尔巴乔夫在叶利钦所率军队的威逼下辞去党的总书记职位，共产党被迫停止活动，七十多年惨淡经营、盛极一时的红色政权宣告垮塌，此后的 12 月 21 日苏联十一个加盟共和国相继独立，一个主宰了近半个地球的强大帝国顷刻间土崩瓦解，雷抒雁的《访苏日记》即记录了他在这段时间访苏旅程的行程和见闻。这部日记见证了一个超级大国在它的黄昏日子里衰弱不堪的形象，是一个大国衰亡前的病历档案，对我国在新时期探索具有中国特色的社会主义建设具有警惕和鉴示作用。《铁凝日记·汉城的事》是铁凝在 1994 年 4 月陪父亲到韩国汉城参加父亲的画展前后四十多天所写的日记，写出了开放的中国在走向世界的过程中一位中国作家对外部世界的真正了解。陈平原的《大英博物馆日记》是我国学者陈平原在 2000 年 8 月访问伦敦期间，抛弃了"中国文学专家"的身份，纯粹以"旅行者好奇的眼光"，仔细打量眼前这座让他有些陌生的国际大都市。因为当时的住处临近大英博物馆，他前后十二次参访了该馆，"从容观察了这个已有二百五十年历史、绝对享誉全球的'知识海洋'"，陈平原到过世界不少地方，参观过不少的博物馆和美术馆，但最让他怦然心动、流连忘返的还是大英博物馆，他精选了十二则参观日记，略加整理和补充，完成了他的《大英博物馆日记》一书。总体而言，这是一部具有浓厚学术意味的行记类日记。

此外，还有一些日记的时间跨度较大，贯穿了不同的历史阶段。如宋云彬的日记《红尘冷眼》，是撰者对 1945 年 3 月—1962 年 12 月个人生活的实录，最珍贵的部分是该日记真实记录了 20 世纪 60 年代的诸多重大历史事件。张允和著，欧阳启名编的《昆曲日记》分两部分，一是 1956 年 9 月 14 日—1958 年 8 月 17 日的日记，二是 1978 年 11 月—1981 年 12 月 27 日的日记，这些日记记录了作者与俞平伯先生共同创办北京昆曲研习社及积极参与该社活动的情况，还包括一些各地昆曲领域的大事，是一部珍贵的当代昆曲资料，学术性和史料性很强。世界船王董浩云的《董浩云日记》是董浩云先生一生奋斗的个人记录，也是中国现代航运事业艰难发展的实录，该日记起自 1948 年 3 月撰者到美国接收船只，终于 1982 年 4 月 13 日他去世的前两日。

尤其应该引起注意的是：在这个时期，人们为解决我国母语写作教育中存在的困难，受 20 世纪二三十年代夏丏尊、叶圣陶和黎锦熙等写作教育界人士的启发，不仅将日记引入语文教育领域，而且试图以其为核心范畴来重构我国母语写作教育的框架体系，以彻底颠覆我国以"作文"为核心范畴的传统教育体系，这是此期日记写作教育的新发展。

以上是对新中国日记写作及日记写作教育情况的简要梳理，其中蕴含极丰富的日记文学理念，笔者拟从三个时段中各择一代表性案例来做深入探析，以窥一斑而知全豹。

第一节　日记里的"延安保卫战"
——解放初作家杜鹏程的日记叙写观

揭析杜鹏程战争日记里的"延安保卫战",从背景与理念、矛盾与情节、多彩的战地人物画廊等维度比较战争日记与小说《保卫延安》对延安保卫战的叙写,从全新视角考察《保卫延安》的叙事经验及其得失,深刻认识中华人民共和国成立初期以重新塑造"新英雄人物"为宗旨的社会主义现实主义文学在关键性叙事问题上的经验教训及其成因,对发展习近平新时代中国特色社会主义现实主义文学大有裨益。

《保卫延安》是反映解放战争时期西北战场的重要长篇小说,也是中华人民共和国成立之初延安作家群积极响应社会主义现实主义文学提倡塑造"新英雄人物"的代表作之一。战争中,作家杜鹏程一直跟随西北野战军二纵四旅作战,"在战壕里、在膝盖上、在炕头上、在碾台上完成"了"一二百万字的战争日记"。[①]《保卫延安》即以这些素材为依据。解析杜鹏程战争日记里对延安保卫战的本事(本来事迹)叙述,并与小说《保卫延安》的故事演绎比较,探析二者间的异同和嬗变,从全新视角考察《保卫延安》的叙事经验及其得失,这对深刻认识和理解中华人民共和国成立之初以重新塑造"新英雄人物"为宗旨的社会主义现实主义文学的关键性叙事问题有重要启示。

一　日记里的战争叙写:背景与理念

杜鹏程是一名战士,他以战士的身份亲历了延安保卫战,但他还是陕甘宁边区政府主办的《边区群众报》派驻西北野战军二纵四旅的战

---

① 赵俊贤:《〈保卫延安〉创作答问录》,载《新文学史料》2001年第1期。

地记者，又从记者的视角观察和思考了这场战争。他的日记里，战争叙写有如下特点。

（一）突出了深广的战争背景

在小说《保卫延安》中，延安保卫战是 1946 年国民党反动派对解放区全面进攻破产后、重点进攻延安地区的一场战争。与小说里的故事演绎不同，杜鹏程战争日记是将这场战争纳入 1936 年西安事变以来延安十年和平遭到破坏的深广背景下叙写的。1936 年底国共第二次合作，至 1947 年初延安保卫战爆发，这十年里延安成为中国共产党领导敌后抗日军民的后方基地，与国民党军处于相对和平状态。战争日记表明，延安保卫战是国民党反动派悍然撕毁墨迹未干、经国共双方艰难谈判签署的《双十协定》后，中国共产党及人民军队奋起捍卫和平、反对蒋介石独裁的人民解放战争。面对突如其来的战争，尽管中共中央、边区政府和延安人民做了一些准备，但还是有点措手不及，其中有人在延安享受了十年和平后变得麻痹大意，要么对和平建国的前景盲目乐观，要么面对国民党反动军队突如其来的疯狂进攻表现出张皇失措。杜鹏程在 1947 年 3 月 23 日、5 月 23 日的日记里载录了这一现象：

3 月 23 日

十年和平生活，有些人开始盲目乐观。现在又张皇失措，固然事情有一个必然的过程，但是干部之张皇是不可宽恕的。①

5 月 23 日

由于最初对战争形势估计不足，思想上组织上缺少充分准备。由于十年和平生活，在部分干部和党员中，思想蜕化，工作中官僚主义、命令主义、形式主义存在，使党发生脱离群众现象。由于和平，养成阶级观点模糊，对敌麻痹，不能看清暗藏的敌人。……②

---

① 杜鹏程：《战争日记》，参见《杜鹏程文集》（第 4 卷），陕西人民出版社 1993 年版，第 13 页。

② 同上书，第 47—48 页。

（二）细腻描绘了陕甘宁边区浓郁的民俗风情和厚重的人文遗韵

战争发生在陕甘宁边区，这是具有浓郁民俗风情和厚重人文遗韵的地方，杜鹏程日记对此做了形象细腻的描绘，给日记里的战争叙写带来了别样意味。比如：

> 6月1日
>
> 今天下午抵此（陇东——笔者注），地方残破，人烟稀少，广阔的梢林，走几十里见不到一家人……到处可见石崖绝壁上的小石洞，据说为避"回汉冲突"而设。[1]
>
> 8月13日
>
> 早晨起来望不尽的起伏的黄沙（榆林地区古长城一带——笔者注），唯有沿河十来米的空地可以种庄稼，老百姓赖以生存。常乐堡的城可以看得出当年是繁华的城市，现在被沙吞蚀，城里破墙残壁，显得荒凉悲戚。这城靠长城仅一百公尺，有一土堡，可以看得出这是元或清时补修的。……
>
> 这里老百姓生活非常苦，主要食品是洋芋、豆角，十家有九家是面黄肌瘦，但是任兆虎等地主家均很豪华。[2]

（三）鲜明体现了日记服务于小说创作的理念自觉

杜鹏程认为，日记应该为文学创作服务，他在日记中告诫自己。

第一，日记要记录自己亲历的伟大事件。杜鹏程是一名战士，平时喜欢写东西向报刊投稿，这使他获得了去《边区群众报》当新闻记者的机会。战争发生后，杜鹏程被派往西北野战军二纵做随军记者，[3] 他深入团部、连队和战士们中间，这是他第一次接触到战斗部队，他决心抓住难得的机会，熟悉战斗部队的生活，好好体验战争、学

---

[1] 杜鹏程：《战争日记》，参见《杜鹏程文集》（第4卷），陕西人民出版社1993年版，第52—53页。

[2] 同上书，第110页。

[3] 同上书，第60页。

习战争,并记录自己亲历的伟大战争。① 杜鹏程向往写作,他知道有些作家是新闻记者出身,他渴望从记者成长为作家,② 他认为:(现实主义作家)必须是一个出生入死的战斗者,也必须是个很好的实际工作者,否则坐在房子里再富于幻想也写不出时代的奇迹和生活。③

第二,把日记当作研究战争的工具。杜鹏程对战争各个侧面,④ 只要能接触到的,认为有意思的人和事,以及生活印象、心得体会、生活感受,观察所得,以及各地方的历史特点,地形外貌和人情风俗,甚至动人的语言等,统统做了记录。他还为战场上有特点、有代表性的干部战士,写了专为自己看的"小传"。这样的日记,叫生活记录更恰当,目的是想把战争的全貌告诉人们,讴歌战争中的英雄行为,讴歌这个时代——这不同于托尔斯泰在日记中无穷无尽地剖析自己。⑤

第三,日记是促进反思和升华的重要方式。战争中暴露了很多问题,如干部问题、官僚主义问题,杜鹏程战争日记对我方的这些工作进行深刻反思,觉得许多问题写成小说一定很有教育意义。⑥ 在牺牲的战士面前,他作自我批评:"我觉得自己有不少想法是可耻的,我只是成天希望写大东西,只是关心收集材料。"⑦

第四,日记是厘清创作思路的载体。在战争日记里,杜鹏程厘清了自己的创作思路:决心以战争经历为素材写一部好作品⑧;以一个连队为线索,从各方面看战争、写战争;战争中,西北野战军打得苦,吃不饱,没鞋穿,十三团十连只有八个人六支枪,还要打仗,杜鹏程所在连队的战士也牺牲惨重,他想写一个《第六连》,从各方面去写,从一个

---

① 杜鹏程:《战争日记》,参见《杜鹏程文集》(第4卷),陕西人民出版社1993年版,第64页。
② 同上书,第2页。
③ 同上书,第23页。
④ 同上书,第26页。
⑤ 杜鹏程:《岁暮投书——关于"写日记"一事的回答》,载《鸭绿江》1980年第3期。
⑥ 杜鹏程:《战争日记》,参见《杜鹏程文集》(第4卷),陕西人民出版社1993年版,第89页。
⑦ 同上书,第92页。
⑧ 同上书,第126页。

连队看战争;① 作品要写出事物的本质,写得真切,像爱伦堡的《英雄的斯大林城》,思想深刻,充溢着炽热的感情和丰富的哲理。②

比较杜鹏程的战争日记与小说《保卫延安》,可知小说正是以一个连队(周大勇连)为线索,力图叙写延安保卫战的全貌,讴歌战争中的英雄行为,讴歌那个时代;就是说,战争日记和小说之间确实隐含着本事叙述与故事演绎的内在联系,但日记在战争背景的叙写上比小说更深广、开阔,对陕甘宁边区浓郁的民俗风情和厚重的人文遗韵也关注更多,描绘得更细腻、鲜明。

二 日记里的战争叙写:矛盾与情节

作为一名战士和负有特殊使命的战地记者,杜鹏程日记里的战争叙写比小说《保卫延安》反映的矛盾更多元,情节更丰富。在他的日记里,这场战争在激烈的敌我矛盾(含阶级矛盾)之外,还交织着多重次生矛盾。

(一)正面战场上激烈的敌我矛盾(含阶级矛盾)构成了战争叙写的主线

首先是国共双方军队的战役较量。这包括西北战场的几场重要战事:青化砭之战、羊马河之战、蟠龙镇之战、三边战役、榆林战役、沙家店之战、九里山之战,每战各有特点,如日记(1947年8月22日)载录的沙家店之战中,西北野战军以少敌多,"围点、打援、堵强敌"一气呵成,沉重打击了胡宗南主力,堪称西北战场上的神来之笔。

其次是国共双方阵营士兵的战地较量。这种较量的激烈程度到了亲人相残的地步,如4月4日、7月12日的日记:

---

① 杜鹏程:《战争日记》,参见《杜鹏程文集》(第4卷),陕西人民出版社1993年版,第123页。
② 同上书,第125页。

4月4日

胡宗南一个营长，他替胡宗南没命地干，结果被我方俘虏，而抓住他的却是他河南逃难来边区安居的哥哥。有不少同志说："我弟弟是飞机驾驶员，在扫射中他可知道下边有他的骨肉胞兄？"①

7月12日　于安边

……刘参谋是被俘的，他的哥哥原在我军工作，汾阳战斗中冲上碉堡和他兄弟拼刺刀，一下相遇了。他兄弟叫他："哥哥！"老刘怔了一下，他说："是你！放下武器再说！"这时哪怕是亲兄弟，没放下武器时仍是敌人。②

可见，战争中正面战场上敌我矛盾的形式之丰富、规模之大、程度之惨烈是罕见的，这种矛盾在本质上是广大劳动人民与蒋介石、胡宗南所代表的大官僚资产阶级、地主阶级之间的阶级矛盾。

最后是野战军与国民党反动派在全国战场的正面较量。如7月31日的日记：

7月31日

三边战役后，宁马主力退缩盐池以西，胡宗南主力集中于安塞、延安等以西地区。青马八十二师配合胡军之一部，同时向关中、陇东地区进犯。榆林守敌四月占我横山、鱼河堡等地，见宁马屡遭惨败，也改为守势。

刘邓大军已从鲁西南横渡黄河，直捣中原。晋绥第三纵队入陕，以策应刘邓大军南进。我部也为配合此行动，攻打榆林，诱敌北上。眼下正做准备。③

---

① 杜鹏程：《战争日记》，参见《杜鹏程文集》（第4卷），陕西人民出版社1993年版，第21页。
② 同上书，第91页。
③ 同上书，第101页。

在日记中，杜鹏程既记录了西北战事，也叙写了中原刘邓大军、晋南陈赓兵团的行动，全景式揭示了国共双方在全国战场上激烈的正面较量。

（二）在主要矛盾之外，这场战争还交织着多重次生矛盾

首先是我方（野战军和边区群众）的内部矛盾。这表现为野战军与边区人民的内部矛盾、野战军内部干部和战士的矛盾、干部战士们的内心矛盾、干部战士与自身落后因素的矛盾、指战员与艰苦环境的矛盾等。

表现一：野战军与边区人民的内部矛盾。如7月11、12日，6月11日的日记：

7月11日

我们住的这一家老太太，她有头猪，大约二百斤左右，据说已经养了二三年，简直当宝贝。部队来时，她知道自己的队伍不会杀猪，但她觉得不好意思，于是她在野外挖了一个洞，把猪放进去不时趴在那里看看。战士们很好奇，也去看，发现了这头猪，都惊奇得像小孩子一样叫起来。老太太着慌了，后来我们表示不杀也不买，她高兴得了不得，把猪吆回来。她每天一起来就去看，晚上睡觉也照上灯去看一遍，在这个家庭说来这就是她最重要的事，似乎在她生命中也是最重大的事，有趣亦好笑。[①]

老太对野战军不了解，对部队不信任。这个有趣好笑的故事揭示了野战军和边区人民的内部矛盾，表现了人民群众对野战军还不完全信任的心理。

7月12日 于安边

……三营司务长不求得同意杀了老百姓的猪，那老乡哭了。我

[①] 杜鹏程：《战争日记》，参见《杜鹏程文集》（第4卷），陕西人民出版社1993年版，第90页。

了解到这家男人不务正业，不管家，母子三人喂了一头猪，日夜看守怕丈夫拉去卖了抽大烟。他们母子三人计划将猪喂大，换成布做成衣服，再卖了又换成棉花，这样冬天就不受冻了。他们把这一切希望都寄托在这头猪上，可是我们给杀了，多么糟糕的事。①

因为对农民的艰辛缺乏了解，司务长不经老百姓同意就把他们的猪杀了，彻底破坏了这户农家的生活规划。故事揭示了部队与人民群众另一面貌的内部矛盾。

6月11日
千峰写文章反映合水花豹湾地主张廷之欺压农民，打死了其祥妻收回土地，而合水县判决中反而包庇地主。此文章解放报上登出后，引起各地强烈不满。合水县、陇东地委也大为不满，写信质问报社，到政府西北局打官司，一时不得了。可是县委派书记下乡调查，他一去就住在地主家，受到地主热情招待。他回来说，报上反映的不是事实。后来经西北局法院调查，不但属实，而且还了解到打其祥妻时，弟媳劝解被张打了一棒小产了。奶妈、孩子共死了四条人命。这次敌人来了，这个地主先投靠了敌人。②

边区的一些地方干部在关键时刻斗争意志薄弱，腐化堕落，被地主利用，成了地主欺压农民群众的帮凶，为此他们还与边区报社、西北局法院等正义力量发生了（内部）矛盾冲突，这则日记说明边区的干部工作迫切需要改进。

表现二：干部战士们内心世界的矛盾，如：

---

① 杜鹏程：《战争日记》，参见《杜鹏程文集》（第4卷），陕西人民出版社1993年版，第91页。
② 同上书，第59—60页。

6月30日

部队的巩固过程，就是克服农民那种散漫、自私、个体意识的过程。……

小狗和排长的故事：看见特务连带的一只小狗，这是在路上拾的，战士们都非常喜欢它。他们告诉我，有一个排长，从山西带了只小狗，带了五年。战斗中它就睡在背包边守着排长的背包，排长负伤住了医院，狗也跟到了医院。他晚上开会狗就在门外等，他睡下狗就卧在脚边。这只小狗很灵，他们之间有很深的感情。一次战斗排长牺牲了，小狗不吃不喝，后来被飞机射死……①

这则日记真实叙写了战士们内心最柔软的一面，揭示了他们与小动物之间的深厚感情，这与战士们英勇杀敌、勇于牺牲的"硬汉"心肠构成了反差和矛盾，这种反差和矛盾更真切地表现了战士们的人性美，也反衬了蒋介石、胡宗南发动战争的罪恶。此外，这些战士成了英雄，但英雄的另一面往往是散漫、自私、个体意识极强的小农习气，战士的成长必然先在其内心世界经历一个英雄气质与小农习气相冲突的矛盾过程。

4月1日

在这大时代，牺牲又有什么不可以。一路之上行李及枪压得肩膀直痛，又是那么冷。昨天看见了一个乡村姑娘，很美丽，女人是这么具有吸引力，这时我不知为什么脑子又出现了她的身影。像农民说的一样"高山出俊样"，确实不假。②

从这则日记看，战士们在严酷的战斗中还有着对美好爱情的向往。

---

① 杜鹏程：《战争日记》，参见《杜鹏程文集》（第4卷），陕西人民出版社1993年版，第84页。

② 同上书，第18—19页。

英雄也是人、活生生的人，他们对美好爱情的向往不会损害其颇具"硬汉"心肠的英雄形象，处理得当倒可以把英雄写得更真切、丰满和富有人情味。这方面，小说《保卫延安》不如日记——在小说中，杜鹏程把战士们一切非战斗的因素都予以剥夺（或简笔略过），力图塑造一些纯粹得毫无瑕疵的"伟大"英雄，但这样的英雄缺少了人情味，往往形象单调单薄，不能真实深刻地表现战士的英雄主义本质。

表现三：干部战士们与自身落后因素的矛盾，如：

> 7月10日　于安边
> 高波是一个英勇的共产党员，但是因为平时工作不深入，以致造成杀身之祸。他是一个忠实的人，但对敌人缺乏警惕，被捕时很英勇，这次遭难，完全是粗心大意。某些地方的官僚主义害死人。①

从这些日记中可见野战军和边区政府的干部与自身官僚主义的矛盾，以及干部战士与自身旧军队习气、享乐主义的矛盾。此外，一些干部的思想认识不到位，缺少领导方法和经验，不善于做思想工作，这引发了野战军内部干部和战士的矛盾，杜鹏程日记对此做了记录。总之，我方（野战军和边区群众）的内部矛盾很复杂。

其次是敌我双方在正面战场之外的其他矛盾，表现为野战军内部隐蔽的阶级矛盾和敌我矛盾、人民群众与国民党反动派的矛盾、农民和地主的矛盾，以及敌方的内部矛盾等。

表现一：野战军内部隐蔽的阶级矛盾和敌我矛盾，如：

> 7月28日
> 最近部队破获了三个集体哗变瓦解部队的案件，这些事说明不

---

① 杜鹏程：《战争日记》，参见《杜鹏程文集》（第4卷），陕西人民出版社1993年版，第89页。

但要与公开的敌人斗争，而且还要与暗藏的敌人斗争：一是思想敌人，其中有变质分子；二是特务分子，混进来的敌人。①

这则日记载录了西北野战军不时发生小股部队集体哗变的异常情况，客观反映了野战军内部隐蔽的敌我矛盾。

表现二：人民群众与国民党反动派的矛盾，如：

> 7月13日　于安边
> 今早安阳征粮，韩家艾亭李金声今年收了七十石麦子，可是国民党就派了九十石，没奈何全部交后家中断炊，于是全家十二口服毒自杀。济中四十七岁的寡妇把麦子全部交出后还差一半，没办法用绳子一头系上自己一头系上刚十岁的儿子，母子同时自缢而死。②

这则日记描绘了老百姓的苦难，揭露了国民党反动派横征暴敛给人民带来的深重灾难，表现了当时激烈的社会矛盾。

表现三：农民和地主的矛盾，如：

> 6月23日
> 在朔县曹沙坪群众诉苦大会上，曹日升老汉披着破烂不堪的大皮衣，拍着胸脯高声唱道："日头出来满天红，八路来了救穷人。"他唱他喊，以前他受地主压迫，给地主曹博三揽了七年长工，整日像牛马一样受苦，因他体壮力气大、食量也大，曹地主造空气说他一顿二斤莜面一升米，联合地主都不雇他，逼得他只好别人挣一元他挣五角。有一次锄完了地，曹地主满地寻找寻见一根草，就狠狠

---

① 杜鹏程：《战争日记》，参见《杜鹏程文集》（第4卷），陕西人民出版社1993年版，第100页。
② 同上书，第93页。

地踢了曹日升几脚。后来他没办法过下去,到朔县给人家挖茅坑,整整干了三十年。春天冰消时,一不小心掉进尿窖里几乎淹死。他伸出长满硬茧的双手大声喊:"地主逼得我过的啥日子,看看我的手!"他伸着手让大家看。曹还说有一次曹博三指着一桶水说,你能用牙把这一桶水叼到我家,我给你一斗麦子,他受饥饿驱使这样做了,可是地主却欺骗了他。①

在这则日记中,曹日升老汉的故事把当时陕甘宁边区贫雇农和地主的矛盾揭示得深刻、生动和形象。

表现四:敌方的内部矛盾,包括敌军的内部矛盾、剥削阶级的内部矛盾等,如:

6月9日

在这里休息第二天了。桥儿沟天主教堂的三姑娘在土地改革中被群众斗争,绑起来。她对我们十分不满,每天盼望国民党来把我们打垮,好恢复她的教堂的统治和剥削。因此当国民党来后,她告诉附近老百姓不要跑,叫藏在教堂里。可是国民党来后,不但把所有的妇女强奸拉走,连她也被强奸了。②

天主教堂的三姑娘充当帝国主义欺压中国人民的爪牙,但她与国民党反动派也有尖锐矛盾,这是统治阶级、剥削阶级的内部矛盾,这种矛盾连累人民群众成了牺牲品。此外,国民党军的内部矛盾也很激烈。

与小说《保卫延安》相比,日记里的"延安保卫战"矛盾更多元、情节更丰富,以清风店之战为界分前后两段:前段是野战军被动防御,后段是野战军占据主动。在矛盾的解决上,野战军和群众内部的矛盾通

---

① 杜鹏程:《战争日记》,参见《杜鹏程文集》(第4卷),陕西人民出版社1993年版,第72页。
② 同上书,第58页。

过检讨、整顿、自我批评、加强党建等手段解决，野战军和敌人、敌人和人民群众以及敌人内部的矛盾却通过你死我活的斗争解决。

三 日记里的战争叙写：多彩的战地人物画廊

杜鹏程亲历了这场战争，并以记者的身份深入战争的不同层面和侧面，采访和认识了不同层次的战地人物。记者的敏感让他有心去抓住行军和战事空隙，用细腻的笔触，浓墨重彩的在日记里为这些人物做了写生或速写。

（一）战略全局中的中共中央及毛泽东主席

3月3日

敌人"全面进攻"破产以后，又转而进攻延安，庆阳已失，延安紧急，昨天二次疏散令已下，延安全市进入紧张的备战疏散中。

远处传来驼铃声，大家忙着搬运东西；脚户呐喊，骡马嘶叫，狗吠人喧，灯火齐举，人们紧张地来回走动。[1]

在强敌压境的关头，中共中央和毛泽东主席领导西北野战军和边区人民紧急应变，处事不惊、忙中不乱、举重若轻，把坚壁清野和撤离工作布置得有条不紊、扎实细致，使胡宗南及国民党军费尽心机和力气也只得到延安这座空城。

5月26日

听许多人说毛主席在延安最后才走。听说战争开始时有些混乱，毛主席提出"自我批评，模范作用"，他说这里工作的缺点他应负责，他决不离开陕北。中央机关所到之处，群众工作做得特别

---

[1] 杜鹏程：《战争日记》，参见《杜鹏程文集》（第4卷），陕西人民出版社1993年版，第2页。

好，每个单位每天汇报，凡是机关走过的地方，犯了纪律的，均要开会，道歉，赔偿。群众均说："八路军真是人民的军队，真好！"他向老百姓说："八路军的缺点，就是我们的缺点。"中央这一支队的群众工作、纪律均很出色。

主席的警卫团已参战，他身边只留下一个连。有一天情况紧急，离敌人十五里，他站在山头上看大队过完，最后才走。①

在战争中，危险的时刻和地点总有中共中央和毛主席的身影。中共中央和毛主席与广大战士一道战斗在第一线。面对战争之初的混乱，中共中央和毛主席勇于担责和进行自我批评，从不诿过于人。

4月16日

这几天，天天有捷报，今天瓦市又消灭敌人一三五旅。青化砭战斗后，敌以为我主力在延安东北地区，认为"良机"不可错过，分兵三路北进：右为一四四旅、一二四旅，中为董钊，左为刘戡，结果进犯扑空。我陈、谢兵团晋南大捷后作东渡黄河之势，迫使敌放弃北上，抽兵援晋。彭总判断敌人一三五旅必然南撤，运用分割包围、各个击破战术，一举歼灭敌一三五旅，此为羊马河战役。②

中共中央和毛主席亲自参加了这场战争，在西北战场上拖住国民党军几十万精锐，减轻了全国其他战场的压力。在中共中央和毛主席的战略谋划下，调动远在晋南的陈谢兵团做渡河攻陕之势，配合西北战场作战，为彭总在羊马河战役消灭敌一三五旅创造机会，这从正面刻画了毛主席伟大的战略家的形象。西北战场的胜利与毛主席的战略决策分不开，这则日记堪称毛主席之伟大战略家形象的点睛之笔。

---

① 杜鹏程：《战争日记》，参见《杜鹏程文集》（第4卷），陕西人民出版社1993年版，第49页。

② 同上书，第27页。

6月25日

在陇东高塬上，夜里一个老汉告诉我说：毛主席就是个老百姓，他什么事都知道，常和老百姓在一块。有一次，老汉家雇了一个人，大个子，帮他们割麦子，割得快，还不要钱，也不吃饭，他说："我晓得老百姓的困难。"以后这老乡出去给别人说了，别人都拿着鸡蛋到处找毛主席，可是找不见。①

杜鹏程跟随部队转战陕甘宁边区，在广大农村地区听闻了许多有关毛主席的传说，他在日记里做了记录，这些日记从侧面表现了毛主席是人民大救星的形象。笔者认为：与日记相比，小说《保卫延安》中的毛主席形象则显得抽象、单薄和符号化。

（二）西北战场的彭总指挥

5月5日 雨

特大的喜讯传来，我军在蟠龙又取得了重大胜利，这是一次非常漂亮的攻坚战。敌企图打通咸榆公路，与榆林守敌会师，南北夹击我军；我将计就计，九旅诱敌北上，主力集结打蟠守敌。敌武器精良，此镇是胡军陕北建立战略据点之一，大小伏碉环绕，周围非陡壁，即六七米宽之外壕，十分坚固。5月3日开始，三天拿下蟠龙，并俘敌一六七旅旅长李昆岗。②

9月7日

部队奉彭总命令，赶在敌人之前，侧击、堵击、围歼敌人，延迟敌南撤时间，歼敌主力。又在九里山摆开了战场。③

此外，在沙家店之战中，彭总料事如神，指挥有方：既围歼了敌三

---

① 杜鹏程：《战争日记》，参见《杜鹏程文集》（第4卷），陕西人民出版社1993年版，第75页。
② 同上书，第39页。
③ 同上书，第120页。

十六师,又打了前来增援的敌三十六师之一二三旅,还凭借有利地形死死堵上紧跟一二三旅的刘戡,使西北战场从防御走向反攻,创造了军事史上的范例。

由以上日记可见彭总高超的战役指挥艺术:每战各有特点,打法各有不同却各臻其妙,同时彭总领会中央意图很透彻、捕捉战机很及时、行动指挥很果断、消灭敌军很坚决,杜鹏程日记真实刻画了一个听党指挥、立场坚定、指挥老辣娴熟的军事家形象。与之相反,小说《保卫延安》却没有将每战精妙之处写鲜活,彭总形象也欠真切传神。

(三)边区政府及西北局领导

> 4月7日
>
> 西北局因这一带缺柴,号召工作人员打柴。遇见这次带俘虏的人,他说让国民党俘虏最感动的事,是他们亲眼看见我们一些负责干部,到休息时亲自做饭、打饭,饭不够时干部总是最后吃。……我回来的路上看见西北局的领导同志,也都和同志们在一起砍柴,有的砍了一大背。西北局那些最高负责人也都住在草窑里,这确是非同寻常的事,也是我们的力量所在。①

从日记可知:西北局领导同志身体力行,干群平等、吃苦在前,表现出人民勤务员的形象。此外,西北局及边区政府对工作中的失误也勇于进行批评和自我批评、主动查找根源对症下药,日记对此多有记载(如5月7日、5月23日的日记)。西北局及边区政府的做法很快使战争初期颇显被动的党群工作发生了根本转折,战争锻炼了人民,人们变得沉着稳定,各项支前工作都有声有色地开展起来。在小说《保卫延安》中,边区政府及西北局领导的形象却是模糊的,甚至是缺失的。

---

① 杜鹏程:《战争日记》,参见《杜鹏程文集》(第4卷),陕西人民出版社1993年版,第22—23页。

（四）参战部队的指战员

6月11日

吃饭时，他看我吃干炸鱼很小心，他说："这小鱼可以带刺吃，小心烫嘴。"接着他又说："我可爱吃鱼，这次行军到洛河川，一宿营就先跳到河里捉鱼，搞回来自己煮，自己炸。"①

这是杜鹏程初见王震将军的印象。杜鹏程被派到二纵做随军记者，报到时，二纵司令员兼政委王震将军接见了他，留他一起吃饭。王震将军亲切随和的神态像是对老熟人，又像是对挚友，让他感觉不到一点拘束。

6月15日

副政委李恽和——中学生，三十二三岁，原系新军，后在党内工作，现任政委。对新的事物很敏锐，领导方法较灵活，而且能坚持原则。参谋长李侃，三十二三岁，知识分子，过去是赫赫有名的篮球"战斗队"的成员，受过航空训练，是抗战开始培养的干部。这位同志没有一般知识分子的锋芒毕露的毛病，朴实，积极勇敢，仔细负责。②

8月20日

李侃同志，他是为了狙击敌人，掩护大部队而牺牲。当他带一排人，爬上塬，突然发现敌人。他知道，大部队会被压在沟里。情况太严重了！他一面命人："快，让部队上来。"一面指挥阻击，一直坚持到部队上来。而他牺牲了。李恽和上去时，还看到他一条腿跪在地上，身子向前，但他的血已流尽。③

---

① 杜鹏程：《战争日记》，参见《杜鹏程文集》（第4卷），陕西人民出版社1993年版，第61页。
② 同上书，第64页。
③ 同上书，第113页。

4月8日

  战争环境，困难很多，但大家很乐观；睡在草窑，膝盖当办公桌，刻钢板至半夜，大家总是乐呵呵。中午胡绩伟高声说："我捉了一个师长！噢！又捉了一个团长，我的战术是出其不意左右夹击。"他摆出一副架势，大家一看，原来他老兄捉了大小两个虱子。①

在杜鹏程的日记里，李悝和政委、李侃参谋长是新型知识分子，也是从知识分子成长起来的优秀指挥员，他们做事认真负责、思考敏锐细致、作战勇敢机智；胡绩伟是《边区群众报》的领导，在战争中始终保持着乐观。小说《保卫延安》的团政委形象李诚是以日记里的李悝和、胡绩伟等同志为原型塑造的，参谋长形象卫毅是以日记里的李侃为原型来塑造的。

8月7日

  像盖培枢同志是多好的同志啊，他像个十足的中学生，他常向我借书，给了我一块漂亮的毛巾，现在却成了纪念品。……像威震敌胆的英雄王老虎，平时大家都亲热地喊他"我们的老虎"，也都牺牲了。②

  在陕北榆林外围的三岔湾战斗中，一营长盖培枢、战斗英雄王老虎等壮烈牺牲。他们在杜鹏程日记里留下了一抹令人难忘的剪影。

  比较战争日记与小说《保卫延安》里的主要人物，可知小说中的团政委李诚、参谋长卫毅、战斗英雄"王老虎"等形象，都立足于生活原型，刻画得比较成功；但小说中以王震将军为原型的纵队司令员等

---

① 杜鹏程：《战争日记》，参见《杜鹏程文集》（第4卷），陕西人民出版社1993年版，第24页。

② 同上书，第104页。

次要人物却刻画得不如日记里的原型人物具体生动。

（五）边区的干部和群众

> 6月26日
>
> 英勇的群众——3月20日，胡军到合水五区张家峁，抓住樊老汉追问他："乡长、村长到哪里去了？"樊愤恨地回答："我怎么知道！"敌人没办法就用棍子打他，但樊咬紧牙关一个字也不给敌人吐露，最后直打得头破血流，还是未说一个字。敌人没办法就把他从石崖上推下去，樊老汉壮烈牺牲了。①

日记里的樊老汉为掩护边区干部群众，宁死也不给胡（宗南）军吐露半点信息，最后壮烈牺牲了。樊老汉是边区无数英勇群众的一个典型，正是无数个这样的"樊老汉"才汇成了人民战争汪洋大海般的力量。日记里对这些小人物、次要人物的叙写极真实、生动、感人。

此外，参战部队的指战员如顿星云旅长、杨秀山政委、苏洪道团长、曾光明政委等，普通战士如理发员李志成、解放兵二虎子、炊事班长郭万义、受教育的战士孙春一、天真纯洁的十四岁小战士、十三岁的小司号员、风趣的战士姚二虎、指导员张世明、班长刘喜福等，以及边区群众白老汉、干部贺生珍等都是很有特点的次要人物。对这些人物的记录让杜鹏程日记成了西北战场多彩的战地人物画廊。与日记里的人物写生相比，小说《保卫延安》对于战争中许多小人物、次要人物的刻画明显要逊色一些。

从以上比较分析可见，小说《保卫延安》塑造了一些有生命力的人物，取得了较大的艺术成功，但该作也存在一些令人遗憾的问题：其一，不能辩证而富有艺术地处理好这场战争中主要矛盾（敌我矛盾及阶级矛盾）与其他多重次生矛盾的关系，过于集中笔墨演绎国共双方

---

① 杜鹏程：《战争日记》，参见《杜鹏程文集》（第4卷），陕西人民出版社1993年版，第75—76页。

在正面战场上你死我活的主要矛盾,对其他多种类型的次生矛盾吝于笔墨,导致小说情节的推进和展开虽明快却显急骤、单调,[①] 反映战争全貌和每战特点颇有不足,缺乏从容开阖、张弛有致的叙事美感;其二,在对英雄人物的刻画中,不能将其置于一个包含了主要矛盾和其他多重次生矛盾在内的矛盾冲突体系中去刻画,几乎完全将周大勇等英雄人物置于正面战场上你死我活的敌我矛盾(含阶级矛盾)中刻画和表现,导致小说中的人物刻画不太充分、真切、饱满、完美;其三,小说在背景叙写上也欠缺一定的历史纵深度和捍卫和平、反对独裁的正当性;其四,小说中描绘陕甘宁边区浓郁的民俗风情和厚重的人文遗韵还欠细腻、鲜明,导致小说的战争叙写缺了些陕甘宁边区特有的地域文化意味,让读者觉得讴歌时代与英雄有余,审美意趣的多样性却有不足。

笔者认为,造成以上问题的根源主要是作家杜鹏程积极响应中华人民共和国成立之初文艺界高层对重新塑造"新英雄人物"为宗旨的社会主义现实主义文学的号召,1949 年 7 月,文艺界领导人周扬在第一次文代会上提出了创造"正面人物"的要求,他呼吁:"(人民群众)凭着自己的血和汗英勇地勤恳地创造着历史的奇迹。对于他们,这些世界历史的真正主人,我们除了以全副的热情去歌颂去表扬之外,还能有什么别的表示呢?""我们不应当夸大人民的缺点,比起他们在战争与生产中的伟大贡献来,他们的缺点甚至是不算什么的。"[②] 对此,有当代学者指出:周扬的发言是在提倡制造"假象",小说《保卫延安》正是这种"提倡"的热诚响应者。[③]

其次,在战争叙写和刻画"新英雄人物"等问题上,杜鹏程表现出对本质主义理解的偏差,这使他对战争的深广背景、边区浓郁的民俗

[①] 潘旭澜:《评林彪、"四人帮"对〈保卫延安〉的围剿》,参见《中国当代文学研究资料 杜鹏程研究专集》,福建人民出版社 1983 年版,第 225 页。
[②] 周扬:《新的人民的文艺》,参见《周扬文集》第 1 卷,人民文学出版社 1984 年版,第 517—518 页。
[③] 张均:《怎样"塑造人民"——小说〈保卫延安〉人物本事研究》,载《文艺争鸣》2014 年第 5 期。

风情和厚重的人文遗韵、复杂多元的矛盾和多彩又统一的战地人物做了相对简单的处理——在对驳杂的战争本事分类、选择后，许多复杂却富有艺术价值的多元生活元素被非理性地简单排斥了。

最后，在战争日记到小说创作的转换中，即使杜鹏程如此看重日记，他仍然选择性遗忘日记是研究战争之工具的初心，不能在"客观的真实"之现实主义原则下充分尊重日记对战争本事的叙述，以及缺乏对手头上一二百万字的浩繁日记全面整理和深刻提炼的素养与功力，仅以日记作为小说创作中累积素材的工具。

以上即中华人民共和国成立初期以重新塑造"新英雄人物"为宗旨的社会主义现实主义文学在关键性叙事问题上的经验教训及其成因分析，对发展习近平新时代中国特色社会主义的现实主义文学应该大有裨益。

第二节　陈诗观风：极左年代的日记文学观
——以《吴宓日记续编》（1966—1974）为考察对象

《吴宓日记续编》（1966—1974）是非虚构文学巨著，它是个性鲜明的知名学者吴宓在诗歌熄灭、文学凋零的极"左"年代效法先秦旧制，以日记书写赓续中国文学自《诗经》以来的陈诗观风、诗主美刺优良传统。《吴宓日记续编》（1966—1974）叙写了中华人民共和国在迈向现代化过程中的一段风雨和那代学人的惨痛际遇，刻画了特殊年代不一样的传统知识分子和优秀领导干部形象，深刻揭示了"文革"爆发并造成严重恶果的根源。这在思想、文化、政治、历史、文学等领域留下许多值得回味、反思和鉴照的东西。

一　极左年代的日记陈"诗"

在皇皇数百万字的吴宓日记中，以叙写1966—1974年生活的第7—10册《吴宓日记续编》最具特色和价值，这是撰者在"文革"时代中苦难生活的实录。它有四个特点：

（一）

作为"文革"叙写的力作，《吴宓日记续编》（1966—1974年）既是一部宏阔壮丽的时代"史诗"，也是一支中国学人在风雨如晦年代的心灵小夜曲。

吴宓自入学陕西三原宏道书院的前一年（1906年）起，一直到八十四岁（1978年）在陕西泾阳去世前，即使身处极端困难的境地都几十年如一日坚持写日记，叙写了他从宏道书院考入清华园读书，留学美国，后作为"学衡派"主将与新文化运动旗手（如陈独秀、胡适等）进行攸关中国现代化道路选择的文化论争，以及他经历的国共内战和中华人民共和国成立后历次政治运动（如土改、镇反、三反五反、合作化运动、公私合营社会主义改造、反右斗争、大跃进、四清和"文革"运动等）的经过。吴宓是中国现代化进程中一系列重大历史事件的亲历者和参与人，从他的日记中可以寻觅到许多不为人知的时代缩影。在这些日记巨帙中，以反映吴宓1966—1974年生活的四册《吴宓日记续编》最具特色和价值。此期的吴宓日记细腻深刻地反映了中国在"文革"时代的社会风貌和一代学人的惨痛经历，及深层次的形成根源，刻画了那个时代不一样的传统知识分子形象，表现了他们的乐观、傲骨、独立与情怀。这是一部反映"文革"十年动乱的非虚构文学巨著，留下了许多近距离观察和了解那个时代的第一手资料，让人回味、感叹、反思，并作为习近平新时代中国特色社会主义建设的鉴照，警醒今天的人们要始终以人民利益为重，不要折腾、不忘初心，尊重知识、尊重人才、着力推进科教兴国。可以说，吴宓日记如"史诗"一般宏阔真实壮丽，又如中国学人的心灵小夜曲一样缠绵宛转跌宕，大气磅礴又细腻具体地叙写了中国社会在迈向现代化进程中的风风雨雨，以及中国学人在这一过程中的希冀、痛苦、忧郁、激动、悲愤、惊恐、绝望、庆幸等心绪变迁，读来令人唏嘘。

（二）

作为"史诗"般日记的撰写者，吴宓自觉超越了局限于个人利害的认知立场，以观剧的态度审视了"文革"这场自上而下、轰轰烈烈、严重扰乱国家正常秩序和人民幸福生活的政治闹剧。

吴宓的日记叙写观，在不同时期经历了三次重要变化。

其一，他早年的日记写作，主要目的是借助日记来砥砺品行、累积学问，这是中国传统治学和提高修养的方式，吴宓受其影响自觉选择并终生坚持。1910年，十六岁的吴宓在日记卷首写下一段自勉之语："天下之事，不难于始，而难于常，所以毅力为可贵也。日记，细事也，然极难事也。"① 正因为认识到日记写作的"细"和"难"及其磨砺恒心和毅力的重要作用，吴宓决心以日记作为自己陶冶心性、砥砺品行、累积学问的方式。

其二，在经历中华人民共和国成立来的数次政治运动后，吴宓屡遭批判而性情大变，由早年独喜放言高论而至处世谨慎。这其中，以"土改诗案"影响最巨：在中华人民共和国成立初期的土改和镇反运动中，吴宓对女友邹兰芳一家的遭遇（邹的父兄系四川万源县恶霸地主、大军阀，在土改和镇反运动中被曾经备受欺压的劳苦群众打死或被人民政府镇压，一家老小生活无着）颇为同情，对四川农村"土改"运动的一些过火做法表达了不满和批评，毫无顾忌地写下"易主田庐血染红"的诗句，并在书信和集会中与朋友唱和。这些书信遭揭露后，吴宓被西南军政委员会有关部门怀疑是参加"反动诗社"，几经折腾和心惊肉跳后才侥幸过关。从此，吴宓变得谨言慎行，他彻底从公共言说阵地退回到私人领地——在日记中倾泻情感，表达他对时局的不解、思考或批评。"文革"爆发后，他更借日记来排解身处"万马齐喑"时代的孤寂和苦闷，如他1968年12月19日的日记写道："宓注重'服从'，不敢胡言乱动，故平生无大错误。迨至文化大革命一段（1966—1968），则因宓不了解（i）文化大革命之意义（政治革命，阶级斗争），（ii）两条路线斗争史，（iii）毛主席之伟大战略部署，致宓随时有怀疑、误解，

---

① 吴宓著，吴学昭整理：《吴宓日记》（第一册），生活·读书·新知三联书店1998年版，第3页。

忧虑之心情,写在日记中,而被认为'矛头指向毛主席'……至于宓写日记,乃因宓生性孤僻,不喜与众人接近……"① 这是吴宓写在日记的一段心里话,可见日记在艰难的极左年代对他的心理慰藉作用。1966年9月2日,当日记被红卫兵抄走后,他感到天都塌了,生命像被人掏空了似的,他回想当时的心境道:"经过此次'交出',宓的感觉是:我的生命,我的感情,我的灵魂,都已消灭了;现在只留着一具破机器一样的身体在世上……"②

其三,随着"文革"运动的深入,吴宓由初期的旁观者成了被批斗对象:且不说吴宓在运动中遭到的肆意攻讦、无端批斗、人格践踏和残酷殴打,单是运动之初他的工作单位西南师院中文系没完没了的政治学习和讨论(批吴晗新编历史剧《海瑞罢官》及认真学习广大师生为批该剧所撰的大量"学习佳作")就让吴宓无比痛苦、唯愿求死,他在1966年3月15日的日记中诉道:"下午2:30—5:00续讨论近日师生《海瑞罢官》学习之佳作九篇其五、其六。中间几乎不能自持。此长期学习为大苦,实愿速死为佳,立觉左肺甚痛(日来头沸耳鸣仍甚)。璇告已退休,宓颇羡之。"③"璇"是西南师院退休教授、吴宓老友,此年吴宓七十三岁本可与"璇"一道退休并避开"文革"之祸,但他是资深教授,校方有意续聘,当初吴宓以校方器重其二级教授的身份而欣慰,现如今形势汹汹、政治氛围险恶、运动有长期化态势,吴宓为此惶恐不安,颇生悔意,徒然眼羡"璇"的退休之身。"文革"中,最让吴宓痛苦的事之一是经常被逼以"现行反革命分子""反动学术权威""劳改队员"等身份应付从全国各地络绎而来、以外调为名整吴宓故旧老友黑材料的红卫兵:因事隔久远,吴宓对过去的很多人和事已经回想不起,不能如红卫兵所愿提供他们急需的材料"炮弹",这些红卫兵责

---

① 吴宓著,吴学昭整理:《吴宓日记续编》(第八册),生活·读书·新知三联书店2006年版,第662—663页。
② 同上书,第38页。
③ 吴宓著,吴学昭整理:《吴宓日记续编》(第七册),生活·读书·新知三联书店2006年版,第394页。

难吴宓推诿、不肯如实吐露材料，威胁吴宓道："若最后查明、揭出，恐非宓之利。"① 吴宓极委屈，他悲愤激动地申诉说："此事，论是非，论利害，宓恨不立刻说出，岂甘隐瞒，自取祸咎？无如现在实是记忆不出。……"② 面对如此状况，西南师院造反派"春雷造反兵团"红卫兵曾文辉不加体谅，先是训责吴宓要竭力配合，毋得隐瞒和规避，并上纲上线说："此亦文化大革命之所有事……"继而疾言厉色痛斥吴宓往昔在课堂对文学史材料记诵精熟、滔滔不绝，平时生活之事也能记忆准确，对待外调材料的红卫兵却托词"完全忘却"，故斥责和威胁吴宓说："其谁信之！宓在文化大革命运动中，问题已甚为严重，慎勿更走入绝路！"③ 经此一事，七十五岁高龄的吴宓心痛难忍、悲愤难禁。1968年3月6日下午，吴宓的同事好友、西南师院中文系教师唐季华来探望吴宓，担心他想不开走极端、并造成无可挽回的遗憾，就劝解吴宓说："用观剧之态度力持冷静，不可有激愤之情，而须愉快乐观（即使定为'反动学术权威''反动资产阶级知识分子'，亦无妨），保持健康，斯为最要云云。"④ 唐的劝说深深打动了吴宓，从此他自觉超越了局限于个人利害的认知立场，以观剧的态度（如同"观《三国演义》故事之京剧与《红楼梦》电影而已"⑤），从客观的叙事者视角，来审视作为参与者的自己所经历的"文革"时代。

（三）

作为个性鲜明的现代学者，吴宓多元复杂的身份给他的日记撰写增添了别样的意趣和价值。

吴宓是矛盾的个体：他是留美学人，接受过西洋现代文明的洗礼，在爱情婚姻问题上表现得新潮西化，可以为追求心中的"海伦"毛彦文不惜毁家抛妻；他又饱受中国传统文化的浸润，自谓"对中国旧文

---

① 吴宓著，吴学昭整理：《吴宓日记续编》（第八册），生活·读书·新知三联书店2006年版，第399—400页。
② 同上。
③ 同上。
④ 同上书，第401页。
⑤ 同上书，第663页。

化崇爱过甚",痴迷和固执之态近于保守,他宝爱中国古文字,极力反对汉字简化改革,嘲讽中华人民共和国成立后我国第一批简化汉字中的"面"字之改革(其简化之法是省略字体中心的笔画,只保留该字体的外框)是"如用刀削去眼鼻口等,血淋淋,平而成孔穴之人面"。① 总之,吴宓既保守又新潮,在常人眼中是怪异的矛盾个体。

吴宓是美国人白璧德新人文主义思想的信徒,该思想针对近现代工业文明高度发达而警惕其功利主义、工业污染等副作用,在文化立场上反对专取近现代工业文明的做法,主张对古今中外文化一体珍视,融合其精髓来促进国家发展。从基本理念看,新人文主义思想有其合理性,但吴宓将其与具体社会实践及时代潮流结合时却缺乏从权变通的灵活,显得保守有余但革新不足,以致在"五四"新文化运动中他作为"学衡派"主将与陈独秀、胡适等展开论争,竟对"五四"新文化运动提倡白话、反对文言,提倡平民文学、反对贵族文学等进步主张也大加挞伐。尽管这场论争以新文化运动的主张者大获全胜、"学衡派"彻底失败而告终,但吴宓是不服气的。此后约五十年,新生的中华人民共和国爆发了"文革"十年动乱,吴宓借此有机会重新思考革命运动与文化传承的关系,身处"文革"旋涡的吴宓自觉将这场运动纳入新人文主义视角下审视、思考和叙写,《吴宓日记续编》(1966—1974)即是这一行为的结晶。吴宓的思考对进入新时代的中国社会极具意义,即:在追求民主、科学和法治的前行之路上,在批判传统文化的糟粕时,人们不应该割断传统文化的"根",更不能丢掉中华优秀传统文化的"魂"——以孔子为代表的儒家文化固然有糟粕,但更主要的是它沉淀和汇集了中华优秀传统文化的精髓,因此"五四"新文化运动的旗手和主将们以简单、粗暴和割裂的态度喊出"打倒孔家店"等反传统口号,虽有现实的考虑,但还是值得商榷的。从这点而言,吴宓的思考和批判有合理的一面。

---

① 吴宓著,吴学昭整理:《吴宓日记续编》(第八册),生活·读书·新知三联书店 2006 年版,第 664 页。

第五章　新中国的日记文学观

　　吴宓对古今中外文化有极深厚的修养，能够自觉地将"文革"运动纳入古今中外文化的大视野下考察。他在1966年3月23日的日记中写道："至文科图书馆读邓之诚编撰《清诗纪事》八卷二册。惜止于康熙中年。然亦可见当时政治受祸之酷，与文字科罪之严。其过程则先松后紧，与近今同。"[①] 可见，吴宓善于从所读古籍中吸取历史教训，并敏感地嗅到即将到来的"文革"的血腥味。吴宓又熟悉西方文化，他能娴熟地将"文革"运动与西方革命做比较分析，予人以深刻警惕。比如，"文革"运动的重要转折点是"四人帮"控制的中央文革领导小组下令解散此前由刘少奇、邓小平等主持的中央派往全国各地领导"文革"运动的工作组，以及将各大专院校"文革"运动的领导权转而授予学生，这直接造成了此后为害甚烈的"红卫兵"打砸抢等骇人听闻的行为，此时吴宓敏感地意识到其危害性，他毫不避讳毛主席的崇高威望，对由其支持的中央文革领导小组提出尖锐批评，他在1966年7月26日的日记中写道："忆1923年济在《学衡》中著论，谓今之中学生感情盛，意志强，而理智弱，知识、经验并乏，言论家（政客）惟事鼓荡，致若辈者弱者自杀，颓废，强者愤世嫉俗，今日本身受损，异时祸及国家，云云。又西人恒言：'天下最危险之事，莫如以利刃置诸小儿之手，使之乱割，伤己及人。'呜呼。四十年世变，至今文化大革命运动，以上之言验也。"[②]

　　此外，吴宓耿直、细心、严谨，文笔功底好，无论叙事、写人、绘景、摹态，皆细腻传神，其日记中的许多细节栩栩如生，写出了艰难的"文革"时代个人崇拜的荒唐、可笑、可怜、可悲、可叹，也写出了那个时代一些传统知识分子和我党一些优秀领导干部的可敬与可爱。

　　（四）

　　作为极富忧国忧民情怀的传统文士，《吴宓日记续编》（1966—1974

　　[①] 吴宓著，吴学昭整理：《吴宓日记续编》（第七册），生活·读书·新知三联书店2006年版，第399页。
　　[②] 同上书，第496—497页。

· 299 ·

年）是在诗歌熄灭、文学凋零的极左年代，以日记书写赓续了中国文学自《诗经》以来陈诗观风的政教传统。

吴宓屡遭劫难却有一腔忧国忧民情怀，他在"文革"时代的日记是有意效法先秦人们奏献诗歌、陈诗观风的旧制：先秦时人们录写各地传唱的诗歌来反映民情风俗，吴宓则以日记录写民情风俗，让日记如古代诗歌那样承担起"兴、观、群、怨"的政教功能。这是在诗歌熄灭、文学凋零的极左年代，与先秦时期人们有意创作、采集及向王者进献诗歌以实现其陈诗观风的目的很相似的文学创作行为。在1969年2月28日的日记中，吴宓写道：

> 今日下班归，途遇三中队队部某工人同志（领导人员）呼宓，示宓小册子打字印本，其中一段，系录宓日记原文。（似为1968春所记：成文辉述昨星期日在歇马场钓鱼，见农民耕种并不积极，下午迟上班而早归休。另一老农在其家门口座谈，谓"不植棉，安得布？不种蔗，焉得糖？群众忙于文化大革命，工业、农业多荒废，恐明年物资之缺乏更甚于今年矣"云云。宓按：《诗经·国风》=采来之民歌。《左传》城濮之战，晋文公听舆人之诵，故得战胜楚国。此老农之言，惜无术使毛主席得闻之！）①

于此可见，吴宓希望自己能如古代王官那样采集各地的诗歌，献诗于王者，俾王者观风俗、察民情、正得失，达到陈诗观风的目的；面对"文革"时代的政治狂热，全国各条战线弥漫着重政治、轻业务、轻经济的氛围，导致了包括农业、工业在内的整个国民经济陷入严重衰退的局面，全国上下深陷险境却不自知，吴宓和城郊老农为此忧心忡忡，故他录写老农的歌谣，以反映农村的危机，希望引起最高层注意，但致意无门，只能写在日记里。

---

① 吴宓著，吴学昭整理：《吴宓日记续编》（第九册），生活·读书·新知三联书店2006年版，第69页。

二 极左年代的"诗"以观风

在"文革"时期,吴宓把日记当风诗,凡有可怨、可赞或劳苦饥饿之事,皆在日记中详加叙写。因而从《吴宓日记续编》(1966—1974年)中可以观风俗、察民情,颇有《诗经·国风》之"诗以观风"的现实主义传统。从这些日记看,"文革"极左年代中国社会的基本情况大致有三。

首先是农村凋敝。这表现在三方面:其一,偏远农村极端贫苦。1966年1月25日,吴宓的同事好友李端深教授从重庆忠州参加"四清"归来,向吴宓详述了该县某乡某生产队的情形:"农民全劳力每日只得10工分,赚得人民币8分而已。山区贫家,有数世未见盐者。即非极贫,绝盐者亦多,其以红苕及杂粮充饥而不得食米者,更为寻常矣。"① 此时距全国解放已经快七年了,可山区农民的生活还是极端贫苦。这与吴宓从另一位名叫林昭德的同事处了解的情况大略相同。其二,一些农村基层政权的党员干部作威作福、欺压群众的现象严重,在中央觉察后及时颁布《二十三条》才制止该情况进一步恶化。② 其三,城郊农村的农民群众不愿耕种田地,以至有老农忧心忡忡地唱道:"不植棉,安得布?不种蔗,焉得糖?"③ 总之,"文革"时期的农村是极度凋敝的。

其次是城市动乱。"文革"运动是从广大群众有组织地讨论吴晗新编历史剧《海瑞罢官》开始的。1966年1月31日的吴宓日记写道:"今日下午中文系学生在会议厅公开讨论《海瑞罢官》,欢迎本系教师参加。"④ ——想必谁都不会想到这个热烈的讨论会,今后走向竟如此

---

① 吴宓著,吴学昭整理:《吴宓日记续编》(第七册),生活·读书·新知三联书店2006年版,第350页。
② 同上书,第374页。
③ 吴宓著,吴学昭整理:《吴宓日记续编》(第九册),生活·读书·新知三联书店2006年版,第69页。
④ 吴宓著,吴学昭整理:《吴宓日记续编》(第七册),生活·读书·新知三联书店2006年版,第356页。

可怕：号召和组织师生讨论《海瑞罢官》，这是严肃的学术问题，但学术问题的背后却隐藏着"四人帮"要借此来打倒和批斗彭德怀、刘少奇等老一辈无产阶级革命家这一杀气腾腾的政治阴谋，以及由此带来了中国知识分子的厄运。从1966年1月31日到3月15日，这样的讨论和政治学习无休无止，吴宓深以为苦，不禁在日记中吐槽道："此长期学习为大苦，实愿速死为佳。"① 随着运动进一步深入，深受吴宓敬重的西南师院副院长和业务骨干方敬同志被打倒，受到所谓"革命群众"无情的揭发和批斗。吴宓也被"革命群众"抓走，陪同这位一直器重自己的方敬副院长接受批斗。1966年9月5日的吴宓日记写道："宓被红卫兵带上'反共老手吴宓'木纸牌，陪斗。由红卫兵管制，实即由红卫兵牟必贤（四年级生）一人任之。12月23日，由831纵队（西南师院造反派组织——笔者注）收管监督'劳改'。"② 此后，"革命群众"不停地逼迫吴宓揭发方敬，但他宁死不从。就这样，"文革"的暴风疾雨开始摧打到一代学人吴宓身上。

"文革"运动的转折点是1966年8月3日，这天的吴宓日记写道："奉中央令，办法改变，即工作组撤销，运动由各院校自组革命师生（以学生为主）文化大革命委员会主持进行。"③ 这表明毛泽东主席和被"四人帮"把持的中央文革小组对此前刘少奇受毛主席委托主持中央日常工作时派遣工作组到地方领导"文革"运动的做法很不满意。因此，此前由各级党委派出的工作组被宣布撤销，各地"文革"运动的领导权被最高层和中央文革小组交给了由所谓"革命群众""革命师生"（以学生为主）组成的红卫兵造反组织。这标志着此前有领导、组织的"文革"运动结束，充斥了暴力、血腥和动乱的"文革"运动正式开始。对这段时间的关键细节，吴宓日记作了详细叙写。

政权被交给由"革命群众""革命师生"组成的红卫兵造反组织，

---

① 吴宓著，吴学昭整理：《吴宓日记续编》（第七册），生活·读书·新知三联书店2006年版，第394页。
② 同上书，第532页。
③ 同上书，第506页。

第五章　新中国的日记文学观

"文革"运动遂至狂热，造反派踢开党委闹革命，后果之严重远远超出了毛主席的估计。直接后果是导致全国各地、各单位、各部门内产生了形形色色的群众造反派组织，他们抛开业务闹革命，相互争权夺利、打斗，遂至酿成"文革"时期最严峻的武斗局面。重庆市是"文革"时期武斗的重灾区，吴宓在1966年12月6日的日记中捕捉和叙写了这场持续约两年之久的武斗局面之最初萌芽："十二月四日下午重庆市工人纠察队成立大会，与在场之八一五及八三一纵队发生冲突，斗殴，互有死伤甚多；昨本校之八三一纵队竟捕去食堂之厨工（炊事员）数名，送城中拘押不放，今日西南师院全体厨工一致罢工，多人无所得食，——宓幸赖唐昌敏，仍可得美食如恒。"① 可见，大规模武斗早在1966年底即有征兆。此后，直至1968年11月2日西南师院两派造反组织实现"大联合"，这两年时间内重庆市内红卫兵各派（如分属西南师院、四川外语学院、西南政法学院及重庆各大厂矿企业的造反组织春雷造反兵团、八三一纵队、红旗战斗团等）之间的武斗愈演愈烈，双方动用大炮、机枪等轻重武器，死伤都极惨重。这种局面待毛主席觉察，派工宣队、军宣队进驻，使各派造反组织实现大联合才得缓解。此前，造反组织忙于武斗，对于被打倒的"文革"前领导、大知识分子（如吴宓等"反动学术权威"）都无暇顾及，这些人在"文革"武斗最剧烈的时候却得以安生。各派造反组织实现大联合后，始合力批斗之。至此，前任院领导、大知识分子在"文革"时期的厄运和苦难才真正开始。

最后是知识分子彻底沦落。这表现在以下五个方面。

一是一代学人开启了守粪生涯。在红卫兵组织"春雷造反兵团"（"保派"）主政西南师院期间，他们因全副精力对付"八三一纵队"（"砸派"）的炮火围攻，被戴上"资产阶级知识分子""反动学术权威""现行反革命分子"等帽子的吴宓，及西南师院美术系、外语系、教育系等系（部）一众学者（教授），和张永清、方敬等德高望重的前

---

① 吴宓著，吴学昭整理：《吴宓日记续编》（第七册），生活·读书·新知三联书店2006年版，第547页。

任院领导，都被安排到造反派开办的劳改队参加劳动改造，接受"革命群众"的监督。这些被管制的一代学人和前任院领导虽然从事繁重的劳动，但因为造反派无暇批斗，所以人身是暂时安全的。在造反派派来的管理员监督下，他们先是每天做教学大楼的廊道和教室清洁，后是开垦校内荒地、种植蔬菜瓜果供应院（系）的食堂。种好蔬菜瓜果就必须积肥，身处劳改队的这些读书人开始挖粪池、到学院的厕所担粪积肥。此期的吴宓日记大量叙写了他与劳改队同人的劳动生活，如："众人担粪，淋粪。"（1968年10月25日）；"众担粪，淋粪，打药。"（1968年10月26日）；"众挑粪、淋粪，薅田。"（1968年10月31日）因吴宓年老（时年七十四五岁），其工作主要是管理劳改队的工具室、搞好清洁，及守好一口粪池。当时，西南师院所处重庆市北碚区的生产队农民颇眼红这口粪池，常成群结队来粪池偷粪积肥，所以劳改队同人派吴宓专职守护，面对计谋百出的偷粪农民吴宓经常防不胜防。吴宓在日记中叙写了大量他与农民之间为偷粪、守粪而斗智斗勇的富有浓厚生活气息的小故事。在与农民为粪而展开的斗争中，知识分子技高一筹：他们分析北碚农民来偷粪是因为西南师院粪池里的粪不但稠且量多，于是引来自来水灌注粪池，将粪浇稀了，让农民偷粪回去几同担几大桶水回去，于是不肯再来偷了。笔者认为，吴宓日记刻意地大量叙写了这些此前贵为我国各领域知名学者、专家、领导的大知识分子却一整天忙于挑粪、淋粪、守粪，这个"粪"字或许隐喻了知识分子卑贱如"粪"的命运，显出了"文革"时代的荒谬。

二是一代学人如过街老鼠被人任意追打。"文革"时期，吴宓因为年老力弱，在每日独行上下班途中，备受小孩困扰，或遭到个别红卫兵殴打。吴宓深以为苦、恐惧不已，又无可奈何，每日上下班时只得早行晚归，避开直路、正路，绕行一个叫"熊家院"的地方，这是从吴宓家到劳改队的一条偏道，其间有一段高、陡、长的坡，冬天、雨天很滑，年近高龄的吴宓走着很危险，但他在走直路、正路时常常被遭遇的红卫兵或顽童追打，不得已舍近求远、舍易走难绕行"熊家院"上下班。1968年的吴宓日记叙写了这段生活：

十一月六日　星期三

时已晚6时。宓归途正值全体学生赴食堂。林中，遇男生某，呼宓止，责问："汝何故反对毛主席？"——宓答："不敢。"彼骂宓"龟儿"势将殴击，但未及实行而去。诸男女皆大笑乐。……①

十一月二十日　星期三

下班后，宓随吴德芳、蒋平等学员，直路回舍。遇大批红卫兵（学生）亦下班归。甫入林，即有面甚熟之一男生，抓宓同行，责宓"反对毛主席"，引述宓日记一二语，并屡以拳击宓，驱宓前行。将出林，强命宓跪于三岔路口之一大石上。此际忽来一群女生，又来一群男生，共约十二三人，将宓打翻在地，滚得满身泥土（幸眼镜未损），彼诸男女生拳足交加，宓头肩胸背等处，共受二十余拳，右肋下一拳颇重。……②

在日记中，一位常穿大红毛衣的、面熟的中文系男生，系春雷造反兵团红卫兵，他屡次见到吴宓都要呼喊之、拳击之、足踏之、怒骂之、纠集徒众痛殴之。几经侮辱和追打后，"大红毛衣"竟然成了吴宓心中的梦魇而挥之不去。

三是一代学人屡屡被逼迁居。"文革"之初，吴宓住西南师院文化村一舍106，住房宽敞亮堂，被打倒后，1968年7月24日卫生科杨姓女医生就盯上了他的住房。这位女医生原住文化村二舍三楼。她向春雷（"春雷造反兵团"简称——笔者注）主政者请求迁住吴宓住宅，让吴宓另觅住房。吴宓机敏，他告诉杨姓女医生说："宓藏书多，且已谕令为公家保存，故不能命宓迁让此宅。"③ 吴宓竟得不搬，最后春雷勒令另一劳改队员黄勉将住宅让与杨，黄勉往校外另觅住处。1968年8月24日，吴宓的住宅不幸又被地理系陈某看上，陈住文化村二舍，子女

---

① 吴宓著，吴学昭整理：《吴宓日记续编》（第八册），生活·读书·新知三联书店2006年版，第613页。
② 同上书，第630页。
③ 同上书，第512页。

多，他强要吴宓与其对换住宅。吴宓托词推脱，后在劳改队谢姓管理员强硬干预下，不得已答应换到文化村二舍 221 室。为此，吴宓感伤不已，他在这天的日记中诉道："昔宓 1960 春，由民主村三舍迁来文化村一舍 106 室，以为宓将老死此宅中，不意咄嗟之间忽又迁移，岂但伤感而已哉！"① 最令吴宓伤心的是迁居中他最珍爱的藏书又不幸失去。转眼到了 1968 年 12 月 7 日，这晚吴宓家闯入一名叫杨富超的壮汉，系西南师院音乐系讲师，他以自己住房窄小。妻子即将分娩。岳母须来照料为由，强与吴宓对换住宅。吴宓不胜其扰，不得已欢迎他将大件杂物置于家中，或携一床来与吴宓同住，但坚决不肯与其对换住宅。与有着同样境遇的普施泽老先生被迫迁到一间狭小黑暗的住室相比，吴宓自感迁居后的住宅"特优适"，很担心最终不能保有，他心痛地叹道："今者'高明之家，鬼瞰其室'，已成风气。"② 此后，吴宓孤苦一人在风烛残年之际多次被迫迁宅，又另当别论。

四是一代学人频频受到"革命群众"的残酷批斗。吴宓在遭受上述苦难外，还须配合"文革"运动的需要，定期参加由"革命群众"组织的批斗会。吴宓以近八十的高龄在一场场批斗会中被折磨得死去活来，最严重的一次是吴宓在批斗中被"义愤填膺"的"革命群众"打折一条腿。为避免过于血腥的展示，兹录下 1968 年吴宓日记中还算"温和"的批斗一幕：

　　十二月十八日　星期三
　　3—5 中文系师生在 3129 教室举行"斗争罪大恶极之现行反革命分子吴宓大会"……先在教室门外久立，已而开会：二三人挟宓入会场，宓翻滚在地，并受拳击。命宓低头、鞠躬，面对群众而立（久之，两腿痛甚难忍）。会众连呼口号"打倒吴宓"。③

---

① 吴宓著，吴学昭整理：《吴宓日记续编》（第八册），生活·读书·新知三联书店 2006 年版，第 539 页。
② 同上书，第 650 页。
③ 同上书，第 661 页。

如果稍作想象，日记中微不足道的几个词（如"二三人""挟宓""翻滚""受拳击"等）是颇能启发人们还原"文革"时代吴宓被打砸抢之"革命群众"批斗的惨烈场景。

五是一代学人的工资无端被扣、基本生存权被剥夺。吴宓是二级教授，国内外知名学者，月工资约 172 元，是西南师院中工资最高者之一。吴宓不吝钱财，工资大多资助了亲友和学生，故工资虽高却常常入不敷出。1968 年 6 月 22 日，在西南师院主政的春雷造反兵团以吴宓将钱财资助他人为由停了他的工资。这天，吴宓随众人去学院大礼堂中文系发薪处领薪，一名春雷造反兵团的红卫兵学生怒气冲冲地对吴宓说："汝速归去。无汝份。汝不能领得！"① 就这样，吴宓的工资被扣发，基本生存权被剥夺。此后，他每月只领 30 元生活费。

综上，《吴宓日记续编》（1966—1974）见证了"文革"时代一代学人的沦落，也见证了他们不能以学识和才华报国的锥心之痛。

三　极左年代的"诗"主美刺

《吴宓日记续编》（1966—1974）最独特而重要的价值或许是其深入揭示了"文革"运动爆发和造成极大恶果的根源，及对相关人事的褒贬美刺，这在文学凋零的极左年代赓续了中国文学自先秦《诗经》以来的优良传统。纵观这些日记，主要揭示了三方面的根源。

（一）士风不纯

吴宓日记用极大篇幅叙写了一批依附于"文革"权贵的读书人或知识分子的多面嘴脸，以婉曲之笔讽刺他们士风堕落、心地不纯。

其一，叙写了他们的刻薄与精明。在人鬼难分的"文革"时代，这些人丧失了"读书人"和"知识分子"的睿智理性与温润情怀，见识浅陋、心胸狭窄，且为人刻薄，这从他们在"文革"时代的行事表

---

① 吴宓著，吴学昭整理：《吴宓日记续编》（第八册），生活·读书·新知三联书店 2006 年版，第 489 页。

现出来，吴宓用细腻笔触对此做了栩栩如生的勾勒刻画。其中，以叙写田子贞夫人（吴宓在西南师院中文系的同事）和北碚区一名以帮佣为生的女工唐昌敏之间的小故事最典型。"文革"前及初期，田子贞夫人雇请西南师院所在地北碚区一劳动妇女唐昌敏为保姆，每月工钱三十元人民币。唐昌敏做事勤快、手脚麻利，为人善良敦厚，吴宓时年七十三岁，年老孤苦，需有人照料日常饮食。他看中唐昌敏，商请唐昌敏兼办他的一日三餐，每月十五元工钱。唐昌敏接受了兼职，她在做好田家保姆外为吴宓置办一日三餐。田子贞夫人见此，硬将原应付与唐昌敏的每月三十元工钱降至十五元，工作量却没减少。田子贞夫人还拟将唐昌敏荐给西南师院另一涂姓教师做兼职，图谋以更低薪资攫取唐昌敏的周到服务。唐昌敏对此坚决拒绝了，吴宓日记中写道："1966 年 1 月 30 日唐昌敏怨田子贞夫人之克扣其兼职工资，徒增劳而无所得，故坚不肯兼任涂家职务。"[1] 这则日记客观叙写了吴宓耳闻目睹的"文革"往事，娓娓道来，及这个"怨"字的提炼，虽含蓄婉曲却入木三分地刻画了这位日后积极充当"文革"爪牙、走卒和帮凶的读书人或知识分子的刻薄与精明。

其二，叙写了他们的阴暗狠毒。"文革"前，西南师院中文系几位教授地位尊崇、待遇优渥、备受校方器重，这引起一些年轻同事的妒忌。"文革"爆发后，这些人或因丧失了理性辨识的能力，或因挟往日之怨愤，对这些教授极尽揭发之能事。1966 年的吴宓日记中写道：

六月二十二　　星期三
田子贞揭发杨欣安夫妇晚逛街。[2]
六月二十四　　星期五
尽情揭发：1 田志远：院领导只重业务，不问政治。……（三）

---

[1] 吴宓著，吴学昭整理：《吴宓日记续编》（第七册），生活·读书·新知三联书店 2006 年版，第 355 页。
[2] 同上书，第 464 页。

宓之"三两二两"与"易主田庐血染红",犹留用。……12 田志远厉声责骂宓 1958 年称党为"继母"(宓答:宓生清朝,此称无恶意)。13 谭责宓"五四时,未知有毛主席"之言(宓答:此确是事实)。①

吴宓以前上《古代汉语》课,当讲到"之乎矣者"的用法时脱口举例道:"吴宓者,教授矣,三两不够,况二两乎。"这样的举例在粮食不够吃却最忌讳说粮食的年代里闯下大祸。

据吴宓日记,田子贞、田志远等人皆为吴宓、杨欣安在西南师院中文系的同事,前者为逢迎"文革"权贵、或献媚自保、或为踏着吴宓和杨欣安等教授的身体往上爬,一心充当揭发者,无限上纲上线、推衍和罗织罪名,唯恐不往死里整倒吴宓、杨欣安这些学者:杨欣安夫妇很平常的一次晚上逛街,被揭发者视若至宝,上纲上线成了资产阶级腐朽生活;吴宓对我党过去不同时期的政策随口发过几句牢骚或表感恩的话语,因其确有不当已在当时受过处理及批评教育,却在"文革"中被别有用心者反复提起及再次清算,不问青红皂白要将其定性为反党反社会主义反毛主席的反动言论,几欲置吴宓于死地。可见,吴宓日记虽是客观叙事、不置臧否,却入木三分地写出了这些"读书人"或"知识分子"的心思阴暗歹毒。

其三,叙写了他们嗜好窥私的嘴脸。田子贞是吴宓在西南师院中文系的同事,邹由是西南师院中文系的学生,他们嗜好窥探吴宓的行踪和隐私,如:方敬是吴宓的老领导,"文革"前先后任西南师院教务长、副院长,"文革"时被造反派打倒,杨鉴秋是吴宓的朋友,这二人曾拜访吴宓,期间方敬与吴宓的亲密举动、杨鉴秋为吴宓房间挂画和加座椅的举动,田子贞皆在暗处窥视,企图从中大做文章、罗织罪名、攻讦吴宓;吴宓到市六中程家驹家访晤朋友,及吴宓在西南师院印发讲义的行

---

① 吴宓著,吴学昭整理:《吴宓日记续编》(第七册),生活·读书·新知三联书店 2006 年版,第 467、469 页。

为,都在窥私者邹由的窥探视线内,其间所获皆成为他在大字报中攻讦吴宓的"炮弹"。1966 年的吴宓日记中写道:

七月七日　星期四
发言者,……5 田子贞:一句话,一件事,应深思细味,且宜前后合而观之。如……(二)方敬屡访吴宓,甚亲密,杨鑑秋来二次,为宓室挂画,加桌椅,何事?……(宓按:此忌嫉小人,以莫须有深文入罪,可畏哉!)①

七月二十三日　星期六
答复邹由(113)大字报请彻查之"两桩悬案":(一)宓到市六中程家驹家,访晤刘朴夫妇。(二)宓在西师仅印发讲义两次,此件定与宓无关,云云。②

其四,叙写了他们的胆大妄为和心狠手辣。如 1966 年 8 月 22 日的吴宓日记载录了"文革"运动积极分子田子贞在西南师院中文系组织生活会上杀气腾腾、让人不寒而栗的发言,其主张对吴宓等赶尽杀绝,决不心慈手软:"晚,阴。8—10 工会组织生活会,贺瑞君主席。……田子贞:不应选左派,而应'善于发现左派'。中文系应延长学习《十六条》。敢字当头,勿怕出乱子。"③

此外,吴宓在日记中还叙写了这些"读书人"或"知识分子"极力压制教授们自辩言辞的蛮横,及临难之际他曾经付出心血、予以精心培养的学生对自己采取明哲保身的冷漠态度。总之,这些日记写尽了"文革"时代的士人丑陋。

(二)政风不清
日记以传神之笔叙写了"文革"时代的种种权利丑态,以犀利之

---

① 吴宓著,吴学昭整理:《吴宓日记续编》(第七册),生活·读书·新知三联书店 2006 年版,第 481、482 页。
② 同上书,第 493 页。
③ 同上书,第 523 页。

词批判了这个时代的政风污浊卑劣。

其一，批判了"文革"时代一切从阶级观点分析事物、认识世界的方式。对这种分析和认识方式，吴宓极为反感，他严词批评"近年厉行阶级斗争，督促思想改造"，是使"中国数千年之德教习俗、学术文化，摧残澌灭净尽"。①

此言辞在血雨腥风、极为艰难的"文革"时代是何等犀利大胆！此外，吴宓还用归谬法，推出"文革"时代盛行"阶级分析""阶级斗争"等做法的荒谬，他先假定一切从"阶级观点"分析是正确的，继而由此推出一个极荒谬的结论，他在1966年4月6日的日记中写道："按照'阶级观点'，则凡我辈地主及资产阶级出身之人，决不能有任何善言善行，且必不能改造。而数千年之中国，古与今之西洋，除马恩列斯及工人、农民外，亦无一好人，无一好事，无一长可取，无一德之足记……如此，焉得为真，焉得为平？"②——由这个荒谬的认知结论可以反推出一切从"阶级观点"分析是何等无理，其正确性不攻自破。既如此，为什么还有人盲从于一切从阶级观点分析事物、认识世界的方式呢？吴宓分析后写道：有"文革"权贵们明知"其不合情理，强人以所难"的蛮横及由"四人帮"把控的中央文革领导小组"教民相率趋于作伪"的政风在作怪；有"文革"运动积极分子丧失自我辨析能力，一味自贬自责、言不由衷，刻意迎合"文革"权贵，"依据公式、定规而巧佞其辞"的原因；也有普通大众出于自我生存哲学的考虑，对此吴宓写道："即座中听其言者，亦共知其非诚，然必如此乃可生存栖息于今之学校、社会。"③

其二，批判了"文革"时代的中国越出民主、科学、法治的权利运行轨道，以及举国上下缺失求知求真、开放包容的良好氛围。

吴宓日记指出，"文革"运动的实质是党内领导层分别以毛主席和

---

① 吴宓著，吴学昭整理：《吴宓日记续编》（第七册），生活·读书·新知三联书店2006年版，第404页。
② 同上书，第408页。
③ 同上。

刘（少奇）邓（小平）为代表的两条路线产生分歧，乃至激化的结果，吴晗、吴宓等一代学人虽在其中经受大难，却是受池鱼之灾。在内心深处，吴宓是赞同和支持刘（少奇）邓（小平）路线的，在该路线下，吴宓等人才能"以旧知识分子、常受西师院领导及市委统战部之尊重（教学工作、政治待遇）及照顾（薪给、生活，食品及其他权益）"。①对此，吴宓感叹道："过去种种事，凡宓当时所畏避者，今知皆发自毛主席；而凡宓当时所喜爱者，今知皆来自刘少奇。"②吴宓过去不了解刘少奇，但随着刘少奇被打倒及批斗，吴宓开始了解所谓刘少奇路线，他毫无隐瞒地评价道："刘少奇之思想与宓之思想，有共鸣或偶合之处，然宓实不自知……"③对于党内路线的分歧，晚年毛主席缺乏早年的开放包容胸襟，不能在民主、科学、法治的轨道内和机制下采取正确的处理方法，而是用阶级斗争和无情打击，用手中掌控的解放军和青年人对领袖的无限崇拜心理及其不成熟的心智，为打击和清除党内刘（少奇）邓（小平）为代表的所谓修正主义路线而发起了"文革"运动。

"文革"时代的中国，"四人帮"之流横行肆虐，厉行愚民政策，思想禁锢和个人崇拜严重，全国上下缺乏求知求真、开放包容的氛围。这种政治和社会气氛又加剧了"文革"运动的恶果。在1966年2月12日的日记中，吴宓针对当时的思想禁锢和愚民政策，直言批评道："今日并不许人用其理智，作真批评。"④对于文艺界的媚上倾向，他在肯定文艺界领导人周扬"文革"前"关心文艺、为民请命"的作为后，对其在"文革"中"除歌颂毛泽东思想而外，无丝毫学术文化之存余矣"⑤深表厌恶。在1968年2月27日的日记中，他针对全国报纸存在的个人崇拜的宣传倾向，批评当时的《新重庆报》说："宓每日阅《新

---

① 吴宓著，吴学昭整理：《吴宓日记续编》（第八册），生活·读书·新知三联书店2006年版，第651页。
② 同上。
③ 同上书，第628页。
④ 吴宓著，吴学昭整理：《吴宓日记续编》（第七册），生活·读书·新知三联书店2006年版，第370页。
⑤ 同上书，第512页。

重庆报》，恒感今日中国之报纸，其中所载，无新闻，无纪事，只有宣传与教训（毛泽东思想）而已。学校中所谈所写所读者，亦惟是此种毛泽东思想之宣传与教训；至于中西古今之学术文化，已无人眷念及道之者矣。"① 他认为，在毛泽东思想之外，人类还有其他极丰富的思想文化资源，人们不能只了解、学习和宝爱毛泽东思想这一种思想，而应该以开放的视野、宽阔的胸襟学习和吸收人类一切优秀的思想文化，进而促进毛泽东思想在当代获得新发展。故他在1968年1月27日的日记中忧心忡忡地写道："宓又曾闻中西古今圣贤之教，多读文史典籍，宝爱中国及世界文明，不忍见其澌灭，故不能从诸君专诚一心，接受毛泽东思想，参加阶级斗争，故宓之思想改造实难，而前途之祸福未可知也！"②

其三，批评"文革"时代一些基层组织政风污浊卑劣。"文革"时代的基层政权和各类学术文化机构中，一些名为党员干部、实是"四人帮"爪牙和帮凶的卑劣人士当道，他们作威作福、欺压群众，吴宓以传神之笔绘写了他们的丑态。在1966年1月26日的日记中，吴宓叙写了自己一名叫杨溪的学生，因畏惧其工作单位（北碚区文星场中学）当权领导的淫威，不得已放弃对爱情的追求。这天的吴宓日记写道："宓甫回校即遇杨溪。溪述说，近两日，窥见文星场中学之当局某甲，亦在溪所爱之乙女士处求爱，虽乙并不爱甲，然溪窃自危，恐已成为甲之情敌，甲将诬溪以政治罪，驱除溪出该校，既失职业，且危及生命。故决退避，以乙让与甲，以自保，云云。"③ 杨溪是西南师院外语系毕业生，以前是吴宓的学生，时在重庆市北碚区文星场中学教书，他追求一位女孩，后发现情敌是文星场中学某当权领导，因害怕被罗织罪名遭受政治迫害，故忍痛退出与该领导的情场竞争。杨溪的担心并非没有道

---

① 吴宓著，吴学昭整理：《吴宓日记续编》（第八册），生活·读书·新知三联书店2006年版，第391页。
② 同上书，第365页。
③ 吴宓著，吴学昭整理：《吴宓日记续编》（第七册），生活·读书·新知三联书店2006年版，第352页。

理，后来他果然遭到了该当权领导的忌恨。半月后的吴宓日记中写道："惊悉一月二十六日（见宓日记）溪所以忧者，竟已成为事实。……"①

在西南师院主政的"文革"造反派，常常打着"为人民服务"的旗号却无视人民的利益，他们没有一丝"以人为本"的情怀，完全将"为己"和"为人"对立起来，表面上"为人民服务"搞得轰轰烈烈，却滑入了严重的形式主义和官僚主义泥潭，这导致了西南师院一些教职工家庭的悲剧。在1966年3月25日的日记中，吴宓叙写了西南师院卫生科蹇秀君女医生因一心"为人民服务"遭受乳婴大病的惨剧："午饭时贺南来，述其半岁之乳婴（男），患'肠套'，入九医院剖腹缝肠，并以橡皮管由鼻入腹，注入葡萄糖水以活，如是者五日，亦云惨矣。儿病之起因，则由贺妻蹇秀君女医在卫生科为人治病，极忙，不得于上午10时回家喂乳。呜呼，今肆言'为人民服务'，行之太过，不合情理，其弊岂仅中于蹇女医之乳婴者哉！"② 由日记可知，"文革"时代一些基层组织的政风污浊卑劣，到了让人触目惊心的地步，难怪吴宓予以犀利批评。

此外，一些"文革"小将名为红卫兵，实为打手、骗子，以及"文革"时代许多牵强附会、生拉硬扯的舆论宣传，可谓怪相百出！对于这些现象，吴宓皆在日记中一一传神写下，留下了一幅幅宝贵的"文革"众生世态图。笔者认为，吴宓日记的批判及对"文革"世态众生的传神写照具有重要的文学和思想价值，其真实性、深刻性、厚重感和艺术性都远为后来此类文学艺术所难及。

（三）古风不振

在吴宓日记的"文革"叙写中，针对当时的士风和政风，他既有贬斥、也有褒美。褒美处主要在两个方面。

其一，叙写了一些传统知识分子（如吴宓等）虽身处逆境，但守护中华优秀传统文化的初心从不改变。从1966年《吴宓日记续编》

---

① 吴宓著，吴学昭整理：《吴宓日记续编》（第七册），生活·读书·新知三联书店2006年版，第374页。

② 同上书，第400页。

看，即使《诗经》《大学》等文化典籍被视为"四旧""糟粕"，吴宓被批斗为"反动学术权威"，吴宓日记也随时面临被抄没的危险，他仍在日记中记录自己每天阅读《诗经》《诗义会通》《诗经集传》《大学》等文化典籍的情形，且饶有兴致地阐释了西南师院李哲愚副院长"哲愚"之名的文化渊源及意味，表现了他在中国传统文化方面的深厚修养和浓厚兴趣。于此可见，吴宓即使身处逆境，但守护中华优秀传统文化的初心从不改变。吴宓孝贞、痴情、守礼，每年在重要节日都要在家里向故乡陕西泾阳或重庆江津遥祭故父与挚友（吴芳吉），在妻子邹兰芳去世十周年后，仍按时谒墓，行跪拜和鞠躬的古礼。一次，因在谒墓道上偶遇中文系学生帮助农民割麦子，他担心被学生发现，不敢跪拜，仅行了三鞠躬礼就匆匆下山。此外，吴宓等传统知识分子虽身处逆境却不计利害、痴心学术，苦中作乐、谦抑自守，及巧借学习外文版《毛主席语录》的机会躲避政治学习和抓紧补习外语等斗争智慧，读来让人会心一笑。

其二，叙写了我党一些优秀领导干部虽身处逆境却不忘鼓励和动员学者们投身教学科研。西南师院徐方庭院长在"文革"运动的暴风雨来临后，即使面临被打倒的险境仍不忘鼓励吴宓等投身教学科研，1966年3月14日的吴宓日记写道："10—11 徐院长招宓随往院长办公室谈话。命宓多作专题之科学研究，以少而精之方法，撰成文史资料供青年阅读（如《近体诗之韵律》等），又叮自撰笔记，写读书及阅历之心得。"①

从上可见，《吴宓日记续编》（1966—1974年）绘写了极为艰难的"文革"时代中不一样的传统知识分子和优秀领导干部形象，表现了他们的乐观、傲骨、独立与情怀，以及对许多美好传统风尚的谨守。读吴宓日记，想象这些人的行事，感念他们的情怀和精神，笔者常想：这也许是我们民族虽历经磨难却能够劫后余生、生生不息的根源所在吧！在"文革"极左年代，人性的另一面即鬼、邪恶、野蛮、愚昧的力量猖狂

---

① 吴宓著，吴学昭整理：《吴宓日记续编》（第七册），生活·读书·新知三联书店2006年版，第392页。

一时，古老美好的传统风尚被践踏殆尽，善良的人们在与恶作斗争的过程中一时屈居下风；《吴宓日记续编》（1966—1974年）中绘写得不一样的传统知识分子和优秀领导干部形象与"文革"权贵及依附者构成了鲜明强烈的对照，为这个黑暗时代涂上了一丝微弱难得的亮色，于此可见吴宓的褒贬美刺态度。

综上，作为极左年代一部非虚构写作的日记文学巨著，《吴宓日记续编》（1966—1974年）独特而重大的价值迄今未得到应有重视和深入研究，它在思想、文化、政治、历史、文学等领域的意义仍有待学者们深入探析。

第三节　日记与母语写作教育体系的重构[①]
——从世纪初的"作文说谎"论调谈起

比较 2011 版与 2001 版的《义务教育语文课程标准》，课标制定者一直都要求"（写作要）说真话、实话、心里话，不说假话、空话、套话"，但现实情况是学生"作文说谎"现象仍很突出。近年来，"中国人第一次被教会说谎是在作文中"的负面评价甚至将我国的作文教学推到了舆论批评的被告席，其消极影响又因处于互联网时代而无限发酵。[②] 因此，作文教学的价值遭到了质疑，不但面临严重的社会信任危机，还有被妖魔化和丑化的趋势。所以，教育界有必要将社会舆论对作文教学的负面评价作为一个课题来进行认真研究，分析其积极意义，探求其偏颇之处，以引导我国母语写作教学走向健康发展之路。

基于对历史与现实的分析，笔者认为：这种负面评价一方面有其积极意义，因为它激烈地揭示了我国母语写作教学中"作文说谎"突出

[①] 原题名《写作教学设计的误区——从"作文说谎"谈起》，载《语文建设》2012 年第 9 期，中国人民大学报刊复印资料《初中语文教与学》2012 年第 12 期全文复印转载。

[②] 韩寒：《应该废除学生作文》，参见《杂的文》，万卷出版公司 2008 年版，第 20 页；韩妹：《83.3% 的人承认上学时写过"撒谎作文"》，载《中国青年报》2010 年 5 月 11 日；潘晓凌：《会说谎的作文》，载《南方周末》2010 年 3 月 31 日。

的客观现象，这有利于督促和迫使语文教育界去认真面对该现象——研究该现象的产生根源、探求该现象的克服方略；另一方面，这种负面评价的鼓吹者又带有明显的偏颇之处，比如其主张的偏激性、其评价标准的张冠李戴等。试论析如下。

一 近百年来，语文教育界在设计母语写作教学体系的核心范畴时存有失误，主要表现是将"文章""作文""日记写作""写作"等四大概念混为一谈，这导致了母语写作教学的范畴模糊、目标不分、笼而统之，并因而成效低下、"作文说谎"突出

综观近百年的争论，笔者发现：在我国母语写作教学史上，有一部分学者和教师①注意区分了"文章""作文""日记写作""写作"这四大概念范畴，并试图以它们来建构我国母语写作教学框架体系。

所谓"文章"，是指为满足读者的阅读需要、按照公众约定俗成的文章学规范所写出的文学及非文学的文字作品。

所谓"作文"，即作文章，它讲究行文章法、做法、技法、思维法、文章体式和写作规范的训练，注重发挥"法""规""技"在写作中的功能，引领人们获得规范、纯正、巧而守法的言语表达技能。简言之，这是"课艺"的训练。②

所谓"日记写作"，是人们对日常学习、工作和生活中的所见、所闻、所思、所感之事及其心得体会随时记录、日积月累式的写作，是指包括日记、札记、日常读书笔记在内的自由写作，也是极具个体生命体验与言语生命意识的日常言语表达行为之一，它以培育写作的个性化、

---

① 参见梁启超、胡适、黎锦熙、朱光潜、叶圣陶、魏书生、赵谦翔、潘新和等人相关论著。比如，梁启超：《作文教学法》，参见《梁启超全集》，北京出版社1999年版，第4086页；胡适：《中学国文的教授》，参见《胡适文存》（卷一），上海书店出版社1989年版，第321—323页。

② 同上。

生命感（含真实感）和意趣性为主要目标，不太讲求"法""规""技"的训练。有学者认为："日札重于作文。"①

所谓"写作"，是指一切书面表达行为，是建立在"文章""作文""日记写作"等概念之上的上位概念，既包含了以"法""规""技"为训练重心的"作文"，也包含了以"生成与积累"为特征的"日记写作"，还包括了兼具二者特性的"文章"。试制表如下：

母语写作教学四大范畴的功能区分表

功能 范畴		总体	细分		主要实训项目
1	文章	熟知各体文章（无韵、有韵之文）的样式形态	三大类	记叙文、说明文、议论文	熟读各体经典文章、试写各体文章，树立自己的文章样式观
				小说、诗歌、散文、戏剧	
				文学文、实用文	
2	作文	文章表达的技巧性、纯正性与规范化训练	法	思维方法、行文章法、信息收集与处理方法的训练	多样思维、反向思维、转换角度思维、联想与想象等思维法，段落与句子、文本框架等组合法，以及信息收集与处理的常用方法
			规	文体和文字的规范化训练	仿写、扩写、缩写，文体与写作知识的专项突破，文字表达的纯正化训练
			技	表达技能技巧的训练	基于读者意识，训练表达小技巧、语境应对策略等
3	日记写作	生成与积累极具个性、生命感和意趣性的独特认识	感性的认识	富有情趣、智趣或谐趣的个体感觉、感受、体验等	引领日常反思，触发感悟，写感悟日记；将专题活动与日记、札记结合，写观察日记、调研日记、活动日记、科学日记、采访札记；加强阅读教学改革，将日常阅读活动与日记、札记结合，写有系统的读书笔记
			理性的认识	富有理趣的个体感悟、反思、思辨等	

---

① 黎锦熙：《各级学校作文教学改革案》，参见黎泽渝、马啸风、李乐毅编《黎锦熙语文教育论著选》，人民教育出版社1996年版，第570—574页。

续表

功能范畴		总体	细分		主要实训项目
4	写作	融个体的独特认识于规范纯正、巧而守法的文章表达中	迁移与转化	将日常捕捉的个体生命体验与言语生命意识迁移转化为各体文章中的个性化与创造性内容	统筹安排写作教学各范畴的分工及落实；统筹安排写作过程中各重要环节的任务，如："捕捉""调动""评估""赋形"等环节的任务（参见表下注）
			修改与锤炼	使文本呈现精致、审美、生命化的最终形态	

注："捕捉"，即捕捉自己面对外界刺激所生成的感觉与认识，并摄取那最令人心动的"一刹"；"调动"，即调动自我所有的生命与文化储存来丰富和充实那最令人心动的"一刹"；"评估"，是对蕴含了个体生命体验的那"一刹"进行价值评估；"赋形"，是将极具个性价值的那"一刹"衍生、延伸为可以审视与想象的文字片段，并插入特定的文本形式中，生成该文章的内核形态。

从上表可知：第一，语文教育界长期以来未对母语写作教学的四大概念范畴进行区分，经常是作文与写作混淆不分，或以作文命名写作，或是重作文、轻日记写作，或主张"以日记取代命题作文"，[1] 这都是忽视对母语写作教学各范畴的功能进行统筹区分，犯了笼而统之的错误。

第二，语文教育界长期以来将作文置于母语写作教学的重心地位，这在设计母语写作教学体系的核心范畴上犯了本末倒置的错误。

笔者认为，母语写作教学应该是"活"的教学和全过程的教学，那些"以为写作课就是写一篇作文，或写出了一篇作文就等于写作练习"的认识是偏颇的。[2] 在母语写作教学的框架体系内，应该尝试将"日记写作"提升到重心地位，避免将其视为作文教学的补充与附庸；同时，切实改进日记写作教学，提高其实际效能，引领师生建立一个以"日记写作"为纽带的一元化平台，通过该平台将日常的读书学习、生活体验、感悟思考、自我发展和言语文字训练、各体文章习作等项目联

---

[1] 叶圣陶：《大力研究语文教学　尽快改进语文教学》，载《中国语文》1978年第2期。
[2] 潘新和：《语文：表现与存在》（下卷），福建人民出版社2004年版，第1130—1131页。

为一体,① 这既避免了师生临到作文时匆忙找寻立意和素材,又培养了师生极具个性、生命感(含真实感)和意趣性的独特认识——这就夯实了母语写作之根基!另外,还应该将作文视为母语写作教学体系内的一个子范畴,其功能是承担对学生进行"法""规""技"的训练,这是侧重于技术技巧、文体规范和文字锤炼的训练;需强调的是,虚构、想象或编造的技术(技巧)也是作文教学的常规训练项目。就是说,作文不可能回避对虚构、想象或编造等技术技巧的训练。这样,我们的母语写作教学既保持了日记写作、作文的各自独立性,又使它们相互渗透、分工合作,并以典范的文章(作品)样式为指引,引领学生写出既富个体生命体验与言语生命意识,又具规范、纯正、巧而守法之言语形式技能的文章,最终全面提升学生的母语写作修养。

综上,语文教育界长期将作文置于母语写作教学的重心、长期未对母语写作教学的四大概念范畴进行功能区分的做法是造成我国母语写作教学成效低下、"作文说谎"现象突出的主要根源。同时,社会舆论以"诚实""诚信""不能说谎"为标准来评价作文,认为:"作文教育最大的问题是不把诚实、诚信作为社会教育的起点,而把作文变成一个技巧和工具。"② ——其标准适用和根源分析都是错误的。一般说,"诚实""诚信""不能说谎"是社会道德评价的范畴;表达的个性化、生命感(含真实感)和意趣性,以及纯正性、规范化,这是母语写作评价的范畴。因此,社会舆论以"诚实""诚信""不能说谎"为标准来指责作文"说谎",这是犯了张冠李戴的错误——将作文教学等同于社会道德教育和思想政治教育,或是将作文教学完全等同于母语写作教学。

---

① 黎锦熙:《各级学校作文教学改革案》,参见黎泽渝、马啸风、李乐毅编《黎锦熙语文教育论著选》,人民教育出版社1996年版,第570—574页。
② 韩寒:《应该废除学生作文》,参见《杂的文》,万卷出版公司2008年版,第20页;韩妹:《83.3%的人否认上学时写过"撒谎作文"》,载《中国青年报》2010年5月11日;潘晓凌:《会说谎的作文》,载《南方周末》2010年3月31日。

二　从我国的语文教学现状看，许多教师在设计母语写作教学过程时犯了分环节指导与训练不到位的失误，从而造成他们经常忽略作文教学的两大任务，这是"作文说谎"现象突出的另一根源

对于"作文说谎"现象，要区分两类情况：一是没有东西可写，不得不编造；一是写了真实的，但由于技术不纯熟，却使"真的"写得像假的。笔者认为，"作文说谎"不是什么了不得的事，它是相当一批学生在母语写作能力成长与提高过程中的必然经历。但"作文说谎"突出的现象却提醒语文界：作文教学应注重完成两大任务，一是要教会学生敏锐捕捉生活中的细节、掌握细节表现的技巧、真实还原生活中的典型细节，从而把"真的"写得"像真的"；二是要教会学生掌握诸如"既出人意料之外，却又在情理之中"的虚构艺术原则，训练学生掌握一些虚构、想象或编造的小技巧，让他们把"假的"也写得"像真的"——使编造的文字符合生活逻辑的真实。从我国语文教学现状看，作文教学的这两个任务经常被人忽视，这是现今母语写作教学中"作文说谎"现象突出的另一根源。试以知名语文特级教师李镇西的一堂作文讲评课为例来进行分析。在这堂讲评课之前，学生们写了一篇话题作文，主题是"描写感动"。在讲评课上，李镇西老师展示了一个女生的作文《甜甜的笑，震动的心》。作文大意是：

有一天，作者到书城买书，遇见一个卖报的小姑娘，希望自己能买一份报。作者以为是周末出来进行社会实践的小学生，所以说："我不买。"却听见小姑娘喃喃地说"奶奶的病怎么办呢"，才知道小姑娘卖报挣钱，是为了给奶奶看病。感动之下，灵机一动改了口："我不买一份报，要买两份报，一份妈妈看的娱乐报，一份爸爸看的体育报。"卖报的小姑娘脸上露出了甜甜的笑。

对于这个情节，许多听课教师都觉得有编造之感。李镇西老师介绍说，他也曾以为该文有编造之嫌，但把小作者叫到办公室一问，才知道误会孩子了——小女孩流着眼泪讲述了自己亲历的这件事。事后，他决定：选择信任，相信孩子所写是真的。在讲评课上，他还把这篇作文定为佳作进行了展示和点评，并反复强调六个字"作文就是做人"。但说实话，直至现在依然还有许多参与听课的教师和学者对这篇作文情节的真实性存疑。[①] 笔者认为，该篇作文有个明显的破绽，即：小姑娘喃喃地说"奶奶的病怎么办呢"——这一细节缺乏真实感：其一，这个细节不符合生活逻辑的真实——试想，凭小姑娘卖几份报就能给奶奶筹钱治病？其二，在这个细节中，作者是在什么情境下听见卖报的小姑娘"喃喃"说的，如果对这一点缺乏具体交代，会使文章的情节发展显得突兀而做作。

从上可见，教会学生把"真的"写得"像真的"，或者教会学生把"假的"也写得"像真的"——使编造的文字符合生活逻辑的真实，这都需要在作文教学中加强技术技巧的训练。比如，对于《甜甜的笑，震动的心》一文，笔者主张该教师应该进一步和小作者坐在一起共同修改该文，引导她回忆和再现故事发生时的情境，如：奶奶病了，全家人（爸爸妈妈）是不是都是有钱出钱、有力出力，各自忙开了？小姑娘也想为奶奶治病做点力所能及的什么事呢？如果是，那就应该将这样的情节作为重要细节在文章中做补充交代。如此，则《甜甜的笑，震动的心》一文就显得真实、感人多了！但事实是，李镇西老师没做这方面的工作，而是留下这篇作文的真实性任人猜疑！可见，李镇西老师对学生写作之前的"如何写得真实一点"的技术训练、对学生写作之后的修改指导等环节还做得不够。——这不是发生在李镇西老师身上的个例，而是我国中小学语文教学的普遍现状！这一现状是造成我国母语写作教学中"作文说谎"现象突出的另一根源。

基于以上分析，笔者认为，即使学生所写是真实的，但由于细节描

---

① 靳彤：《选择信任　选择真情：让学生在写作中成长》，载《语文建设》2011年第6期。

写的技术技巧不纯熟也会给人以虚假之感,更何况是他们作文中那些本就是虚构、想象或编造的内容呢!所以,要训练学生把"真的"写得"像真的",或者把"假的"也写得"像真的"(使编造的文字符合生活逻辑的真实),这都需要发挥作文教学在母语写作教学体系内的独特功能和作用。也即是说,社会舆论因"作文说谎"现象突出而提出"废除学生作文"的论调①,其主张是盲目、片面与偏激的!——这是没有找到"作文说谎"现象突出的真正根源而胡乱寻找替罪羊的可笑表现。

与"废除学生作文"相关联,另有一种观点认为:课堂命题作文属于"课艺"性质、是非真实的虚拟写作,它讲究"法""规""技"的训练,不能解决母语写作的根本,因此应该"取消命题作文""以日记取代命题作文"。② 对此,笔者认为,命题作文不仅必要,而且重要。对母语写作而言,命题本身就是语境设定,社会所需的很多母语写作类型都有强烈的语境限定性,而命题作文可以锻炼学生的语境分析及应对能力,比如审题能力就是一种语境分析能力,是语境应对的基础,它们都需要通过作文教学与训练来培养。

另外,从中国写作教育史看,作文教学一直承受了太多不该承担的非难和指责,如:程颐的"作文害道"论、扬雄的"(作赋)雕虫小技,壮夫不为"论、叶圣陶的"以日记取代命题作文"论,其根源都在于人们长期对社会道德教育、思想政治教育、日记写作教学等各个范畴的任务与功能不加区分,或是一股脑地压在作文教学头上,或是对作文教学着重于"法""规""技"训练的基本功能根本没有给予重视!

综上所述,如果语文教育界对母语写作教学四大范畴的功能进行统筹区分,尝试将"日记写作"置于写作教学的重心地位,设计以"日记写作"为核心范畴的母语写作教学体系,并切实改进日记写作教学,

---

① 参见梁启超、胡适、黎锦熙、朱光潜、叶圣陶、魏书生、赵谦翔、潘新和等人相关论著。比如,梁启超:《作文教学法》,参见《梁启超全集》,北京出版社 1999 年版,第 4086 页;胡适:《中学国文的教授》,参见《胡适文存(卷一)》,上海书店出版社 1989 年版,第 321—323 页。

② 潘新和:《语文:表现与存在》(下卷),福建人民出版社 2004 年版,第 1130—1131 页。

提高其实际效能，这就可以避免师生临到作文时匆忙找寻立意和素材，又扶养师生极具个性、生命感（含真实感）和意趣性的独特认识，夯实学生们的母语写作之根基；同时，将作文视为母语写作教学体系内的子范畴，加强学生在写作技术、文体规范和文字锤炼等方面的训练，重点引导他们学会虚构、想象或编造的技术，做到把"真的"写得"像真的"，以及掌握诸如"既出人意料之外，却又在情理之中"的虚构艺术原则，让他们把"假的"也写得"像真的"——使编造的文字符合生活逻辑的真实。如此，我国母语写作教育体系则得以重构，笔者相信：母语写作教学的灿烂春天也定会到来！

第四节　中华人民共和国成立以来的日记叙写观及写作教育观

我国古代日记写作的起源，其最初的动因是人们出于对日常生活记事备忘的需要，这以西汉王世奉以记录亲友平日探监情况为主要内容的狱事日记为典型。迨至唐初，出现了李翱在赴任岭南途中所写的行记类（行程记录）日记。到唐末，出现了赵元一撰写的以唐德宗困坐奉天（今陕西乾县）围城为主要内容的军政时事日记《奉天录》。此后，中国的日记写作虽日趋丰富繁杂，但从基本的写作内容看，大体不脱这三大体类。

中华人民共和国成立后，在军政时事日记的叙写方面，日记撰者或是不同历史时期诸多重大军政时事的实际参与者，或是这些重大军政时事的亲历者和现场观察者，他们记录了自己在参与和经历这些重大军政时事过程中的个人经历、观察、感受和思考，内容上具有鲜明的个性色彩，但这些具有鲜明个性色彩的记录内容又与不同历史时期的重大军政时事相关联，因而关系到对这些重大军政事件的公共叙事。因此，这些日记中对不同历史时期的重大军政时事的个人记忆，就转化为具有鲜明个性特征的国家记忆、民族记忆，这是宏大叙事和微观观察、客观记录和主观体验相结合的一种叙事方式，更能留下历史的真实和温情。这类日记以秦基伟将军的"抗美援朝"日记、李鹏总理系列军政时事日记为典型代表。作为重大军政时事的亲历者和现场观察者,一些撰者自觉把日记当作工具,通过日记来研究军政时事,来很好地熟悉实际工作、积累第一手素材资料、提高自身的认识素养、厘清创作思路,以及让丰富的想象立足于时代的奇迹和生活等,这样日记就为撰者创作重大军政题材的小说奠定了坚实基础,有利于实现从军政时事日记向小说创作的转化,这以杜鹏程在解放初以他的《战争日记》为基础创作了反映西北战场上解放战争的长篇小说《保卫延安》为典型代表。

在这个时期,行记类日记如唐宋以后向游记文学转化和延展之外,开始与重大军政时事题材结合,或者往学术随笔的方向发展。前者有诗人艾青记录自己和中国代表团一行访问南美洲国家智利的《旅行日记》、雷抒雁在苏联剧变期间的《访苏日记》等为代表,这些日记体现出向游记文学发展的倾向,又有关于某些重大军政时事的国家记忆、民族记忆和人类记忆的特征。后者有陈平原先生的《大英博物馆日记》为代表,这部日记既有游记文学的特征,又有浓厚的学术意味,体现了日记、游记和学术随笔完美而巧妙的融合。

在日常生活日记的叙写方面,人们对传统经验既有继承、也有发展:如我国历代日记一样,许多学者的日常生活日记在记载他们的日常琐事之外,更关注日常学习、工作和生活中对一些人生问题、学术问题的思考及感触,具有学术随笔、思想随笔的意趣,表现了学者们在平日不为人常见的敏学好思、机智风趣的人格特质,这以作为学者的王沪宁同志在担任复旦大学教职期间的日记最典型。在此之外,此期大量出现了能够折射中华人民共和国成立后历次政治运动对人的压制和扼杀的日常生活日记,这些日记是私人的日常生活记录,又有不同时期政治运动的投影,具有私人叙事和国家(民族)记忆相结合的特点。这以《吴宓日记续编》(1966—1974年)为代表。在"文革"这个特殊时代里,吴宓在继承我国传统的日记叙写观基础上,进而提出了"陈诗观风"的日记文学观,并亲自实践之。同时,此期关注底层人们日常生活和生命意识的日记也大量涌现,这其中以普通打工仔卢仲德的抗癌日记最为典型。

中华人民共和国成立以来，人们因为深刻认识到日记的母语写作教育价值和文学训练价值，为解决我国基础教育阶段母语写作教育的困难，开始有系统地提出并实践了将日记写作引入母语写作教育体系的思路和做法。1978年，叶圣陶先生针对我国中小学长期以来作文教学成效低下的痼疾，在《大力研究语文教学　尽快改进语文教学》一文中提出"以日记取代命题作文"的主张，魏书生在20世纪80年代将叶圣陶先生的这个建议性主张落实到教学实践中，走出了一条"一手抓日记写作，一手抓作文教学"的高效作文教学之路。在20世纪90年代，语文教育家潘新和教授提出了"言语生命动力学"母语写作教育理论，在国内语文教育界引起了很大反响。该理论指出：母语写作教育的核心目标应该是牧养孩子的言语生命野性，在写作教育实践中处理好"牧养"和"规训"的关系，真正做到"放"和"收"的辩证统一，从而陶砺和发展出孩子们优良的言语个性，而日记写作是牧养和引领言语生命"野性"的最佳园地。21世纪初，语文教育研究者刘中黎在叶圣陶、魏书生、潘新和等人的理论观念和教学实践指引下，有意识地对民国初期现代语文教育建立以来近百年的母语写作教育框架体系进行反思，提出了我国传统的母语写作教育体系是一个以"作文"为核心范畴的框架体系，存在将"文章""作文""日记写作""写作"等四大概念混为一谈的错误，这是造成我国母语写作教学诸问题的主要根源。基于这一分析，刘中黎认为，应该彻底摒弃我国千百年来以"作文"为核心范畴的母语写作教育框架体系，重构一个以"日记写作"为核心范畴，聚焦于引导学生生成和积累极具个性、生命感、意趣性和创造力的认识，并以典范的文章样式为引领，辅以作文的"方法"、"规范"和"技巧"训练，最终要求学生写出言语表达纯正、规范、巧而守法，内容又极具个性、生命感、意趣性和创造力的好文章的新型写作教育体系。这种思考和实践对进一步发扬日记写作的价值无疑有重要的启迪意义。

第六章 结语:中国日记文学发展简史及其基本观念[①]

日记是我国最传统、实际效用极大,但又常常被轻视、相关理论研究也最为薄弱的写作样式和治学方法之一。经过对西汉初年王世奉日记牍(1980年4月江苏邗江胡场五号汉墓出土的木牍片,国内现存完好的最早日记)出土两千多年的日记写作及其基本观念的梳理,可以对中国日记文学理论的基本问题形成如下认识。

一 日记与日记文学的含义及相互关系

针对日记文论长期受轻视的现状,笔者在梳理我国历代文人、学者、作家(文学家)和教育家之观念的基础上发现:中国文学有两大流脉体系,一是以诗歌、散文、小说、戏剧等为主体的所谓"正统文学",它们承担了文学作品吟咏性情、褒贬美刺、寓教于乐、文以载道的传统教化功能;二是在"正统文学"之外的私文学,即日记文学,它长期以来承担了中国文人、学者、作家(文学家)和教育家以其促进自我生成和积累各种极富个性、生命感、意趣性和创造力的认识,以及涵蓄学养学识的功能。作为私文学的日记文学与作为公共文学的

[①] 本节内容以《中国日记写作的文学价值》为题发表在2020年7月6日《中国社会科学报》文学版。

"正统文学"存在异质互补、相互迁移的共生关系,合力推动了中国文学的创新发展。

长期以来,人们对"日记""日记文学"等概念认识模糊混乱,笔者通过梳理我国两千多年的日记写作史及在此过程中人们的相关思考,辨析了"日记""日记文学"等概念的内涵及相互关系。所谓日记,不只是日有所记、排日纂录的外在形式,更是"作者用他的资禀经验修养所形成的观点,以自己为中心,记载每日所见所闻"。[①] 所谓日记文学,是指"正统文学"之外的一个文学宝藏,[②] 不包括假借日记体裁做的小说等虚构性文学作品,属于真正纯正的日记,没有任何做作的痕迹,比一般的文学作品更天然真实,更鲜明表现作者的个性。"真中见真"是日记文学的重要特征之一,这不是说日记内容必须绝对真实(就理论言,因客观条件、撰者修养和认识水平及利益立场等因素的局限,事实上很难做到绝对真实,只能相对地逼近真实),而是强调日记"记录性写作"的真形式和日记撰者写作态度、性情和个性的真,这是一种内在的真和更具价值意义的真。"尽有文艺的趣味"是日记文学的另一个重要特征,这明确指出并不是所有的日记都堪称日记文学,只有那些写得比较引人入胜、蕴含了丰富文学意趣的写实日记,才能称为日记文学。可见,日记和日记文学是包含和被包含的关系,也就是说:真正纯正的日记文学,既是所谓"正宗嫡派"日记的一个分支,也必然是文学的一个分支。

二 日记与日记文学的分类及发展简史

中国人大量撰写日记是从唐代开始的,此后历代日记的撰者多、数量大、题材领域丰富繁杂、撰者看待生活的视角独特且充满个性,所反

[①] 朱光潜:《日记——小品文略谈之一》,参见郜元宝编《谈读书》,天津人民出版社1998年版,第129—131页。
[②] 郁达夫:《日记文学》,参见《海上文学百家文库 44 郁达夫卷》,上海文艺出版社2010年版,第461—466页。

映的生活面广泛深入，因此日记在许多人眼中是驳杂繁乱的，故而分类极为困难。笔者立足实际，尝试按不同标准对日记进行分类，力求清晰完整地反映其基本情况：按照篇幅分，日记可以分为单篇日记和日记巨帙；按照日记所涉内容的单纯和复杂程度分，日记可以分为专题日记和复合日记；按照日记的基本功能、产生条件和审美特质分，日记有行记类日记、军政时事日记和日常生活日记等三大基本类别。在研究中，笔者主要采用第三种分类标准。

第一，行记类日记。这是撰者记录自己旅途出行情况的日记。唐宋的行记类日记有三种：其一，简陋、粗疏的赴任（离任）日记，这种日记主要记录撰者沿途的行程道里、见闻交游等情况，但只粗陈梗概、记录备忘而已，其中唐代现存的最早日记以李翱的《来南录》、欧阳修的夷陵赴任日记《于役志》为典型；其二，在记行的前提下，日记向游记文学和文化散文的方向发展，这种日记不但详细叙写记录撰者在沿途见闻的自然景观，而且对其间的人文历史遗迹也详加考证、探析和叙写，这使原本以记录撰者行程道里情况为主的日记发展成为极具魅力的游记文学和文化散文，其中以陆游的赴任日记《入蜀记》和范成大的离任日记《吴船录》为典型；其三，出使日记，即出使外国和异域的日记，这种日记主要记录使臣们沿途观察的道路关隘、地理要塞、人文经济等情况，具有情报汇编的功能，其中以路振的《乘轺录》、徐兢的《使高丽录》、周煇《北辕录》、严光大的《祈请使行程记》等为典型。在唐宋行记类日记中，以第二种取得的文学成就最大，其中《入蜀记》《吴船录》标志着我国古代日记文学的成熟。在金元明清时期，行记类日记出现了若干新变。第一，具有行记特点的出使日记由早期的情报信息汇编文本向反映西方新世界和传播西洋新文化的晚清使西日记发展。晚清使西日记针对西方异域世界叙写了新的生活内容、刻画了新的文学形象、开创了新的言语表达，这使其成为中国近代新文学萌芽的摇篮。第二，兼有行记和游记文学特征的唐宋文人日记向具有科考探险报告文学特征的明代科学家日记发展，如明代出现了著名的旅游科考探险日记《徐霞客游记》。第三，乡土叙写成为行记类日记的重要内容之一。在民国时期，出现了大量有浓厚"游记文学味"的行记类日记。中华人民共和国成立以来，一些行记类日记除向游记文学发展之外，开始与重大军政时事题材结合，或者往学术随笔方向发展。

第二，军政时事日记。这是我国历代朝臣（或幕僚）对自己参与决策、亲身经历的军政大事所做的排日记录，具有揭露军政内幕和还原政事真相的价值。唐宋时期，朝臣和幕僚是一个文化水平相对较高的群体，他们撰写了一批当时的军政时事日记。这些军政时事日记大多以某一专题为主，比如赵元一的《奉天录》专题记录了撰者作为奉天城守军主帅浑瑊的记室（秘书）在朱泚作乱中与唐德宗一起被困奉天危城的始末经过；李纲的《靖康传信录》专题记录了北宋末"靖康之耻"前后的经历和见闻。这些日记的内容相对集中，很少有普通日记的"杂"和"乱"。在元明清时期，一些中下层官员也喜欢撰写日记，用以记录平日对政务工作的处理。就是说，曾以朝廷重臣（或幕僚）为撰者主体的军政时事日记开始向以中下层官员为撰者主体的政务工作日志发展。在民国时期，军政时事日记的撰者成分更多元、背景也更广泛，即不再局限于参与朝政决策的重臣和知悉决策内幕的幕僚，很多参与此期一些重要军政时事（如北伐战争、抗日战争等）的中下层民众也基于自身经历、见闻撰写了大量军政时事日记。从反映的生活领域和撰者的文学修养看，一些军政时事日记已经汇合成了此期革命文学和抗战文学的一部分。中华人民共和国成立后，一些军政时事日记记录了撰者作为共和国的重要将领亲自经历的抗美援朝等战事活动，是中华人民共和国成立以来许多重要军政时事的个人记忆，如秦基伟将军的"抗美援朝"日记等。十一届三中全会后，日记写作彻底摆脱"文革"桎梏，获得了前所未有的大发展，这个时期有国家领导人李鹏总理的系列化重大军政时事日记（如《众志绘宏图：李鹏三峡日记》《起步到发展：李鹏核电日记》等）。这些日记作为中华人民共和国成立以来许多重要军政时事参与者、决策者和知情人的私记，基于撰者的亲历，描绘了不同于常人所见所闻的生活场景、人物的另面形象，叙写了很多让人闻所未闻却逼近政坛决策真相的内幕细节，往往有正统史录（如起居注、时政记、实录、正史）所不具有的文学和史学价值，堪称视角独特、个性鲜明、别有风致和逼近事实真相的史传文学。

第三，日常生活日记。这是记录撰者日常生活琐事的日记。唐宋时期，知名的日常生活日记有黄庭坚的《宜州乙酉家乘》、周必大的《闲居录》。《宜州乙酉家乘》记录了黄庭坚贬宜（广西宜州）期间琐细的日常生活，再现了一个非常世俗的黄庭坚形象，这与黄庭坚在诗文书简中给人留下的"高雅"形象大相径庭。但这个世俗化的形象别有意趣，它是撰者通过平凡琐细的日常叙写刻画了一向崇尚高雅的自我在面对人生挫折时不为人知的豁达、倔强和从容，以日记文本的形式提供了一个中国士人应对人生挫折的范本。在金元明清时期，元代郭畀的《云山日记》继承了宋代黄庭坚日记《宜州乙酉家乘》"客观叙事、含蓄抒情"的特点，以日常生活日记的书写表达了他对元代统治者的不合作和批判态度。此外，与唐宋相比，金元明清文人的日常生活更丰富多样、质量更高，这带来了此期日常生活日记的演变：其一，日常生活日记向读书札记类日记演变。这一时期，读经史子集成为文人日常生活的重要组成部分，因此札写读书心得、记录日常读书情况就成了日记的重要内容，如李慈铭日记、谭献日记等。其二，日常生活日记向学术随笔、艺术随笔和专业性工作笔记演变。其三，一些日常生活日记中含有大量的乡土叙写内容。这一时期，中国文人的日常生活过得比较充实、丰富，他们平日里游赏家乡城市的园林、驻足戏园观戏、听闻家乡人物的掌故……这些日常生活构成了文人日记的重要素材。民国时期，很多学者很重视日常生活：胡适主张以学术研究的态度对待日常生活、朱光潜主张用美感的态度看待日常生活，他们反对普通日记的写法，提倡把日记当作"思想草稿"[①] 或者一种文学训练。[②] 此期的《胡适留学日记》是颇有"学术随笔味"的日记，郁达夫的《日记九种》是颇有"小说味"的日记，鲁迅先生被收入《华盖集续编》的一部分日记是颇

[①] 胡适：《胡适留学日记·自序》，同心出版社2012年版。
[②] 朱光潜：《写作练习》，参见《谈文学》，安徽教育出版社2006年版，第47页。

有"杂文味"的日记。总之，这是文学意趣浓厚的写实日记。中华人民共和国成立以来，许多日常生活日记的撰者在记载日常琐事之外，更关注自己在日常学习、工作和生活中对一些人生问题、学术问题的思考及感触，因而他们的日常生活日记往往有学术随笔、思想随笔的意趣，也表现了他们平日里不为人常见的敏学好思、机智风趣的人格特质，这以作为学者的王沪宁同志在担任复旦大学教职期间的日记最典型。此外，这个时期出现了一些能够折射中华人民共和国成立后历次政治运动对人性的压制和扼杀的日常生活日记，既是私人的日常生活记录，又有不同时期政治运动的投影，具有私人叙事和国家（民族）记忆相融合的特点，这以《吴宓日记续编》（1966—1974年）为代表。同时，这个时期关注底层人们日常生活和生命意识的日记大量涌现，这以普通打工仔卢仲德的抗癌日记最为典型。

从我国日记写作的发展史看，日记文学是指文学意趣比较浓厚的写实日记，它主要包括：颇有史传文学味的日记、颇有游记文学味的日记、颇有科考探险文学味的日记、颇有报告文学味的日记、颇有科普文学味的日记、颇有乡土文学味的日记、颇有小说味的日记、颇有杂文味的日记、颇有学术（艺术、思想）随笔味的日记、颇有传记文学味的日记，等等。

三 日记的文学价值、写作模式及发展基础

有学者猜想，日记起源于上古时代的"结绳记事"，[①] 发展于文字发明后人们以简单文字"记事备忘"的实际需要，早期的写作模式是记录性的，功能是实用的，美学形态是简陋、粗疏的。历史上极简陋、粗疏的日记历经千百年发展，在保持其记录性写作和实用功能的前提下，逐渐演变为极富魅力、与"正统文学"并驾齐驱，且对"正统文学"形成重要补充和支撑作用的私文学。这种私文学并不是私密写作，

---

① 张鸿苓：《一般书信笔记日记》，北京师范大学出版社1994年版，第144—145页。

而是以私人的见闻感受作为叙事中心和线索,基于私人视角,从私人的认知背景、能力经验和主观立场出发,记录私人小事或与私人相关的国家大事,它充满了极丰富、精微、独特的私人认识,内涵广泛,写作相对自由灵活,极具个性、生命感、意趣性和创造力,是文学审美元素极为丰富多元的非虚构写作。作为私人写作,它最初的目的只是写给自己看,但在条件成熟后或经过一定的技术处理也不反对给他人看,所以必须警惕将日记视为私密写作的倾向;否则,一直以来对于中国人拓展自己对世界的认识、厚实中国人的学养学识、提升中国人的文学审美修养和言语表达能力等发挥过无可替代之重要作用的日记很可能滑向隐私化、庸俗化的逼仄境地。

日记从简陋、粗疏的实用文体向着极富个性、兼具实用与审美价值的私文学嬗变,其存在和发展的基础是由中国历代社会的繁荣发展、日记撰者的文学和文化修养不断提高、日记写作模式的适时改进等因素决定的。

行记类日记发达于唐宋时人们行役迁谪游宦等活动的频繁,最初的撰者采用"行走—记录"写作模式,对每天的行程道里和沿途交游作一个简略记录,这样的日记是记事备忘的流水账式日记,没有多少文学色彩和有价值的内容。南宋爱国诗人陆游、范成大改变了早期行记类日记的简陋粗疏。陆游在沿长江入蜀赴任的过程中,以富有诗意的丹青妙笔对五千里长江两岸奇特瑰丽的风物人情等进行了栩栩如生的勾勒描绘,再现了南宋时期的美丽中国,写成了中国文学史上独具魅力的日记《入蜀记》。《入蜀记》等日记将"行走—记录"写作模式发展为"描摹—再现"写作模式,写作模式的改进促成了日记的华丽转身,使其成为一种极具活力的新型文学体裁。在金元明清时期,一批具有较高文学、文化和科学修养的科学家、外交使节加入日记撰写,行记类日记的写作模式又发生了新的变化:明代科学家徐霞客遍游了祖国各地的名山大川,他在描摹再现沿途的山水风光时,特别注重考察和探究这些山川风光的成因,并撰写日记将他对山川风光的描摹及其成因的考察探究不时报告给亲友;晚清时期,许多出使西洋的外交使节在他们的使西日记中，不仅细致描绘了他们眼中的近代西方科技和社会形态，还特别注重考察和探究西方之所以强大的根源，通过撰写日记报告给国内，以引起借鉴和学习的需要。这已然是"探究—报告"写作模式，是对"行走—记录""描摹—再现"等写作模式的继承和超越，它不仅完美展现了日记的文学魅力，更给日记增添了科考探险文学、报告文学、科普文学、传奇故事（小说）等新质元素。

作为"私记"的军政时事日记，本质上是撰者基于其作为军政时事参与者、决策者或旁观者的身份对军政时事之重要节点的个人"在场记忆"，与（帝王）起居注、时政记、实录和正史相比，它更具私人视角、更为独立、撰者的见识修养更高，在撰写上也更贴近军政时事的现场和内在真相，是比较严肃权威的私记。许多朝廷重臣（或幕僚）的军政时事日记虽然存在某些局限或缺点，但在正史经常被后世学者戏称为任人打扮的小姑娘之语境现实下，它仍然具有许多正史难以比拟的认识价值、文学价值和史学价值，堪称别有意趣的史传文学。

日常生活日记经历了从"流水账"写作模式向"杂记"写作模式的演进。宋代黄庭坚的《宜州家乘》是日常生活日记的典范之作，这部日记初看是撰者对自己被贬广西宜州期间日常生活琐事的流水账式记录，但因为撰者具有极高的文学、史学和文化修养，其选材看似客观随性实际却大含机心、遣词用字虽简练却意蕴深远含蓄，因而极为精炼传神地表达了撰者细腻丰富的内心世界，也真切反映了边城宜州复杂微妙的世态人情和北宋时代变幻莫测的政坛风云。唐宋以后的学者和作家尝试改日常生活日记的"流水账"写作模式为"杂记"写作模式，注重用日记记录自己在日常生活中的读书心得和所关注、思考的问题，这使日常生活日记向读书札记和学术（艺术、思想）随笔转变；有的撰者以美感的态度看待日常生活，提倡把日记当作一种文学的训练，注重在日记中叙写记录撰者在日常生活中观察和体验的情理事态之美，这使日常生活日记向美文和小品文转变。民国作家郁达夫的《日记九种》是一部记录日常生活的知名日记，它分开读是一则则情辞俱佳的美文和小品文，合起来看却是撰者一段传奇爱情生活的记录，其情节之跌宕起伏、叙事是婉曲细腻，比引人入胜的小说还要有趣，这部日记掀起了民国日记文学的热潮。

四 日记的文体风貌、审美趣味及日记写作的学理溯源

在汉初诞生之时，日记只是一种极简陋、粗疏，以记事备忘为主要功能的实用文体。自唐宋开始，经金元明清、民国时期，一直到今天，日记主要是沿着军政时事日记、行记类日记、日常生活日记这三条路径分别发展并极尽嬗变，最终殊途同归，不经意间出人意料地建构了"日记"这一文体极为丰富、独特的文学性。在这一发展过程中，日记以"排日纂事"的书写形式逐渐改变了人们长久的写作习惯和行文方式，使撰者从坐守书斋走向了广阔的人生实践，由此带来了日记风格的大变，许多优秀日记因而文学趣味盎然，初步形成了用美兼具、真切灵动、斑斓多姿、博约深微、卓尔特立、蔚为大观的文体风貌。

日记的基本属性是私人叙事和自由写作，内容上多有撰者一己之私见。作为"私记"的日记，其核心价值不是通常所谓的"真实""具体""坦率"，因为很多日记限于撰者的立场、视野、修养和认知水平等，在认识和表达撰者所认知的对象、所经历的世界时并不一定能做到完全真实、具体、坦率。对读者而言，作为"私记"的日记属于"非虚构"写作、确有诸多"真"的成分（如撰者的态度之真、性情与个性之真等），并承载了大量新材料、新事实、新形象、新意境、新视角、新观念、新思想等内容元素，其核心价值是基于"私"之基础上的新鲜之"新"和个性之"趣"这两个字及这二字背后所蕴含的至大、至奇的内容，故很多优秀日记被认为是"真文字、大文字、奇文字"。[①] 在写作目的上，很多日记撰者别有深意、有所寄托，他们善于借日记的"萤烛之光"来"助太阳之照"，[②] 如李

[①] （明）钱谦益：《嘱徐仲昭刻游记书》，参见《徐霞客游记》，上海古籍出版社1980年版，第1186页。

[②] 赵元一：《奉天录序》，参见周绍良主编《全唐文新编》（第3部第1册），吉林文史出版社2000年版，第6128页。

纲以日记"传信"、王安石以日记"自省"、周必大以日记"遣怀"等，这在排日纂事、随笔散记的叙写形式中尽显日记"玄心远韵"的旨趣。在表达上，很多日记超越技术技巧的追求，不以行家里手为特点，从既定的规矩中逃遁，反正统、反官方、反庙堂，不拘法度、形式、技巧，但对所触、所历、所感的日常琐碎，凡具意趣者，皆逐日书写，随意命笔，并无一定体例，尽可"自备一格"，[1] 却能做到随物赋形、各臻其妙，这又使很多优秀日记"随笔所到，如空中之雨，大小萧散，出于自然。"[2] 总之，尽有文学意趣的日记是在反思和批判我国正统文学的过程中产生和发展起来的，它先天具有反正统、反官方、反庙堂、反法度、反形式、反技巧的基因，故审美趣味别具一格，是文学中最为真味发溢、天趣旁流者。

历代中国文人、学者、作家（文学家）和教育家都很重视日记，他们中很多人甚至长期坚持写日记，这种现象背后有着极为深刻的根源。从学理分析，主要有如下文学及治学观念的影响，即：宋人看待日常生活的平等观和雅俗观；立言和好奇的著述观；应需主义目的观；尽性主义发展观；实验主义方法论；"日记文学"的本质论；美感主义认知观；日记写作的语文工具主义；"日札优于作文"的写作训练观；基于人本主义哲学的言语生命动力学母语写作理论，等等。[3]

---

[1] 薛福成：《咨呈》，参见《出使英法义比四国日记》，岳麓书社1984年版，第59页；《出使英法义比四国日记》"凡例"，岳麓书社1984年版。

[2] （明）贺复征编：《文章辨体汇选》卷六三九，载《景印文渊阁四库全书》第1409册，第645页。

[3] 参见黄庭坚、陆游、黄炎培、梁启超、胡适、郁达夫、朱光潜、叶圣陶、夏丏尊、黎锦熙、潘新和等历代学者的观点。

参考文献

一 主要的日记文论与作品

《南宋时候的美丽中国》，boiling 读书主页，http：book. douban. com/review/6182433/。

白戈编著：《1966—1976：中国百姓生活实录》，警官教育出版社 1993 年版。

（清）鲍廷博：《宜州家乘·跋》，参见刘尚恒《鲍廷博年谱》，黄山书社 2010 年版。

斌椿：《乘槎笔记·诗二种》，岳麓书社 1985 年版。

陈函辉：《霞客徐先生墓志铭》，参见《徐霞客游记》，上海古籍出版社 1980 年版。

（明）陈宏绪：《吴船录题词》，参见湛之编《古典文学研究资料汇编：杨万里范成大卷》，中华书局 1964 年版。

陈继儒：《答徐霞客》，参见朱钧侃、潘凤英、顾永芝《徐霞客评传》，南京大学出版社 2006 年版。

陈继儒：《送振之诗》，参见《徐霞客游记·徐霞客年谱》，商务印书馆 1933 年版。

陈文新：《〈宜州家乘〉导读》，参见陈文新译注《日记四种》，湖北辞书出版社 1997 年版。

陈左高：《历代日记丛谈》，上海画报出版社 2004 年版。

陈左高：《鸥堂日记·按语》，参见陈左高《历代日记丛谈》，上海画报出版社 2004 年版。

陈左高：《中国日记史略》，上海翻译出版公司 1990 年版。

程瑶田：《周耕厓冬集纪程书后》，参见程瑶田《程瑶田全集 3》，黄山书社 2008 年版。

崔国因：《出使美日秘日记·序》，黄山书社 1988 年版。

邓之诚：《北游录跋》，参见（清）谈迁撰，汪北平点校《北游录》，中华书局 1960 年版。

邓之诚：《桑园读书记·祁忠敏公日记》，参见邓之诚《桑园读书记》，辽宁教育出版社 1998 年版。

杜鹏程：《战争日记》，参见《杜鹏程文集》（第 4 卷），陕西人民出版社 1993 年版。

（宋）范寥：《宜州乙酉家乘·序》，参见黄庭坚《黄庭坚全集》（第四册），四川大学出版社 2001 年版。

《葛元煦跋啸园丛书本味水轩日记》，参见（明）李日华著，屠友祥校注《味水轩日记》，上海远东出版社 1996 年版。

古农主编：《日记漫谈》，人民日报出版社 2012 年版。

古农主编：《日记品读》，人民日报出版社 2012 年版。

古农主编：《日记闲话》，人民日报出版社 2012 年版。

古农主编：《日记序跋》，人民日报出版社 2012 年版。

顾静：《周必大日记文研究》，硕士学位论文，西北师范大学，2010 年。

管乐：《北行日记·序》，参见陈左高《历代日记丛谈》，上海画报出版社 2004 年版。（注：方睿颐撰《北行日记》）

归庄：《黄孝子寻亲纪程·附传》，参见（清）黄向坚《黄孝子寻亲纪程》，江苏广陵古籍刻印社 1984 年版。

桂超万：《宦游纪略》，台湾文海出版社 1972 年版。

郭沫若：《论郁达夫》，参见《郁达夫研究资料》，花城出版社 1985 年版。

（清）郭嵩焘：《郭嵩焘日记》（第 3 卷），湖南人民出版社 1983 年版。

（清）郭嵩焘：《伦敦与巴黎日记》，岳麓书社 1984 年版。

（清）郭嵩焘：《使西纪程》，辽宁人民出版社 1994 年版。

韩梦周：《庚寅以后没水记》，参见《清代诗文集汇编》编纂委员会编《清代诗文集汇编·理堂日记》，上海古籍出版社 2010 年版。

《韩熊跛啸园丛书本味水轩日记》，参见（明）李日华著，屠友祥校注《味水轩日记》，上海远东出版社 1996 年版。

何元锡：《竹汀先生日记钞跋》，参见任继愈主编《中国藏书楼 2》，辽宁人民出版社 2000 年版。

（清）洪亮吉撰：《遣戍伊犁日记》，国学扶轮社民国 4 年。

胡适：《胡适留学日记·自序》，同心出版社 2012 年版。

胡适：《胡适留学日记》，同心出版社 2012 年版。

胡适：《胡适日记Ⅰ》，安徽教育出版社 2001 年版。

（清）胡周鼒：《黄孝子纪程序》，参见（清）黄向坚《寻亲纪程》，上海进步书局印行。

黄纯艳：《宋代官员日记中的公务旅行》，载《新华月报》2016 年第 21 期。

（明）黄醇耀：《横山游记·序二》，参见丁申、丁丙《武林掌故丛编》第七集，清光绪七年（1881）钱塘丁氏刊。

黄庭坚：《宜州乙酉家乘》，参见黄庭坚《黄庭坚全》（第四册），四川大学出版社 2001 年版。

黄显功：《上海图书馆藏稿钞本日记丛刊·前言》，参见周德明、黄显功主编《上海图书馆藏稿钞本日记丛刊》，国家图书馆出版社、上海科学技术文献出版社 2017 年版。

籍忠寅：《桐城吴先生日记·序》，参见（清）吴汝纶著，宋开玉整理《桐城吴先生日记》，河北教育出版社 1999 年版。

纪昀等撰，四库全书研究所整理：《钦定四库全书总目》卷五十八《老学庵笔记、续笔记提要》，中华书局 1997 年版。

季梦良：《徐霞客游记·季序》，参见《徐霞客游记校注下》，云南人民出版社1985年版。

《江苏邗江胡场5号汉墓木牍、木楬、封检》，参见李均明、何双全编《秦汉魏晋出土文献：散见简牍合辑》，文物出版社1990年版。

金毓黻：《鸭江行部志节本叙》，参见（金）王寂著，罗继祖、张博泉注释《鸭江行部志注释》，黑龙江人民出版社1984年版。

觉园老人：《李星沅日记·原序》，参见李星沅《李星沅日记》（上册），中华书局1987年版。

李楚荣：《宜州市乙酉家乘——宜州文化漫笔之二十三》，天涯博客rjdgs. blog. tianya. cn，2010年8月10日。

李慈铭：《越缦堂读书记·徐霞客游记》，参见《越缦堂读书记》，中华书局1963年版。

李慈铭：《越缦堂日记》，广陵书社2004年版。

李纲：《靖康传信录·卷一》，参见《中华野史》编委会编《中华野史 卷5 宋朝卷 下》，三秦出版社2000年版。

李纲：《靖康传信录·卷二》，参见《中华野史》编委会编《中华野史 卷5 宋朝卷 下》，三秦出版社2000年版。

李纲：《靖康传信录·自序》，参见《中华野史》编委会编《中华野史 卷5 宋朝卷下》，三秦出版社2000年版。

《李含潜录味水轩日记后序》，参见（明）李日华著，屠友祥校注《味水轩日记》，上海远东出版社1996年版。

（清）李楷叔：《黄孝子纪程序》，参见（清）黄向坚《寻亲纪程》，上海进步书局印行。

李梦然：《读〈宜州家乘〉》，"榕树下"华语文学门户，http：//www. rongshuxia. com/book/66143. html，2000年9月17日。

李怡：《〈从军日记〉与民国"大文学"写作》，《首都师范大学学报》（社会科学版）2016年第1期。

李肇亨：《味水轩日记·题识》，参见（明）李日华著，屠友祥校注《味水轩日记》，上海远东出版社1996年版。

（清）厉鹗：《题客杭日记》，参见厉鹗撰，罗仲鼎、俞浣萍点校《浙江

文丛　厉鹗集　中》，浙江古籍出版社 2016 年版。

梁启勋：《"万木草堂"回忆》，载《文史资料选辑》1962 年第 25 辑。

凌兆熊：《征途随笔·跋》，参见陈左高《历代日记丛谈》，上海画报出版社 2004 年版。（注：方睿颐撰《征途随笔》）

刘承干：《味水轩日记·跋》，参见（明）李日华著，屠友祥校注《味水轩日记》，上海远东出版社 1996 年版。

刘锡鸿：《英轺私记》，湖南人民出版社 1981 年版。

刘中黎：《中国 20 世纪日札写作教育研究》，中国社会科学出版社 2013 年版。

柳诒徵：《三愿堂日记·题记》，参见赵彦称《三愿堂日记》，（台湾）文海出版社 1973 年版。

柳诒徵：《三愿堂日记·序》，参见赵彦称《三愿堂日记》，（台湾）文海出版社 1973 年版。

龙子仲：《关于〈宜州家乘〉的几个问题》，http://blog.sina.com.cn/gllzz，2010 年 10 月 23 日。

鲁迅：《孔另境编〈当代文人尺牍钞〉序》，参见《且介亭杂文二集》，人民文学出版社 2006 年版。

鲁迅：《马上日记》，参见《鲁迅杂文　华盖集续编》，人民文学出版社 1980 年版。

鲁迅：《马上支日记》，参见《鲁迅杂文　华盖集续编》，人民文学出版社 1980 年版。

鲁迅：《怎么写——夜记之一》，参见《三闲集》，人民文学出版社 2006 年版。

（明）陆深日记提要（含《淮封日记》《南迁日记》《南巡日录》《北还录》等），参见（清）永瑢等撰，张新奇、宋建勋、李智勇整理《四库家藏·史部典籍概览 1》，山东画报出版社 2004 年版。

陆游：《入蜀记》，参见《陆游集》（第五册），中华书局 1976 年版。

陆游：《通判夔州谢政府启》，参见《陆游集》（第五册），中华书局 1976 年版。

罗继祖：《鸭江行部志注释·序》，参见吉林省东北史研究会编《东北史研究　第 1 辑》。

马赓良：《复堂日记·马赓良序》，参见（清）谭献著，范旭仑、牟晓朋整理《复堂日记》，河北教育出版社 2001 年版。

马寿华：《何子贞日记序》，参见何绍基《何绍基手写日记》，世界书局 2012 年版。

（明）马元调：《横山游记·自序》，参见丁申、丁丙《武林掌故丛编》第七集，清光绪七年（1881 年）钱塘丁氏刊。

毛晋：《汲古阁书跋·家世旧闻跋》，参见陈耀东、王小义编《陆游谈艺录》，浙江教育出版社 2008 年版。

［法］闵宣化等：《乘轺录笺证》，冯承钧译，参见《东蒙古辽代旧城探考记（外二种）》，中华书局 2004 年版。

缪荃孙：《云自在龛丛书（第一集）·奉天录·后跋》，江阴缪氏刊本。

莫砺锋：《读陆游〈入蜀记〉札记》，载《文学遗产》2005 年第 3 期。

欧阳修：《论史馆日历状》，参见《唐宋八大家文钞校注集评　庐陵文钞　上》，三秦出版社 1998 年版。

（宋）欧阳修：《于役志·跋》，参见顾宏义、李文整理标校《宋代日记丛编》，上海书店出版社 2013 年版。

潘耒：《使粤日记序》，参见谭其骧主编《清人文集地理类汇编　第 6 册》，浙江人民出版社 1990 年版。（注：乔莱撰《使粤日记》）

潘耒：《徐霞客游记·吴江潘次耕先生耒旧序》，参见吴江市政协文史工作委员会编《吴江文史资料》2003 年第 20 辑。

《片石居主人题啸园丛书本味水轩日记卷首》，参见（明）李日华著，屠友祥校注《味水轩日记》，上海远东出版社 1996 年版。

钱宝塘：《跋沈文节公〈星轺日记〉》，参见谭其骧主编《清人文集地理类汇编　第 6 册》，浙江人民出版社 1990 年版。

钱基博：《复堂日记·钱基博跋记》，参见（清）谭献著，范旭仑、牟晓朋整理《复堂日记》，河北教育出版社 2001 年版。

钱基博：《复堂日记·钱基博序》，参见（清）谭献著，范旭仑、牟晓朋整理《复堂日记》，河北教育出版社 2001 年版。

（明）钱谦益：《萧士玮日记序》，转见陈左高《历代日记丛谈》，上海画报出版社 2004 年版。

（明）钱谦益：《嘱徐仲昭刻游记书》，参见《徐霞客游记》，上海古籍出版社 1980 年版。

（清）钱曾：《读书敏求记》卷二《陆游入蜀记　六卷》，书目文献出版社 1984 年版。

钱钟书：《复堂日记·钱钟书序》，参见（清）谭献著，范旭仑、牟晓朋整理《复堂日记》，河北教育出版社 2001 年版。

青万鹜：《宦游纪略·序》，参见桂超万《宦游纪略》，台湾文海出版社 1972 年版。

《清末民初文献丛刊》编委会：《使西纪程·出版前言》，参见郭嵩焘《使西纪程》，朝华出版社 2017 年版。

沈守廉：《星轺日记跋》，参见沈炳垣《星轺日记》，（台湾）文海出版社 1973 年版。

施蛰存：《我的日记》，参见《施蛰存七十年文选》，上海文艺出版社 1996 年版。

史夏隆：《徐霞客游记·史序》，参见《徐霞客游记》，上海古籍出版社 1980 年版。

《四库全书总目提要·骖鸾录》，参见（清）纪昀等编纂《四库全书总目提要》，线装书局 2010 年版。

《四库全书总目提要·归湘日记》，参见陈左高《历代日记丛谈》，上海画报出版社 2004 年版。

《四库全书总目提要·入蜀记》，参见（清）纪昀等编纂《四库全书总目提要》，线装书局 2010 年版。

《四库全书总目提要·吴船录》，参见（清）纪昀等编纂《四库全书总目提要》，线装书局 2010 年版。

《四库全书总目提要·西征道里记》，参见（清）纪昀等编纂《四库全书总目提要》，线装书局 2010 年版。

《宋会要辑稿》职官三六之五四,刘琳、刁忠民、舒大刚、尹波等点校《宋会要辑稿》,上海古籍出版社 2014 年版。

宋开玉:《桐城吴先生日记·前言》,参见(清)吴汝纶著,宋开玉整理《桐城吴先生日记》,河北教育出版社 1999 年版。

宋之山:《云山日记·跋》,参见陈左高《中国日记史略》,上海翻译出版公司 1990 年版。

谈迁:《北游录自序》,参见(清)谈迁撰,汪北平点校《北游录》,中华书局 1960 年版。

唐文治:《曾文正公日记序》,参见唐文治《茹经堂文集 第一编》,上海书店 1935 年版。

童佩:《客越志序》,参见(明)王穉登《客越志》,四库禁毁书丛刊·集部 175 第一版,北京出版社 2004 年版。

王安石著,孔学辑校:《王安石日录辑校》,四川大学出版社 2015 年版。

王季烈:《缘督庐日记序》,转引高拜石《古春风楼琐记 第 11 集》,台湾新生报社出版部 1979 年版。

王闿运:《湘绮楼日记》(第 5 卷),岳麓书社 1997 年版。

王闿运:《曾文正公日记序》,参见(清)王闿运撰,马积高主编《湖湘文库 湘绮楼诗文集 1》,岳麓书社 2008 年版。

王立群:《〈入蜀记〉:向文化认同意识的倾斜》,载《河南大学学报》(哲学社会科学版)1987 年第 5 期。

王启原:《求阙斋日记类钞·序》,参见李翰章编辑,李鸿章校勘,冯晓林审订《曾国藩文集 四》,九州图书出版社 1997 年版。

王世贞:《〈客越志略〉序》,参见徐吉军主编《杭州文献集成》第 2 册,杭州出版社 2014 年版。

王式通:《越缦堂读史札记·序》,参见《越缦堂读史札记全编》,北京图书馆出版社 2003 年版。

王思任:《徐氏三可传》,参见《徐霞客游记校注 下》,云南人民出版社 1985 年版。

王晓秋:《始穿重雾看东邻——〈早期日本游记五种〉序》,参见罗森等《早期日本游记五种》，湖南人民出版社1983年版。

王雨容：《宋代日记体游记文体研究》，硕士学位论文，广西师范大学，2007年。

文天骏：《沈文节公星轺日记序》，参见沈炳垣《星轺日记》，台湾文海出版社1973年版。

翁同龢：《归湘日记·跋》，参见周德明、黄显功主编《上海图书馆藏稿钞本日记丛刊》，国家图书馆出版社、上海科学技术文献出版社2017年版。

吴丰培：《西行日记跋》，参见国立北平研究院《史学集刊》编辑委员会编辑《史学集刊》第3期，台湾学生书局1937年版。（注：赵钧彤撰《西行日记》）

吴国华：《徐霞客圹志铭》，参见《徐霞客游记》，上海古籍出版社1980年版。

吴宓著，吴学昭整理：《吴宓日记》（第一册），生活·读书·新知三联书店1998年版。

吴宓著，吴学昭整理：《吴宓日记续编》（第7—10册），生活·读书·新知三联书店2006年版。

吴其敏：《黄山谷宜州家乘》，《文史札记》，中华书局1976年版。

（清）吴汝伦：《桐城吴先生日记》，河北教育出版社1999年版。

吴艳红、[美] J. David Knottnerus：《日常仪式化行为的形成：从雷锋日记到知青日记》，《社会》2007年第1期。

吴郁生：《缘督庐日记序》，转引高拜石《古春风楼琐记 第11集》，台湾新生报社出版部1979年版。

（明）萧士玮：《南归日录·序》，参见（明）贺复征《文章辨体汇选》，文渊阁四库全书本。

谢冰莹：《〈从军日记〉和〈女兵自传〉·前言》，参见《谢冰莹作品选》，湖南人民出版社1985年版。

谢国桢：《使滇日记·跋》，参见李仲均等编著《中国古代地学书录》，中国地质大学出版社1997年版。（注：徐炯撰《使滇日记》）

谢泳：《两种日记的比较研究——读鲁迅郁达夫日记札记》，载《鲁迅研究月刊》1992年第9期。

（明）徐霞客：《徐霞客游记》，华夏出版社2006年版。

徐宗干：《宦游纪略·序》，参见桂超万《宦游纪略》，台湾文海出版社1972年版。

许奉恩：《北行日记·跋》，参见陈左高《历代日记丛谈》，上海画报出版社2004年版。（注：方睿颐撰《北行日记》）

（清）薛福成：《出使日记·凡例》，参见薛福成《出使英法义比四国日记》，中国旅游出版社、商务印书馆2016年版。

（清）薛福成：《出使日记·自序》，参见薛福成《出使英法义比四国日记》，中国旅游出版社、商务印书馆2016年版。

（清）薛福成：《出使日记续刻》，岳麓书社1984年版。

（清）薛福成：《出使英法义比四国日记》，岳麓书社1985年版。

（清）薛福成：《咨呈》，参见《出使英法义比四国日记》，岳麓书社1984年版。

杨名时：《徐霞客游记·杨序二》，参见《徐霞客游记校注 下》，云南人民出版社1985年版。

杨庆存：《中国古代传世的第一部私人日记——论黄庭坚〈宜州乙酉家乘〉》，载《理论学刊》1991年第6期。

（明）杨一清：《西征日录·自序》，参见杨建新主编《古西行记选注》，宁夏人民出版社1996年版。

（清）姚廷遴：《历年记自叙》，参见上海人民出版社编《清代日记汇抄》，上海人民出版社1982年版。

（清）姚莹：《康輏纪行·自叙》，参见（清）姚莹撰，刘建丽校笺《康輏纪行校笺 上》，上海古籍出版社2017年版。

尹德翔：《东海西海之间——晚清使西日记中的文化观察、认证与选择》，北京大学出版社2009年版。

余绍宋：《书画书录解题·习苦斋画絮》，参见余绍宋著，江兴佑点校《书画书录解题》，西泠印社2012年版。（注：《习苦斋画絮》即戴

熙习画日记)

愚人:《瑰丽大观的游记——范成大〈吴船录〉读后记》,参见梁由之主编《我的闲闲书友》,文汇出版社 2010 年版。

郁达夫:《〈日记九种〉后叙》,参见《炉边独语》,江苏文艺出版社 2006 年版。

郁达夫:《日记文学》,《郁达夫文集》(第五卷 文论),花城出版社 1982 年版。

郁达夫:《日记文学》,参见《海上文学百家文库 44 郁达夫卷》,上海文艺出版社 2010 年版。

郁达夫:《有目的的日记》,《申报·自由谈》1933 年 7 月 23 日。

郁达夫:《再谈日记——〈郁达夫日记集〉代序》,参见《炉边独语》,江苏文艺出版社 2006 年版。

曾纪泽:《出使英法俄国日记》,岳麓书社 1985 年版。

曾纪泽:《十月初三谈话录》,中国历史研究社编《奉使俄罗斯日记》,神州国光社 1946 年版。

曾纪泽:《使西日记(外一种)》,湖南人民出版社 1981 年版。

曾纪泽:《西学略述序》,载《西学略述》,总税务司署,1886 年。

张大复:《秋圃晨机图记》,参见徐霞客著,沈芝楠标点《徐霞客游记(下)》,大达图书供应社民国 23 年版。

张德彝:《稿本航海述奇汇编》(第五册),北京图书馆出版社 1997 年版。

张鸿苓:《一般书信笔记日记》,北京师范大学出版社 1994 年版。

张祥河:《沈阳纪程·叙》,参见金毓黻辑《辽海丛书 第 3 集 沈阳纪程》,辽沈书社 1985 年版。(注:何汝霖撰《沈阳纪程》)

张元济:《翁文恭公日记·跋》,参见《张元济全集 第 10 卷》,商务印书馆 2010 年版。

赵俊贤:《〈保卫延安〉创作答问录》,载《新文学史料》2001 年第 1 期。

赵翼:《徐霞客游记·题辞》,参见《徐霞客游记》,上海古籍出版社 1980 年版。

(唐)赵元一:《奉天录序》,参见周绍良主编《全唐文新编》(第 3 部第 1 册），吉林文史出版社 2000 年版。

（清）郑珍：《书〈宜州家乘〉后》，参见郑珍著，黄万机、黄江玲校注《巢经巢文集校注》，中央民族大学出版社 2013 年版。

中华书局编辑部：《〈中国近代人物日记丛书〉刊行缘起》，参见李星沅《李星沅日记》（上册），中华书局 1987 年版。

钟叔河：《叙论：论郭嵩焘》，参见（清）郭嵩焘著，钟叔河、杨坚整理《伦敦与巴黎日记》，岳麓书社 1984 年版。

周必大：《亲征录》，参见顾宏义、李文标校《宋代日记丛编 3》，上海书店出版社 2013 年版。

周煇：《北辕录》，中华书局 1991 年版。

周纶：《周益国文忠公集·跋》，参见曾枣庄主编《宋代序跋全编 7》，齐鲁书社 2015 年版。

周作人：《日记与尺牍》，载《语丝》1925 年第 17 期。

朱察卿：《客越志叙》，参见（明）王穉登《客越志》，四库禁毁书丛刊·集部 175 第一版，北京出版社 2004 年版。

朱凤梧：《桂游日记·序》，参见张维屏《桂游日记》，听松庐藏版。

朱光潜：《日记——小品文略谈之一》，参见《谈读书》，天津人民出版社 1998 年版。

朱光潜：《写作练习》，参见朱光潜《谈美·谈文学》，人民文学出版社 1988 年版。

朱希祖：《鸭江行部志·跋》，参见《明季史料题跋》，中华书局 1961 年版。

朱之锡：《北游录序》，参见（清）谈迁撰，汪北平点校《北游录》，中华书局 1960 年版。

二 与日记文论或作品相关的论著（文）

Blackwood's Magazine Oct, 1901.

Demetrius C. Boulger, The Life of Sir Halliday Macartney.

Immanual Chung-yueh Hsu，*China's Entrance into the Family of Nations：The Diplomatic Phase*，1858—1880，Cambridge：Harvard University Press，1960.

［美］爱因斯坦著，李醒民编选：《论科学》，许良英、李宝恒、赵中立、范岱年译，《爱因斯坦论科学与教育》，商务印书馆2016年版。

陈振孙：《直斋书录解题》卷一八，商务印书馆1939年版。

程千帆、吴新雷：《两宋文学史》，上海古籍出版社1991年版。

段江丽：《奇人奇书——〈徐霞客游记〉》，云南人民出版社2002年版。

冯尔康：《清代人物传记史料研究》，商务印书馆2000年版。

郭预衡：《中国散文史（中）》，上海古籍出版社1993年版。

韩寒：《应该废除学生作文》，《杂的文》，万卷出版公司2008年版。

韩妹：《83.3%的人承认上学时写过"撒谎作文"》，载《中国青年报》2010年5月11日。

（明）何宇度：《益部谈资》卷上，参见湛之编《古典文学研究资料汇编　杨万里范成大卷》，中华书局1964年版。

何忠礼：《南宋全史　1　政治、军事和民族关系卷　上》，上海古籍出版社2016年版。

（明）贺复征：《文章辨体汇选》，文渊阁四库全书本。

胡适：《智识的准备》，参见柳芳编《胡适教育文选》，开明出版社1992年版。

胡适：《中学国文的教授》，参见《胡适文存》（卷一），上海书店出版社1989年版。

黄庭坚：《黄庭坚全集》（第四册），四川大学出版社2001年版。

黄庭坚：《黄庭坚全集辑校编年》（中册），江西人民出版社2008年版。

黄庭坚：《黄庭坚全集辑校编年》，江西人民出版社2011年版。

黄庭坚：《山谷题跋》，上海远东出版社1999年版。

晁补之：《书鲁直题高求父扬清亭诗后》，《鸡肋集》卷三二，四部丛刊本。

《建炎以来系年要录》卷一五一。

靳彤:《选择信任　选择真情:让学生在写作中成长》,《语文建设》2011年第 6 期。

黎泽渝、马啸风、李乐毅编:《黎锦熙语文教育论著选》,人民教育出版社 1996 年版。

《礼记·玉藻》,参见戴圣辑录,崔高维校点《礼记》,辽宁教育出版社 2000 年版。

李慈铭:《书凌氏廷堪校礼堂集中书唐文粹文后》,参见李慈铭《越缦堂文集》卷六,民国十九年国立北平图书馆刊本。

李慈铭著,由龙云辑,虞云国整理:《越缦堂读书记》,辽宁教育出版社 2001 年版。

李慈铭撰,由云龙辑:《越缦堂读书记·集部·劄记》,上海书店出版社 2000 年版。

李光生:《周必大研究》,中国社会科学出版社 2015 年版。

(宋)李耆卿:《文章精义》,人民文学出版社 1998 年版。

李文杰:《晚清总理衙门的章京考试——兼论科举制度下外交官的选任》,《近代史研究》2011 年第 2 期。

梁启超:《中国四十年来大事记》,东方出版社 2014 年版。

梁启超:《作文教学法》,参见《梁启超全集》,北京出版社 1999 年版。

梁银林:《佛教"水观"与苏轼诗》,《西南民族大学学报》(人文社会科学版)2005 年第 3 期。

(梁)刘勰:《文心雕龙》,《景印文渊阁四库全书》第 1478 册,台湾商务印书馆 1983 年版。

(后晋)刘昫:《旧唐书》卷八十九,参见《旧唐书》(第 3 册),岳麓书社 1997 年版。

刘兆祐:《宋史艺文志史部佚籍考》,国立编译馆《中华丛书》编审委员会 1984 年版。

陆游:《老学庵笔记》卷三,参见陆游撰,李剑雄、刘德权点校《唐宋史料笔记丛刊　老学庵笔记》,中华书局 1979 年版。

(宋)陆子遹:《渭南文集·跋》,参见陈耀东、王小义编《陆游谈艺录》,

浙江教育出版社 2008 年版。

（宋）陆子遹：《渭南文集·原序》，参见《陆游集》，中华书局 1976 年版。

罗大经：《鹤林玉露》，上海书店出版社 1990 年版。

（明）毛晋：《渭南文集·跋》，参见陈耀东、王小义编《陆游谈艺录》，浙江教育出版社 2008 年版。

慕槐：《刘锡鸿所见的英国专利制度》，《比较法研究》1987 年第 2 期。

倪海权：《陆游文研究》，中国社会科学出版社 2018 年版。

欧阳茜茜：《历史的风尚·清朝》，中国质检出版社、中国标准出版社 2018 年版。

（宋）欧阳修撰，林青校注：《归田录》，三秦出版社 2003 年版。

（元）潘昂霄：《金石例》，民国（1912—1949）影印本。

潘晓凌：《会说谎的作文》，载《南方周末》2010 年 3 月 31 日。

潘新和：《语文：表现与存在》（下卷），福建人民出版社 2004 年版。

潘旭澜：《评林彪、"四人帮"对〈保卫延安〉的围剿》，参见《中国当代文学研究资料　杜鹏程研究专集》，福建人民出版社 1983 年版。

钱钟书：《管锥编》（第四册），中华书局 1986 年版。

钱钟书：《围城　人·鬼·兽》，生活·读书·新知三联书店 2001 年版。

《清史稿·谭献传》，参见赵尔巽等《清史稿》卷四八六《谭献传》，中华书局校点本。

《清史稿》卷四百三十六《翁同龢传》。

（梁）任昉：《文章缘起》，《景印文渊阁四库全书》第 1478 册，台湾商务印书馆 1983 年版。

苏轼著，张春林编：《苏轼全集（下）》，中国文史出版社 1999 年版。

孙望、常国武主编：《宋代文学史》，人民文学出版社 1996 年版。

汤临初：《书指》（卷下），参见杨成寅主编，边平恕评注《中国历代书法理论评注　明代卷》，杭州出版社 2016 年版。

（元）脱脱等：《宋史》（第三册），中华书局 1977 年版。

王尔敏：《明清时代庶民文化生活》，岳麓书社 2002 年版。

王凤娥：《晚清公使曾纪泽的藏书楼"归朴斋"》，《图书馆学研究》2008年第6期。

王麦巧：《闲人独赏的月夜美——苏轼〈记承天寺夜游〉赏读》，《名作欣赏》2008年第6期。

王水照：《宋代散文的技巧和样式的发展——散文浅论之二》，参见王水照《唐宋文学论集》，齐鲁书社1984年版。

王水照、熊海英主编：《南宋文学史》，人民出版社2009年版。

王晓岗：《新愿望中的旧幽灵——论晚清科幻小说的想象世界》，《河北科技大学学报》（社会科学版）2011年第3期。

吴德旋：《初月楼论书随笔》，参见陈廷佑《书法美学新探》，商务印书馆1997年版。

（明）吴讷：《文体辩体序说》，人民文学出版社1998年版。

夏丏尊：《平屋杂文》，中国文联出版公司1998年版。

谢保成：《史学与文献》，参见王戎笙主编《马克思主义历史观与中华文明》，重庆出版社1991年版。

徐海荣：《中国娱乐大典》，华夏出版社2000年版。

（明）徐师曾：《文体明辨》，人民文学出版社1998年版。

许嘉璐、安平秋、倪其心：《二十四史全译·宋史》，汉语大词典出版社2004年版。

杨庆存：《宋代散文体裁样式的开拓与创新》，《中国社会科学》1995年第6期。

叶圣陶：《大力研究语文教学　尽快改进语文教学》，《中国语文》1978年第2期。

（宋）叶适：《习学记言》卷四九。

袁行霈、罗宗强：《中国文学史》（第二卷），高等教育出版社2000年版。

曾国藩：《记载门（四类）》，参见曾国藩著，李翰祥编《曾国藩文集　3》，九州图书出版社1997年版。

曾纪泽：《伦敦复左中堂》，参见喻岳衡校点《曾纪泽集》，岳麓书社2008年版。

曾枣庄：《论宋人破体为记》，《中国典籍与文化》2007年第2期。

曾枣庄：《中国古典文学的尊体与破体》，《清华大学学报》（哲学社会科学版）2009年第1期。

曾枣庄、刘琳主编：《全宋文》，巴蜀书社1991年版。

张金梁：《书异其人——论黄庭坚其人其书》，《书法丛刊》2009年第3期。

张均：《怎样"塑造人民"——小说〈保卫延安〉人物本事研究》，《文艺争鸣》2014年第5期。

张梦新：《中国散文发展史》，杭州大学出版社1996年版。

张舜徽：《清人笔记条辨》，中华书局1986年版。

章培恒、骆玉明：《中国文学史》（中卷），复旦大学出版社1996年版。

（宋）周必大：《文忠集·平园续稿三》卷四十三，文渊阁四库全书本。

（宋）周辉撰，刘永翔校注：《清波杂志校注》，中华书局1994年版。

周绍良主编：《全唐文新编》（第3部 第3册），吉林文史出版社2000年版。

周扬：《新的人民的文艺》，参见《周扬文集》第1卷，人民文学出版社1984年版。

周中孚：《郑堂读书记》，卷24《史部·传记类·骖鸾录》《史部·传记类·揽辔录》，上海书店出版社2009年版。

朱东润：《陆游的散文》，参见朱东润《陆游研究》，中华书局1961年版。

朱东润：《陆游选集·序》，参见朱东润选注《陆游选集》，上海古籍出版社1979年版。

朱光潜：《给青年的十二封信 外一种：谈美》，岳麓书社2010年版。

朱光潜：《谈美》，安徽教育出版社2006年版。

朱光潜：《谈美书简二种》，上海译文出版社1999年版。

朱光潜：《谈文学》，安徽教育出版社2006年版。

朱光潜：《中国现代美学名家文丛 朱光潜卷》，浙江大学出版社2009年版。

朱光潜：《朱光潜集》，花城出版社2009年版。

朱光潜：《朱光潜美学文集》，上海文艺出版社1982年版。

朱光潜：《朱光潜谈人生》，中国长安出版社2006年版。

朱钧侃、潘凤英、顾永芝：《徐霞客评传》，南京大学出版社2006年版。

朱良志：《萧散之谓美》，《晋阳学刊》2010年第4期。

朱世英、方遒、刘国华：《中国散文学通论》，安徽教育出版社1995年版。

竺可桢：《徐霞客之时代》，参见朱钧侃、潘凤英、顾永芝《徐霞客评传》，南京大学出版社2006年版。

后记　感怀学术路上的偶然和必然

从 2007 年到 2019 年，我自认为做了一件在学术史上颇有意义的事。

2007 到 2010 这三年里，我在福建师范大学文学院师从我国著名母语写作教育专家潘新和教授研究语文教育，完成了博士学位论文《中国百年日札写作教育与教学研究》，该论文经多次打磨后于 2013 年以《中国 20 世纪日札写作教育研究》为书名在中国社会科学出版社公开出版，后于 2018 年获重庆市人民政府第九次社会科学优秀成果三等奖。在语言文学一贯占据强势地位的文学院，这样的语文教育研究类奖项即使在全国来说也是不多见的。在中国语文教育史上，尤其是近代语文教育兴起以来，许多语文教师都有指导学生写作日札（即日记、札记、读书笔记的总称，下同）来提升语文素养的经历和经验，但这些经验零散、浅表，缺乏系统整理和深入归纳，常常以只言片语的形式沉睡在历史的故纸堆，当代语文教育也继续沿袭此种状态。我在博士学位论文的基础上撰成学术专著《中国 20 世纪日札写作教育研究》，不但系统梳理了我国历代学者的日札写作经验，更对近百年现代语文教育史上许多优秀学者、教师在日札写作方面的理念思考和教学实践进行了整理和研究，第一次在我国学术史上对这种最传统、极实用，但理论研究又最为薄弱的写作和治学样式做了从理论到实践的全面研究，使小小的日札写作教育研究有了高大上的学术范，填补了语文教育研究的一部分空白。我的博士生导师潘新和教授对这部专著很满意，他在身体欠佳的情况下特地为该著写了近一万五千字的序言，让我深受感动。

在 2010 年完成博士学业后，我从湖南怀化学院中文系调到重庆师范大学文学院工作。重庆师范大学文学院是一个学术气氛很浓的地方，时任院长张全之先生（现调到上海交通大学工作）学问深厚、视野开阔、学术敏锐，对待学界同人温厚包容、为人谦逊，乐于提携后进，他建议我在博士学位论文的基础上申报国家社会科学基金项目，并通过 e-mail 发来了他掌握的一些相关学术资料供我参考，并为我修改课题申报书，最后还请四川大学知名学者李怡先生为我的课题申报书把关，在以上多位先生的指导和帮助下我申报的课题《日记文献辑校与中国日记文学理论建构研究》获 2014 年年度国家社会科学基金（西部）项目立项支持。由于我国日记文学的理论研究基本为空白，原始的日记文献资料又极为庞杂、散乱，我做《日记文献辑校与中国日记文学理论建构研究》项目很辛苦，花了五年时间，直到 2019 年 9 月才完成，研究成果最终结撰成《中国日记文学理论研究》的书稿，期间多篇论文《民国作家关于"日记文学"的争议探析》《中国日记写作的文学价值》《论明代旅游文学的别样浪漫与美丽——以记游专题日记〈徐霞客游记〉为考察对象》先后在一些有影响的学术刊物发表，并经国家社会科学基金项目办公室组织专家完成了结项鉴定。在文论领域，多年来我国学术界从西方引进颇多，许多具有中国特色的传统文论却研究不足、不透，比如我国存续至今、有着几千年历史、对中国学人治学和写作都影响极深的日记文学就长期是学术研究的空白，这对新时代建设有中国特色的文论体系无疑是一个缺憾！我在辑校中国历代日记文论资料的基础上、历时五年撰著的、共计二十五万字的《中国日记文学理论研究》的书稿可谓填补了这一空白。

从 2007 年到 2019 年的十二年中，我似乎很偶然地走入了日札写作和日记文学的研究领域，先后撰著了《中国 20 世纪日札写作教育研究》《中国日记文学理论研究》这两部有一定社会影响、并可能在学术史上占据一定地位的学术专著。说其偶然，是因为我在学术道路上竟遇到三位身处不同省份、高校和学科领域的顶尖学者（福建师范大学的潘新和教授、上海交通大学的张全之教授、四川大学的李怡教授），并能得到他们精心无私的指导和帮助，确实是太偶然了！——没有这三位前辈学者的指导和帮助，我作为一名中学语文教师出身的学界后进是决然完成不了这两部专著的。但这看似偶然的背后也有必然性：我曾是一名中学语文教师，我喜欢写作，我喜欢自己的作品能够在《光明日报》《中国青年报》《中国教育报》《中国社会科学报》《中华文学选刊》等报纸杂志上发表，我希望自己能指导学生在这些报纸杂志上发表文章，我渴望能切实解决学生们在写作过程中原创力和独特性素材缺乏的问题。我知道许多有成就的写作者、指导学生颇有成效的语文教师都重视日记的练笔价值和育人效果，比如晚清学者章学诚、李慈铭等都很看重日记对学术写作的价值，当代知名语文教师魏书生也说他从不教学生作文、只教学生写日记，但他任教班级的学生作文水平都很高，这些学者、教师关于日记的论述几乎是只言片语、零散浅表、不成系统，缺乏学术应有的厚重和严谨，这对继承日记这种具有中国特色的写作和治学样式的重要经验并警惕其教训以及提炼和建构成熟的日记文论体系，让日记这种具有中国特色的写作和治学样式在新时代焕发出新活力等，都构成了重要障碍。为此，我想梳理中国历史上，尤其近百年来学界和语文教育界开展日札写作教育的情况，总结其中的经验教训，提炼出日札写作教育的理想范式，同时将日记文学纳入中国传统文论研究的范畴，对其进行系统全面的深入研究，并以厚重严谨的学术成果来指导我国中小学日札写作教育的实践。——这是我在偶然中却极为必然地走入日札写作和日记文学理论研究的内在原因。

《中国20世纪日札写作教育研究》和《中国日记文学理论研究》的书稿是一个完整的有机体、构成了学术专著的姊妹关系：前者指向日札写作教学的中国实践、后者注重中国日记写作的理念梳理，前者注重教育教学案例的搜集和评析、后者注重中国日记文学理论的建构，这两部专著不仅切实解决了中国人将日札作为常用的写作和治学样式的实践指导问题和理论认识问题，而且比较完整地建构了中国日札写作教育的理念实践范式和中国日记文学理论体系，填补了我国学术研究的一项空白。我真诚感恩在风雨兼程的治学道路上给予我精心指导和无私帮助的前辈学人！感谢我的导师潘新和教授！感谢我的领导张全之先生！感谢那位从未声息相通、却默默对我进行精心指点的学界大咖李怡先生！

2020 年 7 月 30 日
于重庆师大缙云小舍